Hanna Dietz

Natascha

Gefährlich blond

Hanna Dietz

Natascha
Gefährlich blond

Drei Zicken und ein Todesfall

Arena

FSC
www.fsc.org
MIX
Papier aus verantwortungsvollen Quellen
FSC® C110508

1. Auflage 2017

Das Buch ist erstmals 2013 unter dem Titel *Gefährliche Gefühle* beim Verlag erschienen.
Covergestaltung: *zeichenpool, München, unter Verwendung von Bildern von ©shutterstock
Gesamtherstellung: Westermann Druck Zwickau GmbH
ISBN 978-3-401-60180-9

Besuche uns unter:
www.arena-verlag.de
www.twitter.com/arenaverlag
www.facebook.com/arenaverlagfans

1

Es ist schon merkwürdig, was mit einem passiert, wenn man dem Tod gerade noch mal von der Schippe gesprungen ist. Man verliebt sich zum Beispiel in den komplett falschen Mann. Wie ich. Anstatt es einmal richtig zu machen und mich in meinen besten Freund Justus zu verlieben, musste ich mich ausgerechnet in meinen Bodyguard verknallen. Enzo. Enzo Tremante, zweiundzwanzig Jahre alt, grüne Augen, kurze Haare, kleine sichelförmige Narbe am Mundwinkel, seines Zeichens Expolizist und größte Quasselstrippe der Welt. Aber diese Stimme! Mit der er »Natascha« sagt, als wäre das Wort ein kostbares Juwel. Vielleicht hat er mich auch nur mit seiner Stimme um den Finger gewickelt. Oder eben damit, dass er mir in letzter Minute das Leben gerettet hat. Auf jeden Fall ist es doch wohl total merkwürdig, wie man sich in jemanden verlieben kann, den man anfangs unausstehlich fand. Aber was weiß ich denn schon! Ich bin ja nur ein einfaches siebzehnjähriges Mädchen, Schülerin eines privaten Mädchengymnasiums, Tochter von Fleischfabrikant André Sander und Schwester von Bastian Sander, der sich übrigens gerade phänomenal verspätete. Dabei hatte er mir gestern bei seinem völlig übertriebenen dramatischen Auftritt vor Justus' Haus eingebläut, *ich* solle pünktlich sein. Ha! Und jetzt kam er zu spät. Aber so was von. Ich saß auf der Bank neben dem Freiplatz. An einem Sonntagmorgen im Dezember. Wer, bitte schön, stand sonntags um sieben Uhr morgens auf, um sich um acht Uhr mit seinem Bruder auf einem Freiplatz zu treffen? Das Basketballfeld lag verlassen unter einer dünnen Schicht Reif, angestrahlt von zwei gelblichen Straßenlaternen. Seit gestern war die Temperatur in den Keller gesackt. Ein eisiger Wind streifte meine Nase und ich kuschelte mich tiefer in meinen Skianzug. Wie schlau ich gewesen war, ihn samt Moonboots und Bommelmütze anzuziehen! Enzo hatte ziemlich gelacht, als er mich heute Morgen vor der Garage gesehen hatte. Und noch mehr gelacht hatte er, als ich ihm vorwurfsvoll gesagt hatte, dass es sich um total angesagte Klamotten von Spyder handelte, die immerhin auch die Skifahrer der amerikanischen Nationalmannschaft tragen würden.

»Du siehst aus, als ob du auf den Mount Everest wolltest«, kommentierte er und startete den Motor des Toyotas.

»Dreh die Heizung auf und fahr einfach los«, gab ich zurück. Ich war etwas gereizt. Bastian hatte mich gestern vor Justus' Haus geradezu überfallen und mir gesagt, dass er in Schwierigkeiten steckte. Und dass nur ich ihm helfen könnte. Warum auch immer! Er wollte mir heute alles erklären. Treffpunkt am Basketballplatz. Enzo fuhr mich hin.

»Mann, ist das warm«, schnaufte Enzo, als das Gebläse uns die heiße Luft ins Gesicht wehte. Er trug wie immer nur ein weißes Hemd und ein schwarzes Jackett. Keine Ahnung, wie er es anstellte, aber er fror nie. »Gehst du da drin nicht ein?«, sagte er.

Ich schüttelte den Kopf.

»Ich würde mich kaputtschwitzen. Darf ich wenigstens die Heizung kleiner drehen? Das ist doch Wahnsinn. Schlimmer als in Apulien im Sommer! Da werden es leicht vierzig Grad im Schatten und man muss alle Fensterläden verrammeln, damit die Bude sich nicht aufheizt wie ein Backofen. Meine Oma hat ...«

»Enzo?«, unterbrach ich ihn.

»Ja?«

»Könntest du bitte ruhig sein?«

»Okay.« Er war ungefähr fünf Sekunden still, dann fragte er: »Was ist los? Nervös?«

»Jep.«

»Wird schon«, munterte er mich auf. »Ich bin ja bei dir.« Er legte mir die Hand auf das dick wattierte Bein, ich zog meinen Handschuh aus und drückte seine warmen Finger. Das beruhigte mich tatsächlich. Ich lächelte ihm zu. Er war so süß! Und sah zum Anbeißen aus! Sobald wir das Auto vor dem Freiplatz geparkt hatten, beugte ich mich zu ihm und küsste ihn. Davon wurde mir ziemlich warm! Und noch wärmer wurde mir, als Enzo einfach sagte: »Natascha.«

Wie ein Schluck heißer Suppe ging das runter in meinen Magen und brodelte dort vor sich hin.

»Ich geh dann mal«, sagte ich widerstrebend. »Du siehst ja die Bank da vorne. Da bin ich mit Basti verabredet.«

»Gut. Ich lass dich nicht aus den Augen.«

»Okay.« Ich seufzte verliebt. »Ich werde versuchen, ihn schnell zu überreden, mit uns nach Hause zu fahren. Wenn ich dir das Zeichen gebe, dann kommst du einfach dazu, damit er dich kennenlernt.«

»Alles klar.«

Ich überlegte einen Moment. »Vielleicht solltest du am Anfang nicht so viel reden«, riet ich, »weil sonst könnte es ja sein, dass du ihm ziemlich auf den Keks gehst und dann kommt er nachher nicht mit, und das wäre dann ja doof.« Ich merkte, dass ich mich verhedderte. Enzo schaute mich ungerührt an und brachte mich damit noch mehr aus dem Konzept. »Ich meine, ich spreche nur aus Erfahrung«, plapperte ich weiter und versuchte, noch irgendwie die Kurve zu kriegen. »Aber wenn er dich erst mal *richtig* kennt, dann wird er dich lieben, *auf jeden Fall.*«

»Ach ja?«, sagte Enzo amüsiert. »Sprichst du da auch aus Erfahrung?«

Ich wurde rot. Mann, war das plötzlich warm hier. »Ach, halt die Klappe«, brummte ich, küsste ihn noch mal, damit er aufhörte zu lachen, zog mir die Mütze tiefer ins Gesicht und stieg aus.

Es war dunkel, es war kalt und es war einsam. In der Ferne hörte ich die Straßenbahn die Berliner Straße entlangrumpeln. Das Motorgeräusch vereinzelter Autos drang durch die kahlen Bäume. Ansonsten Stille. Ich stapfte zu der Bank. Ließ mich daraufplumpsen und schaute mich um. Hoffentlich würde er schnell kommen. In dem Moment sah ich auf der anderen Seite des Freiplatzes etwas rot aufleuchten. Ein kleiner roter Punkt. Ich setzte mich auf und starrte in die Dunkelheit. Da ging ein Mann! Er bewegte sich langsam, blieb immer wieder stehen. War das Bastian, der die Umgebung checkte und mir mit einer winzigen roten Lampe Zeichen gab? Es war zu dunkel, um ihn zu erkennen. Ich stand auf. Von der Größe kam es ungefähr hin, dachte ich, doch als der Mann in den Lichtkegel einer der Straßenlaternen trat, musste ich enttäuscht feststellen, dass es sich bloß um einen rauchenden Hundebesitzer handelte, der seinen Dackel ausführte. Wo war Bastian? Ich kramte mein Handy aus der Jackentasche. Acht Uhr zwölf. Der hellblaue Streifen am Horizont wurde langsam breiter und ging ins Orange über. Immerhin würde die Sonne bald aufgehen. Ich schlenderte über den Freiplatz. Um halb neun ging ich zu Enzo ans Auto.

»Was machen wir denn jetzt?«, fragte ich.

»Lass uns noch warten«, schlug er vor. »Vielleicht hat er sich vertan und kommt um neun.«

Aber auch um neun kam er nicht. Wieso hatte ich ihn gestern nicht zum Mitkommen überredet? Oder wenigstens dazu, mir zu erzählen, wo genau das Problem lag! Um Viertel nach neun kam ein junger Mann auf dem Fahrrad vorbeigefahren, ein langer dünner Kerl in einem alten schwarzbraunen Fischgrätenmantel, der mir bekannt vorkam.

»Michi!«, rief ich. Es war ein Freund von Bastian, mit dem er früher oft Basketball gespielt hatte.

»Natascha?«, fragte er und hielt an. »Was machst du denn hier?« Seine schmalen Wangen waren rot vor Kälte.

»Ich bin mit Basti verabredet«, sagte ich.

»Bei der Kälte? Zum Basketballspielen?« Er schüttelte sich.

»Handschuh-Basketball wird sicher bald olympische Disziplin«, flachste ich und imitierte mit meinen Fäustlingen einen Korbwurf.

Michi grinste. »Wann kommt Basti denn?«, fragte er gut gelaunt. »Ich muss ihm unbedingt noch erzählen, dass ich mein erstes Jura-Staatsexamen bestanden hab! Ist das nicht der Hammer? Und Basti hat mir sooo geholfen. Ich weiß nicht, ob ich es ohne ihn geschafft hätte.«

»Tatsächlich? Herzlichen Glückwunsch!« Ich stutzte. »Habt ihr zusammen gelernt oder was?« Mein Bruder studierte VWL, kein Jura.

»So was in der Art.« Michi grinste. »Wann kommt Basti denn?«

»Wenn ich das wüsste!«, seufzte ich. »Er wollte schon längst hier sein.«

»Mist.« Michi schaute auf seine Uhr. »Ich muss weg. Aber richte ihm doch aus, dass ein Kumpel von mir auch gerade einen ziemlichen Durchhänger hat.«

»Und?«, fragte ich verständnislos.

»Und vielleicht hat Basti noch was davon.«

»Wie? *Was* soll er noch haben?«

Er sah mich durchdringend an, sagte aber nichts.

»Was meinst du?«, fragte ich.

»Ach, nicht so wichtig. Sag ihm einfach, er soll sich bei mir melden. Also dann, bis bald!« Er trat in die Pedale und brauste den Fahrradweg entlang und bog um die Ecke. Es war halb zehn. Eine Gruppe Jogger kam vorbei, ein paar Hundebesitzer und zwei Frauen, die ihre Nordic-Walking-Stöcke hinter sich herschleiften. Mir war trotz Skianzug kalt und ich hatte Hunger auf ein Schinkenbrot und Durst auf einen heißen Milchkaffee und ich wollte Enzo küssen. Und langsam, aber sicher wurde ich sauer, weil Bastian nicht kam. Trotzdem wartete ich. Ich lief auf und ab und grübelte darüber nach, was Michi mit »noch was davon« gemeint haben könnte. Um kurz nach zehn gab ich auf.

»Hätte er mir doch einfach gesagt, was los ist«, sagte ich, als ich bibbernd ins Auto stieg. »Wäre er doch gestern mitgekommen. Oh Gott!« Ich starrte Enzo entsetzt an. »Meinst du, es ist ihm was passiert?«

»Ich weiß es nicht«, sagte Enzo ehrlich. »Aber wenn etwas wirklich Furchtbares passiert wäre, dann hättet ihr von den Krankenhäusern oder der Polizei Bescheid bekommen.«

Eine Panikwelle rollte über mir hinweg. Krankenhaus. Polizei. Allein die Wörter machten mir Angst.

»Vielleicht hat er auch nur verschlafen«, sprach ich mir selbst Mut zu. »Mein Bruder ist die totale Pennwurst. Freiwillig würde der nie vor mittags aufstehen.«

»Es bleibt uns nichts anderes übrig, als abzuwarten«, beschwichtigte Enzo. »Und mach dir nicht zu viele Sorgen. Bestimmt ist es alles halb so wild.«

»Ja«, sagte ich folgsam.

»Wir finden schon noch raus, was Sache ist«, tröstete er mich weiter.

»Das mit dem *wir* gefällt mir«, sagte ich.

»Und jetzt wird erst einmal gefrühstückt. Ohne eine ordentliche Mahlzeit im Magen kann man sowieso nicht denken.«

Wir hielten auf dem Rückweg an einer Bäckerei und ich holte eine Tüte warmer Brötchen und Croissants. Das war das

Alibi für meine Eltern gewesen. Ich hatte ihnen einen Zettel hingelegt, dass ich zum Bäcker unterwegs war.

Meine Mutter wuselte schon in der Küche herum, als ich reinkam. Erstaunt sah sie mich an. »Du warst im Skianzug beim Bäcker?«

»Weißt du, wie kalt es draußen ist?«, fragte ich zurück. »Wie in Sibirien. Mindestens.« Sie lachte, nahm die Tüte mit den Brötchen entgegen und schüttete sie in einen silbernen Korb. »Das sind aber viele«, wunderte sie sich.

»Ich habe für Enzo auch ein paar mitgebracht«, murmelte ich etwas verlegen.

»Das war sehr nett von dir!«, sagte sie überrascht.

»Immerhin hat er mir das Leben gerettet«, schob ich schnell nach. »Da kann ich mich wenigstens mit einem Croissant revanchieren.«

Sie legte vier Brötchen und ein Croissant in eine Schale auf ein Tablett, das schon mit einer Aufschnittplatte, Butter, Rührei, selbst gemachter Himbeermarmelade und einer kleinen Thermoskanne beladen war. »Dann bring ihm das doch in den Aufenthaltsraum«, bat sie mich.

»Okay.« Ich entledigte mich schnell meines Skianzugs und schnappte mir das Tablett. Eine Gelegenheit, Enzo zu sehen, würde ich mir nicht entgehen lassen. Der Raum für unsere Angestellten ging von unserer Eingangshalle ab. Meine Mutter hatte ihn wirklich gemütlich eingerichtet. In einem Erker mit den schönen hohen Fenstern stand zwischen jeder Menge Grünzeug ein runder Esstisch. An dem saß Enzo und blätterte sich mit seinem Smartphone durchs Internet. Mit dem Fuß stieß ich die Tür hinter mir zu. »Frühstück für meinen Lebensretter«, säuselte ich. Er sah auf. Seine Augen leuchteten auf, ein wohliger Schauer durchlief mich und mir rutschte heraus: »Ich hätte es dir auch gerne ans Bett gebracht.« Als ich begriffen hatte, was ich da gesagt hatte, wurde ich rot. Wir hatten zwar schon ausgiebig geknutscht, aber mehr war natürlich nicht passiert. Vom Bett waren wir meilenweit entfernt. Jedenfalls von meiner Warte aus.

Was er dazu sagte, keine Ahnung. Das war noch kein Thema gewesen. Deswegen war es mir auch so peinlich, dass ich gerade jetzt davon angefangen hatte. Und dann warf er mir auch noch diesen überraschten Blick zu, zog mich auf seinen Schoß und raunte mir ins Ohr: »Das hätte mir auch gefallen.«

»Hey, das kitzelt«, sagte ich und tat so, als ob ich mich losmachen wollte. Aber er hielt mich fest und schnupperte an meinem Hals. »Wie gut du riechst«, sagte er und ich musste kichern. »Ist mein neues Shampoo. Mit Granatapfel und Jasmin.«

»Lecker«, sagte er. »Das hätte ich gerne als Marmelade.«

Ich lachte. »Du Spinner«, sagte ich zärtlich und beugte mich vor, um ihn zu küssen. Doch ein Geräusch aus der Eingangshalle ließ mich aufschrecken. Shit! Meine Eltern durften uns auf keinen Fall erwischen! Ich sprang von seinem Schoß auf und strich schnell meinen Pullover glatt. Enzo räusperte sich und starrte auf die Tür. Aber niemand kam herein. Wir atmeten beide auf.

»Hast du vor, heute noch auszugehen?«, fragte Enzo plötzlich wieder sachlich und schüttete sich Zucker in den Kaffee.

»Mal sehen. Aber auf jeden Fall würde ich gerne später ein bisschen Kampftraining machen. Würde dir das passen?«

»Ja, natürlich«, sagte Enzo und nahm einen Schluck. Über den Rand der Kaffeetasse zwinkerte er mir zu. »Sehr sogar. Ich habe da schon ein paar spezielle Nahkampfübungen vorbereitet.«

»Dann mach dich auf was gefasst«, sagte ich gespielt kämpferisch. »Ich habe nämlich eine umwerfende Wirkung.«

»Die hast du.« Er lachte, schmierte sich Marmelade auf ein Brötchen und biss hinein.

»Natascha, Frühstück«, hörte ich meine Mutter rufen.

Ich seufzte. Dann beugte ich mich vor und drückte ihm schnell noch einen Kuss auf den Mund. »Bis später dann«, hauchte ich und drehte mich entschlossen ab.

»Natascha ...«, rief Enzo hinter mir her.

»Nee, jetzt nicht mehr«, sagte ich. »Sonst komme ich hier nie weg.«

»Du hast Marmelade an der Lippe.«

Oh. Das wäre in der Tat ziemlich verräterisch gewesen.

»Du bist ja so still, Natascha«, sagte mein Vater, als wir wenig später um unseren Tisch im Wintergarten saßen.

»Ach, ich bin vielleicht nur was müde.« In Gedanken war ich noch immer bei Enzo im Aufenthaltsraum und träumte vor mich hin. Aber das konnte ich meinen Eltern ja nicht erzählen.

Sie warfen sich einen Blick über den Tisch zu.

»Ruh dich gut aus«, sagte meine Mutter. »Und wenn dir danach ist, können wir Karla anrufen. Vielleicht möchtest du nach diesem traumatischen Erlebnis mal mit ihr sprechen?«

»Traumatisches Erlebnis?«, fragte ich verwirrt. Meine Eltern hielten inne und beobachteten mich aufmerksam. Ich war so mit Enzo, Basti und auch mit Justus beschäftigt gewesen, dass ich schon fast vergessen hatte, dass ich vorgestern fast einem tödlichen Verbrechen zum Opfer gefallen wäre.

»Ach, eigentlich fühle ich mich ganz okay. Aber wenn ich das Bedürfnis habe, mit einer Psychologin zu sprechen, dann sage ich Bescheid«, schob ich schnell hinterher.

»Du kannst natürlich auch mit deiner Mutter und mir über alles sprechen«, bot mein Vater an. »Das weißt du, Püppchen, oder?«

»Natürlich, Paps.« Ich biss in mein Croissant. »Danke.«

»Ich möchte zu gerne wissen, was Bastian macht«, sagte meine Mutter, als sie mit einer neuen Ladung frisch gepresstem Orangensaft ins Zimmer kam.

»Ich auch«, warf ich ein.

»Was wird er schon machen? Amüsieren auf Familienkosten«, brummte mein Vater.

»Vermutlich«, sagte meine Mutter. »Aber dass er sich immer noch nicht gemeldet hat, ist schon merkwürdig. Vielleicht sollten wir einen Detektiv einschalten, nur um rauszufinden, wo er steckt.«

Mein Vater blickte von der Zeitung auf.

»Ach Quatsch!«, sagte ich schnell. Wer weiß, was der entdecken würde! Ich hatte das dumpfe Gefühl, dass Bastian was Schlimmes angestellt hatte. Was echt Blödes. Und dem würde ich lieber erst mal selber nachgehen. Vielleicht könnte ich ihm ja aus der Patsche helfen, ohne dass alle Welt davon erfuhr und meine Eltern noch saurer auf ihn waren. »Das ist doch übertrieben oder findest du nicht, Paps?«

»Ich würde ihn lieber heute als morgen wieder hier haben«, sagte mein Vater ausweichend. »Damit er wenigstens einen Funken Verantwortungsgefühl beigebracht bekommt.«

»Ich frage meine Schwester mal«, sagte meine Mutter. »Die kennt einen zuverlässigen Detektiv, der ihr ab und zu in der Kanzlei hilft.«

Mist. »Also gut«, bekannte ich. »Er hat sich bei mir gemeldet.«

»Was?«, rief meine Mutter schrill. »Und warum hast du nichts gesagt?«

»Das habe ich wohl in der ganzen Aufregung vergessen«, brummte ich.

»Und wann war das?«, fragte mein Vater.

»Gestern.«

»Wo ist er denn?«

»Das weiß ich nicht«, antwortete ich wahrheitsgemäß. »Aber er meinte, er wäre bald wieder da.«

»Gut«, knurrte mein Vater.

Meine Mutter seufzte erleichtert. »Das wird aber auch Zeit. Denn wenn er nicht schnell wiederkommt, dann lasse ich ihn wirklich suchen. Er muss vor Weihnachten zu Hause sein! Das kannst du ihm ausrichten, wenn du mit ihm sprichst.«

»Mache ich.« Ich musste ihn vorher finden, so viel war klar.

Mein Vater legte die Zeitung endgültig weg. Ich sah die Nachricht unten auf dem Titelblatt: *Mord an Mädchenschule – Die Hintergründe*. Ich überlegte kurz, ob ich den Artikel lesen sollte, ließ es aber bleiben. Ich wusste genug darüber. Ich wollte das Ganze einfach nur noch vergessen. Mein Blick fiel auf die dicke Schlagzeile in der Mitte: *Neuer Fleischskandal! Mit Antibiotika verseuchtes Fleisch schreckt Verbraucher auf.*

»Was ist denn da los?«, fragte ich. Ich wusste, dass solche Nachrichten meinen Vater immer ärgerten, weil sie sich auf sein Geschäft auswirkten.

»Ach, die Konkurrenz sorgt mal wieder für Schlagzeilen«, schnaubte mein Vater. »Ist natürlich PR-technisch eine Katastrophe. Mein Krisenstab arbeitet schon an Pressemeldungen.« Er machte eine kurze Pause und fragte dann: »Ich wollte euch beide noch um einen Gefallen bitten. Würdet ihr mich am Mittwoch zu einer Benefiz-Veranstaltung begleiten?«

»Eine Benefiz-Veranstaltung? Wofür?«, fragte meine Mutter.

»Das Kinderkrankenhaus sammelt Spenden für ein neues Mutter-Kind-Zentrum. Abgesehen davon, dass es sowieso eine sinnvolle Sache ist, wirft es ein gutes Licht auf mich, wenn ich mich dort engagiere. Ich kann positive PR dringend gebrauchen.«

Das Kinderkrankenhaus! Das bedeutete, dass eine bestimmte Person involviert war. Auf die ich absolut keine Lust hatte.

»Du solltest auf Biofleisch umsteigen«, warf ich schnell ein, als ob mich das noch retten würde. »Dann können dir solche Skandale nichts mehr anhaben.«

»Ja, Natascha«, seufzte mein Vater. »Ich weiß. Aber das ist nicht so einfach, wie du denkst.«

»Ich komme natürlich mit, wenn das für dich wichtig ist«, sagte meine Mutter.

»Ich habe ehrlich gesagt nicht so viel Lust«, murrte ich. »Das ist doch eine total steife Veranstaltung.«

»Es wäre aber schön, wenn mich meine ganze Familie begleiten würde. Oder zumindest der Großteil«, bat mein Vater. Und setzte schelmisch hinzu: »Das macht mich noch sympathischer, als ich eh schon bin.«

»Ach, das wird sicher nett«, sagte meine Mutter fröhlich. »Und du siehst Silvy endlich mal wieder.«

»Ja, stimmt«, sagte ich gedehnt. Aber genau das war ja das Problem. Denn Silvys Mutter, Frau Doktor Karin Kern, war die Chefin des Kinderkrankenhauses. Und Silvy würde sich die Gelegenheit nicht entgehen lassen, sich bei einer solchen Feier wichtig zu machen. Ich aber würde mich im Moment lieber mit achtunddreißig Vogelspinnen in einen Glaskäfig sperren lassen, als Silvy zu begegnen. Ich wusste nämlich nicht, ob ich ihr nicht doch aus Versehen den Kopf abreißen würde.

»Seit ihr nicht mehr auf einer Schule seid, habt ihr euch ja ziemlich aus den Augen verloren«, plauderte meine Mutter.

»Stimmt«, wiederholte ich. Ich hatte ihnen nie erzählt, was ich über Silvy rausgefunden hatte, als ich von der Schule geflogen war. Dass sie jede Menge total fiese Lügen über mich in Umlauf gebracht hatte. Und dass es Silvy herself gewesen war, die hatte auffliegen lassen, dass ich mich in den Schulrechner eingeloggt und die Matheprüfungsaufgaben vom Server gezogen hatte. Um sie Silvy zu geben, die in Mathe auf der Kippe stand. Schön doof von mir. Und vielleicht war es ebenso doof, sie wegen ihrer Petzerei nicht anzuschwärzen. Aber so bin ich nun mal. Ich verpfeife keinen. Selbst Arschlöcher nicht. Und genau das wusste die liebe Silvy. Und vermutlich dachte sie auch, dass sie mit mir machen konnte, was sie wollte. Und dass ich kneifen würde, um ihr nicht zu begegnen. Ha! Da hatte sie aber falsch gedacht.

»Also gut«, sagte ich. »Ich komme mit.«

»Danke, Püppchen«, sagte mein Vater erleichtert und gab mir einen Kuss auf die Wange, bevor er mit dem Handy in der Hand in sein Arbeitszimmer eilte.

»Ist eine prima Gelegenheit, sich ein neues Kleid zu kaufen«, sagte ich und wie erwartet sprang meine Mutter sofort darauf an. »Ja, genau! Gute Idee!«, rief sie begeistert. »Hast du schon eins im Blick?«

Ich nickte. »Marc Jacobs. Schwarz-weiß, mit Blumen, ein bisschen Vintage. Guck mal.« Ich zeigte ihr ein Bild, das ich schon länger auf meinem iPhone gespeichert hatte.

»Genau dein Stil. Toll. Ich glaube, ich kaufe mir endlich eins von Victoria Beckham. Ich werde gleich mal Ines anrufen.« Das war eine Freundin von ihr, der eine Designer-Boutique gehörte. »Soll sie dir deins auch besorgen?«

»Ja, gerne.« Dann würde ich nur noch nach passenden Schuhen suchen müssen. Oder einer neuen Handtasche. Oder was mir sonst noch über den Weg lief. Wenn ich schon Silvy gegenübertreten musste, dann wollte ich wenigstens fabelhaft aussehen. Der Gedanke munterte mich gleich auf. Ein bisschen Shopping könnte ich gebrauchen. Das lenkte mich ab von Bastian. Und von der Aussprache mit Justus, die mir bevorstand. Denn gestern nach dem Chaos, das mein Bruder veranstaltet hatte, war ich nicht mehr in der Lage dazu gewesen, Justus gegenüberzutreten und alles zu beichten. Ich hatte nach der verwirrenden Begegnung mit meinem Bruder auf dem Absatz kehrtgemacht und Justus eine SMS geschickt, dass ich leider erst am nächsten Tag kommen könnte. Und dieser nächste Tag war heute. Nur machte es die Sache kein bisschen leichter. Und kaum hatte ich das gedacht, klingelte mein Handy. Er war es. Ich atmete tief ein, ging ran, und als ich »Hi Justus« sagte, versuchte ich, meiner Stimme einen normalen Klang zu geben. Ganz so, als ob ich ihm heute nicht das Herz brechen müsste.

2

Als ich am frühen Nachmittag um die Ecke zu Justus' Haustür ging, spähte ich ins Gebüsch. Irgendwie hatte ich die Hoffnung, dass Bastian noch einmal hier auftauchen würde. Aber heute kam er nicht aus dem Gestrüpp gesprungen. Natürlich nicht.

Ich ging gerade noch einmal meine Gesprächseröffnung durch, da schwang auch schon die Tür auf und Justus stand vor mir. Mit seinen verstrubbelten dunkelblonden Haaren und dem lausbübischen Grinsen.

»Hi Nats«, sagte Justus und grinste. »Schön, dass du da bist.«

Ich musste schlucken. Wie viel schwerer alles ist, wenn man sich persönlich gegenübersteht! Meine ganzen tollen Überlegungen, wie ich ihm alles erklären würde, waren in null Komma nix verdampft. Ich fühlte mich nur noch hundeelend, total miserabel und schlichtweg einfach schrecklich.

»Huaaa, ist das kalt heute«, war alles, was mir auf seine nette Begrüßung einfiel, und das war schon eine beachtlich schwachsinnige Bemerkung. Doch Justus ließ sich nichts anmerken, nahm mich in den Arm und ich atmete seinen vertrauten Duft nach frisch gemähtem Gras ein. »Keine Sorge, hier drinnen wird dir schnell wieder warm«, sagte er sanft. »Hab extra die Heizung aufgedreht.«

Ach du je. Mein Herz wurde schwer wie ein nasser Sack. Er war so lieb! Das machte alles noch schwieriger. Beklommen und nervös stieg ich hinter ihm die Treppe hoch und hoffte auf ein Wunder. Irgendwas, das verhindern würde, dass ich es ihm gestehen müsste. Irgendwas, das verhindern würde, dass ich ihn verletzen würde. Ich schloss die Zimmertür hinter mir und lehnte mich kurz daran, um mich zu sammeln. Da drehte sich Justus um und hatte ein Paket in der Hand. »Hier, für dich.« Er hielt mir den Karton hin. Er war oben offen. Ich sah rote Stoffpäckchen und eine Schnur.

»Was ist das?«, fragte ich und zog an der Schnur. Es waren vierundzwanzig Stoffherzen, die Justus mit kleinen Geschenken gefüllt hatte.

»Ein Adventskalender. Hab ich selbst gemacht. Also, na ja. Selbst gefüllt.«

»Oh, Justus«, stammelte ich. »Das ist aber ...« Ich wusste nicht weiter.

Er grinste verschmitzt. »Gern geschehen.«

»Aber ich habe gar nichts für dich«, krächzte ich verlegen. Außer einer Riesenenttäuschung.

»Ist doch egal«, sagte Justus. Ich fühlte mich noch mieser, wenn das überhaupt möglich war, und hatte Angst, dass ich anfangen würde zu heulen. Deswegen stellte ich den Karton auf den Boden und beugte mich darüber, als ob ich mir alles ganz intensiv anschauen würde.

Justus setzte sich auf seinen Drehstuhl vor dem Computer. Ich versuchte, meine Fassung wiederzugewinnen, und ließ die seidene Schnur mit den vierundzwanzig Säckchen immer wieder durch meine Finger gleiten. Justus' Adventskalender machte mich echt noch fertiger. Und trauriger. Die Atmosphäre war total verkrampft. Das schien auch Justus zu bemerken, denn er fing an, mit seiner Maus rumzuklicken. »Guck mal«, rief er betont lässig. »Elvis lebt!«

Endlich hatte ich die drohende Heulattacke überwunden und konnte wieder aufschauen. Nur der fette Kloß in meinem Hals rückte kein Stückchen zur Seite. Auf dem Computermonitor hatte er eines seiner beknackten Infrarotbilder geöffnet, die er wie ein Besessener machte, seit sein Vater so eine Kamera gekauft hatte, um einen nächtlichen Gartenräuber zu überführen. Diesmal war es ein Bild von einer ausgestreckten Hand oder Pfote und dahinter – unscharf – einem Gesicht mit zwei reflektierenden Augen, einem seltsamen Backenbart und einer Tolle. »Was ist das?«, fragte ich.

»Das ist Elvis.«

Die Ähnlichkeit mit dem Sänger war nur mit einer Menge Fantasie zu erkennen. »Ist das ein Waschbär?«

Justus nickte. »Er ist es, der nachts immer den Komposthaufen und neuerdings auch die Mülltonnen durchwühlt. Total gierig und unersättlich. Deswegen und wegen seiner lustigen Koteletten haben wir ihn Elvis getauft. Und schau mal hier.« Er klickte weiter auf der Suche nach einem anderen Bild.

»Justus«, unterbrach ich ihn mit belegter Stimme. »Ich muss mit dir reden.« Ich räusperte mich. Er sah mich an. Aufmerksam. Liebevoll. Ich atmete tief ein. Suchte nach Worten. Nach einer Formulierung, die das, was ich zu sagen hatte, abmilderte. Doch ohne dass ich überhaupt etwas gesagt hatte, bekam sein Gesicht einen enttäuschten Ausdruck. Er wusste es, bevor ich es ausgesprochen hatte. So gut kannte er mich. Verdammter Mist. Trotzdem. Ich musste jetzt all meinen Mut zusammennehmen und es hinter mich bringen. »Justus. Du bist mein bester Freund. Seit Ewigkeiten. Und ich liebe dich.« Ich schluckte. »Aber ich bin nicht in dich verliebt.«

Er starrte mich noch einen Moment fassungslos an, schaute dann zu Boden und sagte mit rauer Stimme: »Verstehe.«

»Ich wollte, es wäre anders«, schob ich aufgewühlt hinterher. »Wenn ich darauf irgendeinen Einfluss hätte, dann wäre ich es, wirklich. Aber ich bin es nicht. Es tut mir leid.«

»Und warum hast du mich dann geküsst?«, fragte er leise.

»Weil ich es wirklich wollte«, beteuerte ich. »Ich *wollte*, dass wir beide ... du und ich ...«

Seine Schultern sackten nach unten. Seine Kiefer mahlten.

»Es tut mir so leid, Justus«, flüsterte ich. Ich musste die Tränen, die sich gerade sammelten, wegblinzeln.

Er drehte sich weg. Schaute aus dem Fenster. Dann fragte er: »Ist es Enzo?«

Der Kloß in meinem Hals war so groß wie ein BigMac. Justus drehte sich zu mir um, sah mir in die Augen und fragte erneut: »Ist es Enzo? Bist du in ihn verliebt?«

»Justus …«, fing ich an, wusste aber nicht weiter. Oh nein, das hatte ich ihm heute nicht auch noch sagen wollen.

Justus schüttelte den Kopf. »Ich hab's gewusst«, sagte er bitter.

»Ich hab das nicht gewollt«, beteuerte ich noch einmal.

Er seufzte. »Ich weiß, Nats.«

»Es tut mir leid«, wiederholte ich.

»Mir auch, Natascha. Mir auch.«

Ich stand unschlüssig herum.

»Geh jetzt, Natascha«, sagte er.

»Wollen wir … wollen wir nicht darüber reden?« So wie Justus mich ansah, hatte ich plötzlich Angst, dass er nach heute nie wieder mit mir sprechen würde.

»Nein. Bitte geh einfach.«

»Okay«, sagte ich verzweifelt und musste schlucken. »Ich rufe dich an, ja?«

»Ist gut.«

Ich wandte mich zur Tür.

»Und Nats?«

Ich drehte mich noch mal zu ihm um. Da stand er. In ausgeblichenen Jeans und dem schwarzen Sons-of-Anarchy-Hoodie, das ich ihm zum Geburtstag geschenkt hatte, die Hände in den Taschen vergraben. Das vertraute Lächeln war verschwunden. Ich hatte ihn noch nie so traurig gesehen. Er nahm den Karton mit dem Kalender, drückte ihn mir in die Hand und sagte: »Ich wünsch dir viel Glück.«

Ich konnte es kaum glauben. Anstatt wütend zu sein und mich zu beschimpfen oder Enzo zu verfluchen, blieb er auch jetzt noch nett und sagte einfach genau das Richtige. Zu gerne hätte ich ihn umarmt, aber das Recht dazu hatte ich gerade verwirkt.

»Ich dir auch«, brachte ich hervor, dann ging ich hinaus und schloss die Tür. Auf dem Weg die Treppe runter wischte ich mir mit dem Ärmel die Tränen von der Wange, denn seine Mutter kam gerade aus der Küche. Ich wollte nicht, dass sie mir was anmerkte. Ich flitzte zur Tür, winkte nur und rief: »Tschüss, Nicole.«

»Schon wieder weg?«, fragte sie erstaunt. »Das ging aber schnell!«

»Muss noch was erledigen«, sagte ich und ließ hinter mir die Tür ins Schloss fallen und die Kälte, die mich plötzlich umfing, machte mir auf einmal gar nichts aus. Ich ließ den Tränen freien Lauf. Hinter den geschlossenen Lidern sah ich Justus und mich mit neun Jahren, wie wir in unserem Baumhaus eine Bande gegründet und uns ewige Treue geschworen hatten. *Justus und Natascha* hatten wir mit krakeliger Schrift auf die selbst gemalte Urkunde geschrieben – mit roter Tinte, weil wir uns zwar mit einer Nadel in den Finger gepikst hatten, aber der Tropfen Blut nicht ausgereicht hatte. Den Blutstropfen hatten wir einfach noch unter unsere Unterschrift gedrückt, wie ein Siegel. Kurz darauf hatten wir uns an dem Seil nach unten auf den Rasen geschwungen und waren auf dem Feldweg Richtung Aaler See gerannt, um feindliche Banden ausfindig zu machen, die wir überfallen konnten. Und jetzt weinte ich, weil eine Zeit in meinem Leben vorbei war, die nie wieder kommen würde. Und weil ich auch Justus vielleicht für immer verloren hatte. Ich atmete tief ein und aus. Wischte die Tränen ab und ging langsam zurück zur Straße. Stumm stieg ich ins Auto ein. Enzo sah mich einen Augenblick von der Seite an, ich stellte den Karton auf den Boden zwischen meine Füße. Ich wagte nicht, ihm in die Augen zu sehen, dann hätte ich sofort wieder angefangen zu heulen. Er drückte stumm meine Hand, dann fuhr er los. Ich starrte aus dem Fenster.

»Und wie war's?«, fragte Enzo sanft. Ich seufzte. Und normalerweise bin ich nicht gerade der Typ, der mit irgendwas hinter dem Berg hält. Aber aus irgendeinem Grund wäre es mir wie Verrat vorgekommen, wenn ich Enzo erzählt hätte, wie verletzt Justus war. Auch wenn ich nicht ihm gehörte, gehörte diese letzte Begegnung Justus ganz allein. Sie sollte unter uns bleiben. Wenigstens das war ich ihm und unserer Freundschaft schuldig.

»Es war schlimm«, sagte ich deswegen knapp. »Aber jetzt ist es vorbei.« Und wie ich das sagte, merkte ich, dass es zwar unendlich traurig war und ich echt noch eine ganze Weile brauchen würde, um darüber hinwegzukommen, dass ich aber auch erleichtert war. Ich hatte es hinter mich gebracht. Ich brauchte meinen besten Freund nicht mehr anlügen. Und vielleicht würden wir doch damit klarkommen. Ich hoffte es sehr. Und bis dahin würde ich mich jetzt erst mal ablenken.

Genug zu tun hatte ich ja. Und ganz oben stand: Bastian finden.

3

Ich muss herausfinden, mit wem er weggefahren ist, wer seine Freundin ist«, sagte ich zu Enzo, als wir wieder in die Garage fuhren. »Vielleicht weiß deren Familie, wo die hin sind. Oder ihre Freunde.«

»Wo willst du sie suchen?«, fragte Enzo.

»An der Uni natürlich. Es ist am wahrscheinlichsten, dass er sie dort kennengelernt hat.« Doch Tatsache war, dass ich überhaupt nicht wusste, wie regelmäßig er überhaupt dahin gegangen war. Aber es war mein einziger Anhaltspunkt.

»Ich werde in Bastis Zimmer nach seinem Stundenplan suchen, damit ich weiß, wann er welche Seminare hat. Hilfst du mir?«

»Ich weiß nicht, Natascha, ob ich im Zimmer deines Bruders rumschnüffeln sollte.«

»Komm, da herrscht so ein Chaos, das merkt kein Mensch, wenn wir uns ein bisschen umgucken.«

Er zögerte immer noch.

»Es dauert sonst eine Ewigkeit, alles durchzusuchen. Und du warst Polizist. Du weißt, wie man so was macht. Und danach haben wir auch mehr Zeit für unser Kampftraining.« Ich zwinkerte ihm zu.

Er seufzte, grinste aber. »Also gut, überredet.«

Bastis war das Eckzimmer am Ende des Flurs. An der Tür hing ein Betreten-verboten-Schild und ein Filmplakat von *World Invasion*. »Mein Bruder hat eine seltsame Vorliebe für düstere Science-Fiction-Filme«, erklärte ich Enzo. Ich betrat Bastis Zimmer. Enzo zögerte in der Tür, aber ich winkte ihn rein. Mein Bruder war noch nie besonders ordentlich gewesen, aber jetzt sah sein Zimmer so aus, als wäre ein Tornado hindurchgefegt. Überall lagen Klamotten und Bücher und anderes Zeug. Um den Mülleimer herum häuften sich zerknüllte Papiere, die Bastian offensichtlich vergeblich versucht hatte, durch einen kleinen Basketballkorb zu werfen. Es wirkte geradezu erschreckend unordentlich. Das lag vielleicht aber auch nur daran, dass Bastian fehlte, um dem Chaos Leben einzuhauchen. »Du kannst mit dem Schreibtisch anfangen«, sagte ich.

»Äh, wo ist der?«, fragte Enzo.

Ich musste lachen. »Stimmt. Den sieht man kaum. Da drüben.« Ich räumte einen Neoprenanzug und zwei Taucherflossen beiseite, darunter kam der Schreibtisch zum Vorschein, der von Zetteln und Collegeblöcken übersät war. Sein Notebook lag unter einer Surfzeitschrift.

»Mach du das lieber«, sagte Enzo. »Ich schaue im Bücherregal.«

Ich stöberte durch Bastis Schreibtisch. »Hier ist ein Vorlesungsverzeichnis«, rief ich triumphierend und blätterte durch das Buch. »Da hat er auch was angestrichen.« Ein Zettel fiel heraus. Ich faltete ihn auseinander.

»Hey, das ist er! Hier ist sein Stundenplan!« Ich legte ihn auf den Schreibtisch und versuchte, Bastis Handschrift zu entziffern. Enzo kam zu mir. Er beugte sich über meine Schulter und berührte mich dabei ganz leicht. Ich sog seinen Geruch ein. Es kribbelte. Ich verringerte den Abstand zwischen uns. Nur einen Millimeter. »Schau mal da«, sagte Enzo und zeigte auf das Papier. »Dienstags hat er die meisten Vorlesungen.«

Ich nahm kaum wahr, worauf er da gezeigt hatte, so sehr war ich auf seine Nähe konzentriert. Plötzlich ging die Tür auf.

»Was macht ihr denn hier?«, fragte meine Mutter verdutzt. Enzo richtete sich sofort auf und ging einen Schritt von mir weg.

»Ich hatte Enzo gebeten, mir bei der Suche nach Bastians Stundenplan zu helfen«, sagte ich. »Wenn er noch mal anruft, kann ich ihm vielleicht sagen, was er alles verpasst. Vielleicht beeindruckt ihn das.«

»Oh okay. Gute Idee.« Meine Mutter sah von Enzo zu mir. Einen Moment lang standen wir wie die Ölgötzen herum.

»Ich gehe dann mal. Bis später.« Enzo eilte davon. Meine Mutter schaute ihm irritiert hinterher. Ahnte sie was?

»Und was willst *du* hier?«, lenkte ich sie ab.

»Ich hatte mir überlegt, dass ich die Gelegenheit nutze, mal aufzuräumen.« Sie hielt die Müllsäcke und einen Eimer mit Putzlappen hoch. »Bastian lässt mich ja sonst nie in sein Zimmer.«

»Vielleicht findest du ja was über sein Reiseziel«, sagte ich und dann zischte ich ebenfalls ab, mit dem Stundenplan in der Hand. Ich ging in mein Zimmer. Wartete eine Weile. Surfte ein bisschen durchs Internet und schaute mir die neue Kollektion von Burberry an. Nach einer gefühlten Ewigkeit, die mir meine Uhr als eine Dreiviertelstunde verkaufen wollte, erklärte ich die Anstandsfrist für beendet und rief Enzo auf dem Handy an und fragte, ob er bereit sei für unser Training. Das war er. Ich zog mir eine schwarze enge Sporthose an und ein langärmeliges Shirt von Nike in Meerblau, band mir die Haare zu einem Pferdeschwanz und widerstand der Versuchung, Lipgloss aufzutragen. Nur weil ich verliebt war, würde ich nicht gleich zur Supertussi mutieren. Außerdem würde nach ein paar Minuten davon eh nichts mehr zu sehen sein. Denn ich hatte nicht vor, nur zu trainieren.

Laute Musik schallte mir schon entgegen, als ich die Tür zum Fitnessraum öffnete. Ich schoss Enzo entgegen, der gerade mit der Anlage hantierte, und warf mich in seine Arme. »Ich hab dich so vermisst«, sagte ich, nachdem ich ihn ausgiebig geküsst hatte.

»Hey«, sagte er sanft. »Verausgab dich noch nicht total, wir haben einiges vor. Also, stell dich da mal an die Wand. Ich zeige dir, wie man sich aus dem Würgegriff von vorne befreit.« Ich folgte seiner Anweisung. Sah ihm in die Augen. Lächelte. Er lächelte kein bisschen, sondern packte mich am Hals, als ob er mich würgen wollte. »Dies ist eine sehr gefährliche Situation«, dozierte er.

»Finde ich auch«, sagte ich und versuchte, an seine Hüfte zu kommen, um ihn an mich heranzuziehen. Da er aber natürlich viel stärker war als ich, ließ er sich davon nicht beeindrucken, sondern redete weiter. »Besonders wenn du an eine Wand gedrückt wirst wie jetzt, hast du keine Fluchtmöglichkeit ... hey!«

Ich hatte ihm mit dem Finger in die Seite gepikst.

»Was ist? Bist du kitzelig?« Ich pikste ihn erneut. Er wich aus und ließ meinen Hals los.

»Also bist du kitzelig!«, stellte ich fest und zwickte ihn wieder. Er nahm mich und warf mich mit einem Griff auf die Matte hinter uns. Sein Gesicht war nur wenige Zentimeter von meinem entfernt. Ich packte seinen Hinterkopf und zog ihn sanft zu mir herunter und küsste ihn. Und er küsste zurück, doch dann machte er sich seufzend los und setzte sich auf. Ich holte schnell mein Handy, das an der Seite der Matte lag, und machte ein paar Schnappschüsse von ihm.

»Lass das«, sagte er, die Stirn gerunzelt.

»Was ist los? Bist du kamerascheu?«

Sein Gesicht war seltsam ernst. Und dann sagte er: »Natascha, so leid es mir tut, aber wir müssen damit aufhören.«

»Womit müssen wir aufhören?«, fragte ich alarmiert.

»Na, damit.« Er zeigte zwischen ihm und mir hin und her.

»Warum das denn?« Ich war total entgeistert.

»Ich verstoße gegen sämtliche Regeln meines Jobs, verstehst du«, sagte er zerknirscht. »Wenn das rauskommt ...«

»Aber wie sollte es rauskommen?«, warf ich empört ein. »Wir verraten es doch keinem.«

»Aber deine Mutter heute in Bastians Zimmer«, fing er an. »Und wenn hier einer plötzlich reinkommt und uns sieht ...« Er schüttelte den Kopf. »Nein, das geht nicht. Ein guter Ruf ist entscheidend in meinem Beruf. Und du bist erst siebzehn ...«

»Aber doch nicht mehr lange! Nur noch läppische vier Monate, dann werde ich achtzehn!«

Er schüttelte den Kopf, dann sah er mich mit seinen flaschengrünen Augen an und sagte entschlossen: »Natascha, ich werde kündigen müssen.«

»Nein, tu das nicht!«, rief ich erschrocken. »Wo doch gerade alles so super ist!«

»Aber ich kann nicht mit dir zusammen sein *und* im Auftrag deines Vaters auf dich aufpassen. Das geht einfach nicht.«

»Aber wenn du nicht mehr hier arbeitest, wer weiß, wo und wie und wann du dann hinmusst. Dann können wir uns vielleicht gar nicht mehr treffen«, jammerte ich.

»Ja, ich weiß. Aber ...«

»Nein, Enzo, tu das bitte nicht. Ich überlege mir was, okay?« Ich dachte fieberhaft nach. »Ich überlege, wie ich es meinen Eltern sage, sodass sie einverstanden sind.«

Er betrachtete mich nachdenklich, strich mir sanft über die Wange und seufzte: »In Ordnung. Aber überleg schnell!«

Ich atmete erleichtert auf und fiel ihm um den Hals. »Danke!«

Er nahm meine Arme und machte mich los. »Aber bis wir es deinen Eltern gesagt haben, hören wir auf damit. Mit dem Küssen und den Berührungen und alldem.« Er stand auf und ging zwei Schritte zurück. Er sah streng und entschlossen aus und ich sah ein, dass ich ihn nicht umstimmen konnte. »Ist in Ordnung«, sagte ich. »Aber Kampftraining können wir machen, oder?«

»Kampftraining können wir machen«, bestätigte er und lächelte. »Also los. Die Übung war noch nicht zu Ende.« Er zeigte mir, wie ich meine Arme von unten zwischen die Arme des Angreifers führen und mit den Daumen in seine Augenhöhlen drücken sollte, um mich aus dem Würgegriff zu befreien. Das übten wir so lange, bis ich den Bewegungsablauf flüssig hinbekam. Dieses Training war wirklich unglaublich. Interessant. Und spannend. Ich wusste, ich durfte ihn nicht mehr küssen. Und nicht mehr über den Arm streicheln. Oder ihn sonst wie unangemessen berühren. Und er mich auch nicht. Aber wir wollten es. Wir wollten es beide! Energie schoss zwischen uns hin und her und lud die Atmosphäre auf. Es knisterte und funkte um uns herum. Noch nie fand ich ihn so unwiderstehlich wie in diesem Moment. Er simulierte einen Angriff von der Seite, ich führte langsam die Abwehrbewegungen aus, bis ich es irgendwann nicht mehr aushielt und ihm um den Hals fiel und ihn so leidenschaftlich küsste, als hätte ich ihn ein Jahr nicht gesehen. Ich war ja noch nie besonders vernünftig gewesen, aber jetzt, wo ich das allererste Mal so richtig verknallt war, war ich regelrecht unzurechnungsfähig. Und das gefiel mir. Außerordentlich. Enzo zögerte zunächst, zog mich dann aber enger an sich und erwiderte meinen Kuss. Meine Knie wurden weich und in meinem Kopf ging ein silvesterwürdiger Funkenregen herunter. So gerne hätte ich genau in diesem Moment die Zeit angehalten. Ich wollte einfach nur für immer mit ihm knutschen.

»Unmöglich, dieses Mädchen«, sagte Enzo etwas heiser, als wir uns dann doch voneinander lösten. »Wo soll das nur hinführen? Wir werden noch einen Riesenärger bekommen.«

»Ich lass mir was einfallen, Enzo, okay?«, flüsterte ich atemlos und küsste ihn erneut.

4

Was ist denn hier los?«, fragte ich erstaunt, als wir am Montagmorgen auf das Schultor zurollten. Fernsehübertragungswagen blockierten fast die Straße, alle Parkplätze auf dem Seitenstreifen waren belegt, vor dem Eingangstor drückte sich eine Traube Journalisten und Kamerateams herum. »War ja nicht anders zu erwarten«, sagte Enzo. »Nach dem Zeitungsbericht gestern.«

Ich schluckte. Daran hatte ich ja gar nicht gedacht! Dass meine Schule jetzt im Mittelpunkt des Medieninteresses stehen würde. Hausmeister Schmitz stand am Tor und winkte die Autos, in denen die Schülerinnen gebracht wurden, ungeduldig auf den Schulhof. Im Vorbeifahren schaute ich mir die Journalisten an, ihre verfrorenen Gesichter, die behandschuhten Finger mit den Mikrofonen, die sie in unsere Richtung hielten und dabei Fragen auf den Schulhof riefen, in der Hoffnung, einen O-Ton zu bekommen. Als wir vorbeirollten, starrten sie neugierig in unseren Wagen. Mir wurde mulmig. »Hast du den Zeitungsartikel gelesen?«

»Ja«, antwortete er ungewöhnlich einsilbig.

»Enzo«, bohrte ich nach. »Was hat drin gestanden? Wurde ich erwähnt?«

»Nein, nicht namentlich«, sagte er. »Da stand, dass eine Klassenkameradin des Opfers bei der Aufklärung geholfen hat, aber dieser Kommissar Söderberg hat klargestellt, dass es mehr ein Zufall gewesen war.«

Ich atmete erleichtert auf. »Zum Glück ist er so ein ehrgeiziger Blödmann«, sagte ich. »Er darf ruhig alle Lorbeeren einheimsen, solange mich die Presse in Ruhe lässt. Was haben sie sonst noch geschrieben?«

»Nicht viel mehr. Dass Täter und Opfer hier auf die Schule gegangen sind und dass es um Eifersucht gegangen sei.«

»Kein Wunder, dass sich die Medien wie die Geier darauf stürzen«, murmelte ich, »wenn sich die Reichen und Schönen vom katholischen Privatgymnasium gegenseitig umbringen.«

Vor der weißen Eingangstür stand unsere Schulleiterin Meinhilde von Cappeln und winkte die Schülerinnen hindurch, von denen sich manche noch schnell durch die Haare strichen und den Lippenstift nachzogen, als ob sie nur darauf warteten, sich ins Rampenlicht zu begeben. Ich verabschiedete mich von Enzo und stieg aus. Ohne mich zu den Kameras umzudrehen, ging ich die breite Steintreppe hoch.

»Natascha«, rief Frau von Cappeln, als ich das Ende der Treppe erreicht hatte. »Auf Sie habe ich gewartet!« Sie zog mich ins Innere der Schule und führte mich schnell in ihr Büro.

»Ich hoffe, Sie haben nicht mit diesen Presseleuten gesprochen«, sagte sie, als sie die Tür hinter mir geschlossen hatte.

»Nee, Frau von Cappeln. Habe ich nicht.«

»Natascha, ich weiß, wir hatten nicht den besten Start, aber ich hoffe, Sie verstehen, wie wichtig es für die anderen Schülerinnen ist, dass keine Informationen an die Öffentlichkeit gelangen.«

»Sie meinen, es ist besonders für Sie und Ihren Sohn wichtig«, korrigierte ich.

»Ja, das auch.« Sie fingerte nervös an ihrem Dutt herum, den sie aus ihren rot gefärbten Haaren geknotet hatte. Sie lief hektisch auf und ab und schaute immer wieder aus dem Fenster auf die Journalisten, die vor dem Tor hingen. »Mein Sohn wird übrigens nicht mehr an die Schule zurückkehren.«

»Gut«, sagte ich. Sie schaute mich nervös an und der Blick aus ihren grauen Augen hatte etwas Flehendes. Und auch wenn ich sie nicht mochte, hatte ich nicht vor, ihr irgendetwas heimzuzahlen. »Ich habe absolut kein Interesse, in den Mittelpunkt der Öffentlichkeit zu rücken, und werde so oder so nicht mit der Presse reden«, beruhigte ich sie.

»Und was ist mit Ihren Freundinnen?«, fragte Frau von Cappeln.

Welchen Freundinnen? Von diesen Zicken hier ist keine meine Freundin, wäre mir beinahe herausgerutscht. Aber stattdessen sagte ich: »Ich rede mit niemandem über das, was geschehen ist. Darauf können Sie sich verlassen.«

Sie atmete auf. »Danke, Natascha. Das weiß ich sehr zu schätzen.« Und nach einer kleinen Pause fügte sie hinzu: »Sie sind doch vernünftiger, als ich gedacht hatte.«

»Hab ich doch gleich gesagt«, sagte ich zufrieden. Sie versuchte sich an einem Lächeln.

Bevor der Unterricht anfing, berief unsere Direktorin eine Versammlung in der Aula ein, in der sie allen anderen Schülerinnen ebenso ans Herz legte, jedes Interview zu verweigern und mit niemandem von der Presse über die Schule zu sprechen. »Auch die harmloseste Aussage kann verdreht und aufgebauscht werden, und das fällt nachher auf uns alle zurück. Dabei wollen wir nach dieser Aufregung hier doch nur eines: In Ruhe lernen!«, rief sie und erntete überwiegend zustimmendes Murmeln. Aber natürlich gab es auch die Fraktion der bockigen Meckerziegen, besonders unter meinen lieben Klassenkameradinnen.

»Die wird uns doch wohl nicht vorschreiben, mit wem wir sprechen dürfen«, zischte Kim und fuchtelte mit ihren furchterregenden smartiesbunten Fingernägeln herum.

»Also echt«, gab ihr Jennifer recht. »Was bildet die sich

eigentlich ein?« Sie hielt ihre schwarze Ledertasche kampfbereit vor ihre vanillepuddinggelbe Bluse.

»Ich rede, mit wem ich will«, verkündete Kim. »Und du, Coco?«

»Klar, ich auch«, stimmte die zu, wenn auch nicht ganz so energisch.

»Aber mit der Presse reden bringt doch nichts als Ärger«, mischte sich Alina, unsere vernünftige und allzeit politisch korrekte Stufensprecherin, ein. Aber niemand reagierte darauf.

»Ich wette, als Erstes sehen wir Evelyn im Fernsehen«, ätzte Kim, als unsere Mitschülerin Evelyn in ihrem Dita-von-Teese-Kleid und der piekfein frisierten Haarwelle vorbeilief. »Die wartet doch nur darauf, dass sie berühmt wird. So wie die sich in Musik beim Singen immer aufspielt!«

»Ja, genau«, fiel Coco in die Lästerei mit ein. »Und dann ist sie allein der Star der Schule.«

»Dabei hat die doch keinen blassen Schimmer«, sagte Irina.

»Sie kannte Milena überhaupt nicht!«, empörte sich Jennifer.

»*Ich* kannte sie ja am besten«, gab Kim bekannt. »Wenn einer das Interview geben kann, dann ich.«

Jennifer starrte Kim an, als hätte sie gerade behauptet, Robert Pattinson wäre ihr Geliebter. »Was redest du da?«, sagte sie giftig. »Ich müsste das Interview geben, denn *ich* war ihre beste Freundin.«

»Warst du nicht«, widersprach Kim ungerührt.

»Doch, natürlich! Coco, was meinst du dazu?«

Coco zuckte mit den Schultern. »Ich dachte, wir wären alle ihre besten Freundinnen gewesen.«

»Nee, waren wir nicht. Ich habe auf ihrer Facebookseite zum Beispiel die allermeisten Kommentare geschrieben. Ist doch wohl völlig klar, dass *ich* ihre beste Freundin bin«, beharrte Jennifer.

»Ach ja? Und habt ihr euch auch SMS geschrieben?«, zeterte Kim. »Wir haben uns nach der Schule ständig gesimst!«

»Mich hat sie immer zuerst angerufen, wenn was war«, stellte Jennifer zufrieden fest.

»Ist mir doch egal«, erwiderte Kim. »Ich war ihre beste Freundin. Und ich habe in der Klasse neben ihr gesessen.«

»Ich doch auch, du ...« Das Schimpfwort, das sich Jennifer gerade noch mal verkniffen hatte, hing stumm in der Luft. Ich für meinen Teil hätte einiges drauf gewettet, dass sie *Schlampe* hatte sagen wollen. Sie hatte es zwar nicht ausgesprochen. Aber irgendwie doch gesagt.

Bevor Jennifer erneut etwas erwidern konnte, griff ich ein. »Ey Mädels. Ich weiß nicht, ob das wirklich etwas ist, womit man angeben sollte«, warf ich ein. »Ich an eurer Stelle würde mir gut überlegen, ob ich mit so einer Story an die Öffentlichkeit gehe. Denn schließlich hat keine von euch was gemerkt.«

Kim und Jennifer warfen sich einen hasserfüllten Blick zu, aber immerhin verstummte diese idiotische Diskussion. Doch die Atmosphäre war auch nach dem Englischunterricht noch angespannt.

Die große Pause verbrachten wir auf Anordnung der Schulleitung im Klassenzimmer, weil die Journalisten das Feld immer noch nicht geräumt hatten. Die Ereignisse der vergangenen Woche waren weiter das Gesprächsthema und einige wollten von mir wissen, was am Freitagnachmittag denn geschehen sei, aber ich hielt meinen Mund. Nora saß verkniffen auf ihrem Platz und tat so, als ob sie in ihren Büchern lese. Sie hatte verständlicherweise auch kein Interesse, ihre Version der Geschichte zum Besten zu geben. Das hätte wohl auch noch jeden Rest an Sympathie bei ihren Mitschülerinnen weggesprengt. Zum Glück kamen aber irgendwann andere Gesprächsthemen auf. In der Umkleidekabine der Sporthalle erzählte Irina, dass sie am Wochenende mit ihren Eltern auf einer Feier der russischen Botschaft gewesen sei, und Kim wurde gleich neugierig, weil sie meinte, das wäre doch der richtige Ort, um sich einen reichen Mann zu angeln.

»So einen Abramowitsch. Das wäre cool! Der würde einem das Leben vergolden«, schwärmte sie. Jennifer verdrehte die Augen und raunte Coco eine Bemerkung zu. »Kannst du mich nicht mal auf so eine Feier mitnehmen, Irina?«, fragte Kim.

»Da waren gar keine reichen Männer«, sagte Irina. »Okay, vielleicht ein oder zwei. Aber die waren in Begleitung ihrer Frauen da.«

»Ihrer zukünftigen Exfrauen, meinst du wohl.« Kim kicherte. »Wenn die Männer so was haben können«, sie zeigte stolz an sich hoch und runter, »dann vergessen sie die anderen Tussen ganz schnell.«

»Niemals«, murmelte Jennifer giftig. »Welcher Milliardär würde dich nehmen, wenn er jede Menge Supermodels haben kann?«

»Das ist eine Frage des Stils, Jennifer«, gab Kim spitz zurück und schüttelte ihr blondes Haar mit den schwarzen Strähnen. »Aber davon verstehst du natürlich nichts.«

»Nächste Woche Donnerstag gibt meine Tante eine kleine Weihnachtsfeier«, sagte Irina langsam. »Da kommen viele Geschäftsleute. Da könntest du mitkommen, Kim.«

»Echt jetzt?«, fragte Kim begeistert. »Das wäre doch Wahnsinn. Dann suche ich mir dort einen Partner für den Schulball.«

»Was für ein Schulball?«, fragte ich ahnungslos. Alle starrten mich an. »Hey«, sagte ich. »Ich bin neu hier, vergessen?«

»Der Schulball ist seit über zwanzig Jahren eine Institution«, klärte mich Jennifer auf. »Jedes Jahr an dem Samstag vor den Weihnachtsferien veranstaltet die Schule einen Ball für die Oberstufe und die Ehemaligen. Und jedes Mädchen darf einen Begleiter mitbringen.«

Einen Begleiter mitbringen. Sofort sah ich Enzo und mich über das Tanzparkett schweben. Nicht dass ich Walzer oder so einen Schrott tanzen könnte. Ich hatte mich standhaft geweigert, als meine Mutter mich in eine Tanzschule schleifen wollte, die tatsächlich der Ansicht war, jeder sollte Walzer tanzen können. Aber es wäre so schöööön, dort mit Enzo zusammen sein zu können! Und romantisch. Und bis dahin hätte ich es auf jeden Fall durchgezogen, ihn bei meinen Eltern als Freund vorzustellen und ihn gleichzeitig als Bodyguard zu behalten.

»Die Einnahmen werden für einen wohltätigen Zweck gespendet«, erläuterte Alina.

»Und es ist ein Kostümball«, rief Diana.

Ratsch! Die Traumsequenz von Enzo und mir riss ab. »Ein Kostümball?«, fragte ich skeptisch. Mal ehrlich: Wie albern war das denn? »Und als was muss man sich da verkleiden?«

»Dieses Mal ist das Thema Literarische Figuren«, sagte Kim. »Also Homer Simpson und so was.«

»Ich würde Homer Simpson nicht unbedingt als literarische Figur einordnen, aber wir verstehen, was du meinst«, warf Nora besserwisserisch ein. Sie wurde aber nicht weiter beachtet.

»Muss man sich da wirklich verkleiden?«, fragte ich.

»Na klar«, sagte Kim. »Ohne Kostüm kommt man nicht rein.«

»Stimmt doch gar nicht«, widersprach Jennifer. »Natürlich kommt man auch ohne Kostüm rein.«

»Du hast wieder mal *keine* Ahnung«, ätzte Kim. Die beiden hatten sich anscheinend nur noch in der Wolle, jetzt, wo ihre Anführerin Milena nicht mehr da war.

»Wenn sie in ihren normalen Klamotten geht, kann sie immer noch sagen, sie wäre eine Figur aus einem Sophie-Kinsella-Roman«, beharrte Jennifer.

»Ich gehe als Elizabeth Bennet aus Stolz und Vorurteil«, verkündete Diana schnell.

»Das ist gemein!«, zeterte Heidrun Zumke. »Als die wollte *ich* gehen!« Sie hatte einen neuen Wintertrend für sich entdeckt und trug geflochtene und mit Glasperlen verzierte Strickstirnbänder. Das alleine war schon scheußlich, aber zu allem Überfluss klemmte sie ihre langen Haare auch noch so unter das Stirnband, dass sie einseitig auf ihre rechte Schulter fielen. Es sah so was von behämmert aus! Ihr Spiegelbild zu Hause musste ein verlogenes Miststück sein, dass es sie so unter Leute gehen ließ.

»Ich verkleide mich als Holly Golightly«, rief Deborah. Es hagelte noch ein paar berühmte Damen aus der Weltliteratur.

»Auf jeden Fall gewinne ich den ersten Preis, Ladys«, schloss Kim die Diskussion ab. »Findet euch schon mal damit ab.«

»Welchen ersten Preis?«, fragte ich.

»Das beste Kostüm wird gewählt und der Sieger gewinnt eine Reise nach Rom. Am Silvesterwochenende. Und Eintrittskarten für die Neujahrsmesse des Papstes«, erklärte Merle aufgeregt. Mmmh. Vielleicht sollte ich mich doch verkleiden. Enzo und ich an Silvester in Rom! Die Messe könnten wir uns schenken, aber da gäbe es sicher einige andere interessante Dinge, die wir tun könnten ... doch weiter kam ich mit meinem Tagtraum nicht, denn unsere Sportlehrerin, Frau Lutz, rief uns in die Halle. Ihre aschblonden Locken wippten energisch und die Oberschenkelmuskeln strafften sich unter ihrer Shorts, als sie verkündete: »Los, Mädchen! Zum Aufwärmen gibt es Musik! Heute wird getanzt.«

Als Vorbereitung auf den Schulball sollten wir tatsächlich

Walzer und Foxtrott tanzen üben, sagte sie, aber zum Glück war ich mit meiner Abscheu gegen Standardtänze nicht allein. Auch die Mädels meuterten und meinten, wir sollten besser »richtig tanzen«.

»Was meint ihr mit richtig tanzen?«

»Na, Hip-Hop und so.«

»Super«, sagte Astrid Lutz grinsend, »das ist auch das viel bessere Cardiotraining.«

»Was meinen Sie damit?«, fragte Deborah skeptisch.

Als Astrid Lutz uns fünf Minuten später zu den Beats von Jay-Z erbarmungslos durch die Halle scheuchte, hatte sich Deborahs Frage eindeutig von selbst erledigt.

5

Ich freute mich auf den Nachmittag! Seit Enzo mir nicht mehr kolossal auf die Nerven ging – ganz im Gegenteil –, konnte ich ihn sogar beim Shoppen ertragen. Der Himmel war strahlend blau und es war eiskalt. Genau richtig, um ausgiebig in den angenehm warmen Kaufhäusern nach Accessoires zu stöbern, die zu meinem sensationellen Marc-Jacobs-Kleid passen würden. Meine Mutter hatte mir eine SMS geschickt, dass ihre Freundin es besorgt hatte und ich es in ihrer Boutique anprobieren könnte. Enzo fuhr mich hin, wartete aber diskret draußen. Ich hatte mich nicht getäuscht mit dem Kleid: Es war wie für mich gemacht. Der etwas ausgestellte Rock mit der schwarzen Zierbordüre überdeckte noch genau die Stelle an meinen Oberschenkeln, an denen sie etwas zu kräftig waren. Die weiß-grauen Blumen aus Spitze über dem schwarzen Unterkleid waren kein bisschen spießig, sondern einfach nur cool und die kurzen Ärmel fand ich auch klasse. Auch Mamas Freundin Ines war begeistert.

Jetzt brauchte ich nur noch ein passendes Paar Schuhe. Schwarze Ankleboots zum Beispiel. Aber ich hatte ja sowieso vor, noch ein bisschen mit Enzo durch die Stadt zu bummeln. Shoppen und Küssen – wenn das nicht die perfekte Kombination für einen großartigen Nachmittag war! Doch so richtig wollte mein Wohlfühlnachmittag nicht in die Gänge kommen. Enzo blieb auf Abstand und flüchtete geradezu, wenn ich ihm zu nahe kam. »Wenn uns jemand zusammen sieht«, warnte er mich und tat tatsächlich so, als ob er einfach nur mein Bodyguard wäre. Also echt! Immerhin fand ich in meiner Lieblings-Schuhboutique schwarze Wildlederstiefeletten von Sergio Rossi. Sie hatten zwar leichte Plateau-Absätze, doch trotzdem konnte ich gut darin laufen.

Da mein Outfit komplett (und übrigens absolut umwerfend!) war, konnte ich mich für den Rest des Nachmittags auf andere Dinge konzentrieren. Zum Beispiel darauf, Enzo aus der Reserve zu locken. Zurückhaltend zu sein, war ja so was von schwer! Und echt überhaupt gar nicht mein Ding. Ich hatte da auch schon so eine Idee ...

»Los, komm. Ich brauche noch ein paar warme Socken. Meine Füße sind nachts immer echte Eisklötze«, sagte ich munter und steuerte auf das nächste Kaufhaus zu. Er hob eine Augenbraue und sah mich amüsiert an. Gut, ich brauchte wirklich warme Schlafsocken. Aber es war auch kein Zufall, dass direkt gegenüber von der Sockenabteilung die Unterwäscheabteilung war. Während ich den Sockentisch durchwühlte, beobachtete ich ihn. Sein Blick streifte über die feine Spitzen-Lingerie.

»Was meinst du?«, sagte ich neckisch. Und dann hatte ich eigentlich was Verführerisches sagen wollen wie »Würde mir so was stehen?« oder »Soll ich das mal anprobieren?«. Aber mir blieben die Worte im Hals stecken. Das war doch wohl viel zu aufdringlich! Und überhaupt gar nicht mein Stil. Oder doch? Alte Schabe, ich hatte ja so gar keinen blassen Schimmer, wie man sich seinem Freund gegenüber richtig verhielt! Und niemanden, mit dem ich darüber reden konnte. Ich konnte ja schlecht meine Mutter zurate ziehen. Und eine beste Freundin hatte ich derzeit auch nicht. Geschweige denn überhaupt irgendwelche Freundinnen. Und meinen besten Freund konnte ich so was natürlich auch nicht fragen. Schöner Mist. Ich musste es einfach so machen, wie ich es für richtig hielt. Und ich hielt es jetzt und hier einfach mal für richtig, meinen neuen Freund zu küssen. Was ich heute nämlich noch so gut wie gar nicht gemacht hatte. Ich war regelrecht auf Knutschentzug! Da hatte ich eine Idee. Ich würde ihn jetzt in eine Umkleidekabine ziehen, um ganz ungestört und vor allen neugierigen Blicken sicher zu sein.

»Was hast du vor?«, fragte er, als er meinen entschlossenen Gesichtsausdruck bemerkte. »Du siehst aus, als wolltest du einen Hirsch mit bloßen Händen erlegen.«

»So was in der Art«, sagte ich, ging in Richtung Umkleidekabinen und bedeutete ihm mit einem Kopfnicken, mir zu folgen. Drei Reihen weiter sortierte eine Verkäuferin T-Shirts in ein Regal. Sie sah in unsere Richtung.

Vor den Umkleiden blieb ich stehen und sagte leise zu Enzo: »Ich gehe jetzt dahinein, und wenn die Luft rein ist, kommst du nach, okay?«

Er verdrehte belustigt die Augen. »Wird gemacht, Chefin.«

Vor lauter Aufregung fiel mir meine Tasche auf den Boden, als ich sie an den Haken der Umkleidekabine hängen wollte. Schnell hob ich sie auf, dann überprüfte ich den Sitz meiner Haare (mittelmäßig) und legte Lipgloss auf (völlig egal, dass er gleich weggeknutscht wäre). Dann setzte ich mein verführerischstes Lächeln auf und wartete. Es dauerte ziemlich lange. Was war los? Ich warf einen Blick in den Spiegel und bemerkte, dass mein verführerisches Lächeln so aussah, als hätte ich Zahnschmerzen (Notiz an mich selbst: zu Hause üben!). Außerdem war mir sowieso nicht mehr nach Lächeln. Wo blieb der Kerl? Traute er sich etwa nicht?

»Enzo!«, hörte ich plötzlich eine weiche, tiefe Frauenstimme sagen. »Das ist ja eine Überraschung.«

»Violetta!«, rief Enzo. Violetta? Wer um alles in der Welt hieß denn Violetta? Ich öffnete die Tür einen Spalt und linste hinaus. Da sah ich sie. Enzo. Und diese Frau. Sie küsste ihn auf beide Wangen.

»Madonna«, rief sie affektiert und entlarvte sich mit ihrem perfekten italienischen Akzent als Landsfrau von Enzo.

»Gut siehst du aus!«, säuselte sie weiter. »Macht dir deine Oma immer noch jeden Sonntag Canelloni?« Sie lachte und schüttelte dabei ihre armreifgroßen silbernen Creolen und ihre schwarzen Haare, die dick wie Schiffstaue waren und glänzten wie Seide im Licht der aufgehenden Sonne. Ich schnappte mir sofort meine Tasche und verließ die Umkleide, um mir das Ganze etwas näher anzusehen. Hocherhobenen Kopfes schlenderte ich scheinbar zufällig in die Nähe der beiden. Enzo stand mit dem Rücken zu mir und ich hatte einen guten Blick auf Violetta. Sie war einen Kopf kleiner als Enzo und trug eine taillierte Lederjacke, die sie mit einem Gürtel so eng geschnürt hatte, dass ich mich fragte, wie sie Luft bekam, wenn sie nicht tatsächlich eine Wespentaille hatte. Dazu schwarze glänzende Steghosen und Uggs. Obwohl Violetta sich nicht viel bewegte, schien ihr ganzer Körper in Schwingung zu sein und jede Geste wirkte geschmeidig und betonte die Kurven ihrer perfekt runden Hüften. Sie sah so aus, als wäre sie nur dazu geboren worden, um mit Lasagne und Tiramisu ihren Luxuskörper in Form zu halten. Eine heiße Welle der Wut durchschoss mich. Und dann stutzte ich. Jetzt, wo ich das erste Mal richtig verliebt war, musste ich feststellen, dass ich einen weiteren Fehler hatte (das wären dann also insgesamt neun!). Ich war eifersüchtig! Das konnte ich ja kaum glauben! Und das passte mir auch überhaupt nicht. Ich wollte cool sein. Gelassen. Souverän. Eifersucht war was für Idioten. Aber leider, leider war ich eine von ihnen. Verflixt noch eins!

Enzo erblickte mich. Sah mir ein, zwei Sekunden in die Augen, ich schaute ihn fragend an, aber seine Miene blieb undurchdringlich.

»Ich habe an dich gedacht«, sagte Violetta und legte vertraulich ihre Hand auf seinen Arm. Ich sprang von hinten auf sie zu, vergrub meine Finger in ihrer Haarpracht und zog sie wie einen ungezogenen Hund von meinem Freund weg. Dabei schrie ich: »Finger weg, du Schabracke, sonst breche ich dir alle Knochen.«

Natürlich nur in Gedanken.

In Wirklichkeit stand ich einfach nur da und wartete darauf, dass Enzo mich zu sich rief und mich vorstellte. Aber er kam gar nicht auf die Idee. Er lauschte Violettas Tränendrüsenstory (ich konnte sie nicht verstehen, aber ich vermutete es angesichts ihrer exaltierten Gesten) mit mitfühlendem Gesicht und mir wurde schlecht. Aus Reflex zog ich meine Fruchtgummis aus der Manteltasche und stopfte mir eine Handvoll süßsaure Erdbeerspaghetti in den Mund. Dann wartete ich ein, zwei Minuten (vielleicht waren es auch nur zehn Sekunden), dass Enzo etwas unternahm. Aber nichts da. Ich war und blieb Luft für ihn. Ich ging auf die beiden zu, er sah auf, reagierte aber nicht. Er tat tatsächlich so, als ob er mich nicht kennen würde! Ich stiefelte an ihm vorbei und streifte ihn mit meiner eisigen Missachtung, dann ging ich davon. Ich kam mir ziemlich erwachsen vor, dass ich die Situation so gut gemeistert hatte. Auf dem Weg zur Rolltreppe sah ich mich um, ob Enzo mir folgte. Pustekuchen! Also tat ich so, als ob ich hässliche Tunikas (Paisleymuster! Würg! Satin! Würg! So was erkannte ich auch mit wutverschleiertem Blick) ansah, dabei beobachtete ich die beiden aus der Entfernung. Violetta legte den Kopf in den Nacken und lachte. Ihre Stimme war tief und gurrend und ich wäre ihr am liebsten an die Gurgel gesprungen. Jetzt lachte auch Enzo, als hätte er auf einmal den IQ einer Flasche Milch.

»Ähem«, machte eine Verkäuferin neben mir. »Darf ich?« Sie zeigte auf meine Hände, in denen ich eine dieser Tunikas hielt, auf die Größe eines Tennisballs geknetet.

»Das war ja nun wirklich nicht nötig«, pikierte die Verkäuferin sich, als sie sie auseinanderblätterte.

»Oh. Ich wollte nur mal sehen, ob sie knitterfrei sind«, gab ich etwas lahm zurück.

»Das ist hochwertiges Jacquard-Satin«, näselte sie. »Beste Qualität.«

»Schade«, sagte ich, von Violettas schäbigem Schauspiel abgelenkt. »Aber mit meinem Bügeleisen stehe ich auf Kriegsfuß.«

Ich überlegte gerade, wie ich ihr freundlich sagen konnte, dass ich diese Tunikas übrigens noch nicht mal am Internationalen Tag der Knastschwestern anziehen würde, da hörte ich plötzlich Enzo hinter mir. »Natascha!«.

»Ich muss leider weiter«, sagte ich zu der Verkäuferin, drehte mich um und ließ sie und Enzo einfach stehen. Wenn er mich so gemein ignorieren konnte, konnte ich das auch!

»Natascha, warte!« Er rannte mir hinterher, aber erst draußen von dem Geschäft holte er mich ein, packte mich am Arm und zog mich vor eine geschlossene Toreinfahrt.

»Lass mich los«, sagte ich und entzog ihm meinen Arm.

»Hey, was ist denn mit dir los?«, fragte er.

»Was *mit mir* los ist ...? Ha!« Ich konnte es nicht fassen. War er wirklich sooo dumm?

Er betrachtete mich ein paar Sekunden und fragte dann ungläubig: »Bist du etwa sauer, weil ich mich mit Violetta unterhalten habe?«

»Nein, ich bin nicht sauer, weil du dich mit Violetta *unterhalten* hast, sondern weil du mit ihr geflirtet hast, sodass es im Umkreis von hundert Kilometern jeder gesehen hat.«

»Ich habe nicht geflirtet!«

»Doch, das hast du.«

»Nein.«

»Doch!« Ich schnaubte. »Du hast gelacht wie ein Idiot. Und sie hat dich angefasst. Und du hast es dir gefallen lassen.«

»Sie hat mich angefasst?«

»Ja, so nennt man das doch, wenn der eine den anderen berührt.« Ich legte ihm demonstrativ die Hand auf den Arm und drückte etwas fester zu, als ich das normalerweise gemacht hätte.

»Habe ich gar nicht bemerkt«, beteuerte er. »Aber wenn du mich anfasst, dann merke ich das.« Er grinste mich leicht an.

»Und warum hast du mich dann nicht als deine Freundin vorgestellt?«, nörgelte ich. »Warum hast du mich links liegen lassen, als wäre ich irgendein Nichts?« Ich musste mich echt zusammenreißen, ihn nicht anzuschreien. Weitere Notiz an mich selbst: Meinem Temperament Manieren beibringen.

»Natascha. Niemand darf von unserer Beziehung erfahren! Und schon gar nicht *sie*. Sie würde mich glatt bei meinem Boss verpfeifen.«

Shit. Das hatte mein eifersuchtumnebeltes Hirn ganz vergessen. Ich biss mir auf die Lippen. »Wer ist sie überhaupt?«, fragte ich säuerlich.

»Meine Ex.«

»Das war deine *Ex?«* Mir wurde schon wieder schlecht. Schnell klaubte ich mir eine weiße Maus aus meiner Fruchtgummitüte und steckte sie mir in den Mund.

»Ja, ist aber doch völlig egal«, sagte er. »Das ist lange vorbei, sie bedeutet mir nichts mehr.«

»Aha«, sagte ich kauend. Ich klang immer noch eingeschnappt. Dabei wollte ich das gar nicht!

»Natascha – du und ich, das bedeutet mir was.« Er sah mich mit seinen leuchtend grünen Augen an und ich wusste, dass er es auch so meinte.

»Okay«, versuchte ich es erneut und es klang schon sehr viel versöhnlicher.

»Gut«, sagte er erleichtert. »Und wenn du das mit deinen Eltern geklärt hast, dann stelle ich dich jedem als meine Freundin vor.«

»Wirklich?«, rief ich. Mir fiel ein Felsklotz vom Herzen.

»Natürlich«, sagte er und drückte verstohlen meine Hand. Dann sagte er wieder mit dieser Stimme, die mein Innerstes zum Vibrieren brachte: »Natascha.«

Meine ganze Wut schmolz in null Komma nix dahin. Eines war klar: Ich musste das Ganze dringend offiziell machen! Ich musste *uns* offiziell machen! Denn wenn mein Hirn auf Knutschen programmiert war und nicht knutschen durfte, dann fing es wirklich an, nur noch Blödsinn zu machen.

6

Am selben Tag machte ich einen Versuch. Mein Vater war noch bei der Arbeit, da könnte ich in Ruhe bei meiner Mutter vorfühlen. Ich hatte sogar schon einen Plan, wie ich sie in Plauderstimmung bringen würde. Und dann könnte ich ihr von Frau zu Frau beichten, dass ich mich in Enzo verliebt hatte und dass es für mich und mein Seelenheil extrem wichtig war, dass er trotzdem mein Bodyguard blieb. Und wenn ich sie auf meiner Seite hatte, dann wäre es für meinen Vater doppelt schwer, ihn deswegen vor die Tür zu setzen.

Meine Mutter saß im Wohnzimmer mit einem Stapel Kochbücher und Feinschmeckerzeitschriften auf dem Sofa. Einige lagen aufgeschlagen vor ihr auf dem Tisch, daneben ein Zettel, auf dem sie sich Notizen machte.

»Hey Mama«, sagte ich. »Guck mal hier! Mein Kleid für die Party bei Kerns!«

Sie blickte auf. »Wow, Natascha, das ist ja klasse!«

»Und hier – neue Schuhe!«

Sie betrachtete meine Stiefeletten. »Sergio Rossi?«

»Jep.« Und weil sie mich staunend ansah, schob ich hinterher: »Hab ich mir von dem Geburtstagsgeld von Oma Herta gekauft.«

»Sehr großzügig von Oma Herta«, kommentierte meine Mutter. »Obwohl ich mir sicher bin, sie trifft der Schlag, wenn sie erfährt, dass du dir von dem ganzen Geld ein Paar Schuhe gekauft hast.«

»Aber mit unserem Auftritt unterstützen wir doch Paps und sein Geschäft«, erwiderte ich. »›Ohne Investition kein Fortschritt‹, sagt er doch immer.«

»Na, ob Oma Herta dieser Logik folgen kann …« Meine Mutter lachte, widmete sich dann aber wieder ihrer Zeitschrift und notierte sich was, als ob unser Gespräch schon vorbei sei.

»Und wie ist dein Kleid?«, fragte ich.

»Toll«, sagte sie und las weiter in dem Rezeptheft. »Hab doch keins von Beckham genommen, sondern von L'Wren Scott.«

»Echt? Cool! Zeig mal!«, bettelte ich. »Das muss ich unbedingt sehen!«

»Hängt oben in meinem Schrank«, murmelte sie abgelenkt.

»Nein, du musst es anziehen!«, rief ich enthusiastisch. »Nur dann wirkt es richtig.«

»Morgen, in Ordnung? Ich muss jetzt den Plan machen für die Dinnerparty am Samstag. Es kommen ein paar Geschäftspartner von Papa.« Sie zog bedeutungsvoll die Augenbrauen hoch, um zu zeigen, wie wichtig das Treffen war.

»Und da willst du ihnen mal wieder ein perfektes Dinner bieten, was?«, sagte ich einschmeichelnd.

»Ich versuche es zumindest.«

»Ach, Mama. Jeder weiß, dass du eine Sterneköchin bist. Damit hast du Papa doch auch um den Finger gewickelt, oder nicht?«

Sie lachte. »Wohl kaum«, sagte sie. »Als ich ihn kennengelernt habe, konnte ich gerade mal ein Spiegelei braten, mehr nicht.«

»Wie habt ihr euch noch mal kennengelernt, du und Paps?«

Sie sah mich verdutzt an. »Musst du nicht deine Hausaufgaben machen oder so?«

»Nee«, sagte ich und nestelte an meinem Kleid herum.

»Du weißt doch, wie wir uns kennengelernt haben«, leierte sie herunter. »Ich war als Model auf der Automobilmesse und dein Vater gefiel mir deswegen auf Anhieb, weil er mir nicht wie all die anderen mit einem blöden Anmachspruch über mein Fahrgestell kam, sondern mich einfach auf einen Kaffee einlud. Ich ging mit ihm Kaffee trinken und ein halbes Jahr später haben wir geheiratet.«

»Und wusstest du gleich, dass er der Richtige ist?«

»Ja, das wusste ich. Heilbutt im Tempura-Teig«, fügte sie sinnierend hinzu. »Auf Mango-Koriander-Salat. Wie klingt das?«

»Klingt ... äh ... ziemlich exotisch. Und woran hast du gemerkt, dass er der Richtige ist?«

»Du hast recht«, sagte sie entschlossen und klappte die Zeitschrift zu. »Das ist zu exotisch. Immerhin kommen die aus der Fleischbranche.« Sie schlug ein Kochbuch mit einem Braten auf dem Cover auf. »Vielleicht mache ich Lammkeule.« Ich seufzte. Irgendwie verlief das Gespräch nicht wie geplant. Wie könnte ich denn jetzt geschickt vom Thema Lammkeule zu meinen Gefühlen für Enzo überleiten?

»In Paps hast du dich also Knall auf Fall verliebt«, stellte ich fest.

»Mmmhhhja«, sagte sie und fuhr murmelnd mit dem Finger über eine Seite im Buch.

»Aber es kommt auch vor, dass man jemanden schon kennt und erst gar nicht mag und dann plötzlich doch und dann ...« Stammel nicht so rum, Sander, Herrgott noch mal! Du klingst einfach nur dämlich. Doch meine Mutter sah endlich von ihren Rezepten auf und lächelte mich überrascht an. »Ja, das gibt es natürlich auch«, sagte sie. »Ist dir so was schon mal passiert?«

Mein Herz fing an zu bummern. »Ja«, gab ich zu. »Und es ist ziemlich komisch.«

»Das glaube ich«, sagte sie und lächelte plötzlich sehr zufrieden. »Und was sagt er dazu?«

»Er findet das auch merkwürdig«, sagte ich und wurde rot.

Meine Mutter grinste mich breit an, stand auf und umarmte mich. »Mein großes Mädchen«, flüsterte sie. »Ich freue mich ja so für dich und Justus.«

Justus?

Meine Knie wurden weich.

»Mama ...«, fing ich an. In dem Moment klingelte das Telefon.

»Oh, das ist Papa«, sagte sie und ging schon ran.

»Hallo Schatz«, sagte sie und sah mich dabei immer noch freudestrahlend an. »Weißt du schon das Allerneuste?«

»Mama«, rief ich hektisch. »Nein!« Ich fuchtelte hektisch mit den Armen herum. Sie sah mich verwirrt an.

»Nein«, wiederholte ich. Sie nickte verständnisvoll und zwinkerte mir verschwörerisch zu. Dann verkündete sie meinem Vater die »Neuigkeit«, dass wir ganz tolle Kleider für die Feier hätten.

»Mama«, fing ich wieder an und hoffte, sie würde das Telefonat schneller beenden, »es ist echt wichtig.« Aber sie bedeutete mir, dass ich still sein sollte, lauschte angestrengt und ihr Gesichtsausdruck wurde ernst.

»Das ist ja blöd«, sagte sie dann. »Und wann kommst du wieder? .... Ja, ist gut ... Viel Glück ... Du wirst das schon schaffen. Ist ja nicht das erste Mal ... Ja, ich dich auch. Bis morgen, Schatz.« Dann legte sie auf.

»So ein Ärger«, sagte sie. »Einer der Schlachtbetriebe ist wegen Hygienemängeln vom Veterinäramt geschlossen worden. Papa muss sofort nach Elmshorn und kommt erst morgen wieder, der Arme. Ausgerechnet jetzt, wo sowieso schon alle in Alarmzustand sind wegen dieses Antibiotika-Skandals.« Sie legte das Telefon ab und seufzte. »Aber ich habe ihm nichts von dir und Justus verraten, wie du gemerkt hast. Du willst es ihm sicher selbst sagen, oder?«

Ich überlegte. Ehrlichkeit ist ja wirklich eine gute Sache.

Klugheit aber auch. Und bei manch heikler Wahrheit ist es am schlauesten, sie im richtigen Moment loszuwerden. Und der war jetzt, wo Paps mitten in einer Krise steckte, nicht gekommen. Die Bekanntgabe meiner Beziehung mit Enzo musste warten. Denn wahrscheinlich würde meine Mutter ihm das sofort erzählen und ich hatte noch gut in Erinnerung, wie mein Vater während der Gammelfleisch-Skandale drauf gewesen war. In solchen Situationen war er so gestresst, dass er dazu neigte, Probleme, die nicht mit seiner Firma zusammenhingen, mit einer spontanen Entscheidung radikal zu lösen. Und in diesem Fall würde er Enzo wahrscheinlich sofort entlassen und ich würde Riesenärger bekommen. Ich würde also lieber gelassen warten, bis sich die richtige Gelegenheit ergab, dieses kleine Missverständnis aufzulösen. Mein Vater war bei so was höchstens ein, zwei Tage angespannt. Spätestens nach der Feier von Kerns, wenn ich ein paar Schleimpunkte eingefahren hätte, würde er es erfahren.

»Ich werde es ihm selbst sagen«, informierte ich also meine Mutter. »Sobald es offiziell ist.«

»Ach so. Na klar.« Sie drückte mich noch einmal an sich und flüsterte: »Ich freu mich so für dich. Justus ist wirklich der Richtige.«

7

Ich weiß nicht, wer diesen Quatsch mit den Schmetterlingen im Bauch erfunden hat. Ich hatte jedenfalls keine im Bauch, sondern im Hirn. Immer, wenn ich Enzo anschaute, flatterten sie lustig in meinem Kopf herum und ich vergaß total, dass das Gespräch mit meiner Mutter extrem suboptimal gelaufen war. An Denken war überhaupt nicht zu denken. Und es störte mich gar nicht. Im Gegenteil! War das nicht super? Ich brauchte bloß sein schönes Profil mit der geraden Nase und dem etwas eckigen Kinn zu betrachten, dann grinste ich wie ein Blödian, der von dem Wort *Problem* noch nie was gehört hatte. Hach, war das angenehm! Und wie gelassen er durch den Verkehr kurvte! Die Hand locker auf das Lenkrad gelegt, den rechten Ellenbogen auf der Armstütze zwischen uns, sodass er sich in meine Richtung lehnte. Seine Haare waren am Nacken millimeterkurz und ich streckte wie ferngesteuert meine Hand aus. Es fühlte sich toll an, wie die weichen Haarborsten über meine Handinnenfläche strichen. »Da habe ich mich schon die ganzen Schulstunden lang drauf gefreut«, raunte ich ihm ins Ohr und fuhr mit der Hand auf und ab.

»Du solltest dir eine Katze kaufen, die du kraulen kannst«, sagte er grinsend.

»Was soll das denn heißen?«, fragte ich gespielt empört und zog meine Hand zurück. »Gefällt dir das etwa nicht?«

»Doch, na klar. Mach ruhig weiter. Du kannst mich auch Garfield nennen«, neckte er.

»Wir sind eh jetzt da«, brummte ich enttäuscht. »Da vorne ist es schon.«

Enzo bog auf den Parkplatz der Uni ein und stellte den Wagen ab, nahm meine Hand und führte sie wieder an seinen Hinterkopf. Ich musste grinsen und strich über die Haare.

»Miau«, sagte er.

Ich knuffte ihn in die Seite, wo er kitzelig war, öffnete die Tür und stieg aus. »Am besten, ich gehe alleine«, sagte ich. »Ich glaube, dann ist es einfacher, die Mädchen vertraulich anzusprechen.«

»Ist gut«, sagte er. »Die Zeiten, in denen du mir abgehauen bist, dürften wohl vorbei sein.«

»Sei dir da mal nicht so sicher«, gab ich feixend zurück. Wenn er blöde Scherze machen konnte, konnte ich das ja wohl auch. Ich machte mich auf den Weg zum Haupteingang, da rief er mir hinterher: »Hey Natascha!«

»Ja?«

»Du weißt es vielleicht noch nicht, aber du kannst mir gar nicht mehr abhauen«, sagte er.

»Ach ja?«

»Ja. Ich würde dir nämlich sogar bis ans Ende der Welt folgen.«

Ich lief zurück und küsste ihn schnell auf den Mund, bevor er protestieren konnte und wieder mit seinem Es-darf-aber-keiner-von-uns-wissen-Quatsch anfing.

»Keine Sorge«, flüsterte ich. »Ich denk nicht dran, dir abzuhauen.«

»Das ist gut. Ach so, und Natascha?«

»Ja?«

»Tu mir einen Gefallen und brich nicht wieder in irgendwelche Zimmer ein, um an Informationen zu kommen, okay?«

»Ich weiß gar nicht, was du meinst«, gab ich zurück und klimperte übertrieben mit den Wimpern. »Meine Methoden sind immer absolut ... äh ... professionell!«

»Sind sie das?«

»Ja, das sind sie. Und moralisch und rechtlich hundertprozentig einwandfrei. Meistens jedenfalls. Außer wenn es nicht anders geht. Aber hier wüsste ich nicht, warum es nicht anders gehen ...«

»Natascha?«, unterbrach Enzo. »Mach einfach keine Dummheiten.«

»Niemals.«

»Und halte dich von Ärger fern.«

»Natürlich, Dummerchen. Ich geh nicht mehr auf hundert Meter an diesen Typen namens Ärger ran.«

»Aha. Gut zu wissen.«

»Ja, das finde ich auch.«

Er streichelte meine Wange. »Bis gleich.«

»Ja, bis gleich!«

Blöd grinsend ging ich in das Hauptgebäude. Mit jedem Schritt, den ich mich von Enzo entfernte, kam mein Hirn wieder in seinen normalen Zustand (na ja, was ich so als normal bezeichnen kann), bis ich wieder wusste, was ich eigentlich genau hier zu tun hatte. Ich wollte herausfinden, wer Bastis Freundin war, damit mir ihre Freunde oder ihre Familie sagen konnten, wo sie war. Denn wenn ich Bastis Freundin fand, dann fand ich auch ihn. So dachte ich jedenfalls. Laut Bastis Stundenplan fing sein Seminar in Makroökonomie in einer Viertelstunde im Raum 107 an. Die Tür stand offen. Der Raum war schon jetzt überfüllt. Auf allen Stühlen saßen Studenten oder lagen Taschen und Jacken zum Zeichen, dass sie belegt waren. Einige Leute saßen auf der Treppe. Der Raum summte von all den Gesprächen. Ich überlegte, welche der anwesenden Mädchen vielleicht den Durchblick hatte. In der zweiten Reihe von unten fiel mir eine Dunkelhaarige mit Nerdbrille auf, die den Blick aufmerksam durch den Raum wandern ließ, während sie ihrer Freundin zuhörte. Vor der Nerdbrille lagen ordentlich gestapelt die Seminarunterlagen. Passend zu der Streberbrille hatte sie die dunkelbraunen Haare an der linken Seite streng gescheitelt und trug eine weiße Perlenkette, die karrierebewusst auf ihrem blauen Rollkragenpullover schimmerte. Sie sah mir definitiv aus wie eine, die jede Information und Gelegenheit nutzen würde, um ihr Emporkommen zu sichern. Ich ging zu ihr hinunter. Die Nerdbrille schaute mich abschätzig an, als sie merkte, dass ich zu ihr kam.

»Hey«, sagte ich. »Kann ich dich was fragen?«

»Meine Seminarmitschrift bekommst du nicht«, sagte sie kühl. »Es sei denn, du bezahlst einhundert.«

»Nee, lass mal stecken«, sagte ich. »Kein Interesse. Ich wollte dich fragen, ob du einen Bastian kennst.«

»Bastian Sander?« Die Nerdbrille nickte. »Na klar.«

»Wer ist das?«, fragte ihre Freundin.

»Dunkelblond, groß, sportlich. Ist ein paar Mal zu spät gekommen und wurde vom Dozenten angemacht«, ratterte die Nerdbrille herunter.

»Ach ja, stimmt«, sagte die Freundin.

»Und weißt du auch, wer seine Freundin ist?«, fragte ich.

Die Augenlider zogen sich hinter den Brillengläsern für einen Sekundenbruchteil zusammen, als sei es ihr unangenehm, eine Wissenslücke gestehen zu müssen. Langsam schüttelte sie den Kopf. »Nein.«

»Frag mal die da unten«, mischte sich jetzt die Freundin ein und zeigte auf eine Schwarzhaarige in der ersten Reihe, die neben einem Mädchen mit Kopftuch saß.

»Ich meine, ich hätte die mal mit diesem Bastian zusammen gesehen«, erklärte die Freundin.

»Danke«, sagte ich schnell. Ich wollte noch mit der Schwarzhaarigen sprechen, bevor das Seminar anfing, und eilte zu ihr. »Hallo«, sprach ich sie an. »Bist du die Freundin von Bastian Sander?«

»Was?«, fragte sie zurück. »Nein.« Sie wechselte einen schnellen Blick mit ihrer Sitznachbarin mit dem Kopftuch.

»Kennst du seine Freundin denn?«

»Ich kenne sie«, sagte die Muslima schnell.

»Echt? Oh klasse«, freute ich mich. »Wer ist es?«

Sie blickte sich um, als ob sie jemanden suchte. Dann schrieb sie einen Namen auf den Rand ihres Heftes und riss mir den Zettel ab. »Aziza Boussaidi«, las ich langsam. »Was ist das für ein Name?«

»Tunesisch«, antwortete die Muslima schnell.

»Weißt du, wo sie gerade steckt?«

Die Studentin rutschte unruhig auf ihrem Stuhl hin und her, schüttelte dabei den Kopf und biss sich auf die Lippen.

»Muss ich noch irgendwas dazu wissen?«, fragte ich, denn ich konnte mir keinen Reim auf ihr merkwürdiges Verhalten machen. Aber sie schüttelte wieder nur verkniffen den Kopf und schaute mich nicht mehr an. Irgendwie hatte ich den Eindruck, sie bereute, mir so vorschnell Auskunft gegeben zu haben. Als hätte sie mir ein Staatsgeheimnis verraten!

»Danke«, sagte ich zu dem Mädchen und drehte mich um. Fast wäre ich gegen ihn geprallt.

»Honigmund«, sagte Philipp in seinem fiesen, herablassenden Tonfall. »Wie angenehm.«

»Wohl eher das Gegenteil«, gab ich kühl zur Antwort.

»Was machst du denn schon wieder hier?«

»Das geht dich gar nichts an.« Ich wollte an ihm vorbeigehen, aber er trat noch einen Schritt näher auf mich zu und versperrte mir den Weg. »Immer noch auf der Suche nach Basti?« Sein Zigarettenatem blies mir ins Gesicht. »Du willst es einfach nicht kapieren, oder?«, höhnte er. »Bastian hat eine Freundin!«

Ein Student quetschte sich an uns vorbei. »Hey Dr. House«, grüßte er Philipp knapp. Der nickte ihm zu und wandte sich wieder an mich. »Oder bist du vielleicht sein Stalker?«, fragte er schnarrend.

»Hey Klugscheißer«, sagte ich. »Kümmere dich um deine Angelegenheiten. Und nur damit du es weißt: Ich bin Bastis Schwester!«

»Ach was!«, stutzte er. »*Du* bist Bastis Schwester? Das ist ja hochinteressant.« Er nahm eine meiner Haarsträhnen, die sich aus meinem Pferdeschwanz gelöst hatte, und ließ sie durch seine nikotingelben Finger gleiten. Ich hätte gute Lust gehabt, ihm hier und jetzt zu demonstrieren, was ich bei Enzo für schöne Tritte gelernt hatte. Aber ich war schlau genug, mich zusammenzureißen und es bei einer Drohung zu belassen. »Nimm deine Finger weg, sonst knallt's«, sagte ich so kalt wie möglich.

»Oh, jetzt habe ich aber Angst«, sagte er, zog jedoch seine Hand zurück. Der Dozent erschien oben in der Tür, ein weißhaariger Typ, der sich schnell seinen Weg durch die Sitzenden nach unten bahnte. Ich drückte Philipp energisch zur Seite. Spöttisch lachend ließ er mich durch. Was für ein widerlicher Kerl! Ich lief die Stufen hoch und raus auf den Gang, Richtung Treppen, Richtung Hauptausgang und schüttelte mit jedem Schritt das unangenehme Gefühl ab, das die erneute Begegnung mit Philipp in mir ausgelöst hatte. Der Kerl war so widerlich! Fast schade, dass Enzo nicht dabei gewesen war. Ich hätte zu gerne noch einmal gesehen, wie er Philipp klarmacht, dass er mich in Ruhe lassen soll. Enzo wartete vor dem Eingang. Immerhin hatte er gegen die Kälte den Kragen seines Jacketts aufgeschlagen.

»Frierst du nicht?«, wunderte ich mich, als ich bei ihm war.

»Es geht«, meinte er. »Ich muss zugeben, dass es heute ein wenig frisch ist.«

»Frisch? Es ist eiskalt!«

Wir gingen schnell zum Auto, setzten uns hinein und Enzo drehte sofort die Heizung an.

»Also«, verkündete ich, »die Freundin meines Bruders heißt Aziza Boussaidi und ist Tunesierin.«

»Cool. Und ...?«

»Und ich bin weder irgendwo eingebrochen, noch habe ich sonst irgendwelche Dummheiten gemacht.«

»Braves Mädchen.«

»Ich weiß gar nicht, warum du das so erstaunt sagst. Weil ich so brav bin, hast du dich doch in mich verliebt, oder nicht?«

»Natürlich«, sagte Enzo zuckersüß. »Deswegen und weil du so wunderbar Leberknödelsuppe kochen kannst.«

»Oh«, machte ich empört und knuffte ihn in den Arm.

»Und weil du so sanft und liebreizend bist wie eine richtige feine Dam... ups.« Er betrachtete gespielt entsetzt die Faust, die ich ihm unter die Nase hielt.

»Ich warne dich, ich kann Karate«, sagte ich.

»Dann bin ich wohl besser still.«

»Das rate ich dir.« Ich ließ meine Faust sinken.

Wir rollten vom Parkplatz. »Und wo ist Aziza mit deinem Bruder hingefahren?«, fragte Enzo, als er auf die Hauptstraße einbog.

»Das wusste das Mädchen nicht. Oder wollte es mir nicht verraten.« Ich berichtete ihm, wie das Mädchen direkt im Anschluss zu bereuen schien, was sie mir anvertraut hatte. »Das ist doch merkwürdig, oder?«

Enzo machte zur Antwort nur nachdenklich: »Mmhh.«

»Was soll das heißen – mmmhh?«

»Als ich noch bei der Polizei war«, fing er zu erzählen an, »gab es mal einen Fall von einem muslimischen Mädchen, das wegen ihres deutschen Freundes vor ihrer Familie hatte fliehen müssen.«

Ich sah ihn überrascht an.

»Sie hatte den Freund einige Zeit verbergen können, doch als ihre Brüder dahinterkamen, wurde es gefährlich für sie.«

»Und was ist dann passiert?«

Er zuckte mit den Achseln. »Meine Kolleginnen haben sie überredet, in ein Frauenhaus zu gehen. Wie es danach weiterging, weiß ich nicht.«

Ich starrte eine Zeit lang aus dem Fenster. »Meinst du, das könnte hier auch so sein?«, fragte ich dann. »Dass Azizas Familie hinter den beiden her ist?«

Enzo zuckte mit den Schultern. »Ich weiß es nicht.«

»Bastian hat nicht gesagt, wo sie hinwollten oder warum sie weg sind. Und jetzt ist er untergetaucht und meldet sich nicht«, fasste ich zusammen. »Das könnte eine Erklärung dafür sein. Und das Mädchen, das mir Azizas Namen verraten hat, wusste das vielleicht und war deswegen so komisch! Ja, genau!«

»Es kann aber auch ganz anders sein«, sagte Enzo.

»Das kann es. Wir haben im Moment aber keinen anderen Anhaltspunkt. Und es passt alles logisch zusammen.«

Enzo sagte nichts. Aber mir wurde es immer klarer! Genauso musste es sein! »Gehen wir mal davon aus, dass es so ist«, sagte ich langsam. »Dann müssen wir auf alle Fälle sehr vorsichtig sein.«

8

Ich recherchierte im Internet. Die Kombination muslimisches Mädchen – deutscher Freund enthielt einiges an Zündstoff. Wegen der verletzten »Familienehre« hatten schon einige diese Liebe mit dem Leben bezahlt. Ich musste schlucken. Das war eine verdammt ernste Sache. Über das virtuelle Telefonbuch suchte ich den Namen Boussaidi heraus und musste feststellen, dass es dazu in der ganzen Stadt nur einen Eintrag gab: Und zwar den vom Restaurant Karthago. Ich pfiff durch die Zähne. Das nenne ich mal eine gute Gelegenheit zur Recherche, ohne aufzufallen! Und das auch noch passend zur Dinnertime mit dem passenden Mann an meiner Seite ... hach! Schnell schlüpfte ich in ein hübsches, nicht zu überkandideltes Outfit *(Silver Metal Skinny Jeans, schwarzer V-Ausschnitt-Pullover von L'Agence, schwarze Boots von Guess)* und rannte die Treppe hinunter Richtung Aufenthaltsraum.

»Ich bin weg, Mama. Enzo fährt mich!«, rief ich, als ich an der Küche vorbeiflitzte, in der Hoffnung, dass sie mich nicht weiter aufhielt.

Doch meine Mutter rief: »Wo geht's denn hin?«

Mist. Ich legte eine Vollbremsung ein. Sie erschien in der Küchentür, Schürze umgebunden. Es roch köstlich.

»Essen«, sagte ich und schwenkte meinen Mantel zum Zeichen, dass ich es eilig hatte.

»Warte!« Sie verschwand in der Küche und erschien kurz darauf mit einem Korb voller Plastikdosen und geheimnisvoller Alufolienpäckchen. »Ich habe eine bessere Idee. Helft mir bei meiner Planung und macht ein Probeessen.«

»Äh. Wir wollten eigentlich in ein Restaurant.«

»Das könnt ihr doch auch noch ein anderes Mal machen«, argumentierte sie. »Ich habe Bouillabaisse, Lammkoteletts und Gemüsepäckchen gemacht. Und Kokos-Pannacotta.« Sie hielt mir den Korb hin.

Ich seufzte.

»Justus isst doch so gerne Suppe. Und Fisch. Die Bouillabaisse wird er mögen.« Sie drückte mir den Korb in die Hand.

»Okay«, sagte ich widerwillig, nahm den Korb und stiefelte zum Aufenthaltsraum. Enzo saß auf dem Sofa und schaute Fußball.

»Tststs, Enzo«, sagte ich gespielt streng. »Hier wird nicht gefaulenzt.«

Er machte den Fernseher aus und stand auf. »Wo soll ich dich hinfahren?«, fragte er formell. »Zu deiner kranken Großmutter in den Wald?« Er zeigte lachend auf den duftenden Korb.

»Haha. Nee«, sagte ich. »In ein Restaurant.«

»In ein Restaurant?«, fragte er überrascht.

»Jep.«

»Und wozu schleppst du dann einen Picknickkorb mit?«

»Nur für den Fall, dass uns das Essen nicht schmeckt.«

Er guckte verdutzt. »Wieso uns?«

»Weil *wir* essen gehen.«

»Du und ich?«

»Nein, ich und der Papst.«

Er war immer noch verwirrt. Ich ächzte. »Natürlich du und ich. Wer sonst?«

»Aber ich kann doch nicht mit dir ins Restaurant gehen.«

»Und wieso das nicht?«

»Ich bin dein *Bodyguard,* verstehst du das nicht?«

»Nein«, stellte ich mich dumm.

Er schloss die Tür. Trotzdem senkte er seine Stimme: »Hast du es deinen Eltern gesagt?«

»Nein. Das geht im Moment nicht. Mein Vater ist voll im Stress. Wenn ich dem jetzt damit komme, flippt er aus. Glaub mir, es ist besser, noch ein paar Tage abzuwarten.«

Seine Antwort war ein zweifelnder Gesichtsausdruck.

»Sobald es geht, sage ich es ihnen. Vertrau mir, okay?«

»Mmmh«, machte er zur Antwort.

Wir gingen hinaus in die Garage. Als wir losgefahren waren, war Enzo immer noch ziemlich bockig. »Ich fahr dich hin«, sagte er, »aber ich setze mich nicht mit dir an einen Tisch.«

»Dann bleib halt neben dem Tisch stehen«, antwortete ich patzig und grummelte ein bisschen vor mich hin. »Also, Enzo, jetzt erklär ich dir mal was«, fing ich an und redete mit ihm wie mit einem kleinen Kind. »Du bist mein Bodyguard und sollst auf mich aufpassen, stimmt's?«

Er nickte.

»Und du musst dahin gehen, wo ich auch hingehe, oder?«

Er nickte wieder.

»Also kann sich doch wohl niemand darüber beschweren, wenn du mich in ein Restaurant begleitest. Zu meinem eigenen Schutz.«

»Beschweren nicht«, sagte er. »Aber man könnte es falsch auffassen.«

»Jetzt lass doch mal diesen pessimistischen Quatsch!«, rief ich. »Wenn es jemand falsch auffasst, dann mache ich einen auf verwöhntes Töchterchen und sage, dass ich dich gezwungen habe, okay?«

Und obwohl es dunkel war im Auto, sah ich genau, dass er grinste, als er sagte: »Unmöglich, dieses Mädchen.«

Das Restaurant sah aus wie ein Traum aus 1001 Nacht. Mit aufwendigen Holzschnitzereien versehene Wände, Mosaiktische, Brokatkissen, Wandteppiche, goldene Spiegel und orientalische Lampen, die ein warmes Licht verströmten.

»Willkommen im Restaurant Karthago«, begrüßte uns ein gut aussehender junger Kellner mit rotem Hemd zur schwarzen Hose. »Zwei Personen?«

Ich nickte. Er nahm Speisekarten mit und führte uns zu einer Nische an der Wand. Der Kellner rückte den Stuhl ein wenig vom Tisch weg, um ihn mir anzubieten, aber ich sagte schnell: »Ich setze mich lieber auf die Bank. Die sieht so gemütlich aus.« Und von dort hatte man auch einen viel besseren Blick ins Restaurant.

»Wie bist du auf dieses Restaurant gekommen?«, fragte Enzo beiläufig, als wir kurz darauf die Speisekarten studierten.

»Ach«, sagte ich. »Mir war einfach mal nach was Neuem.«

»Ach ja?«, sagte Enzo. »Interessant.«

Über den Rand meiner Speisekarte beobachtete ich den Kellner. Er sah wirklich gut aus, das schwarze Haar zurückgegelt, die Haut olivfarben, ein stolzes männliches Profil, das Lächeln freundlich. War das einer von Azizas Brüdern?

»Ich gehe mal eben für kleine Mädchen«, entschuldigte ich mich und stand auf. An der Bar blieb ich stehen und tat so, als ob ich das Toilettenschild noch nicht entdeckt hätte. Hinter der Bar arbeitete ein weiterer Mann, dichtes kurzes Haar, gestutzter Schnurrbart. Ein zweiter Kellner servierte am anderen Ende des Restaurants. »Suchen Sie die Toiletten?«, fragte mich der Barmann freundlich und zeigte auf das Schild.

»Danke«, sagte ich. Auf dem Weg vom Klo zurück konnte ich durch eine Tür in die Küche sehen. Ich verlangsamte meinen Schritt. Auch dort werkelten nur Männer. Aha, dachte ich, als ich mich wieder an meinen Platz setzte. Beweis Nummer eins: Frauen arbeiteten hier keine. Durften sie vielleicht nicht. Sie mussten zu Hause bleiben und die Kinder hüten ...

Zurück am Tisch grübelte ich immer noch. Wenn das hier

Azizas Familie war, hatten die Frauen vielleicht sogar Ausgehverbot? Und waren gezwungen, tagein, tagaus drinnen zu hocken, bei arabischen Telenovelas und überzuckertem Gebäck ... »Hörst du mir überhaupt zu?«, riss Enzo mich aus meinen Gedanken.

»Was? Ja, natürlich.«

»Was habe ich denn gesagt?«

»Äh, dass sich Batinjan Kodar gut anhört?« Das war eine mit Gemüse gefüllte Aubergine, die als Hauptspeise angeboten wurde.

»Nein, das war es nicht.«

»Ich weiß!«, rief ich. »Du hast gesagt, dass ich heute Abend besonders schön aussehe.«

»Das tust du.« Er schüttelte den Kopf. »Aber das war es auch nicht.«

»Das, was die Leute da drüben bestellt haben, sieht total lecker aus? Nein? Ach, klar! Du hast gesagt, dass du Violetta niemals wiedersiehst.« Jetzt seufzte er. »Okay, okay«, lenkte ich ein. »Ich habe nicht zugehört. Was hast du gesagt?«

»Ich habe gesagt, dass es ein merkwürdiger Zufall ist, dass du heute herausgefunden hast, dass dein Bruder eine tunesische Freundin hat, und wir jetzt in einem tunesischen Restaurant sitzen.«

»Ja«, raunte ich ihm zu. »Du hast recht. Ist kein Zufall.« Ich beugte mich näher zu ihm. »Das Restaurant gehört Azizas Familie. Also, glaube ich. Die Besitzer heißen jedenfalls auch Boussaidi. Und sonst gibt es keine Boussaidis im Telefonbuch.«

»Aha«, machte Enzo und es klang überhaupt nicht beeindruckt.

»Deine Idee war ausnahmsweise mal nicht schlecht«, sagte ich.

»Welche Idee?«

»Na, dass Bastian in Schwierigkeiten steckt wegen Azizas Familie. Dass jetzt ein halbes Dutzend aufgebrachter Brüder hinter ihm her ist.«

»Das habe ich nie gesagt.«

»Nicht genau so, aber so ähnlich.«

»Aha«, sagte Enzo. »Du willst mich also gar nicht zum Essen ausführen, du willst recherchieren!«

»Nein. Ich will beides. Mit dir essen gehen *und* recherchieren. Das nennt man zwei Fliegen mit einer Klappe schlagen.«

»Äußerst charmant von dir«, neckte er mich. »Hätte ich mir ja denken können, dass meine Freundin Hintergedanken hat, wenn sie mit mir essen geht.«

Ich starrte ihm verdutzt ins Gesicht.

»Was ist?«

»Sag das noch mal«, bat ich.

»Äußerst char...«

»Nicht das.«

»Was denn?«

»Den Teil mit *meine Freundin.«*

»Dass meine Freundin Hintergedanken hat, wenn sie mit mir essen geht?«

Ich lächelte ihn selig an. Hach, Schmetterlinge im Hirn! Nur darauf war es vermutlich zurückzuführen, dass es sich auf Autopilot umschaltete.

»Haben Sie schon gewählt?«, fragte der nette Kellner. Ich glotzte ihn wie in Trance an und fragte: »Kennen Sie eigentlich Aziza Boussaidi?«

»Na klar«, sagte er. »Ich bin ihr Cousin. Warum?«

»Ach, ich bin mit ihr an der Uni, habe sie aber schon länger nicht gesehen. Wo steckt sie denn?«

»Meine liebe Cousine hält mich da leider nicht immer auf dem Laufenden«, sagte er. »Also, kann ich Ihnen schon mal was zu trinken bringen?«

»Ich habe noch was von ihr, ein ... äh ... Buch. Über Makroökonomie. Das wollte sie dringend wiederhaben. Wo kann ich das abgeben?

»Einfach hier bei mir. Ich leite es weiter.« Er lächelte unverwandt freundlich.

»Wo wohnt Aziza eigentlich?«, fragte ich weiter. Enzo trat mich unter dem Tisch.

»Bei uns im Haus«, antwortete der Kellner ausweichend und langsam bekam seine Freundlichkeit erste Anzeichen von Anstrengung.

»Wir nehmen zwei Cola und zweimal Meeresfrüchte-Couscous«, sagte Enzo schnell und drückte dem Kellner die Speisekarte in die Hand.

»Was sollte das denn?«, zischte ich Enzo zu, als Azizas Cousin mit unserer Bestellung verschwunden war. »Er war kurz davor, mir die Adresse zu verraten.«

»Blödsinn. Er hätte sie dir nie gesagt!«

»Doch.«

»Nein.«

»Doch.«

Enzo seufzte. »Ich habe eine bessere Idee.«

»Welche denn?«

»Morgen gebe ich dir die Adresse.«

»Aber wie willst du die rauskriegen?«

»Berufsgeheimnis.«

»Willst du den Kellner verfolgen?«

»Nein.«

»Willst du so lange vor dem Restaurant warten, bis Aziza auftaucht, und *sie* verfolgen?«

»Nein.«

»Was denn dann? Mach nicht so einen auf geheimnisvoll. Verrat es mir!«

»Du lässt nicht locker, oder?«

»Nein.« Ich lächelte ihn verführerisch an. Hoffte ich jedenfalls.

»Okay.« Er lachte. »Ich habe immer noch einen guten Kumpel bei der Polizei. Den werde ich bitten, mir die Adresse rauszusuchen.«

»Du bist ein Schatz«, sagte ich vergnügt. Den Rest des Essens verbrachten wir mit friedlichem Plaudern und ohne weitere Verhörattacken auf den Kellner. Nur als es um die Rechnung ging, musste Enzo natürlich noch mal aufmucken, weil er unbedingt zahlen wollte.

»Nix da«, sagte ich. »Immerhin habe ich dich als meinen Bodyguard hierher gezwungen.« Das überzeugte ihn schließlich und er ließ zu, dass ich meine Kreditkarte auf das Bronzetellerchen mit der Rechnung legte.

9

Am nächsten Tag gab mir Enzo tatsächlich die Adresse von Aziza Boussaidis Familie. »Aber nur unter einer Bedingung«, sagte er. »Du machst keinen Blödsinn dort.«

»Niemals. Du weißt doch, dass du dich total auf mich verlassen kannst.«

Natürlich durfte ich diese Sache nicht vermasseln. Das könnte ein höchst explosives Pulverfass sein. Und ich hatte auch schon eine wirklich grandiose Idee, wie ich das verhindern würde. Nach der Schule setzte ich mich an den Computer und machte eine lebenswichtige Bestellung, die ich mir per Express liefern lassen würde. Gerade wollte ich zufrieden meinen Computer ausschalten, da bekam ich eine E-Mail. Absender: **DiefabelhafteSilvy95**. Ein Blitz durchfuhr mich. Aha, dachte ich. Was will denn die ganz und gar nicht fabelhafte Silvy so kurz vor unserem Wiedersehen von mir? Das konnte nichts Gutes sein, so viel war klar.

Hey Schnucki. Übrigens, das ziehe ich heute Abend an.

Ich öffnete das angehängte Foto.

»Nein! Das kann nicht sein«, rief ich und sprang entrüstet auf. Es war *mein* Marc-Jacobs-Kleid. Mist! Auch wenn ich mit ihr nichts mehr zu tun hatte, kannte sie mich ja leider immer noch viel zu gut. Und mir fiel ein, dass wir tatsächlich über das Kleid gesprochen hatten, damals, als wir noch beste Freundinnen gewesen waren. Damals, vor zwei Monaten. Dieses Biest! Das hatte sie nur gemacht, um mir eins reinzuwürgen. Und mich zu verunsichern. Um ihr Terrain abzustecken. Um mich kleinzukriegen. Jaja. Meine liebe ex-beste Freundin zögerte nicht eine Sekunde, auch weiterhin ihr Gift zu verspritzen. Ich setzte mich wieder an den Computer und schrieb zurück: **Was für ein Zufall. Das gleiche Kleid ziehe ich auch an! Wie schön! Dann sind wir ja im Partnerlook!**

Wenn sie geglaubt hatte, dass ich ihr kampflos das Feld überlassen würde, dann kannte sie mich offenbar nicht gut genug. Ich musste grinsen bei der Vorstellung, wie sie jetzt ins Rotieren kam. Sie würde garantiert alles geben, um besser auszusehen als ich. Dazu kannte ich *sie* eben auch nur zu gut.

Mein Vater war wieder da, noch angespannt, aber guter Dinge. »Ich habe alles getan, was notwendig war. Jetzt können wir nur noch abwarten«, sagte er. Er sah toll aus in seinem schwarzen Anzug. Aber der Hammer war meine Mutter in ihrem grauen hautengen L'Wren-Scott-Kleid. Sie hatte die Haare hochgesteckt und sah mit ihrem dezenten Make-up einfach unglaublich schön aus, und zwar auf natürliche Art und nicht auf Pfundweise-Schminke-Brechstangenweise. Sie war einfach die Königin des stilvollen Understatements.

»Antje, du siehst bezaubernd aus«, sagte mein Vater bewundernd. Und dann sah er von ihr zu mir und sagte: »Ich bin wahrhaft ein glücklicher Mann mit zwei so wunderschönen Frauen an meiner Seite.« Er half meiner Mutter in den Mantel und küsste sie zärtlich. Enzo kam aus dem Aufenthaltsraum, pünktlich zur Abfahrt. Ich freute mich, ihn zu sehen, und konnte mir mein Schmetterlingshirn-Grinsen nur mit Mühe verkneifen. Enzo hingegen blieb ganz cool. Er vermied sogar den Blickkontakt mit mir, als er fragte: »Mit welchem Auto möchten Sie fahren, Herr Sander?«

Mein Vater gab zurück: »In welchem Auto würden Sie eine schöne Frau fahren?«

Enzo lächelte knapp und verschwand nach draußen. Spätestens am Wochenende würde ich meinen Eltern die Sache mit Enzo erklären. Das konnte so nicht weitergehen! Die ganze Fahrt über konnte ich kaum den Blick von Enzos Hinterkopf und seinen weichen Stoppelhaaren wenden, während in meinem Kopf der Film *Endlich offiziell verliebt in Enzo* lief.

»Justus kommt doch auch, oder?«, unterbrach meine Mutter mein fantastisches Kinovergnügen. Ach du meine Güte! Da hatte ich ja überhaupt nicht dran gedacht!

»Seine Mutter arbeitet doch auch im Kinderkrankenhaus«, sagte ich ausweichend, um nicht zugeben zu müssen, dass ich gar nicht mit ihm darüber gesprochen hatte. Meine Mutter drückte aufgeregt meine Hand und zwinkerte mir zu. Das konnte ja heiter werden. Silvy. Das Marc-Jacobs-Kleid. Justus. Enzo. Meine Eltern. Achthundertsiebzig Facebook-Freundschaften zu pflegen, wäre ein Kinderspiel dagegen!

Wir fuhren durch das große Tor über den Kiesweg auf die Villa der Kerns zu. Es war ein zweistöckiges Haus im Toskana-Stil, erdfarbene Fassade, hohe Sprossenfenster, Efeuranken an einer Seite, hohe, schlanke Tannen im Garten. Palmen umrahmten den Parkplatz am Haus. Hinten hatten sie einen Pool und einen Gartenpavillon. In besseren Zeiten (bevor ich erfahren hatte, wie meine angeblich beste Freundin in Wirklichkeit drauf ist) hatte ich mit Silvy, Lola und Marie so manchen Sommertag damit verbracht, am Pool zu chillen. Wobei ich ja nicht so ein Abhänger bin. Ich kann einfach nicht so lange untätig auf einem Liegestuhl rumschimmeln. Ich hatte dann mit Silvys kleiner Schwester Vera vom Sprungbrett ein paar feine Arschbombenwettbewerbe ausgetragen und das Kreischen der anderen drei, wenn sie nass gespritzt wurden, war unser Gradmesser, wer gewonnen hatte. Vera hatte in Sachen Arschbomben übrigens ein erstaunliches Talent an den Tag gelegt. Aber vermutlich war ihre Motivation, Silvy zu ärgern, einfach größer gewesen. Die beiden pflegten nämlich eine herzliche Abneigung gegeneinander.

Als wir auf dem Parkplatz ankamen, brauste vor uns ein schwarzer amerikanischer Oldtimer zur Seite, dass der Kies nur so spritzte. »Heyho«, entfuhr es Enzo und wich dem Auto aus. »Immer langsam mit den jungen Pferden.«

»Das ist ja ein tolles Auto«, bemerkte mein Vater.

»Das ist ein Chevrolet Impala«, warf ich von hinten ein. Enzo schaute mich über den Rückspiegel an und zog erstaunt die Augenbraue hoch. Auch mein Vater drehte sich verblüfft zu mir um.

»So eines fahren die Winchester-Brüder in der Serie *Supernatural*«, erklärte ich.

»Oh ha!« Mein Vater lachte. »Meine Tochter ist nicht nur schön, sondern dank einschlägiger Fernsehserien auch noch gebildet.«

Der Chevrolet parkte neben unserem Mercedes. Auf der Fahrerseite prangte ein großer runder Aufkleber mit dem Logo von Veras Vlog. Silvys kleine Schwester betrieb nämlich seit einem Jahr einen äußerst erfolgreichen Video-Blog und hatte vor Kurzem sogar angefangen, Merchandising-Produkte zu verkaufen. Den Erfolg ihres Vlogs hatte sie zum großen Teil Silvy zu verdanken, die aus reiner Boshaftigkeit Vera den Spitznamen verpasst hatte, unter dem sie jetzt den Vlog betrieb. Niemals hätte sie damit gerechnet, dass Vera es überhaupt nicht als Beleidigung auffassen würde, als Silvy bei einem Abendessen triumphierend verkündet hatte: »Ich bin das It-Girl der Familie und Vera ist das Shit-Girl.« Vera hatte gelacht, dass ihr die Fanta aus der Nase schoss, und sich dafür einen Rüffel von ihrer Mutter eingefangen, die die Beleidigung ihrer älteren Tochter dagegen unkommentiert ließ. Kurz darauf hatte Vera ihren Vlog angefangen, in dem sie jede Woche etwas kommentierte, das sie scheiße fand. Das erste Thema war: Große Schwestern sind scheiße. Silvy hatte geschäumt, konnte aber nichts dagegen machen.

Ich stieg aus, gerade als auch Vera aus ihrem Wagen sprang. Sie war einen Kopf kleiner als ich, etwas moppelig und immer im Gothiclook in Schwarz und Lila gekleidet. Die Haare dazu passend gefärbt. Ziemlich schräg, aber ihr stand es.

»Hey Shit-Girl«, grüßte ich sie. »Die Geschäfte laufen wohl gut, was?«

Vera grinste und deutete auf den Aufkleber, auf dem unter einer weiblichen Comicfigur mit geballter Faust in weiß-lila Buchstaben »Shit-Girl« stand. »260.000 Follower«, antwortete sie. »Neuer Werbevertrag. Neues Auto.« Shit-Girl war im echten Leben weitaus wortkarger als in ihrem Vlog.

»Darfst du denn schon fahren?«

»Nur auf dem Parkplatz«, stöhnte Vera. »Wenn Idi Amin es nicht sieht.« So nannte sie ihre Mutter. Natürlich nur in deren Abwesenheit, denn die wäre ausgerastet, wenn sie gehört hätte, dass ihre Tochter sie mit dem berüchtigten afrikanischen Diktator verglich.

»Deine Schwester findet das Auto bestimmt total klasse«, sagte ich.

»Total«, gab Vera zurück. »Musste sich neues Make-up kaufen. Farbe Neidgelb.«

Ich lachte. »Freut mich ehrlich für dich, dass es gut läuft.«

Sie sah mich an, bleiche, runde Gesichtszüge, stark geschminkte Augen, ein Mädchen, das man im ersten Moment vielleicht für eine Loserin halten könnte, wäre da nicht der feurige, unbeugsame Blick. Sie nickte mir zu und sagte ernst: »Du bist echt nicht scheiße.«

»Danke. Ich dich auch«, gab ich grinsend zurück.

»Natascha, kommst du?«, rief meine Mutter.

Vera steckte sich eine Zigarette an, ich winkte ihr und lief dann meinen Eltern nach, gefolgt von Enzo. Am Ende des Parkplatzes entdeckte ich Justus' Auto, einen alten Ford, den er liebevoll Mister Schrott nannte. Ich atmete tief ein, als mein Vater die große Eingangstür aufmachte, um uns in die Höhle der Löwin einzulassen.

10

Da sind Sie ja«, zwitscherte Silvys Mutter, als sie uns in ihrem bodenlangen schwarz-beigen Seidenkleid entgegenrauschte. »Herr Sander, ich freue mich außerordentlich, Sie und Ihre Familie heute begrüßen zu dürfen.« Sie ließ noch einige Schleimbemerkungen vom Stapel inklusive der täuschend echten Imitation von Begeisterung für den Look meiner Mutter (seit ich über Silvy Bescheid wusste, traute ich auch Frau Dr. Kern nicht mehr über den Weg), dann wandte sie sich an mich. »Natascha«, sagte sie seufzend. »Es ist ja wirklich ein *Jammer,* dass du auf eine andere Schule wechseln musstest! Und dann gleich so ein *Drama* dort!« Sie machte ein betroffenes Gesicht. »Ich konnte kaum glauben, was ich in der Zeitung lesen musste.«

»Ach«, sagte ich. »Die übertreiben doch immer.«

»Umso besser, dass du heute Abend hier bist. Unbeschadet! Und dann dieses Kleid. Das kenne ich doch von irgendwoher?« Sie zwinkerte mir zu. »Wo ist eigentlich Bastian?«

»Er macht gerade ein Praktikum im Ausland«, sagte mein Vater.

»Oh, wie schön«, säuselte Frau Dr. Kern. »Auslandsaufenthalte machen sich immer gut im Lebenslauf! Ah, David! Kommen Sie doch mal her!« Sie winkte einen gut aussehenden Typen herbei. Schwarze, dichte Haare, dunkle Augenbrauen, die knapp über den hellblauen Augen lagen, was seinem Blick eine besondere Intensität verlieh. Schätzungsweise Anfang dreißig, dunkelblauer Anzug, Smartphone in der Hand. Ein Streber mit Charisma, würde ich sagen.

»Herr Sander, das ist David Wöbke, mein Assistent. David, das sind André Sander und seine Familie. Großzügige Spende. Notieren Sie sich das für die große PK in zwei Wochen«, ratterte Silvys Mutter runter. Sie erklärte, was es mit der großen Pressekonferenz auf sich hatte, während David uns begrüßte, indem er jedem von uns dreien die Hand gab. Der Blick aus seinen Augen war wie ein Scheinwerfer, der einen sofort ins Rampenlicht brachte. Während Frau Dr. Kerns Stimme jetzt von der Tonlage eines Speichellecker-Profis zu dem der Geschäftsfrau wechselte, die einen dicken Fisch an der Angel hatte, suchte ich schon den Raum ab. Die Party fand in dem ovalen, von Säulen begrenzten Foyer statt, in dem Olivenbäume in großen Kübeln und ein Wasser speiender Schildkrötenbrunnen mediterranes Flair verbreiten sollten. Elegant gekleidete Menschen plauderten gediegen miteinander, Kellner mit langen weißen Schürzen liefen mit Tabletts voll Champagner und Häppchen herum. Gerade machte einer den Blick frei zu Enzo, der am Eingang an einem Stehtisch stand, neben einem anderen jungen Mann, an dessen ungerührter Miene ich ablesen konnte, dass er aus einem ähnlichen beruflichen Grund hier zu sein schien wie Enzo. Frau Dr. Kern redete immer noch auf meinen Vater ein, während Wöbke abseits telefonierte. Ich ließ meinen Blick schweifen und entdeckte Silvy, wie immer eingerahmt von ihren Freundinnen Lola und Marie. Sie hatte mich noch nicht gesehen, weil sie mit ihren Augen an David Wöbke klebte. Das gab mir Zeit für ein kurzes Check and Classify.

Marie trug ein knielanges dunkelgrünes Spaghettiträgerkleid, unter dem die Schlüsselbeine so weit hervorstanden wie die Haltegriffe im Bus. Ein schlichtes, tailliertes Etuikleid hätte ihr bei ihrer mittlerweile ziemlich abgemagerten Figur weitaus besser gestanden. Ihre Haare trug sie hochgesteckt, was das Ganze noch unvorteilhafter wirken ließ. Sie blickte gelangweilt in die Runde. Lola wirkte neben ihr wie ein dusseliger Teenager. Was sie ja auch war. Das sah man schon an den Klamotten. Ihre eher üppige Figur hatte sie in ein feuerlöscherrotes Paillettenkleid gequetscht, ihre Handtasche in Form eines Plüschhundes wie eine Schärpe umgehängt. Ihre fleischige Unterlippe hing wie immer ein bisschen hinunter, als wäre sie ausgeleiert. Dadurch stand ihr Mund permanent offen und ließ Lola ungefähr so dämlich wirken, wie sie auch war. Vielleicht hatte sie als Kind Akkord in einer Briefmarkenanleckerei arbeiten müssen.

Ein sehr hübsches Trio: die Präsidentin der Spaßbremsen, Miss Babyspeck und Gräfin von und zu Niedertracht.

»Siiiilvyyy!«, rief da ihre Mutter plötzlich und winkte ihre Tochter heran. »Sieh mal, wer hier ist!«

Und dann kam sie. Straffe Schultern, hochgerecktes Kinn. Sie feuerte Blitze aus ihren Augen. Und ich? Ich musste mich sehr zusammenreißen, um nicht loszuprusten. Silvy hatte wirklich *alles* gegeben, um das Kleid anders zu interpretieren als ich. Sie hatte es mit einem roten Lackgürtel, roten Pumps und – Achtung! Augen zu, jetzt wird es schlimm! – einer *weißen* Nylonstrumpfhose kombiniert. Die Haare waren viel heller als bei unserem letzten Treffen (von Weizenblond zu Hellblond, man könnte auch sagen, meine Haarfarbe) und zu dicken Locken aufgedreht. Dazu ein knallroter Lippenstift.

»Da weiß man ja gar nicht, wo man hingucken soll«, begrüßte ich Silvy. »So viel schöne Accessoires!«

»Das Kleid muss man eben ein bisschen aufpeppen«, gab Silvy spitz zurück. »Sonst ist es doch zu langweilig.« Mitleidig ließ sie den Blick über mich schweifen. Ich trug hautfarbene Nylons und die schwarzen Sergio-Rossi-Stiefeletten. Die Haare hatte ich zu einem Pferdeschwanz gebunden und – dank Haarkissen – endlich eine schönes Volumen am Hinterkopf. Zartrosa Lipgloss, Wimperntusche und fertig.

»Ist das nicht süß? Fast wie Schwestern«, säuselte Frau Dr. Kern meiner Mutter zu, als sie uns beide betrachtete.

»Ja, wirklich«, antwortete meine Mutter. »Fast wie Schwestern.« Ihre Miene war undurchdringlich, aber natürlich wusste ich, was sie von Silvys Accessoire-Desaster hielt. Meine Mutter war nämlich, wenn man von ihren Bananen-Molke-Drinks am Morgen absah, eine Frau mit Geschmack.

»Nun, ich habe mit Nataschas Eltern noch einiges zu besprechen, also husch, husch! Geht euch amüsieren, Mädchen«, scheuchte uns Frau Dr. Kern weg. Amüsieren! In einem Bootcamp für Schwererziehbare würde ich mich besser amüsieren als mit Silvy und ihren Freundinnen.

»War ja klar, dass ich dich jetzt auch noch unterhalten muss«, fing Silvy auch direkt an.

»Ach, ich dachte, es wäre umgekehrt!«, gab ich zurück. Wenn ich mich schon meinen Eltern zuliebe zu Silvy und Anhang stellen musste, dann doch wenigstens auf Silvys Kosten. Sie stolzierte vor mir her und versuchte, auf ihren roten Pumps wie ein Model zu gehen, schwankte dabei aber eher wie ein besoffenes Lama. Nun nahm ich die beiden anderen ins Visier.

»Hallo!«, zirpte Marie durch ihren fast geschlossenen Mund und schaffte es, sehr ungerührt zu wirken.

»Hi Natascha«, sagte Lola und lächelte mich mit ihrer schweren Unterlippe und ihrem offen liegenden Unterkiefer an. Sie hielt ein Glas Champagner in der Hand. Wer weiß, wie viele sie schon intus hatte.

»Hallo«, sagte ich. »So sieht man sich wieder.«

»Ich hab gehört, auf deiner neuen Schule ist ja richtig was los! Erzähl doch mal!«, forderte mich Lola neugierig auf.

Die glaubten doch nicht im Ernst, dass sie jetzt eine Nähkästchen-Plauderstunde mit mir gewonnen hatten!

»Keine Ahnung, was da los war. War ja in meiner ersten Schulwoche«, gab ich mich ahnungslos.

»Oh«, machte Lola enttäuscht, trank ihr Glas leer und nahm sich von dem vorbeikommenden Kellner ein neues.

»Typisch. Natascha hat wieder mal nichts mitgekriegt«, sagte Silvy zufrieden.

»Du hast echt keine Ahnung, Silvy. Aber davon richtig viel«, sagte ich. »Wie läuft's eigentlich in Mathe bei dir?«

»Gut.« Sie reckte herausfordernd ihr Kinn hoch, genau wissend, dass ich ihr früher immer die Aufgaben erklärt hatte. *»Sehr* gut sogar«, schob Silvy nach.

»Echt?«, staunte Lola. »Deine letzte Arbeit hast du aber doch ...« Der todbringende Blick aus Silvys Augen ließ sie verstummen. Währendessen hatte Marie mich die ganze Zeit abschätzig begutachtet, meine Schuhe, mein Kleid, und blieb jetzt an meinem Gesicht hängen.

»Du siehst anders aus«, stellte sie mit zusammengepressten Lippen fest und es klang nicht nett. Meine Güte! Warum machte sie den Mund nicht richtig auf? Dachte sie vielleicht, Luft wäre kalorienhaltig und sie würde dick vom *Atmen?*

»Ja, genau«, rief Lola. »Das ist mir auch aufgefallen!«

»Liegt daran, dass ich nichts mehr mit euch zu tun habe«, sagte ich. »Das entspannt ungemein. Solltet ihr auch mal ausprobieren.«

»Vielleicht eine kleine Schönheits-OP?«, riet Lola, als wenn ich gar nicht da wäre. »Guckt mal, die Ohren. Standen die nicht noch weiter ab beim letzten Mal?«

»Da verwechselst du was, Lola«, sagte ich. »Das ist deine Unterlippe, die noch mehr absteht als das letzte Mal.«

Sie wurde rot und biss sich erschrocken auf die Lippen. Die drei gafften mich weiter prüfend an. Da sollten sie mal schön suchen! Ich würde ihnen nicht verraten, dass es an dem Haarkissen lag.

»Nee, die Ohren sind es nicht«, sagte Marie und kniff die Augen zusammen, während sie mich weiter musterte. »Hast du ...«, fing sie an und vollendete den Satz leiser: »... *es* etwa getan?«

Gegen meinen Willen wurde ich rot. Hallo! *Haarkissen* war das Zauberwort! Die drei kicherten.

»Habe ich *was* getan?«, fragte ich zurück, um Zeit zu gewinnen. »Du hast doch immer behauptet, du seiest noch Jungfrau«, höhnte Silvy. »Aber jetzt wohl nicht mehr.«

»Nee, Silvy, das habe ich nie«, sagte ich. »Ich bin Widder. Aber das kannst du dir vermutlich genauso schlecht merken wie das große Einmaleins.«

»Ach, wenn du es nicht zugeben willst, dann lass es halt«, giftete Silvy. »Wir machen hier nur Smalltalk, aber anscheinend gibt es bei dir ja nichts Interessantes zu berichten.«

»Hast du denn einen Freund, Natascha?«, fragte Lola, die ihre Fassung wiedergewonnen hatte, und nippte an ihrem Champagner.

»Das wiederum *ist* eine interessante Frage«, sagte Silvy und lächelte gierig. Marie nickte. Die drei glotzten mich an, bohrten ihre Blicke in mich hinein, immer tiefer, wie irgendwelche verdammten Parasiten im Dschungel, die die Haut durchlöcherten und bis in die Organe vordrangen, wo sie sich festsetzten und einen langsam von innen auffraßen. Diese fiesen Tussen! In dem Moment überkam mich eine große Gelassenheit. Enzo, dachte ich. Ja, ich habe Enzo. Und ihr nicht. Ätsch. An meiner zurückgewonnenen Fassung prallten ihre Blicke ab.

»Wenn du es nicht sagen willst, dann hast du keinen«, behauptete Silvy.

»Ich sag ja, keine Ahnung, aber davon sehr viel«, gab ich lächelnd zurück. »Und du? Was ist mit dir, Silvy? Endlich jemanden gefunden, der unterentwickelt genug ist, sich auf dich einzulassen? Ach nein, dann müsstest du ja wohl in der Kleinkindabteilung suchen.«

»Haha«, machte Silvy. »Natürlich habe ich einen Freund. Und der ist in jeder Hinsicht bestens entwickelt.« Sie grinste anzüglich.

»Wie bitte?«, fragte Lola staunend. »Davon weiß ich ja gar nichts.«

Silvy sackte ein bisschen in sich zusammen und fuhr sie genervt an: »Ja, Lola. Und genau darüber würde ich mir mal Gedanken machen.«

»Hä?«, fragte Lola zurück. Aber Silvy beschied ihr mit einer knappen Handbewegung, die Klappe zu halten. Lola sah Marie fragend an, aber die ignorierte sie. Da tauchte Vera neben uns auf, in jeder Hand eines der köstlich aussehenden Häppchen. Ihr bleicher Teint hob sich krass von ihren schwarzen Klamotten ab. Sie passte in ihrem Punkoutfit so gut zwischen all die eleganten Leute wie Lakritz auf Sahnetorte.

»Ach, Silvy«, sagte Vera scheinbar überrascht und schaute ihre Schwester demonstrativ von oben bis unten an. »Du bist für mich eine echte Inspiration. Immer wenn ich dich sehe, fällt mir ein Thema für meinen Vlog ein.« Silvys Augen verengten sich zu Schießscharten. »Und immer wenn ich dich sehe, will ich Graf Dracula anrufen, dass er seine Untertanin endlich abholt«, giftete sie zurück. Vera verzog keine Miene und stopfte sich beide Häppchen in den Mund.

»Du bist wirklich der einzige essgestörte Blutsauger der Welt«, ätzte Silvy weiter.

»Besser essgestört als verhaltensgestört«, konterte Vera. »Oder farbenblind.« Sie schnippte gegen Silvys roten Lackgürtel und zwinkerte mir zu. Ich konnte ein Grinsen nicht unterdrücken. Endlich eine Verbündete!

»Welches Thema willst du denn das nächste Mal machen?«, fragte Lola neugierig.

»Accessoires sind scheiße«, brachte Vera trotz vollem Mund heraus. Ich musste laut lachen. »Brauchst du noch einen Gastbeitrag dazu? Mir würde dazu auch was einfallen. Zum Beispiel, wie verheerend rote Accessoires aussehen können.«

»Gute Idee. Lass uns …« Sie bewegte die Finger, als ob sie simsen würde. Ich nickte ihr zu.

»Und jetzt verpiss dich, Shit-Girl«, fauchte Silvy.

»Nur zu gerne«, sagte Vera. »Ich bekomme sonst Ausschlag. Ihr wisst schon. Zickenallergie.«

»Hau endlich ab«, rief Silvy ihr hinterher. »Was für ein Horror!«, sagte sie zu ihren Freundinnen, die ihr sofort beipflichteten. Es wurde Zeit, auch die Biege zu machen. Zum Glück entdeckte ich gerade Justus an der mobilen Cocktailbar.

»Bis später, Mädels. Und passt auf, dass euch beim Lästern nicht die Zunge abfällt«, sagte ich, ließ die drei stehen und drängte mich zu Justus, der äußerlich ungerührt wirkte, aber an seinem Gesichtsausdruck sah ich, dass er sich innerlich für die Begegnung mit mir wappnete. Obwohl er mich auch gesehen hatte, widmete er sich konzentriert seinem Glas Saft.

Seit Sonntag hatten wir nicht mehr miteinander gesprochen. Die längste Zeit, seit wir befreundet waren. Und ich war unsicher, wie es jetzt werden würde. Ob wir es irgendwie schaffen konnten, normal miteinander umzugehen. Ich überlegte, wie ich das Gespräch locker beginnen könnte, und verfiel auf die sicherste Methode. Ein Zitat aus *Ice Age*.

»Wenn du den kleinen Johnny nicht ausspuckst, verlassen wir sofort den Spielplatz«, zitierte ich Faultier Sid. Justus lächelte schief. »Ziemlich lahme Angelegenheit hier, was?«, fragte er und stellte sein leeres Glas weg.

»Es sei denn, man gerät in Silvys Nähe, da ist immer was los.«

»Ist sie im Hauptberuf immer noch Intrigantin?«

»Mehr denn je.« Einen Moment schwiegen wir.

»Geht es dir gut?«, fragte ich und biss mir im selben Moment auf die Lippe.

»So weit«, wich er aus. Es herrschte wirklich Eiszeit zwischen uns. Und da konnten noch so viele lustige Zitate nicht helfen.

»Hey Justus«, grüßte plötzlich meine Mutter. »Schön, dich zu sehen.« Sie tätschelte freundschaftlich seinen Arm.

»Hallo. Toll siehst du aus, Antje«, sagte er ehrlich.

»Danke. Ich hoffe, es war okay, dass ich Natascha gestern das Essen mitgegeben hab.«

»Essen?« Justus stutzte. Oh, Mist! Das hatte ich ja ganz vergessen! Den Picknickkorb hatte ich Enzo überlassen, der dessen Inhalt zum Mittagessen verputzt hatte. Ich stellte mich so hin, dass meine Mutter mich nicht sehen konnte, und zog eine Grimasse, um Justus' Aufmerksamkeit zu wecken. Er verstand sofort. »Ach so, ja klar. Das Essen. Danke.«

»Und was hat dir am besten geschmeckt?«, fragte meine Mutter.

Pantomimisch schlürfte ich eine Suppe.

»Äh. Die Suppe?«, riet Justus. Ich zeigte Daumen hoch. Unsere nonverbale Kommunikation klappte also immer noch.

»Das habe ich mir gedacht«, sagte meine Mutter.

»Die war wirklich köstlich ...«, fügte Justus hinzu.

Ich spitzte meine Lippen und sog von innen meine Wangen ein, sodass sie den perfekten Fischmund bildeten.

»... die Fischsuppe?«

Ich nickte eifrig.

»Und der Rest?«

»War auch gut, aber nicht so gut wie die Fischsuppe.«

»Du Scherzkeks«, sagte ich. »In das Kokos-Pannacotta hättest du dich reinlegen können, hast du gesagt. Nur bei den Lammkoteletts fehlte etwas Rosmarin.« Das hatte Enzo mir auf dem Rückweg von der Schule verraten. »Und die Gemüsepäckchen waren auch ein bisschen langweilig.«

»Oh. Okay. Danke für die ehrliche Kritik!«, sagte meine Mutter.

»Gern geschehen«, sagte Justus und warf mir einen strengen Blick zu. Mein Vater tauchte auf und reichte meiner Mutter ein Glas Champagner. »Komm, Antje, ich stelle dir jemanden vor.«

»Bis später, ihr beiden«, sagte meine Mutter und bedachte mich mit einem warmen Blick. Dabei war mir eh schon warm geworden bei dieser ganzen Lügerei. Verflixt und zugenäht.

»Jetzt muss ich schon dein Alibi sein, wenn du dich mit Enzo triffst?«, fragte Justus leise und schaute wieder an mir vorbei in die Menge.

»Es tut mir leid«, entschuldigte ich mich. »Kommt nicht wieder vor.«

»So, meine lieben Gäste«, dröhnte die Stimme von Silvys Mutter über Lautsprecher. »Willkommen zu unserer Benefiz-Veranstaltung, ich freue mich, dass Sie so zahlreich unserer Einladung gefolgt sind! Wir haben wirklich Grund zum Feiern ...«

»Nach der Rede haue ich ab«, murmelte Justus leise. »Meine Mutter hat heute Nachtdienst im Krankenhaus. Ich fahr sie gleich hin.« Er zeigte nach hinten, wo Nicole sich mit einigen Leuten unterhielt. Ich winkte ihr zu, als sie mich sah. Justus rutschte vom Stuhl und ließ mich mit meinem schlechten Gewissen an der Bar stehen. Silvys Mutter schwadronierte derweil über das Krankenhaus und was sie da alles Tolles machen würden, vor allem natürlich, was *sie* persönlich und ihre Familie alles Tolles machen würden. Nach dem endlosen Sermon durfte auch Silvy noch ein paar Angeber-Worte über ihr ehrenamtliches Engagement für die Kinderklinik sagen. Während sie so redete, als wäre sie Mutter Teresa persönlich, fiel mir ein, wie wir an meiner alten Schule einmal einen Basar organisiert haben, um Geld zu sammeln für eine Schule von Aidswaisen in Sambia. Ich hatte mich von ein paar Spielsachen und Klamotten getrennt, an denen ich wirklich gehangen hatte, während Silvy nur Schrott abgegeben hat. Eine Puppe mit nur einem Arm, ein paar Bücher mit verknicktem Deckel und ein paar ausgewaschene T-Shirts. Sie hatte gerade mal acht Euro eingenommen, während ich auf über zweihundert Euro gekommen war. Damit hatte ich dann zu meinem eigenen Erstaunen den ersten Platz im schulinternen Wettbewerb belegt, zwei Eintrittskarten fürs Phantasialand gewonnen und war besonders von unserem Schulleiter gelobt worden. »Wenn ich gewusst hätte, dass es für den ersten Platz einen Preis gibt, dann hätte ich auch andere Sachen gespendet«, hatte Silvy nachher behauptet.

Aber dann hatte ich sie mitgenommen ins Phantasialand und sie hatte mir verziehen und wir hatten nie mehr darüber geredet. Unglaublich, dass mir damals noch nicht aufgegangen war, was für ein fieser Mensch Silvy eigentlich war. Da konnte sie jetzt noch so viel davon schwärmen, wie sehr sie sich für das Kinderkrankenhaus ins Zeug legen würde.

»Beim Golfturnier am Wochenende werde ich versuchen, den Spendensammelrekord aus dem Jahr 2010 zu brechen, und damit die neu ausgeschriebene Auszeichnung *Das goldene Herz* gewinnen«, verkündete Silvy gerade großspurig und genoss den Applaus. Nach ihrer Rede kam sie mit triumphierendem Gesichtsausdruck zu mir.

»Meine Güte, Silvy, das war wirklich herzerweichend«, sagte ich sarkastisch. »Noch ein paar Minuten länger und ich hätte dich für den Friedensnobelpreis vorgeschlagen.«

»Ja, Gift versprühen, das kannst du«, sagte sie verächtlich. »Aber dich *einmal* für andere einsetzen, das kommt dir natürlich nicht in den Sinn.«

Ich musste lachen, so absurd war das, was sie sagte, aber bevor ich ihr darauf eine passende Antwort geben konnte, sagte sie: »Du wirst übrigens die ganze Zeit beobachtet.«

»Ach ja?«, fuhr ich sie an. »Dann guck halt woandershin.«

»Doch nicht von mir! Der Typ *dahinten* starrt dich die ganze Zeit an.«

Ich drehte mich um. Enzo. Er lehnte lässig am Stehtisch, ein Wasser in der Hand, sein weißes Hemd, der schwarze Anzug, die kurz geschorenen Haare, sein süßes Lächeln. Ich wäre am liebsten sofort mit ihm von hier abgehauen. Weit, weit weg.

»Ach der«, sagte ich stattdessen gespielt gelangweilt. »Das ist nur mein Bodyguard. Der wird dafür bezahlt, mich zu beobachten.«

In diesem Moment schlenderte David Wöbke auf uns zu. »Na, Mädels«, scherzte er gut gelaunt. »Langweilt ihr euch nicht, hier zwischen all den alten Säcken?« Er lächelte kokett, als ob er sich selbst zu den alten Säcken zählen würde.

»Du bist doch noch gar nicht alt«, stieg Silvy sofort drauf ein. Ich konnte es mir gerade so verkneifen, die Augen zu verdrehen.

»Und wie amüsieren Sie sich?«, fragte ich.

»Du«, sagte er und bedachte mich mit seinem Scheinwerfer-Blick. »Sag David zu mir, Natascha. Dann fühle ich mich wenigstens nicht alt.«

»Okay«, sagte ich lachend. Er war ein echter Womanizer, das war so was von klar. Gefiel mir nicht. War nicht mein Fall. Aber ich konnte verstehen, warum andere ihn höchst attraktiv fanden. Silvy zum Beispiel. Die mich giftig ansah und sofort dazwischenging. »David«, sagte sie schmeichelnd. »Wie sieht es denn mit den Presseanfragen für unseren Feendienst aus? Du meintest doch, da wären einige interessierte Journalisten gewesen.«

»Ja«, fing er an, doch in dem Moment befahl Silvys Mutter ihn wieder mit ihrer Winkekralle zu sich. Ich sah David hinterher.

»Süß«, sagte Silvy in vertraulichem Ton.

»Genau mein Typ«, sagte ich, um sie ein bisschen anzustacheln.

»Hab ich es doch gewusst«, rief Silvy begeistert. »Du und der *Bodyguard*. Das ist wirklich der Klassiker.«

Jetzt erst raffte ich, dass sie nicht David Wöbke meinte, sondern Enzo. »Ach so, nee«, sagte ich geistesgegenwärtig. »Ich meinte diesen Wöbke. Ist der noch zu haben?« Silvy schaute mich mit einer Mischung aus Misstrauen und unverhohlenem Hass an. Also hatte ich goldrichtig gelegen, dass sie auf Wöbke stand.

»Das kannst du dir gleich abschminken. Was ist denn mit dir und Justus?«, fragte sie neugierig.

»Das geht dich überhaupt nichts an«, sagte ich.

»Ach nein? Warum denn nicht? Erzähl doch mal.«

»Silvy, du nervst«, sagte ich.

»Los, komm schon. Hat Justus dich endlich rumgekriegt? Er ist doch schon soooo lange in dich verliebt und himmelt dich an mit seinem Ich-bin-so-ein-guter-Kumpel-Getue und seinem Welpenblick und dem ...«

In dem Moment sprang bei mir eine Sicherung raus. Sich über mich lustig zu machen, gut. Sich über alle anderen lustig zu machen, auch in Ordnung. Aber nicht über Justus.

»Hey Silvy«, unterbrach ich sie mit eisigem Ton. »Da fällt mir ein, dass ich auch mal wieder ein paar Spenden sammeln könnte.« Ich beugte mich näher zu ihr und setzte hinzu: »Oder besser gesagt: ein paar *mehr* Spenden als du. Zum Beispiel bei dem Golfturnier am Wochenende.«

Sie wurde blass. »Blödsinn«, sagte Silvy. »Niemand sammelt da mehr Geld als ich.« Aber es klang, als müsse sie sich selbst Mut zureden.

Ich sah sie durchdringend an. »Oh doch«, sagte ich. »Du wirst wieder aussehen wie eine geizige Ziege im Vergleich zu mir. Womit ein für alle Mal bewiesen wäre: Ein Herz aus Gold hast du auf keinen Fall.«

Sie kniff die Augen zusammen. »Okay«, sagte sie plötzlich wieder in ihrem besten Zickentonfall. »Für jede hundert Euro, die du weniger hast als ich, musst du eine Stunde ehrenamtlich im Krankenhaus arbeiten.«

»Und für jede hundert Euro, die du weniger sammelst als ich, musst du eine Lüge widerrufen, die aus deinem Mund gekommen ist«, gab ich zurück.

»Was bitte schön meinst du?«, stellte sie sich dumm.

»Zum Beispiel gehst du zu Lukas und sagst ihm, dass das mit den Chlamydien eine Lüge war.«

Dass sie meinem ehemaligen Schwarm erzählt hatte, ich hätte mich mit Chlamydien infiziert, belegte immer noch die Top-Platzierung in Silvys Best-of-Lügen-Charts.

Sie zog eine Augenbraue hoch, beugte sich zu mir nach vorne und raunte leise: »War sie das?«

Ich fackelte nicht lange. Ich machte eine Dreihundertsechzig-Grad-Drehung und holte dabei aus, um ihr mit einem perfekt geschwungenen Jump Kick meine schicke Sergio-Rossi-Stiefelette gegen ihren Lügenkopf zu donnern und sie bewusstlos zu Boden gehen zu lassen.

Okay, ich geb's zu.

Das war leider nur mein privates Kopfkino. Aber es ist nicht leicht, bei jemandem wie Silvy, dem Lügen in Fleisch und Blut übergegangen ist, ruhig zu bleiben. Aber mir gelang es, und anstatt sie verdientermaßen auf die Bretter zu schicken, atmete ich einmal tief durch und sagte: »Ich würde an deiner Stelle mal zum Arzt gehen. Wie du deine eigenen gesundheitlichen Probleme mit denen von anderen verwechselst, ist wirklich besorgniserregend.«

Sie lachte. »Pah. Also, nimmst du die Herausforderung an oder kneifst du wieder mal?«

»Silvy, du wirst dir noch wünschen, dass es so wäre. Die Wette gilt. Ich arbeite im Krankenhaus, wenn ich verliere. Und du gestehst Lukas, dass du gelogen hast, wenn du verlierst.«

»Ich verliere nicht.«

»Abgemacht?«

»Abgemacht.«

Ich hielt ihr die Hand hin und nach kurzem Zögern nahm sie sie an. Mir war Lukas völlig egal. Es ging mir nur darum, dass Silvy einmal gezwungen wäre, die Wahrheit zu sagen.

Und um selbst die Wahrheit zu sagen: Ich wollte nur noch eines – nach Hause. Ich hatte die Nase voll von Silvy und ihrem falschem Getue. Aber meine Eltern wurden gerade mit Dr. Kern und dem Chefarzt des Krankenhauses fotografiert. »Guck mal«, sagte ich. »Marie macht sich an David ran!«

Silvy verzog grimmig den Mund und steuerte sofort auf die beiden zu. Das gab mir die Möglichkeit für einen Knutschquickie! Ich lief auf Enzo zu, der immer noch an dem Stehtisch am Eingang stand. Er betrachtete mich scheinbar ungerührt.

»Los, komm mit«, raunte ich ihm im Vorbeigehen zu.

»Wohin?«, fragt er verwundert, aber ich antwortete nicht, sondern ging hinaus, durchs Foyer, durch die Eingangstür, auf den Parkplatz bis ans Ende, wo der Rasen anfing und ein steinerner Weg nach hinten zum Pool führte. Schummrige Leuchten säumten den Weg, aber die Wiese lag im Dunkeln, genau wie dieser hintere Teil des Gebäudes. Hier waren wir ungestört! Im Schatten einer Tanne drehte ich mich um. Ich sah Enzo, wie er mir langsam folgte. Ich ging noch ein paar Schritte näher an die hohe Tanne und wartete. Mein Atem formte weiße Wölkchen, es war bitterkalt und ich hatte meinen Mantel nicht an. Lange würde ich das nicht aushalten, sonst wäre ich ein Calippo. »Enzo, hier!«, rief ich flüsternd, als er kam.

»Natascha«, zischte er. »Was machst du denn hier?«

Ich zog ihn an mich und streckte meine Arme unter sein Jackett und kuschelte mich an ihn. »Mich aufwärmen.«

»Natascha. Nicht!«

»Ach, hier kann uns doch keiner sehen«, beruhigte ich ihn. »Die Tanne verdeckt uns.«

»Das ist eine Zypresse«, brummte er. »Und sie verdeckt uns im Grunde genommen überhaupt nicht ...« Er versuchte, sich sanft loszumachen.

»Mir ist kalt«, sagte ich. »Und ich vermisse dich.« Ich küsste ihn, aber er wich zurück. »Das geht nicht«, sagte er ärgerlich. »Wir könnten jederzeit entdeckt werden!«

»Ach was«, sagte ich. »Und wenn, dann sage ich, dass du mich retten musstest!« Ich gab ihm noch einen Kuss und er entspannte sich für eine Sekunde und küsste mich zurück. Dann löste ich mich, sah ihm in seine Augen und sagte: »Am Wochenende sage ich es meinen Eltern, okay?«

»Versprochen?«

»Ja, versprochen.«

Wir gingen brav getrennt zurück in die Villa. Bevor ich reinging, sah ich, dass Justus' Wagen Mister Schrott immer noch dastand. Doch drinnen behaupteten jedoch alle, er wäre schon gefahren. Und wenn ich geahnt hätte, was später passieren würde, hätte ich mir mehr Mühe gemacht herauszufinden, warum.

11

Ich konnte nur verschwommen sehen. Die Luft roch nach einer Mischung aus Chemie und muffigen Mottenkugeln. Jede meiner Bewegungen wurde von dem Stoff, der mich umgab, gebremst. Mein Atem kondensierte an der Glocke aus Polyester um mich herum und legte sich wie ein feuchter Film auf mein Gesicht. Ich versuchte, nicht in Panik zu geraten, sondern langsamer zu atmen. Es klopfte.

»Herein«, rief ich und meine Stimme klang lauter als sonst, vermutlich weil mein Kopf unter diesem Ding steckte.

»Kann ich Ihnen helfen?« Enzo blieb erstaunt in der Tür stehen.

»Mach die Tür zu«, herrschte ich ihn an. »Bevor mich meine Mutter in dem Aufzug sieht.«

»Natascha?«, fragte Enzo.

»Wer denn sonst? Al Kaida?« Ich hatte ihn eben von hier oben angerufen und ihm gesagt, dass er mich abholen sollte, um mich zu den Boussaidis zu fahren. Das hatte ich ihm schon angekündigt, als er mich von der Schule abgeholt hatte. Es gab also wirklich gar keinen Grund für so einen Aufstand.

»Das ist jetzt nicht dein Ernst, oder?« Er schüttelte entgeistert den Kopf.

»Wieso denn?«, fragte ich entrüstet. »Ich muss mich doch tarnen, wenn ich Azizas Familie besuche!«

»Mit ... einer Burka?« Enzos Fassungslosigkeit wich einer völlig unangebrachten Heiterkeit und ich sah auch durch das Gitter vor meinen Augen, dass er kurz davor war, sich vor Lachen auszuschütten.

»Mit was denn sonst?«, gab ich spitz zurück. »In einem Clownskostüm?«

Ich hatte wirklich gedacht, dass er beeindruckt wäre von meiner Idee, Familie Boussaidi in einer Burka aufzusuchen. Gut, rein modisch gesehen war das Teil, das mir der Expresslieferservice heute zugestellt hatte, eine Katastrophe, Einheitsgröße, Farbton Kamel, 100% Polyester. Aber es war doch nun mal die einzige Möglichkeit, bei einer womöglich streng muslimischen Familie vorstellig zu werden, ohne meine Identität zu verraten.

»Das ist doch totaler Quatsch«, kanzelte Enzo mich ab, als er zu Ende gelacht hatte.

»Wieso das denn?« Ich schaute ihn herausfordernd an. Aber das bemerkte er natürlich nicht, weil mein Gesicht ja nun mal verhüllt war. Er sah nur ein wandelndes Zelt.

»Nun, zunächst einmal sind die Leute vermutlich überhaupt nicht so strenggläubig. Immerhin studiert diese Aziza doch.«

»Na und? Das heißt gar nichts.«

»Außerdem trägt nur ein kleiner Teil der weiblichen Muslime überhaupt Burka«, dozierte Mister Schlaumeier weiter.

»Das mag ja alles sein ...«

»Na, siehst du«, warf Enzo zufrieden ein.

»Aber was wäre denn schlimmer? Wenn die mich für strenggläubig halten oder wenn Aziza Riesenärger bekommt, weil sie sich mit einem Christen eingelassen hat? Von Bastian ganz zu schweigen, den ich natürlich auch schützen muss!«

Ha! Das Gesicht von Enzo hätte man fotografieren müssen! Wäre gut gewesen, dann hätte ich es mir noch mal in Ruhe angucken können, ohne Stoffgitter vor den Augen.

»Okay, na gut. Mach, was du für richtig hältst, ich sage dazu nichts mehr«, lenkte Enzo ein. Na also, geht doch. Auch sein dämliches Grinsen würde mich nicht davon abhalten, meinem Bruder zu helfen! Ich wollte mich energisch abdrehen, stolperte aber über meine Hausschuhe, die ich mit meinem eingeschränkten Blickfeld überhaupt nicht gesehen hatte, und wäre hingeknallt, wenn Enzo mich nicht aufgefangen hätte.

»Hoppla, immer schön langsam fallen!«, sagte er und richtete mich wieder auf. Ich hätte ihn gerne geküsst, aber mit diesem Ding ging das nicht. Ich schälte mich aus dem Überwurf und atmete auf. »Mann, ist das stickig hier drunter«, keuchte ich.

Enzo betrachtete mich skeptisch. »Damit kannst du nicht durchs Haus laufen«, stellte er fest.

»Nee, das ziehe ich an, wenn ich vor Azizas Wohnung aus dem Auto aussteige.« Ich ignorierte Enzos Kopfschütteln, bei dem gerade noch sein Standardsatz »Unmöglich, dieses Mädchen« gefehlt hätte, und gab das Kommando: »Also dann. Los geht's!«

Ich klemmte mir das Stück Stoff unter den Arm, das zentraler Bestandteil meiner Strategie war, und folgte Enzo zur Garage. Als wir losgefahren waren, sagte er: »Ich gehe aber nicht mit. Nachher halten mich die Leute für einen Kerl, der seine Frau in eine Burka steckt.«

»Ist mir sowieso lieber, wenn ich das alleine mache.« Wenn Enzo dabei wäre, könnte ich mich vermutlich überhaupt nicht auf meine Performance konzentrieren. Ich hätte Angst, dass er auf einmal lachen musste. Oder sonst irgendeinen Quatsch machte.

Das Haus, in dem Azizas Familie wohnte, lag an der Ecke einer viel befahrenen Allee mit mondänen Altbauten. Ein paar Häuser weiter war das Maritim-Hotel. Auf dem Hotelparkplatz fanden wir eine freie Lücke.

»Noch kannst du es dir überlegen«, bot Enzo an. »Ich kann auch alleine dahinein gehen und die Leute einfach fragen.«

»Auf gar keinen Fall«, widersprach ich vehement. »Ich werde Bastian nicht gefährden, nur weil du zu unvorsichtig bist.« Außerdem hatte ich mir jetzt das Ding gekauft, also würde ich es auch einsetzen. Ich zog die Burka über meine Fleecejacke.

»Gut, auf deine Verantwortung«, sagte Enzo und grinste weiter vor sich hin.

»Hör doch mal auf, so dusselig zu grinsen!«, fuhr ich ihn an. »Ein bisschen positive Unterstützung wäre besser für die Moral.«

»Na gut«, sagte Enzo. Er räusperte sich. Und fing an zu singen: *»Ich bin die fesche Lola, der Liebling der Saison! Ich hab ein Pianola zu Haus in mein' Salon. Ich bin die fesche Lola, mich liebt ein jeder Mann, doch an mein Pianola, da lass ich keinen ran!«*

Ich schoss giftige Pfeile aus meinen Augen ab. Was er natürlich nicht sah. Wegen dem Schleier.

»Bist du jetzt fertig?«, fragte ich.

»Ja.« Er unterdrückte ein Lachen.

»Unmöglich, dieser Kerl«, brummte ich. Dann öffnete ich die Tür und stieg aus.

»Pass auf, dass du nicht hinfällst.«

»Ja, Sir.«

»Und wenn du in Schwierigkeiten bist, klingel mich sofort an.«

»Ja, Sir.«

»Hast du dein Handy?«

»Griffbereit in der Hand.« Einer der Vorteile von so einem Zelt. Man konnte darunter einiges verstecken.

»Also dann, viel Glück.«

»Danke.« Ich schlug die Tür zu, orientierte mich kurz, dann ging ich los. Zum Glück war der Weg nicht weit. Es waren nur zwei Häuser. Als ich an dem ersten vorbeikam, kam eine Mutter mit ihrem Kind aus der Einfahrt.

»Mama, guck mal«, krähte das Kind und zeigte mit dem Finger auf mich. »Eine Mumie!«

»Das ist keine Mumie«, murmelte die Mutter. »Das ist nur eine arme Frau.«

»Wieso ist sie arm?«, fragte das Kind. Die Antwort darauf konnte ich nicht mehr hören, weil ich schon an ihnen vorbei war und der Polyesterstoff an meinen Ohren raschelte.

Auf dem Klingelschild standen zwei Boussaidis, aber weil der Inhaber des tunesischen Restaurants Khaled mit Vornamen hieß, konnte ich die untere Wohnung als die von Azizas Eltern identifizieren. Ich klingelte. Der Türsummer ertönte, ich drückte auf und stieg vorsichtig die drei Treppenstufen bis zur Wohnungstür hoch. Dabei musste ich höllisch aufpassen, mich nicht auf die Fresse zu legen. Es war gar nicht so leicht, weil ich erstens nicht gut sehen konnte und zweitens Gefahr lief, auf den Saum der Burka zu treten. Außerdem war mir schon wieder so warm und schwitzig, weil mein Atem die Stoffhülle von innen aufheizte. Die Wohnungstür ging auf. Eine zierliche Frau in Jeans und gestreifter Bluse stand vor mir. Einige wenige weiße Strähnen durchzogen ihr schwarzes Haar. Sie hatte eine Lesebrille in der einen und die FAZ in der anderen Hand.

»Ja, bitte?«, sagte sie freundlich. »Wie kann ich Ihnen helfen?«

»Hallo«, sagte ich. Ich war so verblüfft über ihr akzentfreies Deutsch und über ihre völlig normale Erscheinung, dass ich gar nicht mehr wusste, was ich eigentlich sagen wollte.

»Äh, ich ... ich wollte Aziza besuchen«, stammelte ich.

»Und wer sind Sie?«, fragte Azizas Mutter.

»Ich bin Na...«

Oh mein Gott. Ich war so damit beschäftigt gewesen, mich unkenntlich zu machen, dass ich überhaupt nicht auf die

Idee gekommen war, mir einen arabischen Decknamen zu überlegen. Schnell, Deckname – jetzt! Ein Name, der mit Na anfängt. Aber das Einzige, was mir einfiel, war das chemische Element Natrium. Und das war ja nun mal total bescheuert. Aber meinen richtigen Namen konnte ich auch nicht verraten. Ich erlitt eine akute Hirnblockade, während mich Azizas Mutter weiter freundlich anschaute.

»...tischa«, hörte ich mich sagen.

»Natischa?«, wiederholte Azizas Mutter.

Ich war ja so unfassbar blöd. Bei Natischa kam natürlich *absolut niemand* auf die Idee, dass ich Natascha hieß. Zum Glück sah man mir nicht an, dass ich knallrot wurde, als ich nickte.

»Also, Natischa. Aziza ist leider nicht da.«

»Aber wo ist sie denn?«, fragte ich. »Sie war schon ewig nicht mehr an der Uni.« Obwohl ich schwitzte, fing ich im zugigen Hausflur an zu frieren, weil der eisige Wind die Schweißschicht sofort abkühlte. Und das alles unter zwei Schichten Polyester. Lecker.

»Ist Ihnen kalt?«, fragte Azizas Mutter.

»Ein bisschen«, bibberte ich.

»Kommen Sie erst mal rein.« Sie führte mich in die Küche. »Wollen Sie einen heißen Tee zum Aufwärmen?« Sie zeigte auf eine Kanne, die auf einem Stövchen stand.

»Oh ja, gerne«, sagte ich. Ein Mann kam herein, Halbglatze, Wollpullover, Hemd darunter, Jeans, Pantoffeln.

»Das ist mein Mann«, stellte Azizas Mutter ihn vor. »Das ist Natischa, eine Freundin von Aziza.«

Azizas Vater warf mir, beziehungsweise meinem Outfit, einen erstaunten Blick zu. »Aha«, machte er. »Interessant. Ich wusste nicht, dass Aziza auch ... religiöse Freundinnen hat.« Er ging zur Kaffeemaschine, legte ein Kaffeepad ein und zapfte sich einen frischen Kaffee.

»Ich hänge immer noch an der Einleitung«, sagte er zu seiner Frau. »Du musst mir gleich mal helfen.«

»Der Herr Professor schreibt sein erstes Buch«, lächelte Azizas Mutter und stellte mir die Tasse mit dem Tee hin. Ich nahm die Tasse – und hatte plötzlich ein Riesenproblem. Wie sollte ich den denn jetzt bitte schön trinken? Ich hatte einen Vorhang vor dem Mund! Nahm man die Tasse mit ins Zelt? Spätestens jetzt würde jedem auffallen, dass ich keine Ahnung hatte, wie man sich in dem Ding verhielt.

»Sie können ruhig die Burka ablegen«, sagte Azizas Mutter freundlich.

»Ich kann auch aus dem Zimmer gehen, wenn Ihnen das lieber ist«, bot Azizas Vater an.

»Nein danke. Ist schon gut«, sagte ich schnell. »Ich wollte einfach nur wissen, wo Aziza abgeblieben ist. Dann bin ich auch schon wieder weg.« Ich hielt die Tasse einfach fest und benutzte sie als Handwärmer.

»Sie ist mit ihrem Freund weggefahren, um an ihrer Diplomarbeit zu arbeiten«, sagte Azizas Vater.

»Sie wissen das?«, fragte ich verblüfft.

»Ja, natürlich«, sagte die Mutter. »Aziza hat vor uns keine Geheimnisse.«

Ich begann mich über mich selbst zu ärgern. Das lief alles andere als nach Plan. Jetzt fing ich erst richtig an zu schwitzen. »Wohin sind die beiden gefahren?«, fragte ich so harmlos wie möglich.

»Nach Spanien. Sie wollte dort für ihr Diplomarbeitsthema recherchieren. Einem Vergleich zwischen Auswirkungen der Zuwanderung aus arabischen Ländern auf die Wirtschaft in Spanien und Deutschland.«

»Ach so«, sagte ich dümmlich. »Davon hatte sie mir gar nichts erzählt.«

»Aus welchem Land kommen Sie ursprünglich?«, fragte der Vater.

»Äh. Arabien?«

»Saudi-Arabien?«

Ich nickte. Der Mann sagte was zu mir in irgendeinem Kauderwelsch und ich verstand nur Bahnhof.

»Salem aleikum«, sagte ich auf gut Glück. Die beiden warfen sich einen bedeutungsvollen Blick zu. Ich bekam einen Schweißausbruch allererster Kajüte.

»Äh, mein Arabisch ist etwas eingerostet«, sagte ich. Die beiden musterten mich ganz ruhig. Und ich fing an zu hyperventilieren. Ich war kurz vor einem Panikanfall! Diese Leute waren so nett! Und ich führte so ein bescheuertes Bauerntheater auf! Und mir war so warm am Gesicht, der Stoff klebte auf der Stirn und ich fing an zu keuchen.

»Geht es Ihnen nicht gut?«, fragte Azizas Mutter besorgt.

»Nein«, sagte ich, stellte die Tasse auf den Tisch und riss mir hektisch die Burka vom Kopf. Ich versuchte es zumindest, aber ich verhedderte mich in dem langen Stoff und es dauerte eine Weile, bis ich das ganze Teil abgelegt hatte. Meine Haare wurden durch die Reibung an dem Stoff elektrisch aufgeladen und standen nach allen Seiten ab.

»Es tut mir total leid«, sagte ich, als die beiden, halb belustigt, halb verwirrt, mein normales Ich betrachteten.

»Ich bin die Schwester von Azizas Freund. Mein Bruder hat mir und meinen Eltern nicht gesagt, wo er hin ist. Und ich dachte, vielleicht wüssten Sie nicht, dass Aziza einen Freund hat und dass es Ärger gäbe, wenn Sie es erführen, weil … also, ich wusste nicht, dass Sie so … äh … deutsch sind.«

Die beiden schmunzelten. »Ja, die Integration ist nicht überall gescheitert.«

»Ich dachte, ich bringe Ihre Tochter vielleicht in Schwierigkeiten, wenn ich hier auftauche und Ihnen sage, dass sie einen deutschen Freund hat«, wiederholte ich, um nicht wie ein Trottel dazustehen.

»Das war sehr umsichtig von Ihnen«, sagte die Mutter. »Das wissen wir zu schätzen. Trotzdem sollten Sie mal Ihre Stereotypen etwas überarbeiten.«

»Ja, das mache ich«, sagte ich kleinlaut.

»Und, wie ist es unter dem Ding?«, fragte der Vater.

»Schrecklich«, sagte ich und zerknüllte den Stoff zu einem Ballen. »Brauchen Sie einen Putzlappen?«

»Nein danke«, sagte die Mutter. »Aber ich kann es wegwerfen, wenn Sie möchten.«

»Gerne.« Auf dem Weg zu Wohnungstür fragte ich: »Wann wollte Aziza denn wiederkommen?«

»In zwei Wochen, glaube ich«, sagte ihr Vater.

»Vielen Dank«, sagte ich. »Und entschuldigen Sie bitte noch mal meinen Aufzug.«

»Kein Problem.«

Ich verabschiedete mich hastig und verließ die Wohnung. Gerade als ich aus der Tür ging, kam von oben der Kellner aus dem Karthago herunter. Er guckte mich verwundert an.

»Hallo, Rami«, rief Azizas Mutter. »Und Tschüss, Natischa.« Sie schloss die Tür.

»Ach, du«, sagte Rami, als er mich erkannte. »Du warst doch vorgestern bei uns im Restaurant.« Seine schönen dunklen Augen musterten mich misstrauisch. »Was machst du hier? Bist du mir etwa gefolgt?« Wir stiegen nebeneinander die Treppe hinunter.

»Nein«, erwiderte ich. »Ich habe im Restaurant nicht die Wahrheit gesagt. Ich bin die Schwester von Azizas Freund.«

Rami stutzte. Sein Gesicht verzog sich. Schnell redete ich weiter: »Und mein Bruder ist einfach verschwunden. Er hat uns nicht erzählt, wohin er fährt und dass er Aziza begleitet, während sie für ihre Diplomarbeit recherchiert. Das haben mir gerade ihre Eltern gesagt.«

Rami blieb stumm und schaute grimmig geradeaus. Erst als wir draußen auf der Straße standen, stieß er wütend hervor: »Dein Bruder ist ein Arschloch.«

»Was?«, fragte ich erstaunt. »Wieso?«

»Dein Bruder setzt meine Cousine unter Drogen.«

Ich starrte ihn an. »Was?«

»Wusstest du das etwa nicht?«

»Nein«, sagte ich und mir schwand der Boden unter den Füßen. »So was macht mein Bruder nicht.«

»Ich würde sagen, dann kennst du ihn nicht.« Rami blieb an einem Fahrrad stehen und schloss es auf. »Aber du kannst deinem Bruder ausrichten: Er soll damit aufhören, sonst wird er es noch bitter bereuen.«

12

Ich ließ Rami stehen und lief weiter, starr geradeaus, in Richtung unseres Toyotas, in dem Enzo wartete, aber dann überkam mich plötzlich eine Art Lähmung, ich konnte keinen Fuß mehr vor den anderen setzen und stand einfach da, auf dem Bürgersteig, das Licht des Maritim-Hotels blendete mich, aber ich wandte mich nicht ab. Bastian, ein *Drogendealer?* Das konnte doch nicht sein! Mein Bruder Bastian, der Sportfreak? Der noch nicht mal rauchte? Das musste ein Irrtum sein. Das konnte nicht … Plötzlich fiel mir Michi auf dem Freiplatz ein. *Hat er noch was davon?*, hallte es durch meinen Kopf. Oh Gott! Mit *davon* hatte er Drogen gemeint! Und das würde natürlich Bastis ganze Geheimnistuerei erklären. Er war irgendwie in eine Drogensache verstrickt. Er hatte sich mit den falschen Leuten eingelassen. Er war ernsthaft in Gefahr! Ich schloss die Augen. Um mich herum drehte sich alles. Ich hörte eine Autotür zuschlagen und schaute auf. Enzo kam auf mich zu, er sah besorgt aus. Ich wollte auf ihn zulaufen, mich in seinen Arm werfen, da hörte ich plötzlich die Stimme meines Papas. »Natascha?« Erstaunt drehte ich mich um und sah ihn mit einem Geschäftsmann aus dem Hotel kommen.

»Paps!«, rief ich, lief statt auf Enzo auf ihn zu und umarmte ihn.

»Hey Püppchen, alles okay?«

Mir schossen die Tränen in die Augen. »Nein«, schluchzte ich in den weichen Stoff seines Mantels.

»Pass auf, ich bin gleich für dich da«, flüsterte er mir zu, dann wandte er sich um und sagte zu dem Mann im feinen

Anzug: »Herr Krüger, vielen Dank für das Angebot. Ich melde mich bei Ihnen.« Er gab ihm zum Abschied die Hand. »Entschuldigen Sie bitte, ich muss mich jetzt um meine Tochter kümmern.«

Ich wischte mir entschlossen über die Augen. So eine dämliche Heulerei! Aber wenn man erfährt, dass der eigene Bruder ein Drogendealer ist, kann man schon mal kurz die Fassung verlieren.

»Hey Natascha. Was ist denn los?«, fragte mein Vater.

»Hatte nur kurz eine Krise wegen ... ach, egal. Teenie-Kram.« Ich lächelte ihn tapfer an. Ich konnte Bastian nicht anschwärzen, bevor ich nichts Genaues wusste. In dieser Hinsicht hatte ich einiges gelernt. Und bisher war es nur ein äußerst beunruhigendes Gerücht, dass er Drogendealer war.

»Und du? Was machst du hier?«, lenkte ich das Gespräch auf ein anderes Thema.

»Ich hatte ein Geschäftsessen mit ein paar möglichen neuen Kooperationspartnern. Und jetzt will ich nach Hause. Komm, ich nehm dich mit.«

»Aber Enzo fährt mich«, widersprach ich und zeigte auf meinen Bodyguard, der diskret am Auto wartete.

»Wir schicken ihn nach Hause. Er hat gestern so lange gearbeitet, da kann er heute mal früher Schluss machen. Und dann machen wir beide es uns zu Hause gemütlich, okay? Hey, wir können mal wieder eine Runde Halma spielen. Wie wäre das?«

Die Fältchen um seine Augen schienen etwas tiefer geworden zu sein nach dem Stress der letzten Tage, aber er strahlte mich so liebevoll an wie eh und je. Halma spielen war früher unsere liebste Sonntagsbeschäftigung gewesen. Aber wir hatten es ewig nicht getan, weil er immer so viel arbeitete. Es war völlig klar, dass ich dieses einmalige Angebot nicht abschlagen konnte. Außerdem käme ich in der entspannten

Atmosphäre vielleicht sogar dazu, es ihm zu sagen. Das mit Enzo, meine ich.

Mein Vater ging gerade zu ihm und sagte ihm Bescheid. Ich winkte Enzo zum Abschied kurz zu, er nickte, dann fuhr er davon. Schade. Dann wurde es heute nichts mehr mit Knutschen.

»Na dann los«, sagte mein Vater und legte mir den Arm um die Schultern.

Aus dem Halma und dem Gespräch mit meinen Eltern wurde dann doch nichts. Mein Vater bekam einen dringenden Anruf und verschwand in seinem Büro. Und außerdem war ich müde. Und wollte mit Enzo telefonieren. Ich musste ihm dringend die neuesten Ereignisse erzählen. Doch ich erwischte ihn bei seiner Oma beim Abendessen und er hatte den Mund voll Lasagne und keine Zeit. Ich verriet ihm nur so viel, dass Azizas Familie nicht das Problem sei, und versprach, ihm alles morgen auf dem Weg zur Schule zu erzählen, dann ging ich ins Bett. Aber ich schlief unruhig und wachte immer wieder auf und grübelte darüber nach, was passiert sein konnte und wo Bastian war und ob er tatsächlich auf die schiefe Bahn geraten war. Ich konnte es kaum erwarten, dass der Tag anbrach. Es gibt doch wirklich keine bessere Motivation, an einem eiskalten Dezembermorgen aufzustehen, als die Aussicht, gleich nach dem Frühstück den Mann zu sehen, in den man bis über beide Ohren verliebt ist. Und der mir helfen würde, das Problem mit Bastian zu lösen, bevor eine Katastrophe draus wurde.

Ich machte eine Katzenwäsche, stopfte mir ein Leberwurstbrot und ein paar Gewürzgurken rein, stürzte ein Glas warme Milch hinunter und eilte vorfreudig zum Aufenthaltsraum. Doch der war leer. Vermutlich wartete Enzo an der Garage auf mich und wärmte den Wagen vor, damit ich auf dem Weg zur Schule nicht fror. Er war ja so süß! Ich schnappte mir meinen Mantel und wollte gerade rausgehen, da kam mein Vater die Treppe runter.

»Natascha, warte«, sagte er. »Ich fahre dich heute.«

»Was? Wieso?«

Aber er antwortete nicht, weil er schon in der Küche verschwunden war, wo er sich von meiner Mutter verabschiedete. Ich wunderte mich. Aber vermutlich hatte er Enzo einfach auch den Vormittag freigegeben. Auf dem Weg versuchte mein Vater, mich in ein Gespräch zu verwickeln und zu erfahren, wie es mir denn so ginge und ob die Mädchen in meiner Schule nett wären und womit ich mir denn sonst so die Zeit vertrieb, aber ich blieb einsilbig. Es war nicht der richtige Moment, um ihm das mit Enzo zu beichten. Außerdem kreisten meine Gedanken immer wieder um Bastian. Erst als wir an der Schule ankamen, kehrte ich ins Hier und Jetzt zurück.

»Ah«, rief ich erleichtert, als wir vor der Schule hielten. »Endlich keine Reporter mehr!« Das Thema *Mord an der Privatschule* schien keinen mehr zu interessieren. Umso besser!

Die Abwesenheit der Journalisten wirkte sich direkt aus. Keiner redete mehr über Milena oder Laura und anscheinend war auch die Angriffslust zwischen Kim und Jennifer etwas abgekühlt. Erst in den letzten beiden Stunden ging es wieder heiß her. Das lag aber nur an Beate Friedrichs, Kunstlehrerin und größte Zicke der Schule. Sie hatte heute beschlossen, uns mit rezeptiv-praktischer Bildanalyse zu quälen.

»Was ist das denn Langweiliges?«, maulte Kim.

»Wer kann Kim diese Frage beantworten?«, fragte Beate Friedrichs mit ihrer metallischen Stimme, die sie sonst für mich reserviert hatte, während sie bei den anderen einen auf beste Freundin machte (selbstverständlich ohne vergessen zu lassen, dass sie die Macht hatte). Wenn ich nicht gewusst hätte, dass die Geschehnisse der vergangenen Wochen sie persönlich betroffen hatten, hätte ich ja darauf getippt, dass ihre miese Laune an der scheußlichen petrolfarbenen Pannesamt-Tunika lag, die über ihren schwarzen Leggings aus Kunstleder schwang. Pannesamt! Trägt ja so was von auf!

»Nun. Niemand?« Sie ließ ihren Blick abschätzig durch die Klasse schweifen. »Ha. Ihr müsst wirklich noch viel lernen«, sagte sie und verzog verächtlich ihren lila geschminkten Mund. Nicht gut. Gar nicht gut. Arroganz ist bekanntlich eine der beiden Sachen, die mich am schnellsten auf die Palme bringen. Knapp hinter Ungerechtigkeit. Beides zusammen genommen torpedierte mich in 0,4 Sekunden auf die höchste Palme weit und breit.

»Oje«, rief ich gespielt verzweifelt. »Wir müssen noch so viel lernen! Wie sollen wir das bloß *machen?* In einer *Schule!* Bei einer *Lehrerin!«* Einige kicherten.

»Natascha Sander«, sagte die Friedrichs eisig. »War ja klar, dass von dir wieder unreife Kommentare kommen mussten.«

»Ich weiß nicht, wann ich Ihnen das *Du* angeboten habe, aber wenn du drauf bestehst, können wir uns auch duzen«, sagte ich.

Sie machte den Mund auf, als wollte sie was erwidern, beließ es aber bei einem wütenden Starren.

»Wären Sie jetzt wohl so freundlich, mit dem Unterricht weiterzumachen?«, fragte ich. »Ich für meinen Teil würde sonst nach Hause gehen.«

Sie fuhr schnaubend herum, sodass ihre schweren Ohrringe (jeweils zwei Glas-Kirschen am Stängel mit grünem Blatt. Wie frisch vom Baum gepflückt! Als *Schmuck!* Noch Fragen?) herumwirbelten und ihre schlaffen Ohrläppchen noch ein paar Millimeter weiter Richtung Boden ausleierten. Sie ging zum Laptop auf ihrem Pult und kurz darauf erschien auf der Wand die Abbildung eines düsteren Gemäldes mit einem bärtigen Glatzkopf und einem Engel, der ihm von oben irgendwas zuflüsterte. »Wir beschäftigen uns heute mit Caravaggios Gemälde *Der heilige Matthäus und der Engel*«, sagte Beate Friedrichs mit zusammengekniffenem Mund.

»Sieht Lothar Matthäus aber gar nicht ähnlich«, warf Beatrix kichernd ein.

»Vielen Dank für diesen wertvollen Beitrag«, giftete die Friedrichs. »Und jetzt kommen wir zur rezeptiv-praktischen Bildanalyse. Das bedeutet, dass wir das Bild aus vielen verschiedenen Blickwinkeln heraus interpretieren. Um dies zu intensivieren, werden wir es unter unterschiedlichen Gesichtspunkten abstrakt nachzeichnen. Das ist der praktische Teil der Analyse.«

»Och nöö«, stöhnte die Erste.

Ein gehässiges Lächeln erschien auf Beate Friedrichs' Mund. »Als Erstes widmen wir uns dem Bild im Hinblick auf die Bildeinteilung, bevor wir in die Analyse der Farben einsteigen. Natascha, ist Ihnen das Unterricht genug?«, fügte sie provokant hinzu.

»Ich persönlich finde ja, ohne die mathematische Berechnung der Perspektive ist das nichts Halbes und nichts Ganzes«, gab ich zurück. Diana neben mir warf mir einen entsetzten Blick zu. Ich hatte zwar nicht vor, es mir mit meinen Klassenkameradinnen zu verscherzen, aber ich konnte es nun verdammt noch mal nicht lassen.

»Gut«, sagte die Friedrichs triumphierend. »Dann würde ich vorschlagen, Sie bereiten das zu Hause vor und erklären uns die Berechnung dann nächste Woche.«

»Gerne. Welche Formeln der darstellenden Geometrie soll ich zugrunde legen?« Ihre Wangen färbten sich rot.

»Sie kennen doch die Proportionenlehre, oder etwa nicht?«, fragte ich scheinheilig. »Begründet von Eudoxos von Knidos, viertes Jahrhundert vor Christus. Oder den Fundamentalsatz der Axonometrie, den Gaspard Monge entdeckt hat?« Ich habe ein Lexikon über die bedeutendsten Mathematiker der Welt, was ich mir gelegentlich anschaue. Und einiges davon ist zum Glück in meinem fotografischen Gedächtnis hängen geblieben. (Ja, ich weiß: Nerd Alert. Aber ich geb's zu: Mich interessiert das wirklich! Auch wenn ich jetzt nicht sagen könnte, ob der gute alte Eudoxos oder der olle Gaspard wirklich bei der Berechnung der Perspektive dieses Bildes helfen könnten.) Und siehe da: Beate Friedrichs wurde noch etwas roter. Dann sackte sie in sich zusammen und schwenkte die weiße Kapitulationsfahne. Sie schaute auf die Uhr und sagte: »Jetzt ist durch die ganze Diskussion schon so viel Zeit vergangen, dass es sich gar nicht mehr lohnt, damit anzufangen. Wollt ihr vielleicht den Kinofilm *Gerhard Richter Painting* sehen?« Der Rest ihres Satzes ging in dem erleichterten Jubel meiner Klassenkameradinnen unter. »Ist ein sensationeller Dokumentarfilm über den teuersten Maler der Gegenwart. Sehr lehrreich«, fügte sie schnell hinzu, mied aber meinen Blick. Und so brachten wir den Rest dieses Schultags ziemlich entspannt über die Bühne.

Nach Schulschluss lief ich zum Parkplatz und freute mich sehr auf Enzo, um endlich mit ihm die Geschehnisse bei Azizas Familie besprechen zu können. Doch zu meinem großen Erstaunen holte mich meine Mutter ab. Das war der Moment, in dem ich misstrauisch wurde. Aber ich versuchte, mir nichts anmerken zu lassen. Was nicht schwer war, denn meine Mutter plapperte in einem fort, sodass ich gar keine Gelegenheit bekam, nach Enzo zu fragen. Aber mein Instinkt sagte mir ganz deutlich, dass irgendwas passiert war. Als wir zu Hause angekommen waren, lief ich in den Fitnessraum. Der Sandsack baumelte still von der Decke herunter. Auch im Aufenthaltsraum keine Spur von Enzo. Als ich sah, dass seine Sportzeitschriften aus dem Regal verschwunden waren, zog ich mit klopfendem Herzen mein Handy heraus und rief ihn an. Doch sein Mobiltelefon war ausgeschaltet. Langsam ging ich zurück. Meine Mutter kam aus dem Esszimmer.

»Wo ist Enzo?«, fragte ich.

»Natascha«, sagte sie, und da wusste ich, dass alles vorbei war. »Wir müssen mit dir reden.«

»Worüber?«, fragte ich zögerlich.

»Das weißt du.« Meine Mutter blieb ganz ruhig. »Wir warten nur noch auf deinen Vater. Geh solange auf dein Zimmer.« Shit! Güllefass und Krötenkotze. Ich war geliefert.

Als sie mich riefen, ging ich wie auf Stelzen die Treppe hinunter.

»Wir reden gar nicht lange um den heißen Brei herum«, sagte mein Vater. »Wir wissen von dir und Enzo. Die hier lagen gestern Abend im Briefkasten.«

Er warf drei Fotos auf den Esstisch. Sie waren grünlich und ziemlich grobkörnig, aber Enzo und ich waren sehr gut darauf zu erkennen. Auf dem ersten hatte ich meine Arme unter seinem Jackett und umarmte ihn. Auf dem zweiten redeten wir. Auf dem dritten küssten wir uns. Und im Hintergrund war die schlanke Tanne aus Silvys Garten zu sehen. Diese Art Bilder kannte ich. Es waren Infrarotbilder. Justus! Justus? Es konnte nicht anders sein, Justus hat mich verraten! Mir wurde heiß. Wie durch eine Watteschicht hörte ich meine Mutter sagen: »Wir sind sehr enttäuscht von dir.«

Justus hat mich verraten, hallte es wieder durch meinen Kopf. Sein ganzes Getue von wegen »Ich wünsche dir Glück« war nur geheuchelt gewesen. Ich musste mich setzen. Ich schaute meine Mutter an und hörte auch, was sie sagte, aber ich konnte kaum reagieren. »Dabei musst du doch wissen, dass wir dir niemals Vorwürfe machen würden, wenn du dich verliebst. Wieso vertraust du uns nicht?« Sie klang eher traurig als wütend.

»Ich vertraue euch doch«, sagte ich mechanisch und sah Justus vor mir auf dem Barhocker, wie er mich angesehen hatte, als er bemerkt hatte, dass ich ihn als Alibi benutzt hatte. Und dann war er mir hinterhergeschlichen. Anstatt nach Hause zu fahren, wie er es allen gesagt hatte, hatte er mich verfolgt und die Fotos gemacht!

»Was sagst du dazu, Natascha?«, fragte meine Mutter vorwurfsvoll.

»Es tut mir leid«, sagte ich zerknirscht. »Es war alles meine Schuld. Ich wollte es ja sagen, aber es war nie der richtige Zeitpunkt. Das ist keine Entschuldigung«, fügte ich schnell hinzu. Ein einziges Mal hatte ich schlau sein wollen, anstatt einfach ehrlich zu sein. Was für eine saublöde Idee! »Es war dumm von mir. Ich hatte einfach Angst, dass ihr Enzo sofort entlasst.«

»Das haben wir auch«, sagte mein Vater. Es gab mir einen Stich. Aber ich wusste nicht, was mich mehr schockte: dass Enzo weg war oder dass Justus mich verraten hatte.

»Wir sind auch sehr enttäuscht von ihm. Dass er seine Position so ausnutzen würde, hätte ich nicht von ihm gedacht!«

Da regte sich Protest in mir. »Er wollte den Job sofort kündigen!«, rief ich. »Er wollte sich total korrekt verhalten. Ich habe ihn davon abgehalten. Ich ganz allein bin schuld.«

»Er ist ein erwachsener Mann. Er muss selbst wissen, was er tut«, sagte mein Vater entschieden.

»Bitte, er darf keinen Ärger kriegen«, flehte ich.

»Das liegt nicht in unserer Verantwortung. Natürlich habe ich seinem Chef die Hintergründe geschildert.«

So ein verdammter, verdammter Mist!

»Also habe ich keinen Bodyguard mehr?«, fragte ich mit einem Fünkchen Hoffnung. Das wäre ja immerhin was. Ich hätte meine Freiheit wieder und könnte Enzo so oft besuchen, wie ich wollte.

»Doch«, sagte mein Vater ernst. »Wir bleiben dabei. Gerade nach den Ereignissen der letzten Woche. Du bekommst natürlich einen neuen Bodyguard.«

Ich musste schlucken. »Aber den kann ich mir doch diesmal selbst aussuchen, oder nicht?«, fragte ich. Meine Mutter seufzte und warf meinem Vater einen Blick zu.

»Ich meine, wenn er mir schon auf den Hacken hängt, sollte ich wenigstens gut mit ihm auskommen«, argumentierte ich.

»Nein«, sagte mein Vater streng. »Wir haben ja gesehen, wohin das führt, wenn zu viel Sympathie im Spiel ist!«

»Aber ich muss doch wohl ein Wörtchen mitzureden haben!«, brauste ich auf.

»Wir haben dir schon einen ausgesucht«, sagte meine Mutter erschöpft.

»Und wen?« Meine Stimme klang schrill. »Doch hoffentlich nicht so einen verknöcherten alten Sack, der überhaupt keinen Spaß versteht und mir andauernd im Weg ist und mich bei all meinen Freundinnen blamiert?« Dass ich im Moment keine Freundinnen hatte, ließ ich jetzt mal außer Acht, der Dramatik wegen. »Ich will nicht mit einer Mumie mit Pistolenhalfter im Schlepptau rumlaufen, die mein ganze jugendliche Ausstrahlung aufsaugt und ...«

»Natascha«, unterbrach mein Vater. »Darf ich vorstellen ...« Er zeigte mit der Hand in Richtung Tür. »Dein neuer Bodyguard.«

Mich schauderte. Langsam drehte ich mich um. Und dann stieß ich einen überraschten Schrei aus.

13

Eine Frau!«, rief ich begeistert. Sie war ziemlich dünn, hatte mittelbraune Haare mit praktischer Kurzhaarfrisur und blassblaue Augen und trug einen schlichten hellgrauen Anzug mit blauer Bluse darunter.

»Das ist Hedi Perchow«, sagte mein Vater. »Sie fängt heute an.«

»Cool«, grinste ich. Hedi war gar nicht so superalt. Höchstens so wie meine Mutter! Mir fiel ein Stein vom Herzen! Sie hatte bestimmt Verständnis für ein frisch verliebtes Mädchen, für Zickenstreit in der Schule, für modische Probleme aller Art und bestimmt mochte sie auch Gummibärchen! Ich ging auf sie zu. »Hallo«, grüßte ich grinsend. »Ich freue mich! Wir kommen bestimmt super miteinander klar.«

Und um Hedi zu zeigen, was für eine nette und völlig unkomplizierte Klientin ich war, für die es sich lohnte, mal ein Auge zuzudrücken (wenn die nette, völlig unkomplizierte Klientin zum Beispiel mal ihren neuen Freund besuchen wollte), umarmte ich sie spontan. Dabei merkte ich, wie sie sich steif machte.

»Guäähh«, röchelte sie, als wäre sie in einen Haufen Hundescheiße getreten. Ich wich zurück. Forschte in ihrem Gesicht nach einer Verbindung zu mir, nach einer Wellenlänge, nach irgendwas, was sie mir sympathisch machte. Aber da war nichts.

Sie streckte mir die Hand hin. »Guten Tag«, sagte sie gespreizt. »Ich heiße Hedi Perchow und ich werde mich um alle Belange Ihrer persönlichen Sicherheit kümmern.«

Mmmh. Meine Begeisterung war vielleicht einen Tick zu früh gekommen. Oder aber Hedi Perchow war nur im Moment was steif, weil ihr Auftraggeber – mein Vater – dabei war. Ja, genau, so musste es sein. Wenn wir unter uns wären, dann würde sie sicher noch auftauen. Hoffte ich jedenfalls.

»Alles klar«, sagte ich und zwinkerte ihr zu. »Das wird schon hinhauen.«

Sie starrte an meinem Gesicht vorbei in die Ferne.

In dem Moment klingelte mein Telefon. Ich dachte natürlich, es wäre Enzo. Ich wedelte mit meinem Handy als Zeichen, dass ich mich zum Telefonieren in mein Zimmer verziehen würde. Kaum ging ich zur Tür, folgte mir Hedi Perchow auf dem Fuß. Ich drehte mich zu ihr um. Sie blieb im Abstand von zwei Metern stehen. »Äh, ich gehe in mein Zimmer zum Telefonieren«, informierte ich sie über das Offensichtliche. Weil ich mir nicht sicher war, ob sie verstanden hatte, was das bedeutete, setzte ich fröhlich hinzu: »Dort sind alle Belange meiner Sicherheit gewährleistet.«

Ich machte wieder einen Schritt zur Tür. Hedi folgte mir. Ich drehte mich um. Hedi blieb stehen. Ich kam mir vor wie bei dem Spiel Ochs am Berge, das wir früher auf Kindergeburtstagen gespielt hatten.

»Du brauchst nicht mitzukommen«, sagte ich nachdrücklich. Hedi Perchow schaute irritiert. Meine Mutter kam mir zu Hilfe: »Wenn Natascha das Haus verlässt, Frau Perchow, dann begleiten Sie sie. In der Zwischenzeit zeige ich Ihnen, wo Sie sich aufhalten können.«

Ich warf meiner Mutter einen dankbaren Blick zu und rannte zwei Stufen auf einmal nehmend nach oben und nahm endlich das Gespräch entgegen.

»Hallo?«, rief ich atemlos ins Telefon.

»Endlich! Ich dachte schon, du gehst nie dran!«, maulte eine bekannte Stimme.

»Bastian«, rief ich überrascht. Hups, ich wollte ja nicht, dass jeder von seinem Anruf erfuhr. Leiser fügte ich hinzu: »Wo warst du am Sonntag? Ich habe auf dich gewartet! Was ist denn los? Warum rufst du erst jetzt an? Wo steckst du denn?« Ich merkte, dass das fürs Erste genug Fragen gewesen waren, und hielt inne.

»Ich habe doch gesagt, dass ich in Schwierigkeiten stecke«, gab er patzig zurück.

»Bist du ein Drogendealer?«, platzte es aus mir heraus.

»Was? Wie kommst du denn darauf?«

»Azizas Cousin hat mir gesagt, dass du sie mit Drogen vollpumpst.«

Er stutzte. »Du hast mit Azizas Cousin gesprochen?«

»Und mit ihren Eltern.«

»Aber warum das denn?«

»Was denkst du wohl? Weil ich mir Sorgen mache natürlich«, gab ich ärgerlich zurück. Wieso antwortete er so ausweichend? Ich bekam wirklich Angst, dass er vielleicht tatsächlich ... »Bastian, sag mir sofort, was los ist. Dealst du?«

»Nein, natürlich nicht«, sagte er mit rauer Stimme.

»Aber wieso hat Azizas Cousin das dann behauptet?«

Nach einer kurzen Pause sagte er: »Vermutlich, weil er denkt, Philipp sei immer noch Azizas Freund.«

»Philipp? Dieser komische Typ aus deinem Studium? Der ist Azizas *Exfreund?* Und ein Drogendealer?«

»Ja. Genau der. Kennst du ihn?«

»Ja«, sagte ich langsam. »Ich kenne ihn.« Und er mich.

»Woher?«

Ich erzählte ihm von den Mails von wolf99, die ich vor ein paar Wochen bekommen hatte. »Drohmails« trifft es wohl eher, denn damals ging es darum, dass mein Bruder ihm etwas weggenommen hatte. Langsam dämmerte mir, worum es in den Mails wirklich gegangen war: um ein Mädchen.

»Du hast ihm Aziza ausgespannt, oder nicht?«

»Das würde zumindest Philipp behaupten«, brummte Bastian, »dabei ist er so ein Schwein. Hat Aziza mit Medikamenten fast vergiftet.«

»Medikamente?«, fragte ich irritiert. »Ich dachte, es geht um Drogen!«

»Medikamente sind Drogen«, knurrte Bastian. »Aufputschmittel, Beruhigungsmittel, Antidepressiva. Die hat er an Studenten vertickt.«

Ich kam nicht ganz mit. »Aber wofür nimmt man das?«

»Gehirndoping. Damit man besser lernen kann. Ritalin, um sich zu konzentrieren, Fluoxetin, um länger wach bleiben zu können, Betablocker gegen Prüfungsangst.« Er schnaubte wütend.

»Aber ist das nicht gefährlich?«, fragte ich.

»Na klar, total! Haufenweise Nebenwirkungen hat das Zeug. Aber viele Studenten nehmen das. Und dann werden sie krank. So wie Aziza. Deswegen sind wir ja auch weg.«

»Nach Spanien?«

»Ja. Aziza wollte von dem Zeug runter. Aber der Entzug war schlimm, das haben wir alleine nicht geschafft. Deswegen sind wir zurückgekommen.«

»Und wo seid ihr jetzt?«

»Hör mal«, sagte er auf einmal hektisch. »Ich bin in einer Telefonzelle und habe nicht so viel Kleingeld.«

»Bist du noch in der Stadt?«

»Ja. Aber mehr sage ich nicht.«

Ich stutzte. Das Mädchen, diese Muslima, die mir Azizas Namen verraten hatte, fiel mir wieder ein. Sie war so komisch gewesen, weil sie Philipp hinter mir gesehen hatte! Sie hatte offensichtlich Angst vor ihm gehabt. Und Philipp war ja auch ein unberechenbares Arschloch. Aber musste man sich deswegen vor ihm verstecken?

»Hast du etwa Angst vor Philipp, weil du ihm die Freundin ausgespannt hast?«, fragte ich erstaunt.

»Nein«, sagte Bastian und seine Stimme bebte. »Philipp ist nicht das Problem.«

»Wer dann? Paps? Der wird sich schon wieder einkriegen ...«

»Die Russenmafia ist hinter mir her«, flüsterte er heiser.

»Was?« Meine Stimme überschlug sich vor Schreck. »Das ist ein Scherz. Sag mir, dass das ein Scherz ist.«

»Was meinst du, warum ich so vorsichtig bin?«, blaffte er mich an. »Aus Spaß?« Und dann fasste er kurz zusammen, was passiert war. Ich musste mich sehr konzentrieren, um alles mitzubekommen. Bastian hatte Philipp nicht nur die Freundin, sondern auch seinen Medikamentenvorrat geklaut, bevor er nach Spanien abgedüst war. Nur leider gehörte das Zeugs nicht Philipp, sondern der Russenmafia. Und die war jetzt hinter Philipp her. Und weil Philipp genau wusste, wer ihm die Tasche mit den Medikamenten gestohlen hatte, hatte er der Russenmafia Bastians Namen verraten.

»Und Philipp hat gesagt, die finden mich überall«, flüsterte Bastian nervös. Seine Stimme war brüchig geworden. Er hatte richtig Angst! So hatte ich ihn noch nie erlebt. Er war immer der Sonnyboy gewesen, fröhlich, entspannt und immer für eine Dummheit gut. Und jetzt wirkte er wie ein fahriges Nervenbündel.

»Dann gib ihm die Tasche doch wieder«, sagte ich.

»Das kann ich nicht!« Seine Stimme wurde jammernd. »Die wissen, wer ich bin, und werden es mir heimzahlen.« Es klang fast, als ob er schluchzte. »Aber dich kennen sie nicht«, sagte er plötzlich enthusiastisch.

»Doch«, sagte ich. »Philipp weiß, dass ich deine Schwester bin.«

»Aber du hast diesen Bodyguard«, rief Bastian fieberhaft. »Der kann das doch machen, oder?«

Ich überlegte einen Moment. Russenmafia. Heilige Scheiße. Das war alles eine Nummer zu groß für uns. »Können wir nicht zur Polizei gehen?«, schlug ich vor.

»Bist du verrückt geworden? Dann rächen die sich erst recht an mir! Natascha, du musst mir helfen. Bitte!«, flehte er. »Hol die Tasche und gib sie Philipp zurück! Dann bin ich raus aus der Nummer!«

Es fing an, in der Leitung zu piepen, zum Zeichen, dass Geld nachgeworfen werden musste. Meine Gedanken überschlugen sich. Bastian war völlig von der Rolle. Aber ich wollte auch nicht die Suppe auslöffeln, die er sich eingebrockt hatte. Hängen lassen ging natürlich auch nicht. Und auf die Schnelle hatte ich auch keinen anderen Lösungsvorschlag. Wenn ich nur die Tasche zurückgeben musste, um die Sache hinter uns zu bringen, dann müsste das doch zu schaffen sein.

»Also gut, wo ist die Tasche?«, fragte ich mürrisch.

»Es ist eine Surfertasche«, flüsterte er heiser. »Du weißt, wo sie ist.«

»Nein, weiß ich nicht.« Langsam, aber sicher fing er gewaltig an, mir auf die Nerven zu gehen.

»Sie ist ...«

Knacken. Leitung tot. Weg war er.

»Scheiße«, schrie ich. »So eine verdammte Riesenscheiße!« Ich warf das Handy auf mein Bett und trat mit Schwung in meinen Sitzsack. Flipp jetzt nicht aus, Sander. Das bringt nichts. Ich atmete ein paar Mal tief durch, dann stieg ich auf meine Slackline, um beim Balancieren nachzudenken. Bastian, dieser Feigling. Wieso hatte er mir keine Nummer gegeben, wo ich ihn erreichen konnte? Und mal ehrlich: Russenmafia? Das war ja wie bei einer zweitklassigen Fernsehserie! Und wo zum Henker war die verdammte Tasche?

Viele Fragen, keine Antwort. Ich hatte nur Wut im Bauch

und schaffte es nicht, auch nur drei Schritte hintereinanderzusetzen, ohne dass das Band in Schwingung geriet und ich abspringen musste! Mist. Ich lief aus meinem Zimmer, hechtete in großen Sätzen die Treppe runter. In der Eingangshalle stand Hedi Perchow, als hätte sie auf mich gewartet.

»Brauch dich nicht«, fuhr ich sie an, rannte die Kellertreppe runter in den Fitnessraum, schnappte mir zwei Boxhandschuhe und hieb auf den Sandsack ein, bis mir die Arme wehtaten. Schnaufend ließ ich mich auf die Trainingsmatte fallen. Bastian, was hast du bloß gemacht, dachte ich. Und ausgerechnet jetzt war Enzo nicht mehr da. Wo ich ihn so dringend brauchte. Als ich mich etwas abreagiert hatte, ging ich zurück in mein Zimmer und schrieb ihm eine SMS.

So ein Mist, dass wir verraten wurden! Wie geht es dir? Du fehlst mir. Wo bist du?

Wenigstens kam die Antwort schnell.

Krisensitzung mit meinem Chef.

Es tut mir so leid! Es ist alles meine Schuld. Soll ich deinem Chef erklären, dass ich dich überredet habe?

Auf gar keinen Fall. Halt dich da bitte raus, Natascha. Ich meine es verdammt ernst.

Kann ich denn irgendwas für dich tun?

Keine Antwort. Klar, dass er sauer war. Er würde vielleicht seinen Job verlieren. Und alles meinetwegen. Ich schaute die Fotos von ihm auf meinem iPhone an und seufzte. Mein Leben war mal wieder ein einziges Chaos.

14

1. *Tasche finden*
2. *Tasche an Philipp zurückgeben*
3. *Gefahr durch Russenmafia abwenden*
4. *Bastian nach Hause bringen*
5. *Mit Enzo versöhnen*

So sah meine To-do-Liste an diesem Samstagmorgen aus. Und als ob das nicht reichen würde für ein Wochenende, fand heute zu allem Überfluss auch noch dieser dämliche Spendensammelwettbewerb statt, bei dem ich Silvy schlagen musste. Wie blöd musste man eigentlich sein, um sich so einen Mist aufzuhalsen! Ich hatte gute Lust, alles hinzuschmeißen. Sollte sie doch gewinnen! Was interessierte mich das, wenn die Russenmafia hinter meinem Bruder her war? Leider aber hatte ich ja eingewilligt, bei einer Niederlage ehrenamtlich im Kinderkrankenhaus zu arbeiten. Und für so was hatte ich ja nun gerade wirklich keine Zeit! Und weil ich sowieso keinen blassen Schimmer hatte, wo diese verdammte Tasche sein sollte, konnte ich ebenso gut heute in den Golfclub fahren, Spenden sammeln und mich an Silvys drolligem Gesicht ergötzen, wenn sie die Wette verlor und dann ihren Wetteinsatz einlösen und Lukas die Wahrheit gestehen musste.

Hedi Perchow begann ihren ersten Einsatz mit gewichtiger Miene und Secret-Service-Sonnenbrille, die sie gegen die schräg stehenden Strahlen der Morgensonne trug. Sie benahm sich auch ein bisschen so, als sei ich der amerikanische Präsident. Neben mir gehend begleitete sie mich zur Garage und schirmte mich von den neugierigen Blicken der Eichhörnchen ab. Als sie mir die Autotür aufhielt, beobachtete sie die Umgebung genau.

»Hedi«, sagte ich. »Wir sind in unserer Garage. Entspann dich.«

Sie donnerte stumm die Tür zu, setzte sich ans Steuer, legte den Rückwärtsgang ein und schoss aus der Garage raus, bremste, haute den ersten Gang rein und raste mit quietschenden Reifen auf das Tor zu. Sah sie denn nicht, dass das Tor noch gar nicht offen war?

»Hey«, machte ich irritiert. Aber Hedi fuhr mit unverminderter Geschwindigkeit auf die schmiedeeisernen Torflügel zu, die im Zeitlupentempo zur Seite schwangen. Das würde nicht hinhauen! Wir würden dagegendonnern! Ich klammerte mich am Seitengriff fest und schloss die Augen in Erwartung des Aufpralls, aber nichts passierte. Kein Krachen, kein Scheppern, nichts. Als wir um die Ecke rasten und ich gegen die Seitenwand gedrückt wurde, öffnete ich vorsichtig wieder die Augen und bestaunte die Lücke im Tor hinter uns. Offensichtlich war sie doch groß genug gewesen. Mit rasantem Schwung bog Hedi nach links auf die Hauptstraße, wobei ich zur anderen Seite in meinen Gurt gepresst wurde. Wow! Entweder konnte sie überhaupt nicht Auto fahren oder sie war in ihrem früheren Leben Rennfahrerin gewesen. Ich wusste jedenfalls nicht, ob ich beeindruckt oder besorgt sein sollte. Hedi dagegen wirkte total ungerührt. Ich beobachtete sie den Rest der Fahrt über genau. Sie hielt sich exakt an die Geschwindigkeitsbegrenzung, wie ich mit einem Blick auf das Armaturenbrett feststellte. Aber sie tat alles, um sofort auf die maximal erlaubte Geschwindigkeit zu beschleunigen. Und das alles mit dem Temperament eines Faultiers. Sie machte mich neugierig, trotz ihrer reservierten Art. (Oder vielleicht auch genau deswegen? Ist eigentlich schnuppe. Ich bin immer neugierig.)

»Hey Hedi«, sprach ich sie an. »Was hast du eigentlich vorher gemacht? Auf wen hast du aufgepasst, bevor du zu mir gekommen bist?«

Ich dachte schon, sie hätte mich nicht gehört, und wollte die Frage wiederholen, als sie sich doch rührte. »Diskretion ist das oberste Gebot in meinem Berufszweig«, hatte sie zu vermelden.

»Klar. Verstehe ich«, sagte ich. »Aber wir sind doch unter uns. Und ich verrate es auch niemandem.«

Trotz meiner Beteuerung gönnte sie mir keine Antwort. Ich seufzte, spielte mit meinem Handy rum und überlegte, ob ich Enzo noch mal ansimsen sollte. Aber ich hatte ihm gestern Abend noch gefühlte siebenhundert Entschuldigungs-SMS geschickt, das sollte fürs Erste reichen.

»Ich habe ziemlich Mist gebaut, Hedi«, plauderte ich. »Mein Freund ist total sauer und ich weiß absolut nicht, was ich machen soll.« Ich hatte noch nie vor jemandem von Enzo als meinem Freund gesprochen. Es war das erste Mal. Und es gefiel mir. »Mein Freund hat auch total Ärger mit seinem Chef«, probierte ich das neue Wort noch einmal aus. »Und alles wegen mir! Hast du eine Idee, was ich machen soll?«

»In dieser Angelegenheit kann ich Ihnen leider keine Ratschläge geben«, beschied sie.

»Echt nicht?«

»Nein. Das ist weit außerhalb meines Aufgabenbereichs.«

»Das ist schade.« Es wäre praktisch gewesen. Vor allem weil sie einen auf total verschwiegen machte. Dann käme sie vermutlich auch nicht auf die Idee, meine Privatangelegenheiten auszuplaudern. »Aber du sollst doch auf mich aufpassen, Hedi«, versuchte ich, sie aus der Reserve zu locken.

»Da kannst du mir doch mal einen Tipp geben, wie ich mich richtig verhalte!«

Sie sagte nichts.

»Vielleicht sollte ich ihm eine Schokotorte als Wiedergutmachung mitbringen? Was hältst du davon?«

»Diesbezüglich eine Meinung zu äußern, steht mir nicht zu«, sagte sie. Ich stöhnte auf. War sie denn überhaupt nicht neugierig, was da eigentlich genau schiefgelaufen war? Und überhaupt. Ich begann zu ahnen, dass Hedi anders war als die meisten, eher wie ein Roboter. Bei dem irgendein Prozessor nicht richtig funktionierte. Lag vielleicht am Namen, Hedi. Da fehlte doch ganz eindeutig ein zweites i mitsamt dem Tüpfelchen obendrauf. Heidi, ja, das klingt lustig, nach Brezelbude und Luftballons. Hedi dagegen klingt eher nach Kartoffeln und Lachen im Waschkeller.

»Findest du es eigentlich nicht merkwürdig, dass ich dich duze und du mich siezt?«, fragte ich Hedi.

»Ich pflege einen professionellen Umgang mit meinem Schutzobjekt«, informierte sie mich.

»Das Schutzobjekt wird dich aber nicht siezen, damit das mal klar ist. Das ist mir zu albern.«

»Ganz wie es Ihnen beliebt.«

Ach du meine Güte! Das würde noch was dauern, die weichzukochen.

Als wir auf dem Parkplatz des Golfclubs ausstiegen, kam es mir vor, als wäre es noch kälter geworden. Die Temperaturen lagen weit unter null. Der Golfplatz war von einer Reifschicht bedeckt, die Äste der Büsche drum herum schienen mit Puderzucker überzogen. Der Himmel war klar und die Sonnenstrahlen, die schräg durch die kahlen Bäume fielen, kitzelten mich in der Nase. Es war einfach ein sehr schöner Wintertag. Und die Aussicht, gleich Silvy zu begegnen, hob plötzlich meine Laune noch. Ich musste feststellen, dass ich gerade in der richtigen Stimmung war für eine kleine Auseinandersetzung.

Das Golfturnier fand in der großen Indoor-Anlage statt, die an das Clubhaus und das Restaurant angeschlossen war. Ich war mit Silvy letztes Jahr schon mal hier gewesen, weil sie gemeint hatte, da könnte man interessante Jungs kennenlernen. (Was nicht der Fall war. Wobei das hauptsächlich daran lag, dass sich bei mir die Begriffe »interessant« und »Pullunder« nicht miteinander vereinbaren lassen.) Die Pullunder-Jungs aus der Jugendmannschaft spielten um eine große Torte und einen hässlichen Pokal, die Erwachsenen um eine Magnumflasche Champagner und einen noch hässlicheren Pokal. Aus mir unerfindlichen Gründen war der Sieg hart umkämpft. Im Restaurant des Clubhauses waren für die Turnierteilnehmer Tische, Stühle und Stehtische aufgebaut worden, die mit weißen Tischdecken und allerlei Plunder dekoriert waren. Und rechts am Rand, neben der Bar, kommandierte Silvy zwei junge Frauen herum, die gerade mit genervten Mienen den Infostand vom Kinderkrankenhaus aufbauten. Marie und Lola schauten aus sicherer Entfernung zu. Marie inspizierte ihre langen Fingernägel, Lola glotzte stupide vor sich hin.

»Tach zusammen«, sagte ich. Marie guckte mich an, als wäre ich ein Fettmolekül, das auf ihre Hüfte springen wollte.

»Hi Natascha«, sagte Lola.

»Hallo«, presste sich Marie ab.

Da kam auch schon die selbst ernannte Benefiz-Königin Silvy angerauscht. »Oh! Da sind ja meine Besten!«, säuselte sie und umarmte Marie und Lola demonstrativ und gab ihnen Küsschen auf jede Wangenseite. »Ihr seid echt die *besten* Freundinnen überhaupt! Was würde ich nur ohne euch machen!«

Igitt. Sie warfen sich gegenseitig ein paar Kussmünder zu, als wären sie nicht ganz dicht, dann tat Silvy auf einmal ganz überrascht. »Ach, Natascha. Du bist ja tatsächlich gekommen!«

»Viel erstaunlicher ist es doch, dass du gekommen bist«, gab ich ruhig zurück. »Ich hätte gedacht, du lässt dir irgendeine billige Ausrede einfallen, um nicht gegen mich antreten zu müssen.«

»Ha!«, sagte Silvy und suchte sichtlich nach einer cleveren Erwiderung. Stattdessen sagte sie biestig: »Ich freue mich schon, dich bald im Krankenhaus schuften zu sehen.«

»Ich würde mir an deiner Stelle mal lieber überlegen, wie du Lukas die Wahrheit beichten willst!«

Silvy ging nicht darauf ein, sondern starrte an mir vorbei.

»Wer ist denn dein unheimlicher Schatten da?« Silvy deutete mit dem Kopf auf Hedi, die zwei Meter von mir entfernt Stellung bezogen hatte.

»Mein neuer Bodyguard.«

»Ach, nicht mehr der junge Mann von letzter Woche?«, fragte Silvy in gespielt bedauerndem Tonfall.

»Nee.«

»Hast ihn wohl vergrault, was? Kein Wunder. Wir wissen ja, wie un-er-träg-lich du bist, nicht wahr, Mädels?« Silvy lachte spitz auf und Lola und Marie fielen schnatternd mit ein.

»Ach, Silvy«, sagte ich lächelnd. »Weswegen brauchst du noch mal keinen Bodyguard? Ach ja. Weil du so ätzend bist, dass dich noch nicht mal ein Verbrecher mit der Kneifzange anfassen würde.«

Ihr blieb das Lachen im Hals stecken. Ich ging zum Infostand und schaute mir die ausgelegten Broschüren über den geplanten Neubau an, die Spendenbox und die Fotos von Silvy, Marie und Lola, wie sie um das Bett eines Patienten herumstanden oder einem Mädchen im Rollstuhl was vorlasen. »Die Krankenhaus-Feen« stand über jedem Foto.

»Und?«, fragte Silvy. »Bist du bereit, in einen fairen Wettkampf einzutreten?«

»Weißt du überhaupt, wie man das Wort fair schreibt?«, sagte ich. Sie verzog das Gesicht, dann ließ sie ihren glänzenden Steppmantel mit dem Fellkragen von den Schultern gleiten und entblößte ein enges pinkes Neckholder-Minikleid mit einem geradezu lächerlich großen Dekolleté. Ihr Wonderbra musste Gelkissen in Größe von Caprisonne-Packungen haben. Denn eigentlich hatte sie in Sachen Oberweite nicht mehr zu bieten als ich. »Wow«, entfuhr es Lola und ließ sich von Silvy den Mantel in die Hand drücken.

Marie zog eine dünne Augenbraue hoch. »Designer?«

»Iceberg«, sagte ich.

»Du hast ja keine Ahnung«, tadelte Silvy. »Das ist Halston Heritage.«

»Das ist auf jeden Fall Iceberg«, widersprach ich. »In spätestens einer Stunde wirst du in dem Fetzen nämlich blau gefroren sein.« Ich trug eine schwarze Lederhose, fellgefütterte Uggs und einen Kaschmircardigan über der Bluse. Mir war nicht kalt. Außer wenn ich Silvy in ihrem knappen Kleidchen ansah.

»Niemals«, behauptete Silvy. »Die ganze Kohle, die ich sammele, wird mich warm halten.«

»Dann wirst du jämmerlich erfrieren«, sagte ich.

»Auf die Plätze, fertig, los«, kommandierte Silvy, setzte ihr strahlendstes Lächeln auf und stürzte sich auf einen vorbeischlurfenden Mann. »Hallo, Herr von Uhlen«, flötete sie. »Ich habe eine Attacke auf Sie vor.«

Herr von Uhlen, ein ungefähr hundertzwanzigjähriger Typ mit einer Glatze voller Altersflecken, blieb stehen und ein Lächeln überzog sein faltiges Gesicht, als er die pinke Offenbarung erblickte. Also gut. Ich würde mich anstrengen müssen. Aus meiner Umhängetasche holte ich den Zylinder, den ich aus unserer Kostümkiste im Keller mitgenommen hatte, klappte ihn auf und ging auf einen Tisch zu, an dem vier Frauen mittleren Alters vor dampfenden Teetassen saßen.

»Guten Tag, die Damen«, begrüßte ich sie freundlich. »Ich bin Natascha Sander und ich sammele heute Spenden für das Kinderkrankenhaus, das dringend ...«

Ich bemerkte die irritierten Blicke, die zwischen mir und irgendwas hinter mir hin und her wanderten. Ich drehte mich um. Hedi, die Arme vor der Brust verschränkt, ließ mich nicht aus den Augen. Zwei der Damen raunten sich etwas zu und ich meinte, das Wort Sozialstunden herausgehört zu haben.

»Entschuldigen Sie mich bitte einen Moment«, bat ich die Frauen, ging zu Hedi und zog sie etwas abseits.

»Hör mal, Hedi«, sagte ich. »Ich weiß, du nimmst deinen Job sehr ernst, aber könntest du nicht ein bisschen Abstand halten?«

»Ich sorge nur für maximale Sicherheit«, sagte sie ungerührt. »Eine große körperliche Distanz steigert das Gefahrenpotenzial enorm.«

»Hedi, pass auf. Ich habe hier eine schwierige Aufgabe. Ich muss dringend mehr Spenden sammeln als diese aufgedonnerte Kuh dort drüben.« Ich rollte mit den Augen, um sie auf Silvy aufmerksam zu machen, die ihre Caprisonnen unbefangen jedem potenziellen Spender unter die Augen hielt. »Sie ist meine ex-beste Freundin. Und wenn sie mich hier und heute abzieht, dann muss ich ehrenamtlich im Krankenhaus arbeiten und mich von ihr rumkommandieren lassen. Das darf einfach nicht passieren!«

Trotz meiner rührseligen Ansprache verzog Hedi keine Miene. Ich beugte mich noch etwas näher zu ihr und sagte eindringlich: »Aber wenn du so an mir klebst, denken die Leute, du wärst meine Bewährungshelferin. Und das ist ziemlich irritierend. Die Leute sollen aber nicht irritiert sein, sonst zücken sie nicht ihr Scheckheft, okay?«

Hedi bleibt weiterhin unbeeindruckt und machte sich nicht einmal die Mühe, mir eine Antwort zu geben.

»Wir sind nicht gerade mitten im sozialen Brennpunkt, Hedi. Hier passiert nichts!«

»Ha!«, sagte Hedi und das war die temperamentvollste Äußerung, die ich bisher von ihr gehört hatte. »Gerade in vermeintlich sicheren Umgebungen sinkt die Wachsamkeit und eröffnet Angreifern einen großen Handlungsspielraum«, zitierte sie triumphierend aus ihrem Bodyguard-Lehrbuch. Oder wo immer sie diesen Schrott herhatte. Meine Geduld war langsam, aber sicher überstrapaziert. Ich schnaufte genervt.

»Ich mache nur meinen Job«, fügte sie hinzu. »Wenn Sie damit ein Problem haben, wenden Sie sich bitte an meinen Auftraggeber.«

»Oh Shit«, entfuhr es mir. Mein Vater wollte mit seinem Pressesprecher erst später vorbeischauen, wenn der Fotograf da wäre. Wenn die mir bis dahin auf der Pelle hing, würde ich haushoch gegen Silvy verlieren. »Dann zieh wenigstens deine Pistole, wenn du merkst, dass einer nicht spenden will«, sagte ich düster. Da tat Hedi etwas Unerwartetes. Sie senkte den Kopf und starrte mich über den Rand ihrer Brille so durchdringend und vernichtend an, dass ich schnaufend die Augen verdrehte. »Schon gut, schon gut. Ich gebe es zu. Das war ein echt blöder Scherz.«

Sie schob ihre Brille wieder vor die Augen und nickte mir knapp zu. Silvy war gerade am anderen Ende des Saales und kommentierte mit einem affektierten Lachen die Bemerkung eines Mannes, der seine Brieftasche aus der Jacke zog. Sie hatte wahrscheinlich schon tausend Euro gesammelt, während ich noch nicht mal einen Cent aufgetrieben hatte. Mist. Ich wollte wieder zu den Frauen am Tisch, aber die standen gerade auf und sagten mit wenig Bedauern, dass ihre Golfrunde jetzt anfinge. Am Nachbartisch saß ein verkniffen aussehender Typ mit Bart, der in einem Golfmagazin blätterte und einen Kaffee trank. Seine Startnummer ragte aus der Jackentasche, in die er beiläufig das Zuckertütchen von seiner Untertasse steckte.

»Guten Tag«, sagte ich. »Darf ich Sie kurz stören?«

Er nickte mir zu. In seinem Bart hing ein Brötchenkrümel.

»Sie haben da was«, entfuhr es mir. Ich zeigte auf den Krümel. Seine dichten Augenbrauen zogen sich ärgerlich zusammen.

»Aber Sie können es auch drin lassen«, sagte ich schnell. »Wird die Konkurrenz bestimmt irritieren.«

»Nee«, sagte er und der Anflug eines Lächelns streifte seinen Mund, »das macht sich nicht gut auf dem Siegerfoto.«

»Auch wieder wahr«, sagte ich lachend. Er klaubte den Krümel aus dem Bart, begutachtete ihn kurz und steckte ihn dann in den Mund.

»Guten Appetit«, sagte ich und erklärte ihm eifrig mein Anliegen, dass wir für das Kinderkrankenhaus sammeln würden und es doch toll wäre, wenn sein Name nicht nur heute auf der Siegerliste, sondern auch noch auf der Spenderliste stehen würde und so weiter und so weiter. Ich war charmant und geduldig und nett und ich freute mich, als er in seine Innentasche griff und sein Portemonnaie herausholte.

»Schon gut, junge Frau«, sagte er. »Ich habe verstanden. Ist wirklich eine gute Sache, die ich gerne unterstütze.« Er kramte in seinen Scheinen herum, die mir hellgrün entgegenleuchteten, und ich dachte schon, er holt ein ganzes Bündel Hunderter heraus, da zog er einen Zwanzig-Euro-Schein hervor und ließ ihn in meinen Hut fallen.

»Danke!«, rief ich und wollte schon weiter, da sagte er: »Ich brauche aber noch eine Spendenquittung.«

Ich sah ihn einen Moment verständnislos an.

»Wegen der Steuer«, erklärte er.

»Ach so, na klar. Einen Moment bitte.«

Ich musste zu Lola und Marie an den Stand, um mir eine zu holen, was die beiden natürlich genüsslich in die Länge zogen. Und Hedi klebte immer noch an mir. Ich brachte dem Mann die Spendenquittung und sah erleichtert, dass mein Vater eingetroffen war. Eilig lief ich auf ihn zu und nach einer kurzen Begrüßung erklärte ich ihm, dass Hedis übervorsichtig knappe Distanz mir alle Chancen beim Spendensammeln verdarb. Zum Glück fand mein Vater auch, dass es nicht notwendig war, dass sie wie Pattex an mir klebte, und gab ihr die Anweisung, mich im Innengelände frei bewegen zu lassen. Endlich kam ich dazu, meinen Job zu machen. Und endlich lief es besser! Von Freifrau von und zu Mährenbach bekam ich achtzig Euro, die Golfrunde rund um Dr. Alt spendete zweihundertfünfzig Euro. Auf der anderen Seite des Saals machte sich Silvy gerade auf dem Putting Green lächerlich, weil sie versuchte, einen Ball einzulochen, wobei ihr ein dicker Mann half, der von hinten die Arme um sie gelegt hatte und ihre Hände beim Schwungholen führte. Gruselig. Das gab mir die Gelegenheit, bei den Neuankömmlingen weiterzumachen, die durch die großen Schiebetüren hineinkamen und jedes Mal eine Wolke kalter Luft mitbrachten. Ich sackte noch einmal hundert Euro von einem gut gelaunten Ehepaar ein, während Silvy immer noch im Klammergriff des dicken Mannes hing. Und von einer Frau, der ich die gute Arbeit des Kinderkrankenhauses erläuterte, bekam ich einen Scheck. Über eintausend Euro. »Danke«, stammelte ich erstaunt. Sie nickte und wandte sich ab, mit Tränen in den Augen. Ich konnte nur ahnen, dass sie selbst ein krankes Kind hatte. Oder gehabt hatte. Ich seufzte.

Der Zustrom an neuen Leuten ebbte etwas ab und ich musste warten, denn hier drinnen hatten Silvy und ich wohl schon alles abgeklappert. Endlich konnte sich Silvy von dem dicken Mann lösen, zupfte ihr Kleid zurecht, lachte noch einmal überkandidelt, dann strebte sie ebenfalls Richtung Eingang, wo wir uns begegneten.

»Na, geht dir langsam der Arsch auf Grundeis bei dem Gedanken an deine Beichte bei Lukas?«, sagte ich. Sie hatte Gänsehaut.

»Im Gegenteil«, bibberte sie. »Du solltest dich lieber warm anziehen für die vielen Stunden, die du im Krankenhaus Dienst schieben musst!«

»Ich habe schon eintausendvierhundertfünfzig Euro. Und du?«

Silvy warf mir einen hasserfüllten Blick zu. Eine Gruppe Frauen kam schwatzend durch die Tür. Ich sah Silvy an, sie sah mich an, wir gingen gleichzeitig los. Weil ich es peinlich fand, ein Wettrennen auf die Neuankömmlinge zu veranstalten, ließ ich Silvy auf ihren hohen Schuhen vordackeln. Gerade dachte ich, sie würde mir die Frauen wegschnappen, da wurde sie von einer Niesattacke ausgebremst. Haha, dachte ich. Die gehören mir.

»Hallo, die Damen, entschuldigen Sie den Überfall, aber ich habe ein dringendes Anliegen. Ich sammele für einen neuen Anbau für das Kinderkrankenhaus und ...« In dem Moment sah ich ihn durch die Glastür. Philipp. Er schlenderte über den Parkplatz in Richtung Eingangstür. Hastig rauchte er seine Zigarette zu Ende und schnipste sie achtlos weg. »Wie meine Freundin schon erläutert hat, ist der Anbau äußerst wichtig«, hörte ich auf einmal Silvy neben mir. »Ich zeige Ihnen hier einmal einen Prospekt …«

Sie zog die Frauen mit sich zum Infostand. Sie hatte mir die Kundschaft geklaut. Aber das war mir im Moment egal.

Die Leute vor Philipp erreichten die Schiebetür. Philipp wäre auch gleich da. In dem Moment kam wieder Leben in mich und ich verdrückte mich zu unserem Infostand, wo ich zwischen all den Menschen nicht auffiel. Ich hörte die hohe Stimme von Silvy quäken, war aber mit meiner ganzen Konzentration bei Philipp. Er blieb im Raum stehen, orientierte sich kurz, wobei sein Blick auch den Infostand streifte, mich aber nicht sah, weil ich hinter dem Stand in die Hocke gegangen war und den Zylinder hinter dem Stoff zwischen den Beinen des Tischgestells verstaute. Als ich wieder auftauchte, sah ich, wie Philipp auf einen Mann zusteuerte, der an der Bar stand. Die beiden unterhielten sich kurz. Der Mann ließ Philipp stehen und machte einen sehr unzufriedenen Eindruck. Philipp steuerte die Toiletten an. Ich löste mich von dem Stand und schlenderte dem Mann hinterher, der zu einer Dreiergruppe Männer ging.

»… vorübergehender Engpass«, hörte ich Mann 1 im Vorbeigehen sagen.

»Das gibt es doch nicht«, sagte Mann 2.

»Fuck«, entfuhr es Mann 3. »Und jetzt?«

»Jetzt müssen wir wohl ohne spielen«, sagte Mann 1.

»Fuck«, wiederholte Mann 3.

Es schien mir ganz so, als ob Philipp sein Gehirndoping nicht nur an Studenten vertickte, sondern auch an Golfspieler.

Ich wartete im Vorraum der Toilette auf ihn. Als er rauskam, holte er gerade sein Handy raus und checkte seine Nachrichten. So sah er mich zunächst nicht. Er sah unheimlich ungesund aus, graue Gesichtsfarbe, tiefe Augenringe, rote Nase. Er schniefte.

»Frische Luft und ein Glas Milch würden dir mal guttun«, sprach ich ihn an.

»Honigmund«, sagte Philipp aufgekratzt. »Ich habe bald den Eindruck, du verfolgst mich.«

»Spar dir das Gesülze«, fuhr ich ihn an. »Du kriegst deine Tasche wieder.«

Ein Blitz durchzuckte ihn. Mit zwei Schritten war er bei mir und starrte mich mit seinen leblosen wässrig blauen Augen an.

»Das wird aber auch mal Zeit«, sagte er heiser. Obwohl es so kühl war, schwitzte er plötzlich. »Wann?«

»Nächste Woche.« Ich würde ihm jetzt nicht auf die Nase binden, dass ich gar nicht wusste, wo sie war.

»Ist sie noch komplett oder hat dein Bruder, dieses Arschloch, mein Zeug verschleudert?«

»Nein«, behauptete ich. »Es ist noch alles da.«

»Das will ich für dich hoffen.« Er fing an zu lachen, was aber schnell in einen Hustenanfall überging. »Da lässt dieses Arschloch seine kleine Schwester den Dreck aufkehren, den er gemacht hat. Er ist ja noch ein mieserer Sack, als ich gedacht hatte.«

»Ich melde mich«, sagte ich und wandte mich zum Gehen.

»Beeil dich besser«, rief er mir hinterher. »Die Russen sind schon ziemlich ungeduldig.« Und er lachte keuchend.

15

Guckt mal«, sagte meine Mutter am nächsten Morgen beim Frühstück. »Hier ist ein Bild von dir, André! Und eines von Silvy, Lola und Marie.« Sie schwenkte die Sonntagszeitung zu uns, so dass wir die Fotos sehen konnten.

»Spendenrekord beim diesjährigen Weihnachtsgolfturnier«, las ich. »Fleischfabrikant André Sander bedenkt Krankenhaus mit großzügiger Schenkung. Die guten Feen sammeln fleißig für kranke Kinder.«

»Da hätten die dich ruhig mit drauflassen können«, meinte meine Mutter. »Immerhin hast du auch eine schöne Summe gesammelt.«

1450 Euro, um genau zu sein.

»Ach nee, danke«, wehrte ich ab. »Auf so was lege ich keinen Wert.«

Mein Vater nickte mir anerkennend zu. »Würde ich auch nicht, wenn ich mich nicht um mein Geschäft kümmern müsste«, sagte er.

Als der Fotograf das Gruppenfoto hatte machen wollen, hatte Silvy darauf bestanden, dass es korrekter wäre, wenn die *ehrenamtlichen* Helfer drauf wären, die *so viel* Freizeit für das Krankenhaus *opfern,* und nicht alle, die mal eben für *eine halbe Stunde* reinschneien. Dabei hatte sie mich abfällig angesehen. »Kein Problem«, hatte ich generös gesagt und war froh gewesen, dass ich mir nicht selbst eine Ausrede hatte ausdenken müssen, warum ich nicht mit aufs Bild wollte. Ich konnte ja schlecht sagen, dass ich der Russenmafia nicht unbedingt ein aktuelles Fahndungsbild von mir liefern wollte.

»Aber die Zusammenarbeit mit den dreien hat doch gut geklappt, oder?«, fragte meine Mutter mit forschendem Blick. Ich starrte auf mein Frühstücksei.

»Ja«, sagte ich. Bis auf die kleine Tatsache, dass sie mich beschissen hatten. »Hört mal«, wechselte ich das Thema. Ich atmete tief ein und sagte: »Ich würde gerne heute Enzo besuchen.«

Meine Eltern warfen sich einen Blick zu, mein Vater stellte seine Kaffeetasse ab und sagte: »Nein, Natascha.«

»Aber wieso nicht?«, brauste ich auf. »Er ist mein Freund, ob ihr das wollt oder nicht.«

»Ja, das verstehen wir«, sagte meine Mutter. »Trotzdem ist es so, dass dein Vater und ich ...« Sie biss sich auf die Lippen und sah meinen Vater an.

»Wir werden eine Lösung finden, Natascha«, übernahm er das Gespräch. »Aber nicht heute.«

»Ihr könnt aber nicht verhindern, dass Enzo und ich uns sehen!«, rief ich aufgebracht.

»Doch, das können wir«, sagte mein Vater ruhig.

»Das ist so was von gemein von euch.« Ich warf meine Serviette auf den Tisch und rauschte wutentbrannt ab.

»Natascha ...«, rief meine Mutter mir hinterher, aber ich lief einfach weiter. In meinem Zimmer wählte ich mit zitternden Fingern Enzos Nummer und hoffte, dass ich ihn in einer ruhigen Minute erwischte. Wir hatten seit Mittwoch nicht mehr miteinander geredet und es kam mir vor wie eine Ewigkeit. Und tatsächlich ging er ran. »Hallo«, sagte er. Es klang verhalten.

»Endlich!«, rief ich. »Zum Glück erreiche ich dich.«

Er schwieg und deswegen plapperte ich gleich weiter: »Es tut mir so leid, Enzo. Wie es gelaufen ist. Und das mit deinem Job. Und alles.«

»Ja, mir auch«, sagte er.

»Ich hätte es meinen Eltern einfach erzählen müssen! Und zwar sofort, als du es wolltest. Du kannst ja gar nichts dafür, das habe ich denen auch gesagt. Ich habe gesagt, dass es alles meine Schuld ist.«

»Wie haben es deine Eltern eigentlich erfahren?«

»Justus«, sagte ich. »Er war der Einzige, der von uns gewusst hatte. Und er hat diese Kamera, mit der man Bilder im Dunkeln machen kann, und er war sauer gewesen, weil ... ach, eigentlich ist doch alles meine Schuld. Wenn ich nur auf dich gehört hätte!«

Er antwortete nicht.

»Bist du sauer auf mich?«

»Nein, ich bin sauer auf *mich.* Dass ich so unprofessionell war. Dass ich es zugelassen habe, dass wir so weitergemacht haben.«

Durch meinen Magen galoppierte eine Herde Bisons.

»Was soll das heißen?«, fragte ich.

»Das soll heißen, dass ich eine Menge Ärger bekommen habe. Mein Chef ist total sauer auf mich, dein Vater auch. Verständlicherweise.«

»Und was bedeutet das jetzt ...« Mir blieb fast die Stimme weg vor Aufregung. »Für uns?«

»Ach, Natascha«, seufzte er. Die Bisons stampften durch meine Eingeweide auf und ab. »Ich wünschte, es wäre alles einfach«, sagte er. »Ich möchte mit dir zusammen sein, aber ich weiß nicht, wie. Es ist so kompliziert.«

»Es ist überhaupt nicht kompliziert«, widersprach ich ärgerlich. »Wenn man will, dann geht es.« Mir kam ein furchtbarer Gedanke. »Oder willst du etwa nicht mit mir zusammen sein?«

»Doch«, sagte er nach einer kurzen Pause. »Ich weiß nur nicht, wie das gehen soll.«

»Ich werde dir zeigen, wie das gehen soll«, sagte ich. »Wir

bleiben einfach zusammen. Scheiß drauf, was die anderen sagen.«

Er lachte. Immerhin!

Ich konnte förmlich sehen, wie er den Kopf schüttelte, als er sagte: »Unmöglich, dieses Mädchen.«

Wir plauderten noch eine ganze Weile. Er erzählte mir, was bei der Arbeit vorgefallen war und dass sein Chef ihm eine letzte Chance eingeräumt hatte, die er auf gar keinen Fall vermasseln dürfte. Als er mich fragte, wie es denn bei Familie Boussaidi gelaufen war, da sagte ich ihm, Bastian hätte sich gemeldet und es wäre schon fast alles geklärt, ich müsste nur eine Kleinigkeit erledigen, dann käme er wieder nach Hause. Ich hatte nicht vor, Enzo weiter mit meinen Problemen auf die Nerven zu gehen. Wenn er das Wort Russenmafia hören würde, würde er ausflippen. Ich würde die Tasche finden, sie Philipp geben, das Kapitel abschließen. Kein Natascha-Chaos für Enzo. Ich erledigte meine Angelegenheit selbst. Dann hätte er auch keinen Grund zu sagen, mit mir wäre es kompliziert.

Als ich aufgelegt hatte, nahm ich meinen Folienstift und schrieb entschlossen auf meine Memo-Tafel Surfertasche, dann ging ich noch mal in Bastis Zimmer. Meine Mutter hatte aufgeräumt. Eine Surfertasche fand ich nirgendwo, nicht unter dem Bett, nicht im oder auf dem Kleiderschrank, nicht in seinem Badezimmer. Ich fragte meine Mutter, ob sie die Tasche irgendwo gesehen hatte. »Nein«, sagte sie. Hatte sie nicht. Verdammt. Bastian war so sicher gewesen, dass ich wüsste, wo sie ist! Aber irgendwie stand ich auf dem Schlauch.

Justus, dachte ich. Er könnte mir bestimmt helfen. Ich spielte eine Zeit lang mit dem Telefon herum. Ich wusste nicht genau, wie ich darauf reagieren sollte, dass er mich verraten hatte. Einerseits war das natürlich ziemlich gemein von ihm gewesen. Andererseits konnte ich ihn auch verstehen. Schließlich hatte ich ihm das Herz gebrochen. Wir würden beide darüber hinwegkommen müssen, wenn wir als Freunde noch eine Chance haben wollten. Vielleicht wäre es das Beste, sich den Teil mit den gegenseitigen Vorwürfen zu sparen und einfach so zu tun, als wäre das alles nicht passiert. Dann bräuchte ich nicht sauer auf ihn zu sein und im Gegenzug kein schlechtes Gewissen mehr zu haben, weil ich Enzo ihm vorgezogen hatte. Ja. Das schien mir zumindest eine testenswerte Taktik. Entschlossen rief ich ihn an. Er meldete sich lachend.

»Hey Justus«, sagte ich. »Was ist los, guckst du gerade *Big Bang Theory?«*

»Ach, hi Natascha.« Er wurde wieder halbwegs ernst, antwortete aber nicht auf meine Frage, sondern ging in Smalltalkmodus über. »Wie geht's?«

»So weit alles klar«, antwortete ich etwas verkrampft. »Und bei dir?«

»Bei mir auch.«

Mist. Er war seit elf Jahren mein bester Freund und plötzlich wusste ich nicht, was ich sagen sollte. Ich hörte im Hintergrund ein Geräusch. »Hast du Besuch?«, fragte ich.

»Jep.«

»Dann will ich nicht lange stören«, sagte ich verlegen. »Wollte dich nur was fragen: Wo würde Bastian seine Surfersachen aufbewahren, wenn er sie nicht in seinem Zimmer hat?«

Er überlegte nicht mal eine Sekunde. »Na, in der Garage vermutlich.«

»Die Garage!«, rief ich. »Ich bin ja so ein Depp, dass ich daran nicht gedacht hatte. Vielen Dank, Justus, du hast mir sehr geholfen.« Ich hörte durch das Telefon das leise Murmeln einer Mädchenstimme und Knirschen, weil Justus vermutlich die Hand vor das Telefonmikro hielt. Es gab mir einen Stich.

»Was hast du gesagt?«, fragte er mich.

»Danke«, sagte ich. »Ich habe mich nur bedankt. Bis bald dann mal.«

»Ja, bis bald.«

Er legte auf. Es schien mir ganz so, als ob es etwas dauern würde, bis wir wieder zur Tagesordnung übergehen könnten. Wenn es überhaupt jemals wieder so werden könnte. Na ja. Immerhin war ich in Sachen Tasche den entscheidenden Schritt weitergekommen! Dass ich nicht vorher daran gedacht hatte! Basti hatte mit ein paar Kumpels im Industriegebiet eine Garage gemietet, wo der Bus eines Freundes parkte und die Surfbretter und die andere Ausrüstung für ihre Trips gelagert wurden. Es war Sonntag. Und die Chancen standen gut, dass einer seiner Kumpels da war.

Das Gute an Hedi war, dass sie sich überhaupt nicht einmischte. Sie war zwar körperlich anwesend und das nervte zugegebenermaßen ziemlich, aber immerhin hielt sie die Klappe. Als ich ihr sagte, ich müsse in einer Garage was abholen, fragte sie nicht mal, was.

Meine Mutter dagegen wollte wissen, wo ich hinfuhr, und in einem Anfall von beleidigte Leberwurst gab ich ihr nur die schnippische Antwort: »Nicht zu Enzo jedenfalls.«

Weil sie daraufhin etwas betrübt dreinblickte, schob ich die Wahrheit brummend hinterher: »Ich fahre zu Bastis Garage. Dort bewahrt er was auf, was ich einem seiner Kommilitonen zurückgeben muss.«

»Okay«, sagte sie. Ich war schon fast zum Haus raus, da rief sie hinterher: »Wir kriegen das hin, das mit Enzo. Okay, Natascha?«

»Klar«, antwortete ich und winkte ihr, bevor ich zur Tür

raussprang. Meine Mutter kann es überhaupt nicht ertragen, wenn zwischen uns schlechte Stimmung herrscht, und ehrlich gesagt, ging es mir genauso.

Die Garage lag im schäbigeren Teil des Industriegebiets. Mein Bruder und seine Kumpels hatten eine gemietet, die groß genug war für einen Lkw. Einer von ihnen hatte das Tor mit einem Graffiti verschönert, auf dem ein Surfer die perfekte Welle ritt, verfolgt von einem Weißen Hai. Ein alter VW Golf stand davor und ich meinte, mich erinnern zu können, dass er einem Typen namens Lars gehörte.

»Da ist es«, sagte ich zu Hedi, die den Wagen mit Schwung neben dem Golf zum Stehen brachte. Hedi setzte ihre Sonnenbrille auf, als sie ausstieg, und folgte mir zum Garagentor. Darin eingelassen war eine Tür von normaler Größe. Komisch, normalerweise dröhnte einem immer Rockmusik entgegen, wenn einer der Jungs in der Garage war. Aber diesmal war alles still. Ich hob die Hand, um zu klopfen, da fragte Hedi: »Handelt es sich um eine illegale Transaktion?«

»Wie bitte?«, fragte ich sie erstaunt.

»Sind Sie im Begriff, in dieser Örtlichkeit etwas strafrechtlich Relevantes zu tun?« Sie fragte das so sachlich, als ginge es um den Einkauf von Äpfeln.

»Nein, natürlich nicht«, fuhr ich Hedi an. »Was denkst du denn von mir?«

»Ich denke gar nichts. Ich frage nur. Mein Auftraggeber war eindeutig in seiner Anweisung, dass es zu meinen Aufgaben gehört, das Schutzobjekt von illegalen Aktivitäten und leichtsinnigen Handlungen abzuhalten oder diese gegebenenfalls umgehend meinem Auftraggeber zur Kenntnis zu bringen.«

Ich starrte sie an. »Mein Vater hat dir gesagt, du sollst aufpassen, dass ich nichts Verbotenes tue?«

Sie nickte.

»Na, keine Sorge«, brummte ich. »Ich hole nur was ab.« Was dachte mein Vater eigentlich von mir? Ich musste mal ein ernstes Wörtchen mit ihm reden. Tsess. Ich klopfte.

»Wer ist da?«, fragte Lars von innen. Er klang irgendwie alarmiert.

»Natascha, die Schwester von Bastian.«

Die Tür wurde einen Spalt geöffnet. Lars streckte seine Nase heraus. Er war klein und kräftig, seine Locken kräuselten sich wie immer unter seiner speckigen Armycap hervor. Er hielt eine Eisenstange in der Hand. Er checkte die Umgebung, dann beäugte er Hedi misstrauisch.

»Das ist nur mein Bodyguard«, sagte ich.

»Du hast einen Bodyguard? Scheiße, wieso das denn?« Er klang aufgewühlt. Und ängstlich.

»Übertriebene Vorsichtsmaßnahme meiner Eltern«, seufzte ich. »Kann ich reinkommen?«

Er gab den Durchgang frei und legte die Eisenstange auf einem alten Drehstuhl ab. In der Garage roch es durchdringend nach Klebstoff. Hedi schnüffelte und erstarrte. Unwillkürlich fasste sie sich an die Schulter. Dann fing sie sich und fragte förmlich: »Frau Sander, ist es Ihnen recht, wenn ich von dieser Position Ihre Sicherheit gewährleiste?« Sie baute sich im Türeingang auf.

»Natürlich«, sagte ich erleichtert. »Sehr sogar.« Aversion gegen den Geruch von Lösungsmitteln, notierte ich mir im Gedächtnis. Musste ich mir merken, falls ich sie noch einmal loswerden wollte. Ich folgte Lars zur anderen Seite der Garage, wo auf einem Ständer ein Surfbrett lag, was offensichtlich gerade repariert wurde. »Kannst du mir erklären, was hier heute los ist?«, fragte er. »Und wer dieser unheimliche Kerl war?«

»Was für ein Kerl?«, fragte ich alarmiert. »Ich wollte nur ein paar Sachen von Bastian abholen.«

Lars zeigte auf die Wand, wo Bastis alter Kleiderschrank stand, dessen Tür nur noch an einem Scharnier baumelte. »Das wollte dieser Russe auch.«

Ein Schauder lief mir über den Rücken und ich bekam Gänsehaut. »Ein Russe war hier?«, hauchte ich.

Lars nickte. »Fast zwei Meter groß. Solche Arme.« Er umfasste einen imaginären Baumstamm. »Von oben bis unten tätowiert. Tiefe Stimme.« Lars verstellte die Stimme und sagte mit russischem Akzent: »Du, wooo ist Schrrrank von Bastian Sander?« Mit normaler Stimme sagte er: »Ich habe nicht einen Pieps gesagt, sondern nur stumm darauf gezeigt.«

»Scheiße.«

»Das kannst du laut sagen. Er hat gesagt, ich soll Bastian sagen, Dimitri war da.« Lars strich über eine Stelle an dem Board, die er gerade geklebt hatte, nahm sich ein Schmirgelpapier und fing an, damit wie ein Besessener zu schmirgeln, dass der Staub nur so flog. »Ich mach das nur noch schnell fertig, dann hau ich ab«, murmelte er.

»Hat dieser Dimitri denn was gefunden?«, fragte ich.

»Ich würde mal tippen, nein. Denn er hat den Schrank aufgemacht, alles rausgeschmissen, dann Scheiße gesagt und noch irgendwas auf Russisch, dann hat er wütend den Schrank zugedonnert.« Er zeigte auf die demolierte Tür. »Sag deinem Bruder, er soll das in Ordnung bringen. Ich will nicht noch mal Besuch von diesem Typen haben!«

»Mach ich«, sagte ich und versuchte, meine Stimme nicht zittern zu lassen. »Also dann, Tschüss.«

»Mach die Tür hinter dir zu«, mahnte Lars.

Als ich hinter Hedi nach draußen trat, war mir äußerst mulmig zumute. Die Russenmafia war schon hier gewesen. Vielleicht beobachtete dieser Dimitri gerade jetzt die Garage. Ich war froh, als wir wieder im Auto saßen.

»Kannst du eigentlich auch Kampfsport? Karate oder Kickboxen oder Krav Maga oder so?«

»Ja«, antwortete sie knapp.

»Und wenn da so ein, sagen wir mal, Zweimetermann käme. Könntest du dann gegen den was ausrichten?«

»Das Wichtigste ist, Gefahrensituationen im Voraus zu erkennen und zu vermeiden«, dozierte Hedi.

Na super! Tolle Antwort. »Aber wenn man ganz unvermittelt in Gefahr kommt, was dann?«

»Dann werde ich Ihnen zu helfen wissen«, sagte sie ruhig. Ich seufzte. Wie toll wäre es, wenn Enzo bei mir wäre! Ich konnte mir nicht vorstellen, dass Hedi auch nur das Geringste gegen diesen Dimitri ausrichten könnte. Na ja. Aber mit einer Sache hatte sie recht: Ich sollte alles tun, damit Dimitri mich gar nicht erst ins Fadenkreuz nehmen würde. Ich musste so schnell wie möglich die Tasche finden und Philipp zurückgeben. Auf dem ganzen Weg nach Hause grübelte ich, wo sie sein könnte. Bastian hatte so betont, dass ich wüsste, wo sie ist. Die *Surfertasche*. Natürlich war es totaler Blödsinn gewesen, in seiner Garage mit den Surfsachen zu suchen. Da wäre ja nun wirklich jeder Depp draufgekommen. Wie man gesehen hatte. Nein, es musste ein Versteck sein, das wirklich nur ich kannte.

Meine Mutter saß mit einer Kanne Tee und einem Buch vor dem Kamin. Das war wirklich der beste Platz bei dieser Eiseskälte. Sie schenkte mir eine dampfende Tasse Tee ein, die ich dankbar entgegennahm. Eine Weile hockte ich auf dem Sofa und starrte in das Kaminfeuer. Dann fiel mein Blick auf das Regal mit den alten Fotoalben. Aus einem Impuls heraus nahm ich mir eines mit unseren Kinderbildern. Meine Mutter legte ihr Buch weg und zusammen blätterten wir das Fotoalbum durch. Bilder von Bastians Einschulung, von dem

Weihnachtsfest, als ich fünf war. Mein Bruder und ich beim Schlittenfahren am Flohberg, in dicken Klamotten und mit roten Wangen, den Schlitten neben uns. Wie zwei erfolgreiche Entdeckungsreisende sahen wir aus.

»Ich weiß noch«, sagte ich. »Das war wirklich ein toller Winter, da hatten wir echt super Schnee. Für drei Tage jedenfalls!«

Das nächste Bild zeigte Bastian und mich beim Monopoly. Ich hatte einen Verband um das Handgelenk.

»Ach, das weiß ich noch«, erklärte ich meiner Mutter. »Das war an dem Tag, als dieser Freund von Bastian im Eis eingebrochen war und ich in Panik den Damm hochgelaufen war und um Hilfe geschrien ...« Ich hielt inne. Plötzlich wusste ich, wo die Tasche war.

16

Heute Morgen war es deutlich wärmer geworden. Auf dem Weg zur Schule regnete es und das Eis, das die Pfützen am Straßenrand bedeckte, verwandelte sich langsam in Matsch. Vielleicht lag es an dem radikalen Wetterumschwung, dass ein massives Stimmungstief über der Klasse lag. Schon in den ersten beiden Stunden Englisch waren alle gereizt. Heidrun Zumke giftete Deborah an, die es gewagt hatte, ihren Schwafelanfall über Tennessee Williams mit dem Hinweis zu unterbrechen, der Titel *Endstation Sehnsucht* würde im Original nicht *A Streetcar Named Desiré* heißen, sondern *A Streetcar Named Desire*.

»Entschuldige, dass mein Vater kein Amerikaner ist«, zischte Heidrun pikiert und zupfte an ihrem geflochtenen rot-weißen Strickstirnband, das wie eine wollene Mettwurst ihren Kopf umrahmte.

In der Pause geriet dann Nevaeh-wie-Heaven-nur-rückwärts ins Zentrum der Aufmerksamkeit, weil Jennifer und Kim es für angebracht hielten, sich über ihre ewige Schwärmerei für Kerem aus der städtischen Gesamtschule lustig zu machen, der sie noch nie beachtet hatte, um sich kurz danach selbst gegenseitig in die Wolle zu kriegen über die Frage, wer denn den besser aussehenden Partner zum Ball mitbringen würde. »An deiner Stelle würde ich mir lieber mal Gedanken darüber machen, überhaupt einen Partner zu finden«, sagte Jennifer.

»Du hast doch selbst noch keinen«, zischte Kim.

»Aber klar habe ich einen«, verkündete Jennifer triumphierend.

»Ach ja, wen denn?«

»Das wirst du früh genug herausfinden.«

Der nächste Streit brach dann im Sportunterricht aus. Unsere Lehrerin war der wahnwitzigen Idee verfallen, dass wir jeweils in Dreiergruppen eine kleine Hip-Hop-Choreografie kreieren sollten. »Schon wieder Hip-Hop?«, stöhnte Irina.

»Ich habe immer noch Muskelkater vom letzten Mal«, maulte Kim.

»Nach einer Woche?«, lächelte Astrid Lutz. »Mädchen, du musst dich mehr bewegen.« Sie stellte die Musik an, klatschte in die Hände und teilte uns ein. Da Kim neben Coco und Jennifer stand, wurden die drei eine Gruppe. Ich zog mit Irina und Diana und unserem CD-Spieler in die Ecke der Halle neben ihnen. Irina holte ihr Smartphone raus und suchte auf YouTube nach einem Clip, an dem wir uns ein Beispiel nehmen konnten.

»Guckt mal hier, das sieht doch gut aus«, sagte Irina gerade, als Jennifer nebenan laut vernehmlich kommandierte: »Wir fangen so an, das ist cool!« Sie stand kerzengerade mit geschlossenen Beinen und vor der Brust zusammengelegten Händen.

»Das sieht aus, als ob du Yoga machen wolltest«, protestierte Kim.

»Dann mach einen besseren Vorschlag«, geiferte Jennifer.

»Alles ist besser als das«, sagte Kim.

»Du hast keinen anderen Vorschlag, also machen wir es so, wie ich es gesagt habe.«

»Wer hat dich eigentlich zur Chefin gemacht?« Kim guckte sie verächtlich an. »Seit Milena weg ist, tust du so, als ob du der Boss wärst. Das ist lächerlich.«

Coco stand daneben und gähnte.

»Coco, sag du, welcher Anfang besser ist«, sagte Jennifer. »Meiner oder der von Kim?«

»Na ja«, sagte sie. »Da Kim ja keinen Vorschlag hat ...«

»Jetzt bist du auf einmal auf ihrer Seite?«, kreischte Kim.

»Ich bin auf keiner Seite, okay?«, sagte Coco genervt. »Ich will nur fertig werden. Ist doch scheißegal, wie wir anfangen.«

»Gut«, bestimmte Kim. »Dann fängt halt jeder an, wie er will.« Sie stellte sich einfach gerade hin, mit hängenden Armen.

»Streng dich nur nicht zu viel an«, sagte Jennifer hämisch und nahm ihre Position ein. Coco stöhnte und stellte sich breitbeinig hin, die Hände in die Hüfte gestützt.

»Kim, mach den Player an«, sagte Jennifer.

»Mach es selbst!«, rief Kim.

»Du bist doch viel näher dran!«

»Ich bin aber nicht dein Diener!«

Coco löste sich aus der Gruppe und kam zu uns: »Kann ich bei euch mitmachen?«

Frau Lutz hatte die Situation zum Glück schon von Ferne erkannt und trennte die beiden Streithennen. Nachher musste ich mit Kim und Irina weitermachen, während Jennifer und Coco zu Diana gesteckt wurden. Kim nutzte die Gelegenheit, um sich bei Irina zu versichern, dass sie auf die russische Feier gehen dürfte. »Ich brauche unbedingt noch einen Partner für den Schulball«, flüsterte sie. »Ich werde Jennifer auf gar keinen Fall das Feld überlassen.«

Nach der Stunde hielt Kim mich auf dem Weg in die Umkleidekabine fest und zog mich vertraulich zur Seite. »Hör mal, Natascha«, sagte Kim. »Du bist neu hier und weißt das nicht.« Sie sah sich um, ob sie jemand belauschte. »Es ist üblich, sich vorher für die Wahl des besten Kostüms abzustimmen.«

»Was meinst du damit?«

»Wenn du mich wählst, schenke ich dir eine DVD deiner Wahl«, sagte sie und grinste mich breit an.

»Nein danke«, sagte ich.

»Willst du was anderes?«, fragte Kim verblüfft. »Parfüm, Kosmetik oder so? Oder ...« Sie senkte ihre Stimme. »Oder willst du etwa Jennifer wählen? Ich meine, klar, seit Milena weg ist, macht sie einen auf Chefin. Lächerlich!«

»Kim«, sagte ich. »Ich glaube an freie und geheime Wahlen als Fundament einer Demokratie.«

»Hä?«

Ich zwinkerte ihr zu. »Bis morgen dann«, sagte ich lächelnd, winkte und ließ sie stehen, um mich wieder den wirklich wichtigen Problemen meines Lebens zu widmen. Zum Beispiel der Frage, was ich mit Hedi anstellen sollte, wenn ich die Tasche holen ging. Ich müsste sie entweder abschütteln oder ihr eine Ausrede servieren, die sie davon überzeugen konnte, dass alles total mit rechtmäßigen Dingen zuging. Mit ihrem ganzen Ich-halte-mein-Schutzobjekt-von-illegalen-Aktivitäten-ab-Unsinn würde sie mir sonst einen Strich durch die Rechnung machen und mich bei meinem Vater anschwärzen – und damit auch Bastian. Das wollte ich verhindern. Aber wie sollte ich ihr das verständlich machen, dass ich genau an der Stelle eine Tasche suchen ging? Keine Chance.

Bis ich wieder zu Hause war, war mir keine andere Lösung eingefallen: Ich musste es alleine durchziehen. Hedi müsste ich vorher loswerden. Das Beste wäre natürlich, wenn sie gar nicht erst mitbekam, dass ich wegwollte. Wenn ich mich heimlich aus dem Haus stehlen könnte. Doch schon der erste Versuch, mich auf leisen Sohlen die Treppe runterzuschleichen, scheiterte kläglich. Ich war noch nicht auf der Hälfte, da stand sie schon wieder an in der Eingangshalle neben der Tür. Wie machte sie das nur?

»Wollte mir nur was zu trinken holen«, sagte ich. »Und die Schuhe wegräumen.« Ich hielt demonstrativ meine Boots hoch.

Hedi beobachtete mich. Die Secret-Service-Brille steckte in ihrer Jacketttasche. Ich stellte meine Schuhe in den Schuhschrank, ging in die Küche und trank ein Glas Multivitaminsaft. Als ich wieder rauskam, stand Hedi immer noch da. Wie ein verdammter Türwächter. Mist. Ich ging wieder in mein Zimmer und balancierte ein bisschen auf meiner Slackline hin und her. Der Haken, an dem das vordere Ende des Gurtbandes befestigt war, befand sich direkt unter meinem Fenster. Wenn ich den Karabiner auf der anderen Seite löste, dann könnte ich das Gurtband aus dem Fenster hängen und mich abseilen.

Ja, klar. Abseilen. Was für eine superschwachsinnige Idee, Sander! Oder doch nicht? Ich sprang von der Slackline und öffnete das Fenster. Es ging vielleicht vier Meter hinunter. Ich hakte den Karabiner aus und ließ probehalber das Band hinunter. Es reichte locker bis unten. Ich hatte eine ziemlich stabile Slackline, die sich nicht allzu sehr dehnte. Das war gut. Besonders für diese Zwecke. Alte Schabe, du hast sie nicht mehr alle, Sander, sagte ich zu mir selbst.

Aber das war ja nichts Neues.

17

Ich zog meine Mütze auf und warf meinen alten Anorak und meine Handschuhe aus dem Fenster. Die würden mich beim Klettern nur behindern. Um meine Anwesenheit zu simulieren, stellte ich meinen iPod in die Dockingstation und drehte die Musik auf. Die gesammelten Alben darauf würden auch für einen Ausflug nach Mombasa reichen. Einmal tief durchgeatmet, rauf aufs Fensterbrett. Mir wurde mulmig. Aber es musste sein. Ich schlang mir das Gurtband unterhalb der Schulterblätter um den Rücken und packte es mit beiden Händen. Mit den Füßen stemmte ich mich gegen die Hauswand und ließ mich langsam abwärts. Es klappte so gut und war so einfach, dass ich beinahe gelacht hätte. Sollte ich öfter machen! Dann könnte ich auch zu Enzo, wann ich wollte! Haha! Unten angekommen, schnappte ich meinen Anorak und die Handschuhe und rannte an der Hauswand entlang zur Garage, schob meinen Elektroroller hinaus und brauste davon. Es dämmerte bereits. Ich musste mich beeilen, um es noch im Hellen zu schaffen. Zum Glück war es nicht weit. Nach zehn Minuten erreichte ich die Aue, wo wir als Kinder gespielt hatten. Von hier waren es nur ein paar Hundert Meter zu unserem alten Reihenhaus. Ich ließ meinen Roller stehen. Der Feldweg hinunter zum Aaler See war steil und voller Eismatsch. Auf der anderen Seite des Gewässers befand sich eine breite Halbinsel mit Kuhweiden und Feldern, die von den Bauern der Umgebung bewirtschaftet werden. Und deswegen gab es eine Fähre von einem zum anderen Ufer, ein etwa drei mal vier Meter breites Floß an einem Seilzug. Es war schon lange nicht mehr in Betrieb – und wir

Kinder hatten im Sommer darauf gespielt. Auf dem Floß war eine Stahlkiste befestigt, in der früher Werkzeuge verstaut worden waren. Und in dieser Kiste, da war ich mir sicher, würde ich die Tasche mit Philipps Medikamenten finden.

Das Floß war da. Nur leider nicht am Ufer neben der Trauerweide, wo es sonst meistens lag, sondern in der Mitte des Gewässers. Das war ein Problem. Denn der Aaler See war zugefroren. Nichts bewegte sich, als ich an dem Stahlseil zog. So ein verdammter Mist. Ich musste über das Eis zum Floß. Extrem suboptimal. Vor dem Aaler See wurde im Winter immer gewarnt, weil es dort warme Quellen gibt und das Eis an manchen Stellen dünn sein kann. Ich hatte mich als Kind ausnahmsweise immer daran gehalten. Zu unheimlich war die Vorstellung, einzubrechen und im eisigen Wasser zu ertrinken.

Ich betrachtete das Eis, das dunkel und still vor mir lag. Es war mehr als eine Woche bitterkalt gewesen. Erst seit heute lagen die Temperaturen wieder über null. Jetzt war nur die große Frage: Wie dick war die Eisschicht tatsächlich? Ich fand einen Steinbrocken am Ufer und warf ihn, so weit ich konnte, auf die Eisfläche. Es knallte, aber dann schlitterte der Stein weiter. Das Eis hielt. Aber würde es auch mich halten? Etwas weiter links von mir ragte ein abgebrochener Baumstamm in den See. Ich balancierte über die rissige Rinde bis zum Ende. Von hier waren es noch etwa fünf Meter bis zum Floß. Ich stellte mich probehalber mit einem Bein auf das Eis und verlagerte langsam das Gewicht darauf. Es hielt. Ich zog den zweiten Fuß nach. Schlurfend tastete ich mich vorwärts. Eingefrorene Luftblasen und Äste durchzogen das Eis, was ziemlich unheimlich aussah. Ich stellte mir mein Gesicht vor, tot und bleich, wie es unter dem Eis liegt, meine toten Augen, die in den bleiernen Himmel starren. Verdammt. Als ich noch zwei Meter vom Floß entfernt war, krachte es. Mit einem peitschenden Zischen riss das Eis. Panisch hockte ich mich hin und starrte gebannt auf den Riss. Wartete darauf, dass Wasser gurgelnd hindurchsickerte und mich in die eisige Tiefe zog. Verdammt. Meine Gedanken überschlugen sich. Wenn etwas brach, war der Druck zu groß. Ich wog 65 Kilo, mit den Klamotten vielleicht 67 Kilo. 67 Kilo verteilt auf die Fläche meiner Füße, das waren bei meiner Schuhgröße ungefähr 500 Quadratzentimeter oder 0,05 m^2, 67 verteilt an 0,05, das macht ... oh Scheiße! Das machte pro Quadratmeter einen Druck von 1340 kg aus, wenn ich nur auf einem Fuß stand, sogar 2640 kg! Ich war ja so ein elefantöser Idiot. Kein Wunder, dass das Eis zu brechen begann. Sofort ließ ich mich auf den Boden gleiten und legte mich flach auf den Bauch. So verteilte sich mein Gewicht auf vielleicht 7000 Quadratzentimeter, das bedeutete 28-mal weniger Druck, als wenn ich auf einem Fuß stand. Das nannte ich mal eine wirkungsvolle Diät! Ich verharrte einen Moment und beobachtete das Eis. Es hielt. Vorsichtig schob ich mich die letzten Meter zum Floß. Als ich das kalte Holz zu fassen bekam, zog ich mich hoch. Mein Anorak war klitschnass. Mein Herz hämmerte und ich musste erst einmal tief durchatmen. Das Floß war sicher, das würde mich halten, das wusste ich von früher. Wenn jetzt die Tasche nicht in der Kiste war, würde ich vor Wut schreien. Ich klappte den schweren Deckel nach oben. Und atmete erleichtert auf. Da war sie. Eine dunkelblaue Reisetasche. Ich zog den Reißverschluss auf und betrachtete die Menge an verschiedenen Medikamenten. Ritalin, Equasym, Fluoxetin und andere Namen las ich. Wie kann man so ein Zeug nur nehmen, wenn man es nicht wirklich muss. Ich schloss die Tasche wieder, dann schleuderte ich sie aufs Eis und sie rutschte tatsächlich bis ans Ufer. Auch ich musste mich wieder auf den Weg Richtung Ufer machen. Wieder über das unheimliche, gesprungene Eis. Ich ließ mich in einem Meter Entfernung von dem Riss bäuchlings zurück auf den See gleiten und robbte Richtung Ufer. Robben an sich ist ja schon keine schnelle Fortbewegungsart, aber auf rutschigem Eis, das einem kaum Halt bietet, ist es eine äußerst enervierende Methode vorwärtszukommen. Ich bin von Natur aus schon kein geduldiger Mensch, aber die erzwungene Langsamkeit in einer Situation, in der man nur noch rennen möchte, zerrte schon extrem an meinen Nerven. Außerdem fing es wieder an zu regnen. Diese Mischung aus Eis und Wasser machte den Untergrund vollends zur Rutschbahn. Langsam, aber sicher machte mein Anorak schlapp und mein Pulli wurde feucht. Nach einer gefühlten Ewigkeit erreichte ich das Ufer. Ich stand vorsichtig auf und trat nach drei Schritten mit einer Wahnsinnserleichterung auf die halb gefrorene, halb matschige Wiese. Ich schnappte mir die Tasche, lief zu meinem Roller und brauste nach Hause. Der Fahrtwind ließ meine nassen Klamotten zu Eis werden und ich selbst fühlte mich nicht anders. Meine Zähne klapperten und ich sehnte mich nach einem heißen Bad. Doch kaum hatte ich die Tasche in der Garage versteckt, da kam Hedi angeschossen.

»Da sind Sie ja!«, stellte sie fest. »Mit diesem eigenmächtigen Handeln bin ich überhaupt nicht einverstanden. Es verstößt ganz klar gegen die mit meinem Auftraggeber getroffenen Vereinbarungen.«

»Sorry«, sagte ich bibbernd. »Ich wollte dir keinen Ärger machen, aber es ging nicht anders.« Ich ging an ihr vorbei ins Haus. Meine Mutter wartete in der Eingangshalle auf mich.

»Natascha«, rief sie erleichtert. »Ich habe mir solche Sorgen um dich gemacht. Oh Gott! Deine Lippen sind ja ganz blau!«

»Es regnet«, sagte ich, als würde das alles erklären. Ich hatte nach dieser Aktion auf dem dünnen Eis echt keine Lust auf eine weitere Lektion in Sachen Du-vertraust-uns-nicht-davertrauen-wir-dir-auch-nicht-Quatsch. Und ich war sowieso nicht gerade bester Stimmung. Mit meiner Körperkerntemperatur sinkt auch meine Laune. »Könnt ihr mich nicht mal in meinem Zimmer in Ruhe lassen?«, fuhr ich sie empört an. »Was fällt euch ein, einfach da reinzugehen?«

»Das Thermostat hat einen starken Temperaturabfall in deinem Zimmer angezeigt. Ich wollte dich bitten, das Fenster zu schließen, nur deswegen bin ich in dein Zimmer gegangen«, rechtfertigte sie sich.

»Man wird doch wohl mal einen Schritt alleine machen dürfen. Ich fühle mich ja schon wie eine Gefangene«, fauchte ich weiter. Wenigstens wärmte mich meine Wut ein bisschen. Und sie schien auch bei meiner Mutter Wirkung zu zeigen. Sie sah nicht so sauer, sondern vielmehr schuldbewusst aus.

»Aber wenn du Enzo wirklich unbedingt besuchen willst, dann sprich doch mit mir«, sagte sie leise. »Ich habe dir gesagt, dass wir eine Lösung finden!«

Sie dachte, ich sei bei Enzo gewesen! Auch gut. Ich würde ihr jedenfalls nicht erzählen, dass ich meinem Bruder gerade den Arsch vor der Russenmafia rettete.

»Ja, gut«, sagte ich verblüfft.

»Ich habe es deinem Vater prophezeit, dass er dich nicht abhalten können wird.« Meine Mutter seufzte. Die steile Falte zwischen ihren Augen erschien. »Und dass du wer weiß was unternehmen wirst, um ihn zu sehen.« Sie dachte einen Moment nach. »Also gut«, entschied sie. »Du darfst Enzo treffen. Aber Frau Perchow bringt dich hin und bringt dich wieder nach Hause.«

»Und sie wartet im Wagen«, setzte ich sicherheitshalber hinzu. Der wäre zuzutrauen, dass sie mir auch in Enzos Wohnung nicht von der Seite weichen würde.

»Also gut«, sagte meine Mutter. »Einverstanden, Frau Perchow?«

»Wenn ich etwas anmerken darf, wäre eine Position im Hauseingang wegen der Möglichkeit des schnelleren Eingreifens deutlich vorzuziehen«, sagte sie.

»Eingangsbereich?«, fragte meine Mutter mich.

»Eingangsbereich, meinetwegen«, gab ich murrend mein Einverständnis. »Aber keinen Schritt weiter.«

Und so kam es, dass ich nicht nur im Besitz der Tasche war, sondern auch noch im Besitz der Erlaubnis, meinen Freund zu besuchen! Wenn das nicht eine gelungene Aktion gewesen war! Jetzt musste ich die Tasche nur so schnell wie möglich loswerden. Ich lief in mein Zimmer, und während ich heißes Wasser in meine Badewanne laufen ließ, schrieb ich an wolf99 eine Nachricht über Skype.

Bereit für die Tasche? Morgen, 17 Uhr am Haupteingang vom Park?

Dort war zur Zeit Winterkirmes und um die Uhrzeit würden sicher viele Leute, genauer: Zeugen, unterwegs sein. Da würde mich die Russenmafia sicher nicht einkassieren. Philipps Antwort kam prompt:

Geht klar.

Ich überlegte einen Moment, dann schrieb ich:

Und wenn ich dir die Tasche gegeben habe, ist dann wieder alles in Ordnung? Oder ist Dimitri dann immer noch sauer?

Sobald ich alles vollständig zurückhabe, ist die Angelegenheit vollständig erledigt.

Auch für Dimitri?

Und mit Riesenerleichterung las ich seine Antwort:

Auch für Dimitri.

Ich atmete auf. Morgen würde der Spuk vorbei sein. Bastian könnte wiederkommen, Aziza zurück zu ihrer Familie. Und ich hätte endlich Zeit für Enzo.

18

Dieser Dienstag war ein aufregender Tag voller wichtiger Ereignisse. Schule zähle ich jetzt mal nicht hinzu, denn die Zickereien zwischen Jennifer und Kim waren mittlerweile Alltag geworden. Jennifer versuchte ebenfalls, sich meiner Wahlstimme zu versichern, aber auch ihr gab ich eine Abfuhr.

Die Theater-AG am Nachmittag fiel für den Rest des Jahres aus und so hatte ich zwischen Schulschluss und meinem nächsten Termin noch eine halbe Stunde Zeit. Warum also nicht mal meine neue Besuchserlaubnis bei Enzo ausnutzen? Ich gab Hedi seine Adresse und sie fuhr mich hin. Es war nicht weit von der Schule. Kurz vor Enzos Haus dachte ich, es wäre vielleicht besser, mal zu fragen, ob er überhaupt da war.

Ich schickte ihm eine SMS: **Bist du zu Hause?**

Ja. Warum?

Überraschung! Komme ganz kurz vorbei! Habe eine dringende Kusslieferung für dich!

Ich sprang aus dem Wagen. Ich würde ihn küssen und mich mit ihm für 17 Uhr auf der Winterkirmes verabreden. Wir könnten Hand in Hand bummeln und Glühwein trinken und gebrannte Mandeln essen und Schlittschuh laufen und im Riesenrad knutschen. Und er wäre in der Nähe, wenn ich die Tasche übergäbe. Das könnte nützlich sein für den Fall, dass ein Zweimeterrusse auftauchen und mich kaltmachen wollte.

Ich klingelte.

»Hallo?«, fragte Enzo durch die Gegensprechanlage.

»Hi, ich bin's«, rief ich erfreut.

»Oh«, machte er erstaunt. Mein Handy piepte. Mit einem Blick las ich seine SMS: ***Ist gerade schlecht.***

»Kann ich trotzdem kurz raufkommen?«, fragte ich alarmiert in das Mikrofon neben der Haustür. War er doch noch sauer auf mich? In dem Moment kam eine Frau aus der Haustür und ich wartete Enzos Antwort gar nicht ab, sondern schlüpfte durch die offene Tür und ging die Treppe hoch. Hedi blieb wie verabredet unten im Eingangsbereich stehen. Ich war noch nie bei Enzo gewesen. Ich wusste nur, dass er ein kleines Appartement unter dem Dach hatte.

Enzo stand in der Tür, Jeans, weißes T-Shirt, barfuß. Er sah zum Anbeißen aus in Zivil. Ich fiel ihm um den Hals und küsste ihn. Aber er küsste nicht so zurück, wie er das sonst immer getan hatte. »Was ist los?«, fragte ich.

In dem Moment hörte ich ein Geräusch aus der Küche. Etwas wie eine Kühlschranktür, die geschlossen wurde. Ich sah ihn fragend an.

»Violetta ist hier«, sagte er verlegen.

»Wie bitte?« Verärgert drängte ich mich an ihm vorbei in die Wohnung. Im Flur nur eine Garderobe mit zwei Jacken, eine weiße Tür mit einem Plakat von *The Walking Dead*, am Ende des Flurs ein Türspalt, dahinter ein Bett mit schwarzer Bettwäsche und rechts die offene Tür zur Küche. Hell, weiß, praktisch wäre sie gewesen mit ein paar Küchenkräutern unter dem Fenster als auffälligster Dekoration. Wenn nicht Violetta hier gewesen wäre. Sie saß am Küchentisch in ihrer ganzen Pracht. Die schwarzen Haare aufgesteckt, eine anthrazitfarbene Strickjacke mit weißem fellbesetztem Kragen, der ihr aufdringliches Dekolleté umrahmte. Vor ihr eine Packung Taschentücher. Sie hatte rot geränderte Augen. Offensichtlich hatte sie geweint. Aber natürlich kein richtiges Heulen von Herzen, sondern ein Ich-zeige-dir-wie-verletzt-ich-bin-und-trotzdem-wunderschön-bitte-nimm-mich-zurück-Weinen. Ihre getuschten Wimpern flatterten kurz auf, als sie mich sah.

»Hi! Ich bin Natascha«, sagte ich und streckte ihr die Hand hin. »Enzos Freundin«, fügte ich hinzu, aber leider gingen die Worte in dem Geschepper der Tasse unter, die ich beim Handausstrecken zu Boden geworfen hatte. Sie zersprang in tausend Scherben. Mist! Ich schaute verlegen auf den Kaffeesee mit den weißen Scherbenbooten und ließ ein dümmliches »Ups« verlauten. Violetta stand auf und zog gezielt aus einer Schublade im Küchenschrank einen Handfeger. Natürlich, dachte ich. Sie kannte sich in Enzos Wohnung bestens aus. Bediente sich selbst am Kühlschrank. Wusste, wo der Handfeger war. Und vermutlich auch, wo seine Unterhosen waren. Eine Welle des Grolls stieg in mir auf, als Violetta sich mit einem mitleidigen Lächeln zu mir umdrehte und mir den Handfeger in die Hand drückte. Enzo hatte eine Küchenrolle geholt und begann, den Kaffee damit aufzuwischen. Ich hockte mich neben ihn und fegte die Scherben zusammen. So hatte ich mir den Besuch bei Enzo nicht ausgemalt. Enzo schmiss das vollgesogene Papier in den Müllcimer und stellte uns noch einmal offiziell vor: »Violetta, das ist Natascha. Natascha, das ist Violetta.«

Wie ich da auf dem Boden kauerte, kam ich mir vor wie Aschenputtel und Violetta wie die böse Stiefschwester. Deswegen betonte ich noch mal: »Ich bin Enzos Freundin.« Irgendwie schien mir das bisher noch nicht klar genug gemacht worden zu sein.

»Hallo, Natascha«, sagte Violetta völlig unbeeindruckt.

»Hallo, Violetta«, sagte ich ebenso kühl. Violetta setzte sich wieder an den Tisch und goss sich eine weitere Tasse Kaffee ein, während ich den letzten Rest meines Malheurs beseitigte. Dabei überlegte ich, was ich jetzt tun sollte. Natürlich ging ich keiner Auseinandersetzung aus dem Weg.

Schon gar nicht mit so einer doofen Schnepfe, die sich an meinen Freund ranmachte. Auf der anderen Seite wollte ich auf keinen Fall ein erneutes Eifersuchtsdrama abliefern. Ich wollte ruhig und gelassen und erwachsen und unkompliziert sein. Deswegen schüttete ich die Scherben in den Mülleimer, legte Handfeger und Kehrblech weg und sagte souverän: »Ich muss wieder los. Wollte nur kurz mal Hallo sagen. Tschüss, Violetta.«

Sie trank erst in Ruhe einen Schluck, dann setzte sie die Tasse ab, nickte mir zu und sagte: »Ciao.« Es klang so ölig wie ein Salatdressing. Ich ging zur Tür, Enzo folgte mir. Im Treppenhaus warf ich ihm einen fragenden Blick zu. Ich wollte ihm vertrauen, aber trotzdem gefiel es mir nicht, dass seine Ex zum Kaffee vorbeischaute und er es mir am liebsten verheimlicht hätte.

»Sie braucht jemanden zum Reden«, flüsterte er mir zu. »Ihre Eltern lassen sich scheiden.«

»Und wieso ist das dein Problem?«, fragte ich leise. »Sie hat doch einen Freund.«

»Von dem hat sie sich getrennt.«

»Na, was für ein Glück, dass sie dich hat«, sagte ich spitz. »Schade, dabei wollte ich mit dir feiern, dass ich dich jetzt ganz offiziell besuchen darf, wann immer ich will.«

»Echt?«, rief er erfreut. »Sind deine Eltern einverstanden?«

»Jep.« Ich drehte mich um und ging zur Treppe.

»Wollen wir uns nachher treffen?«, fragte er.

»Ich weiß nicht«, sagte ich eingeschnappt.

»Hey Natascha«, rief er mir leise hinterher.

Ob ich es wollte oder nicht, die heiße Hühnersuppe fing sofort wieder an, in mir zu brodeln. Ich drehte mich zu ihm um.

»Ich vermisse dich«, sagte er leise.

»Ich dich auch«, sagte ich und wäre am liebsten wieder

zurückgelaufen und hätte ihn noch mal geküsst, aber da rief Violetta von drinnen: »Enzo, wo hast du denn die Cantuccini versteckt? Im Schrank sind sie gar nicht!« Das Wort *Cantuccini* sang sie mehr, als dass sie es sprach.

»Hilf ihr lieber schnell, bevor sie wieder anfängt zu flennen«, sagte ich zu Enzo und wusste, wie biestig es klang.

»Natascha«, sagte Enzo noch einmal, aber ich winkte nur und lief die Treppe runter. Es war seine Entscheidung, was ihm wichtiger war. Dass Violetta ihre *Cantuccini* bekam oder dass zwischen uns alles in Ordnung kam. Ich zögerte auf dem Treppenabsatz des zweiten Stocks, aber er lief mir nicht hinterher, sondern schloss oben die Tür. Blöde Violetta! Noch blöderer Enzo! Wieso ließ er sich von der um den Finger wickeln? Ausgerechnet von ihr? Neben ihr fühlte ich mich so ... jung. Und unerfahren. Was ich ja auch war. Mist. Ich musste mir dringend was überlegen, wie ich mit der fertig wurde. Aber nicht jetzt. Jetzt hatte ich andere Dinge zu erledigen. Es war 14 Uhr 30. Noch zweieinhalb Stunden bis zur Taschenübergabe. Und noch eine halbe Stunde bis zu meinem Termin im Krankenhaus. Ja, ich musste meine Wettschulden einlösen. Silvy, die alte Kackbratze, hatte es mal wieder geschafft.

Als ich vergangenen Samstag von meinem Zusammentreffen mit Philipp zu unserem Krankenhausinfostand zurückgekommen war, hatten die drei guten Feen mich auf eigentümlich triumphierende Weise angesehen.

»Was ist?«, fragte ich.

»Gleich kommen meine Mutter und der Pressefotograf«, verkündete Silvy, »dann werden wir sehen, wer gewonnen hat.«

»Gut«, sagte ich und holte meinen Zylinder aus seinem Versteck. Als Frau Dr. Karin Kern eintraf, im Schlepptau die Typen von der Zeitung, baute sich Silvy wichtig hinter dem Infostand auf und überreichte feierlich einen silbernen Beutel mit ihrer Spendensammlung. Ich gab ihr den Zylinder.

Silvys Mutter lächelte und sagte: »Ich denke, ihr habt beide für euer Engagement die Auszeichnung *Das Goldene Herz* verdient, aber dennoch wollen wir mal sehen, wer welche Summe für unser Krankenhaus gesammelt hat.« Sie zählte erst Silvys. Es waren 1300 Euro. Ha!, dachte ich befriedigt und warf Silvy einen belustigten Blick zu. Das würde ein Spaß werden, wenn sie Lukas ...

»Und Natascha hat 1150 Euro gesammelt«, stellte Karin Kern frohlockend nach Auszählung meines Hutinhalts fest.

»Was?«, fragte ich erstaunt. »Das kann nicht sein! Es war doch ...«

Silvy sah mich mitleidig an. Und da raffte ich es. Sie hatte mich beklaut, während ich bei Philipp gewesen war. Verdammt! Ich war ja so blöde! Ich hätte mir doch denken können, dass sie vor nichts zurückschreckt, um zu gewinnen! Der Fotograf knipste. Ein Reporter schrieb eifrig mit. Mein Vater nickte mir stolz zu. Und da wurde mir klar, dass ich verloren hatte. Wenn ich jetzt anfing, Silvy des Diebstahls zu beschuldigen, würde ich dastehen wie eine gemeine Ziege, die sich vor ihrem Dienst im Kinderkrankenhaus drücken wollte. Bei einer Gutmenschenaktion konnte man sich nicht wie ein schlechter Verlierer benehmen! Also blieb mir nichts anderes übrig, als zu lächeln und meine angefangenen Satz umzubiegen in: »Es war doch gar nicht so viel, hatte ich gedacht!«

»Das ist wirklich eine stolze Summe«, rief Silvys Mutter, »die samt und sonders unseren kleinen Patienten zugutekommt.«

Die Gäste im Golfclub applaudierten. Silvy gab ein Interview, in dem sie dem Reporter haarklein erzählte, was sie sich alles ausgedacht hatte, um den Kindern im Krankenhaus zu helfen. Dabei wich ihr dämliches Grinsen nicht einmal aus ihrem Gesicht.

»Ich sehe dich dann am Dienstag zu deinem ersten ehrenamtlichen Dienst«, zischte sie mir danach zu. »Und keine Sorge! Ich als Organisatorin des Feendienstes werde dich da einsetzen, wo du am dringendsten gebraucht wirst.« Sie lächelte fies.

»Das denke ich mir«, sagte ich. Es war mir schon klar, dass mein Engagement unter diesen Umständen kein Zuckerschlecken werden würde. Sie würde mich zum Latrinendienst abkommandieren, wenn das möglich wäre. Aber ich würde es aushalten, mir keine Blöße geben und ihr keine Genugtuung verschaffen. Das hatte ich mir am Samstag geschworen.

Und jetzt stand ich hier im Krankenhaus und war sogar richtig gespannt, was die liebe Silvy sich für Gemeinheiten für mich ausgedacht hatte.

»Natascha«, hörte ich Justus' Mutter hinter mir. »Was machst du denn hier?«

»Ach, hi Nicole«, begrüßte ich sie. »Ich absolviere heute meinen ehrenamtlichen Dienst.«

»Oh toll«, sagte Nicole und musterte mich neugierig. »Und wie geht es sonst? Schade, dass du länger nicht mehr bei uns warst.«

»Ja«, sagte ich ausweichend. »Hab viel zu tun. Wie geht es Justus denn?«

»Gut, denke ich. Du kennst ihn ja, er ist nicht gerade gesprächig, wenn es um seine Angelegenheiten geht.« Sie schaute auf die Uhr. »Ich muss weiter, Natascha. Besuch uns bald mal wieder.«

»Äh, Nicole?«

»Ja.« Sie blieb stehen.

Ich war etwas verlegen. Aber die Neugier hatte mich gepackt. »Letztens als ich Justus angerufen habe, da hatte er Besuch.«

»Ja«, sagte Nicole etwas betreten, »das war vermutlich Christina aus dem Bogenschützenverein. Sie war jetzt öfter ... bei uns.« Sie schaute mich mit ihren blauen Augen aufmunternd an und sagte: »Aber lass dich nicht davon abhalten. Komm vorbei!« Sie wackelte aufmunternd mit dem Kopf. »Jetzt muss ich aber wirklich los. Bis bald!« Sie stürmte rechts den Gang runter, dass ihr weißer Kittel wehte. Und ihr entgegen kamen die drei. Sie gingen mit wiegenden Schritten nebeneinander, in kurzen pastellfarbenen Schwesternkitteln, Silvy warf ihre Haare nach hinten und hielt wichtig ein Klemmbrett unter dem Arm, Lola schwang ihre üppigen Hüften, jedenfalls versuchte sie es, und Marie stolzierte kerzengerade mit blasiertem Gesichtsausdruck daher. Sie sahen aus, als wären sie aus einer bescheuerten Teenie-Krankenhaus-Serie entlaufen. Als sie in das Licht des Foyers traten, musste ich fast lachen, als ich das schreckliche Design ihrer bunten Kittel erkannte. Blumen wucherten vom Saum nach oben und Feen mit silbrigen Flügeln und langen schmalen Fingern schwebten in gelben Kleidern von Blüte zu Blüte. Silvy trug einen Kittel in Himmelblau, Marie einen in Rosa und Lola einen in Aprikosenfarben. Auf silbernen Namensschildern standen in Glitzerschrift ihre Namen. So was Abscheuliches hatte ich lange nicht gesehen.

»Hübsch«, sagte ich. »Wer hat das denn entworfen?«

Silvy platzte fast vor Stolz. »Ich natürlich.«

»Die Bienen sehen etwas komisch aus, oder?«, stichelte ich.

»Das sind doch keine Bienen, das sind Feen«, korrigierte Silvy.

»Ach so«, stellte ich mich dumm. »Aber wieso trinken die dann Blütennektar?«

»Die trinken doch keinen ...« Silvy fing meinen belustigten Blick auf und schnaubte verärgert. Dann setzte sie wieder ihr arrogantes Gesicht auf und gab Lola ein Zeichen, woraufhin sie mir eine durchsichtige Plastiktüte reichte.

»Das ist dein Kittel, Natascha«, sagte Silvy triumphierend. »Ich habe ihn extra für dich machen lassen.«

Natascha glitzerte mir in silbernen Lettern entgegen. Der Kittel selbst war grün. Und zwar das grässlichste Grün der Welt. Wie von verkochtem Brokkoli oder Grünkohl oder irgendeiner anderen Scheußlichkeit, die Kinder aus gutem Grund nicht mögen.

»Gefällt dir die Farbe?«, fragte Silvy boshaft.

Sie wusste natürlich genau, dass mir Grün nicht stand. Ich sah darin bleich und richtiggehend krank aus. Ich zögerte.

»Guck mal, die Feen sind doch so süüüüß«, sagte Lola aufmunternd.

»Ohne Kittel keine ehrenamtliche Hilfe«, informierte mich Marie. »Das ist die Regel.«

»Wenn dir das nicht passt, kannst du wieder gehen. Dann sage ich meiner Mutter, dass du gekniffen hast, und dann wird sie die Reporter ...«

»Ich finde den Kittel super«, unterbrach ich und zog meinen Desigual-Mantel aus.

Lola sagte: »Ich bringe deinen Mantel für dich ins Feenzimmer im vierten Stock, okay?«

»Ist gut«, sagte ich, holte schnell das Handy heraus, gab Lola den Mantel und zog den Kittel über. Ich ließ mein Handy in einer der großen Kitteltaschen verschwinden.

»Und wir brauchen auch noch deine persönlichen Angaben, Namen, Geburtsdatum, Adresse und Telefonnummer, für die Verwaltung«, sagte Silvy wichtig. »Aber die habe ich ja alle.« Sie lächelte überlegen und ließ mit großer Genugtuung den Blick über mich schweifen. »Sehr hübsch«, sagte sie. »Ich wusste doch, dass diese Farbe genau richtig ist für dich.«

»Dein Himmelblau finde ich auch sehr hübsch«, gab ich zurück. »Passt zu dir.«

Silvy bedachte mich mit einem selbstgefälligen Blick.

»So kann jeder sehen, dass du stets das Blaue vom Himmel herunter lügst«, fügte ich hinzu.

Jetzt wurde sie rot und schnappte nach Luft. »Und du ...«

»Du siehst aus, als ob du gleich selbst hier eingeliefert würdest«, kam Marie ihr zu Hilfe.

»Genau! Pass auf, sonst kommt eine Schwester und gibt dir ein Mittel gegen Übelkeit«, sagte Silvy, die sich wieder gefangen hatte.

»Tja, wenn man so lange mit euch zusammensteht, ist es ja kein Wunder, wenn einem schlecht wird«, sagte ich.

Silvy tat so, als ob sie die Einteilung noch mal auf ihrem Klemmbrett überprüfen musste, und verkündete: »Du gehst heute in Zimmer 2.3. Die Mutter der Patientin freut sich immer *sehr,* wenn eine Ablösung kommt.«

Marie flüsterte Lola was ins Ohr und Lola fing an zu kichern.

»Anderthalb Stunden hast du Dienst«, sagte Silvy und unterdrückte ein Prusten. »Ich erwarte, dass du deinen Teil der Abmachung erfüllst.« Die drei konnten sich kaum noch halten.

»Wollt ihr mir sagen, was daran so lustig ist?«, fragte ich.

»Das wirst du schon selbst merken«, kicherte Lola.

»Niemals hältst du es auch nur fünf Minuten darin aus«, sagte Silvy.

»Entweder du haust selbst ab oder das Monster drückt den Notruf«, bekräftigte Marie.

»Ihr seid so dumm«, sagte ich mitleidig. »Als ob es nach euch dreien noch irgendetwas gäbe, was mich abschrecken könnte«, behauptete ich, drehte mich auf dem Absatz um und steuerte Zimmer 2.3 an.

19

Ich hatte natürlich nur so cool getan. In Wirklichkeit war ich nervös. Mit Krankenhäusern hatte ich bisher – zu meinem großen Glück – wenig Erfahrung. Aber dass es in einem Krankenhaus kranke Leute gab und manche von ihnen auch nie wieder gesund werden würden, das wusste ich natürlich. Und ich hatte keine Ahnung, wie ich damit umgehen würde. In diesem besonderen Fall in 2.3 schien es ja so schlimm zu sein, dass sie sogar glaubten, ich würde sofort Reißaus nehmen. Ich stieg in den zweiten Stock hoch und tat so, als ob ich Silvy, Lola und Marie, die mir in sicherem Abstand folgten, gar nicht bemerken würde. In der Mitte des Ganges auf der linken Seite lag Zimmer 2.3. Wer da wohl drin war? Eine Schwester kam mir entgegen und sah mich unschlüssig vor der Tür stehen.

»Sind Sie hier im Einsatz?«, fragte sie.

Ich nickte.

»Nehmen Sie das hier für mich mit rein, okay?« Sie drückte mir ein Tablett mit einer Flasche Wasser und einem Glas in die Hand, drehte sich um und war schon weg, sichtlich erleichtert. Die taten ja so, als ob ein menschenfressender Zombie darin wäre.

Ich klopfte, atmete tief ein und öffnete die Tür. Die Szenerie, die sich mir bot, erstaunte mich. Auf dem Bett lag ein ziemlich normal aussehendes Mädchen, vielleicht zwölf, Tablet-Computer in der Hand, Kopfhörer auf. Sie war blass und schmal, hatte aber weder Verbände noch Schläuche in ihrem Körper stecken noch sonst irgendein sichtbares Zeichen von Krankheit an sich. Rötliche glatte lange Haare, in der Mitte gescheitelt, könnten mal eine Wäsche gebrauchen, ausgefallene Haarspange an der rechten Schläfe, schwarze Hornbrille, schmales Gesicht, spitzes Kinn. Meine erste Einschätzung war: Typ Klarinettenspielerin, etwas verkopft, fleißig, aber nicht zu streberhaft. Sie trug ein braunes Sweatshirt und eine blaue Jogginghose, und gerade als ich diese suboptimale Farbkombi betrachtete, fiel mir auf, was an dem Mädchen nicht stimmte: Ihr rechter Unterschenkel fehlte. Das Bein endete oberhalb vom Knie. Neben ihrem Bett auf einem Stuhl: die Mutter. Sie sprang auf, als sie mich sah. Sie war sehr schlank, eher knochig, ziemlich groß, hatte aschblonde Haare und wirkte erschöpft.

»Hallo«, sagte sie und reichte mir die Hand. »Schön, dass Sie da sind.« Sie wandte sich an ihre Tochter. »Ich gehe dann mal«, sagte sie mit erstickter Stimme. »Bin gleich wieder da, Becky.«

»Du kannst dahin gehen, wo die Schlangen auf den Pfefferbäumen wachsen«, sagte Rebecca, ohne den Blick von ihrem Computer zu heben. Die Mutter seufzte, nahm ihre Handtasche und verließ das Zimmer. Unschlüssig stand ich vor ihr. Das sollte das Monster sein? Der Schrecken des Krankenhauses?

»Hi«, sagte ich. »Ich bin Natascha.«

Keine Reaktion.

»Ich stell das mal da hin, okay?«

Keine Reaktion.

Ich stellte das Tablett auf den Beistelltisch neben ihrem Bett und schenkte das Glas voll Wasser.

Keine Reaktion.

»Was hörst du denn da?«, fragte ich und zeigte auf den Computer. Statt einer Antwort ließ Rebecca ein knappes Kommando verlauten. »Glas!«, befahl sie und machte eine fordernde Bewegung mit den Fingern. Widerstand regte sich in mir. Sie hätte sich nur vorbeugen müssen, um an das Wasser zu kommen.

»Nö«, sagte ich. »Erstens heißt es: Gib mir bitte mal das Glas. Und zweitens kommst du da selbst dran.«

Ich schaute auf die Uhr. Das konnten ja heitere anderthalb Stunden werden. Sie blickte zum ersten Mal auf. Fixierte mich mit braunen Augen. »Glas«, wiederholte sie.

»Nö.«

»Glas.«

»Nein.« Das Spiel kannte ich.

Hatte ich gedacht.

Doch Rebecca spielte es nach anderen Regeln, wie mir schnell klar wurde. Sie öffnete den Mund nur ein bisschen und ließ eine Maschinengewehrsalve ertönen. »Glasglasglasglasglasglasglasglasglasglasglasglasglasglasglasglasglasglas ...« Sie wiederholte das Wort in atemberaubender Geschwindigkeit, dabei steigerte sie mit jedem Mal die Lautstärke. Ihre Stimme hatte etwas Schneidendes, einen harten metallischen Klang. Mach doch, dachte ich nur und hielt ihrem Blick stand.

»GLASGLASGLAS ...«

Beim ungefähr hundertfünfzigsten »Glas« fing ich an, eine Kapitulation in Erwägung zu ziehen. Es klingelte in meinen Ohren. Es waren zwei Minuten vergangen, seit ich Zimmer 2.3 betreten hatte. Ich musste noch drei Minuten durchhalten, um Silvy zu zeigen, dass sie unrecht hatte. Da nahm Rebecca ohne ihr Glas-Mantra des Grauens zu unterbrechen den Notrufknopf in die Hand. Hielt ihn demonstrativ hoch. Shit. Silvy würde sich kaputtlachen. Ich verdrehte die Augen, beugte mich über das Bett, griff nach dem Glas und gab es ihr. Sie zog ihre Augenbraue einen Millimeter hoch und stellte sofort ihren Dauerton ab. Dann trank sie einen winzigen Schluck, machte übertrieben »Ahhhh!« und hielt mir das Glas hin, damit ich es auf das dreißig Zentimeter entfernte Tischchen zurückstellte. Ich schnaubte. »Danke, Natascha«, sagte ich.

Sie fixierte mich und sagte gelangweilt: »Hat dir keiner gesagt, dass ich die größte Nervensäge der Welt bin?«

»Das glaubst du doch wohl selbst nicht«, antwortete ich. »Den Titel *Größte Nervensäge der Welt* halte ich schon seit Jahren.«

Sie schaute an mir hoch und runter. »Wenn du immer in diesem grässlichen Kittel rumläufst, könntest du recht haben. Davon kriegt man ja Augenkrebs.«

»Deine Klamotten sind mindestens genauso schlimm und die hast du immerhin freiwillig ...«

»Hast du aber nicht«, unterbrach sie.

»Was hab ich nicht?«

»Du hast aber nicht *recht*. Ich bin die größte Nervensäge. Da kannst du jeden hier im Krankenhaus fragen.«

»Mich kennen die hier ja noch nicht.« Ich grinste.

»Du hast überhaupt nichts drauf, nervensägentechnisch«, tat Rebecca ab. »Das sehe ich dir an. Natürlich bist du trotzdem eklig. Reiches Mädchen, das einen auf Gutmensch macht, um mit ihrem *Goldenen Herz* angeben zu können. Pfui Kotze. Mir wird schlecht.«

Ich beobachtete sie einen Moment. Eigentlich wirkte sie eher brav mit ihren langen glatten Haaren. Und mit einer etwas schickeren Brille und einer Haarwäsche könnte sie sogar hübsch aussehen. Sie war vermutlich einfach nur sauer, weil sie in diesem Krankenhaus rumhängen musste, während ihre Freundinnen mit zwei Beinen über die Winterkirmes spazierten. Gerade als ich beschloss, sie nicht abscheulich zu finden, fiel mir auf, dass sie was in den Händen hielt, was sie vorher noch nicht gehabt hatte. Ein Handy. Ein iPhone, das aussah wie *mein* iPhone. »Aber ...«, sagte ich verblüfft. Schnell klopfte ich meine Kitteltasche ab. Sie war leer.

»Hast du mir etwa gerade mein Handy geklaut?«, fragte ich ungläubig. Sie musste es mir aus der Tasche gezogen haben, als ich mich zu dem Wasserglas gebeugt hatte.

»Mmmhhh, mal sehen«, antwortete sie und drückte darauf herum. »Die letzte SMS kam von einem Enzo.«

»Gib das her!« Wütend wollte ich es ihr aus der Hand reißen, aber sie steckte es sich hinter den Rücken.

»Tsess«, sagte sie. »Zeig erst mal, was du draufhast. Nervensägentechnisch.« Sie grinste selbstzufrieden. »Wenn du mich mehr nerven kannst als ich dich, dann bekommst du es wieder.«

Ich überschlug im Geiste meine Möglichkeiten. Ich könnte sie natürlich überwältigen. Aber Handgreiflichkeiten gegen eine Patientin wären eventuell nicht gerade das, was von einer guten Fee erwartet wurde. Silvy würde triumphieren, wenn sie davon erführe, und es vor allem in schillerndsten Farben herumerzählen, bis ich als zweiter Hannibal Lector dastünde. Mir blieb nichts anderes übrig, als mich darauf einzulassen. Und ich hatte da auch schon eine formidable Idee. Ich meine, wie oft hatte Enzo mich mit seinem Gesumme genervt. Und ich hatte Rebeccas Tasche auf dem Boden gesehen, mit Aufklebern der Bands Millencollin, Bad Religion und NOFX. Sie war ein Punkrockfan. Und einen Punkrockfan dürfte das richtige Lied ziemlich schnell auf die Palme bringen. Zum Glück nannte ich zwei für diesen Zweck unentbehrliche Talente mein eigen. Ich konnte mir Songtexte gut merken – und überhaupt nicht singen. *»Wir bleiben wach, bis die Wolken wieder lila sind«*, fing ich mit meiner schrägen Stimme an zu schmettern und Rebecca verzerrte schmerzvoll das Gesicht. Bingo! Dieses schmalzige Lied aus der Abteilung seichte Melodie und bedeutungsüberladener Text überschritt nicht nur die Toleranzgrenze von Punkrockfans ziemlich schnell. Ich mühte mich durch den ganzen schrecklichen Refrain und sang auch noch ein bisschen von einer Strophe.

»Wir bleiben wach, bis die Wolken wieder lila sind! Guck da oben steht ein neuer Stern: Kannst du ihn sehen bei unserm Feuerwerk? Wir reißen uns von allen Fäden ab, lass sie schlafen – komm, wir heben ab!«

Und Rebecca sah so aus, als müsse sie sich übergeben.

Ich hörte auf und lächelte sie an. Ihre Gesichtszüge normalisierten sich sofort wieder.

»War es das?«, fragte sie ungerührt. »War das wirklich alles, was du zu bieten hast?«

»Nach deinem Gesicht zu urteilen, war das schon eine ganze Menge«, sagte ich. »Was hast du denn drauf, außer Leute rumkommandieren und zu beklauen?«

Sie lächelte kurz, öffnete den Mund und dann kreischte sie los. Ohne Vorwarnung. Laut und schrill und infernalisch. Es ging durch jede Faser meines Körpers. Aus einem Reflex heraus duckte ich mich und steckte den Kopf zwischen die Arme, versuchte, mein Trommelfell zu schützen, aber es ging nicht. Eine Ohrausschabung mit einem rostigen Skalpell hätte nicht schmerzhafter sein können.

»Hör auf, okay, du hast gewonnen!«, sagte ich keuchend. »Nur aufhören!«

So unvermittelt wie ihr Sirenenton gestartet hatte, verstummte er wieder. Sie schloss den Mund und schaute mich ausdruckslos an.

»Ich sehe es ein. Du bist auf jeden Fall die allergrößte Nervensäge des Universums, gar keine Frage«, gab ich zu.

Sie holte mein Handy hinter ihrem Rücken hervor. Und las die SMS von Enzo. »Hallo Natascha. Ich denke an dich, du fehlst mir. Was machst du gerade? Pass auf, dass du nicht in Schwierigkeiten gerätst! Du weißt, ich bin immer für dich da.« Sie ließ das Handy sinken. »Was ist das denn für eine idiotische SMS?«

»Das ist keine idiotische SMS«, sagte ich mürrisch. »Das ist eine private SMS. Nur für mich. Und jetzt gib mein Handy her, sonst ...« Ich sah mich um. An der Wand lehnten Gehhilfen. Die waren für sie ja wohl unentbehrlich. In meiner Verzweiflung ging ich hin und nahm sie in die Hand. »Sonst schmeiß ich die hier weg.«

»Mach ruhig. Die brauche ich eh nicht«, sagte Rebecca gelangweilt und scrollte weiter durch meine Nachrichten. Ich legte die Krücken zurück.

»Wer ist denn Justus?«, fragte Rebecca, da wurde es mir zu bunt. Ich stürzte nach vorne und schnappte mir ihren Tablet-Computer, der auf ihrem Schoß lag. Die Ohrstecker, mit denen sie immer noch verstöpselt war, wurden ihr unsanft aus den Ohren gerissen und baumelten herunter.

»Aua«, heulte sie auf. »Was fällt dir ein, ein krankes Mädchen zu verletzen?«

»Stell dich nicht so an«, sagte ich rau. »Das hat nicht wehgetan!«

»Ach nein?«, schluchzte sie plötzlich und ihre Augen füllten sich mit Tränen. Mist. MIST! Ich hatte gerade einem Mädchen wehgetan, das im Krankenhaus lag und ein Bein amputiert bekommen hatte. Ich Arsch.

»Es tut mir leid ...«, fing ich an, da sah ich, dass sie merkwürdig blinzelte. Und mir wurde klar, dass ihre Heuleinlage reine Show war. »... dass es mir nicht leidtut«, vollendete ich den Satz.

»Gib das sofort wieder her«, befahl sie und zeigte auf ihren Computer.

»Wieso? Ist das etwa privat?« Auf dem aus dem Dunkeln erwachten Display sah ich, dass ein Audioprogramm lief. Die Pegelanzeige zeigte die Ausschläge von Stimmen. Ich nahm den Kopfhörer und hielt ihn mir ans Ohr. Eine weibliche Stimme lästerte: »Hast du gesehen, wie sie sich an David rangemacht hat?« Schien irgendein Soap-Hörspiel zu sein.

»Hier hast du dein Handy«, sagte Rebecca plötzlich lammfromm und hielt es mir hin. Ich nahm es und reichte ihr im Austausch ihren Tablet-Computer, den sie geradezu an sich riss. In dem Moment ging die Tür auf. Eine Schwester kam mit einem Tablett herein. »Hier, Becky. Es gibt grünen Tee und Kekse, genau wie du wolltest«, sagte sie tapfer lächelnd.

»Grünen Tee?«, ätzte Rebecca. »Pfui Kotze. Ich will warmen Kakao, aber pronto! Und Becky nennen mich nur meine Freunde, merk dir das.«

Die Schwester seufzte und ging wieder.

»Ich hasse sie«, sagte Rebecca grimmig.

»Sie war doch nett!«, sagte ich verwundert.

»Dann solltest du mal hören, was sie sagt, wenn ich nicht dabei bin.«

»Wie dem auch sei«, sagte ich mit Blick auf die Uhr. »Ich hau dann mal ab.«

Rebecca kaute auf ihrer Lippe herum und starrte wütend vor sich hin. »Wann belästigst du mich das nächste Mal?«, fragte sie gedehnt.

»Mmmhh, das sieht im Moment schlecht aus«, sagte ich. »Aber wenn der Klimawandel gestoppt ist, hätte ich sicher wieder einen Termin frei.«

Sie sagte trocken: »Ich an deiner Stelle würde früher wiederkommen.«

»Und wieso sollte ich das tun?«

Sie zeigte mir das Display ihres Tablet-Computers und ich sah etwas, was mir sehr bekannt vorkam. »Weil ich mir gerade ein paar deiner süßen Fotos geschickt habe. Ist das Enzo?«

»Waass?« Ich checkte den Fotoordner auf meinem iPhone.

Alle Fotos mit Enzo waren gelöscht. »Du *erpresst* mich?«, fragte ich entsetzt.

»Sagen wir mal so. Ich motiviere dich zum Wiederkommen«, feixte sie.

»Wenn du mich nett gefragt hättest, hätte das vielleicht auch gereicht«, gab ich fassungslos zurück. »Hast du daran mal gedacht?«

»Interessante Option.« Sie machte eine kurze Pause. Dann sagte sie: »Gefällt mir aber nicht. Erpressung ist sicherer.«

Jetzt hatte ich aber wirklich die Nase voll von diesem selbstgerechten, hasserfüllten und total irren Mädchen.

»Weißt du, was? Behalt die Bilder. Und leck mich.« Ich wandte mich ab.

»Na, na, na«, tadelte sie mich. »So was sagt aber man nicht zu einem Mädchen mit halbem Bein.«

»Du bist aber eine Mistkröte mit einem halben Bein.« Ich ging zur Tür. Ich würde mich von ihr doch nicht erpressen lassen. Ein fehlendes Bein war keine Entschuldigung, um alle zu schikanieren. Und doch. Natürlich tat sie mir leid. Und ich ahnte, dass sie sich vielleicht im Moment nicht anders zu helfen wusste. Ich würde ihr eine Chance geben. Ich legte die Hand auf der Klinke. Wartete, ob sie mich vielleicht doch nett fragte. Aber nichts da. Umso besser. Dann musste ich dieses Biest wenigstens nicht noch mal besuchen. Ich holte meinen Mantel aus dem Feenzimmer, wo Silvy, Lola und Marie um einen Tisch herumsaßen und Tee tranken. Als ich hereinkam, starrten sie mich neugierig an.

»Was ist?«, blaffte ich sie an und zog meinen hässlichen Kittel aus. »Es war sehr nett bei Becky, damit ihr es wisst. Und jetzt habe ich meinen Teil der Abmachung erfüllt und freue mich darauf, ganz offiziell sagen zu dürfen: Auf Nimmerwiedersehen!«

Ich nahm meinen Desigual-Mantel, und noch bevor mir

eine von den Schnepfen dumm kommen konnte, war ich abgerauscht. Dieses Kapitel war beendet. Jetzt würde ich die nächste Baustelle in meinem Leben in Angriff nehmen und die Tasche loswerden.

20

Hedi wartete neben einer Säule. Von dieser Position aus konnte sie das ganze Foyer des Krankenhauses überblicken. Als ich an ihr vorbeikam, nickte ich ihr zu. »So, hier bin ich fertig. Jetzt fahren wir zur Winterkirmes am Park.«

»Winterkirmes?«, fragte sie überrascht. »Ungünstig. Viele Menschen auf engem Raum. Sehr unübersichtliche Situation.«

»Hedi«, sagte ich. »Ich treffe nur einen Bekannten, dem ich was geben muss.«

»Treffpunkt?«

»Vor dem Eingang.«

»Sie gehen nicht auf den Markt selbst?«

»Nein.« Mit Enzo wäre es ein romantischer Ausflug gewesen. Enzo, dachte ich sehnsuchtsvoll. Es wäre toll, wenn er mitgekommen wäre. Aber er musste sich ja um Signorita Cantuccini kümmern. Sollte er doch. Wenn mich der Russe erwischte, würde er schon sehen, was er davon hatte, wenn er ihre Probleme für wichtiger hielt als meine. Phhh!

»Gut«, sagte Hedi, nachdem sie im Geiste die Gefahren der Örtlichkeit überschlagen hatte. »Dann gebe ich mein Okay.«

»Danke, liebe Hedi«, sagte ich bissig, aber mein Sarkasmus prallte an ihr ab. Sie nahm nickend meinen Dank an, öffnete die Autotür und ließ mich einsteigen.

»Wir müssen vorher noch kurz zu Hause vorbei«, informierte ich sie. Die Tasche war noch in unserer Garage. Ich hatte sie nicht den ganzen Tag im Kofferraum liegen lassen wollen, man wusste ja nie, ob den nicht mal einer aufbrach. Oder jemand das Auto klaute. Und ich würde nichts riskieren, was die Übergabe gefährden könnte.

Es war schon dunkel, als wir an dem kleinen Park ankamen, in dem jedes Jahr die große Winterkirmes stattfand. Unzählige Lichterketten hingen in den kahlen Bäumen über den Buden. Als Kinder hatten wir die Kirmes geliebt. Wir hatten die ganze Zeit Süßkram gegessen und waren dann alle Riesenrad gefahren. Irgendwann hatte Basti keine Lust mehr gehabt, mit uns zu gehen, und mein Vater musste immer öfter auch am Wochenende arbeiten und so hörten unsere Kirmes-Familienausflüge irgendwann auf. Beim Anblick der Lichter gab es mir heute einen Stich, dass ich nicht mit Enzo hier war. Aber wenn ich erst die Tasche und die Bedrohung durch die Russenmafia los wäre, dann würde ich mit Enzo alles ins Reine bringen und richtig romantisch werden. Musste ich schließlich auch mal ausprobieren, wie sich das so anfühlte.

Wir fuhren an dem Haupteingang vorbei auf der Suche nach einem Parkplatz, da sah ich auf der anderen Straßenseite im absoluten Halteverbot der Feuerwehreinfahrt Philipps roten Porsche stehen. Typisch!

»Halt mal«, sagte ich zu Hedi, aber sie konnte meiner Bitte nicht nachkommen, da sich hinter uns die Autos drängten. Hedi musste eine Runde um den Block fahren. Als wir wieder auf der Straße am Park waren, steuerte Hedi den Wagen bis auf die Höhe der Feuerwehreinfahrt, in der Philipp geparkt hatte. Sein Porsche stand gegen die Fahrtrichtung, sodass die Fahrerseite von der Straße abgewandt war. Aber ich konnte erkennen, dass er am Steuer saß.

»Dauert nicht lange«, sagte ich. »Du kannst hier warten.«

Ein Fluchtfahrzeug bereitstehen zu haben, war sicher nicht das Verkehrteste. Ich stieg aus. Mein Herz bummerte. Die Tasche fühlte sich schwer an. Ich schaute mich um, versuchte zu erkennen, ob im Schatten der Tannen hinter der niedrigen Mauer, die den Park umgab, nicht doch dieser Dimitri lauerte. Ich ging um den Porsche herum zur Fahrerseite. Musik aus dem Autoradio schallte gedämpft heraus. Ich blickte mich noch einmal um, weil ich jetzt den dunklen Park im Rücken hatte, was kein angenehmes Gefühl war. Nur schnell die Tasche loswerden und abhauen! Philipp hatte mich noch nicht bemerkt. Ich klopfte an die Fensterscheibe. Er reagierte nicht. Vielleicht war seine Musik zu laut?

Ich klopfte wieder. Keine Reaktion. Ich beugte mich runter, um durch die Scheibe zu sehen. Philipp lehnte an der Kopfstütze und schlief. In seiner rechten Hand hielt er eine erloschene Zigarettenkippe. Vermutlich besoffen, dachte ich, und klopfte heftiger. Aber auch davon wachte er nicht auf. Langsam wurde mir mulmig. Ich nahm den Türgriff in die Hand und öffnete entschlossen die Fahrertür.

»Hey Schnarchnase. Du verpasst unseren Termin«, sagte ich. Kalter Rauch schlug mir entgegen. Der Wagen roch wie ein Aschenbecher. Philipps linker Arm, der an die Tür gelehnt war, fiel schlaff herunter. Philipp regte sich noch immer nicht. Jetzt bekam ich aber wirklich Schiss. Aber ich kannte das ja. Nicht jeder, der tot aussah, war auch wirklich tot.

»Philipp?«, fragte ich ängstlich und rüttelte an seiner Schulter, um ihn zu wecken. Er kippte nach vorne. Aufs Lenkrad. Auf die Hupe. Es dröhnte ohrenbetäubend, aber Philipp rührte sich nicht. Meine Welt schrumpfte zusammen auf ein winziges Universum namens Angst. Die Atmosphäre, die es umgab, war erfüllt vom ätzenden Lärm der Hupe. Wie in Trance streckte ich die Hand aus und berührte Philipps Hals auf der Suche nach der Schlagader. Seine Haut war kühl und ich schreckte zurück. Die Hupe kreischte in meine Ohren. Vorsichtig schob ich ihn zur Seite, bis sein Kopf die Hupe freigab und rechts über das Lenkrad hing. Jetzt war es plötzlich eigentümlich still in meiner Welt. Ein Gedanke kreiste in meinem Hirn umher wie ein Shuttle auf der Suche nach der richtigen Route zurück zur Erde.

Hilfe.

Der Gedanke tauchte in die Erdatmosphäre ein und ich begann mich zu bewegen. Ich musste Hilfe holen. Hedi war inzwischen ausgestiegen und kam alarmiert auf mich zugelaufen. Ich taumelte ihr entgegen.

»Er atmet nicht«, stammelte ich. »Er bewegt sich nicht.«

Meine Beine drohten nachzugeben, ich ließ die Tasche auf den Boden neben mir gleiten und stützte mich am Autodach ab.

»Er sitzt am Steuer und ist tot«, sagte ich. Hedi kam mit mir zum Porsche. Die Tasche nahm ich automatisch mit.

»Ich gehe davon aus, dass es sich nicht um ein Ablenkungsmanöver handelt, oder?«, fragte Hedi. Ich schüttelte den Kopf. Philipp hing immer noch in seiner unnatürlichen Haltung da. Man hätte meinen können, er suchte was auf dem Boden. Hedi packte sein Handgelenk, fühlte den Puls, schaute mich dabei aber an und schüttelte den Kopf.

»Ich rufe einen Krankenwagen«, sagte sie und zückte ihr Handy. Es war Dienstag, der elfte Dezember. Und ich hatte gerade meine erste wirklich tote Leiche gesehen. Ich konnte nicht fassen, dass mir das passierte. Söderberg, schoss es mir durch den Kopf. Ich muss Söderberg anrufen. Ich muss persönlich mit ihm sprechen. Diesmal wird er mir von Anfang an glauben. Ich hatte ihm schon mal bei der Aufklärung eines Falls geholfen. Seine Handynummer hatte ich noch gespeichert. Ohne weiter zu überlegen, hatte ich schon seine Nummer gewählt.

»Was ist?«, bellte er ins Telefon.

»Hier ist Natascha Sander«, sagte ich wie ferngesteuert. »Ich möchte einen Mord melden.«

Er war einen Moment still. »Sie haben jemanden umgebracht, Emma Peel?«, fragte er dann.

Ich schüttelte den Kopf. »Nein. Ich nicht. Ich habe nur das Opfer gefunden.«

Wieder eine Pause. »Haben Sie getrunken?«

»Nein.«

»Sie klingen so komisch.«

»Er ist tot«, sagte ich. »Seine Haut ist kalt. Er hat mit dem Kopf gehupt. Und ist nicht aufgewacht.«

Söderberg seufzte. »Wo sind Sie?«, fragte er rau.

»Winterkirmes. Am Park. Feuerwehrzufahrt Steinstraße. Roter Porsche.« Ich legte auf. Die Sirene eines Krankenwagens näherte sich.

»Die Mordkommission ist auch unterwegs«, sagte ich zu Hedi.

»Die Mordkommission?« Sie sah mich zum allerersten Mal verwirrt an. »Warum?«

Und in dem Moment kehrte ich in die Realität zurück, die noch bis gerade eben hinter einem dicken Vorhang an mir vorbeigeschwebt war.

21

Ich war ja so ein Idiot! Warum hatte ich bloß Söderberg angerufen! Ich konnte, ich *durfte* doch niemandem erklären, warum ich wusste, dass es ein Mord war. Die Tasche, Bastian, die Russenmafia, Scheiße! Vermutlich beobachtete Dimitri mich gerade. Wenn er sah, wie ich mit der Polizei redete, dann würde er oder irgendeiner seiner zahlreichen Spießgesellen mich einen Kopf kürzer machen. Und Bastian. Und Aziza am Ende auch noch. HILFE! Was sollte ich denn jetzt nur tun?

»Ich möchte nach Hause«, sagte ich zu Hedi. »Mir ist nicht gut.«

»Wir warten auf den Krankenwagen«, beschied sie, keinen Widerspruch duldend.

»Gut«, sagte ich schwach. Die Sirene war nur noch ein paar Straßen entfernt. Bis zum Eintreffen des Krankenwagens wäre Söderberg bestimmt noch nicht da und ich könnte mich verdrücken, um einen Plan auszuhecken, mit dem ich ihm die Wahrheit sagen könnte – ohne Bastian und die Russenmafia mit reinzuziehen.

Der Krankenwagen kam und hielt neben dem Porsche auf der Straße. Das Blaulicht auf dem Dach rotierte wie ein hektischer Leuchtturm. Der Notarzt, ein untersetzter Mann mit blauer Steppweste und Halbglatze, Stethoskop um den Hals, sprang mit seiner Tasche aus dem Wagen. Hedi winkte ihn heran. Ich stellte mich abseits, hinter die Passanten, die ihren Schritt verlangsamten oder ganz stehen blieben, um zu sehen, was hier passiert war. Doch im Moment konnte man nicht viel erkennen. Der Rücken des Arztes, der sich in den

Fahrerraum des Porsches beugte, blockierte die Sicht. Dann tauchte er wieder auf, stemmte die Hand in den Rücken, richtete sich stöhnend auf und winkte die Kollegen mit der Trage heran. Sie hoben Philipp auf die Trage und begannen mit der Herzmassage. Ich konnte mich nicht rühren und starrte benommen auf den schlaffen Körper, der jeglichen Wiederbelebungsversuchen trotzte. Meine Erinnerung spielte mir die Szenen vor, in denen Philipp quicklebendig gewesen war. In der Uni, in der Kneipe, bei der Studentenparty. Lebend war er ja zugegebenermaßen ein ziemlich abscheulicher Kerl gewesen. Das aber hatte er nicht verdient. Eine weitere Sirene ertönte in der Nähe und schon kam ein Polizeiwagen herangebraust. Ich musste schlucken. Was sollte ich denn Söderberg erzählen? Doch zu meiner großen Erleichterung war es gar nicht der Kommissar, sondern zwei Streifenbeamte, eine ältere Frau und ein junger Mann, die in ihren blauen Uniformen aus dem Wagen stiegen und zu dem Notarzt gingen.

»Wir haben diesen jungen Mann leblos aufgefunden. Die Reanimation wurde vor acht Minuten gestartet, aber ich glaube nicht, dass es was bringt«, informierte der Notarzt die Polizisten.

»Wissen Sie, wie er heißt?«, fragte sie zurück.

Der Notarzt schüttelte den Kopf. Die Polizistin durchsuchte Philipps Jackentasche und fischte ein Handy heraus.

»Hauen wir ab«, sagte ich zu Hedi. Ich ging zu unserem Auto und wollte gerade einsteigen, da hörte ich die keuchende Stimme hinter mir, deren Reibeisenklang mir sofort eine Gänsehaut bescherte.

»Emma Peel«, sagte Söderberg schneidend. »Jetzt bin ich schon so schnell hier, weil ich gerade in der Nähe war, und Sie wollen nicht auf mich warten?« Er nahm seine Kippe aus dem Mund und schnippte sie achtlos zur Seite. Hinter ihm sah ich den bulligen Kollegen, den ich schon mal im Polizeirevier gesehen hatte.

»Oh«, sagte ich erschrocken. Da war er. Söderberg. Der Kommissar. Klein und fahl, mit dunklen Augenringen. Sein Gesicht leuchtete bleich unter den Geheimratsecken in seinem braunen Haar, die breite Nase warf einen unheimlichen Schatten. Er hätte sehr überzeugend den Nosferatu geben können.

»Also, was ist los?« Das Leder seiner Jacke quietschte, als er eine Handbewegung in Richtung des toten Philipp machte. Die Sanitäter hatten die Herzmassage aufgegeben. Der Notarzt telefonierte, die beiden Beamten besprachen sich am Streifenwagen. »Wieso finde ich eine Leiche – und Sie sind auch schon wieder da?«, fragte Söderberg.

»Also, nur mal fürs Protokoll«, sagte ich. *»Ich* habe die Leiche gefunden ...«

Er sah mich durchdringend an. Seine kleinen Augen funkelten mich aus der Tiefe ihrer Höhlen an. Ich biss mir auf die Lippen und redete schnell weiter: »Aber das war totaler Zufall. Das Auto war mir aufgefallen, weil es im Halteverbot stand und ...«

»Kennen Sie den Mann?«

»Ob ich den Mann kenne?«, fragte ich dämlich zurück. »Was heißt schon kennen? Ich habe auch geglaubt, ich würde meinen Freund kennen, und dann kommt er mir auf einmal mit seiner ...« Schnauze, Sander, konzentrier dich, bevor du dich um Kopf und Kragen redest. »Auf jeden Fall habe ich ihn schon mal gesehen«, schloss ich.

»Auch mit ihm gesprochen?«

»Ja, das auch.«

Er beobachtete mich misstrauisch. Kniff seinen Mund zusammen. Schüttelte den Kopf. »Meine Güte, Peel, was ist mit Ihnen los? Sonst sprudeln Sie wie ein Wasserfall, aber heute muss man Ihnen ja alle Würmer einzeln aus der Nase ziehen. Kommen Sie, erzählen Sie dem Onkel alles.« Er brachte den Versuch eines Lächelns zustande. Würg. Er sollte bloß nicht denken, dass ich darauf reinfiel, wenn er einen auf guter Bulle machte. Ich starrte ihn herausfordernd an. Söderberg seufzte. »Und darf man fragen, in welchem Zusammenhang Sie den Toten schon mal gesprochen haben?«, leierte er herunter.

»In einem Partyzusammenhang. Wir haben uns mal auf einer Party gesehen.«

»Ah ja. Das hätte ich mir ja denken können«, brummte er. »Also kannten Sie ihn.«

»Wenn Sie so wollen, ja.« Ich ließ resigniert die Hände sinken. »Er hieß Philipp. Nachname weiß ich nicht. Er hat VWL studiert. Glaube ich wenigstens.«

»Und was machen Sie heute hier, wo Philipps Leben so abrupt geendet hat?«

»Äh. Shoppen.« Ich schwenkte die Tasche. »Mädchenkram. Sie wissen schon.«

Der Kommissar verdrehte die Augen und ging zu dem Notarzt, der gerade sein Telefonat mit einem »Vielen Dank für die Informationen« beendete.

»Söderberg. Mordkommission«, stellte Söderberg sich vor. Die Polizistin kam auch dazu. »Und?«

»War leider nichts mehr zu machen.« Der Notarzt zuckte mit den Schultern. »Nach fünfzehn Minuten haben die Kollegen die Wiederbelebungsversuche eingestellt.«

»Todesursache?«, fragte Söderberg.

»Vermutlich Herzversagen«, sagte der Notarzt.

»Keine Anzeichen von Gewalteinwirkung?« Söderberg wirkte überrascht.

»Nein. Auf den ersten Blick nicht.« Der Notarzt schüttelte den Kopf. »Ich habe gerade mit dem behandelnden Hausarzt gesprochen. Der junge Mann hier war schon zweimal im Drogenentzug gewesen, einmal mit sechzehn, einmal mit zwanzig. Beides hatte nichts gebracht. Dazu kam ein angeborener Herzfehler.«

»Das klingt ja wie eine natürliche Todesursache«, schaltete sich die Polizistin ein. Sie klang erleichtert.

Der Notarzt zuckte wieder mit den Schultern. »Vermutlich.«

Söderberg beugte sich über den Toten und betrachtete seine Hände, die Handgelenke und den Hals. »Umdrehen bitte.«

Die Sanitäter hoben Philipp an der Seite an, sodass Söderberg den Rücken sehen konnte.

»Peel«, rief Söderberg, richtete sich auf und wandte sich an mich. »Wie kommen Sie darauf, dass es sich um einen Mord handelt?«

»Äh.« Für mich war ja sonnenklar, dass Philipp, der der Russenmafia einen Haufen Geld schuldete, ermordet worden sein musste, aber das konnte ich Söderberg schlecht erzählen, ohne Bastian mit reinzuziehen. »Na ja. Er ist so jung und ... sein Gesichtsausdruck wirkt so überrascht und ... und als ich ihn auf dieser Party gesehen hatte, da war er ganz komisch, als ob er auf Drogen wäre.«

Söderberg stöhnte und massierte sich die Schläfen. »Jaja, weiter, wissen wir schon.«

»Ich glaube auch, dass er mit ganz finsteren Gestalten was zu tun hatte«, bekräftigte ich. »Und deswegen war für mich gleich klar, dass er ermordet worden sein muss.«

»Emma Peel«, begann der Kommissar. »Sie schaffen es immer wieder, mich zu verblüffen ...«

»Gern geschehen«, sagte ich zufrieden. »Ich helfe der Polizei, wo ich kann.«

Söderberg schloss die Augen in Zeitlupentempo und öffnete sie ebenso langsam wieder, begleitet von einem lang gezogenen Stöhnen. Seine typische Ich-muss-mich-zusammenreißen-sonst-flipp-ich-aus-Geste. Nur dass das mit dem Zusammenreißen nicht wirklich gut funktionierte. »Emma Peel«, sagte er. »Ich habe keine Ahnung, was Sie veranlasst hat, mich anzurufen und mich von meiner Arbeit abzuhalten. Hier haben wir überhaupt kein Anzeichen für ein Verbrechen. Und vielleicht wissen Sie es nicht, aber wir von der Mordkommission sind verdammt noch mal sowieso schon überlastet und können uns nicht noch mit den eingebildeten Mordfällen befassen ...« Hier erreichte seine Stimme schon eine beachtliche Lautstärke. »... die sich irgendeine übereifrige Hobbydetektivin in ihren wahnwitzigen Verschwörungstheorien zusammenreimt und mit denen sie mich dann von meiner eigentlichen Arbeit ...«

»Das wäre nicht das erste Mal, dass Sie sich irren«, unterbrach ich ruhig. Aber auch dieses extrem stichhaltige Argument prallte an ihm ab.

»Der Mann hatte einen Herzinfarkt!«, schrie Söderberg.

»Das wissen Sie überhaupt nicht«, widersprach ich. »Oder haben Sie das in Ihrem pathologischen Bericht gelesen?«

Söderberg stierte mich mit hochrotem Gesicht an und ich hatte Sorge, dass er sich gleich neben Philipp legen müsste.

»Vielleicht ist er vergiftet worden«, sagte ich. »Haben Sie daran schon mal gedacht?«

Er war immer noch still. Schaute in die Ferne und ich meinte, in seinen Augen den Palmenstrand zu sehen, an den er sich gerade wünschte. Dann seufzte er und tat etwas sehr Überraschendes. Er drehte sich um und ging zu dem Notarzt.

»Gibt es Anzeichen einer Vergiftung?«, fragte er. Der Notarzt nahm eine Taschenlampe und leuchtete in Philipps Mund, besah sich Zunge und Lippen von innen, untersuchte Augen und Ohren. Zuckte mit den Schultern. »Ich seh nix. Aber ich kann jetzt nicht in ihn reingucken.«

»Christa, wir haben einen Verkehrsunfall mit Personenschaden am Hamburger Platz«, rief der junge Kollege mit dem Funkgerät in der Hand.

»Komme gleich«, rief sie und wandte sich an den Notarzt. »Sie haben doch gesagt, dass der Verstorbene drogenabhängig war und einen angeborenen Herzfehler hatte«, drängte sie. »Wie viele Ursachen brauchen Sie denn noch, um einen natürlichen Tod zu bestätigen?«

»Ich für meinen Teil brauche gar keine weiteren Ursachen. Für mich ist die Sache klar. Natürlicher Tod.«

Er warf Söderberg einen fragenden Blick zu. Der zuckte mit den Schultern. »Keine Einwände.«

»Gut«, sagte die Polizistin erleichtert.

»So, Jungs. Abflug«, kommandierte der Notarzt und stieg in den Rettungswagen. Auch die Polizisten fuhren schnell ab. Kaum waren sie weg, kam ein Abschleppwagen, der den Porsche an den Haken nahm.

»Wollen Sie nicht wenigstens den Porsche untersuchen?«, rief ich. »Vielleicht finden Sie da Hinweise für einen Giftmord?«

»Wie Sie sich das immer vorstellen«, sagte Söderberg kopfschüttelnd und nahm einen Anruf entgegen. Als er aufgelegt hatte, wandte er sich wieder an mich. »Passen Sie auf, Emma Peel. Bei einer so klaren Vorschädigung und einer akuten Drogenabhängigkeit und ohne irgendein Anzeichen für ein Verbrechen kann ich gar nichts machen.« Er warf mir noch einen undurchdringlichen Blick zu und fügte hinzu: »Die Einzigen, die jetzt noch eine Autopsie veranlassen könnten, wären die Familienangehörigen.«

Und damit drehte er sich um und ließ mich stehen. Die Tasche wog bleischwer in meiner verkrampften Hand.

22

Hedi fuhr mich nach Hause. Mein Kopf schwirrte und ich versuchte, ein bisschen Ordnung in das Chaos zu bringen. Konnte es tatsächlich sein, dass Philipp eines natürlichen Todes gestorben war? Ich meine, er wäre nicht der erste junge Mann, dem Drogen und Alkohol zum Verhängnis wurden. Und trotzdem. Wenn man bei der Russenmafia in der Kreide stand, waren die sicher nicht zimperlich. Man verpasste seine Frist und bumm! – wurde man umgebracht. Wusste doch jeder, der einen Fernseher im Haus hatte. An dieser Theorie störten mich nur zwei Dinge: Philipp hatte geschrieben, dass auch mit Dimitri wieder alles in Ordnung wäre, wenn ich die Tasche zurückbrächte. Wieso also sollte er ihn ausgerechnet dann umbringen, wenn er bekäme, was er wollte? Und zweitens fand ich es sehr merkwürdig, dass die Russenmafia mit Gift oder einer anderen unauffälligen Methode morden sollte. Ich hätte eher gedacht, dass sie säumigen Schuldnern auf dramatischere Weise die Konsequenzen aufzeigte. Von wegen abschreckendes Beispiel und so. Aber was verstand ich schon von den Gepflogenheiten des organisierten Verbrechens.

Ich spritzte lächerlich viel Schaumbad in die Wanne, während ich Wasser einlaufen ließ, legte Amy MacDonald auf und versank in den weißen Schaumwolken. Ich probierte aus, wie lange ich die Luft anhalten konnte, und als ich prustend nach oben schoss, hörte ich mein Handy klingeln. Hektisch wischte ich die Hand an einem Badetuch ab und griff danach.

»Hallo?«

»Hast du die Tasche gefunden?«, fragte Bastian.

»Ja, hab ich.«

»Und? Hast du sie Philipp gegeben?« Er redete hektisch und leise. Als ob er Angst hätte, beim Telefonat erwischt zu werden.

»Das wollte ich. Aber es hat nicht geklappt«, sagte ich.

»Warum das denn nicht?« Er klang richtig empört. »So schwer war das doch wohl ni...«

»Philipp ist tot.«

Es war so lange still in der Leitung, dass ich schon dachte, Bastian hätte aufgelegt. Diesmal rief er nicht von einer Telefonzelle aus an. Es waren keinerlei Verkehrsgeräusche oder andere Töne zu hören. »Bastian?«

»Was?« Er schnappte hektisch nach Luft. »Philipp ist *tot?«*

»Ja, er ...«

»Oh Gott«, unterbrach Philipp. »Die Russen!«

»Wir wissen nicht, ob es wirklich die Russen waren«, wandte ich ein. »Vielleicht war es auch ein Herzinfarkt.«

»Was?«, fragte Bastian verwirrt.

»Es gab keine Anzeichen von Gewalteinwirkung. Aber vielleicht wurde er vergiftet.«

»Natürlich wurde er das! Sie haben Philipp bestraft. Und jetzt bin ich dran. Natascha, Scheiße, jetzt bin ich dran!«

»Werd nicht hysterisch«, sagte ich sauer. »Du warst nicht da. *Ich* war da. Und ich habe die Tasche. Wenn sie jemanden suchen, dann mich.«

»Aber du hast einen Bodyguard, der dich beschützt«, argumentierte Bastian, als wäre das eine Garantie. Giovanni Falcone hatte sieben Leibwächter dabei, als er von der Cosa Nostra in die Luft gesprengt wurde. Aber das sagte ich nicht, sonst hätte sich Bastian noch mehr aufgeregt.

»Komm nach Hause und dann kriegst du auch einen«, brummte ich.

»Nee, lieber nicht. Noch sicherer ist es, wenn keiner weiß, wo ich bin.«

»Wie umsichtig von dir«, sagte ich bissig. »Und was ist mit mir?«

»Hat dich jemand verfolgt?«

»Keine Ahnung«, rief ich genervt. Das Schnappen eines Feuerzeugs drang durch das Telefon und kurz darauf hörte ich, wie Bastian Luft ausblies.

»Rauchst du etwa?«, fragte ich entgeistert. »Ich dachte, du hättest immer gesagt, Zigaretten seien der Strahlentod des kleinen Mannes?«

»Ist 'ne Sportzigarette, okay? In so einer Situation muss man doch einen durchziehen!«

»Na super«, sagte ich. »Ich mache hier die ganze Arbeit und du *kiffst!*«

»Das ist reine Therapie, Mann. Ich bin am Arsch, verstehst du?«, sagte er mit angehaltenem Atem. »Also sag mir lieber, was du jetzt vorhast.«

Am liebsten würde ich ihn am Kragen durch das Telefon ziehen und ihm eine Tracht Prügel verpassen. Was war nur mit ihm los?

»Was *ich* vorhab?! Lass mich überlegen ...«, sagte ich. »Ich muss Dimitri finden, um die Tasche loszuwerden.«

»Wen?« Bastians Sprechtempo wurde bereits langsamer.

»Dimitri. Das ist der von der Russenmafia. Er war auch schon in der Garage. Hat nach der Tasche gesucht.«

»Was?«, fragte Bastian. Sein Denktempo ließ offensichtlich auch schwer nach.

»Hat deinen Schrank kaputt gemacht. So ein Zweimeterkerl. Hat Lars eine Höllenangst gemacht. Hast du eine Ahnung, wo ich diesen Dimitri finden könnte?«, fragte ich wenig hoffnungsvoll.

»Nee, absolut nicht.« Er klang geradezu kleinlaut.

Ich hörte entfernt eine Männerstimme, die rief: »Wer von euch Pennern hat meinen Käse gegessen?« Und Türenknallen. Und ein unterdrücktes Kichern von Bastian.

»In wessen Wohnung bist du?«, fragte ich.

»Beim Weihnachtsmann am Nordpol«, sagte Bastian feixend. »Ich helfe Geschenke packen.«

»Haha.« Ich seufzte. »Also, pass auf. Ich werde mich um die Sache kümmern. Aber ich muss dich erreichen können. Kann ich dich anrufen?«

»Nee«, sagte er.

»Dann richte dir eine E-Mail-Adresse ein, die nur ich kenne«, sagte ich ungeduldig. Und da ich nicht den Eindruck hatte, als würde er mich besonders ernst nehmen, sagte ich langsam und mit Nachdruck: »Wenn du das nicht machst, dann gehe ich als Erstes zu Paps und als Zweites zur Polizei, okay? Das habe ich bisher nur nicht gemacht wegen *dir*. Aber wenn du dich weiter so benimmst, als ginge dich der Mist, den du verbockt hast, nichts an, dann werde ich es auf jeden Fall tun. Ist das klar?«

»Mann, was bist du denn auf einmal so unentspannt?«

»Ist das klar, Bastian?«, wiederholte ich drohend.

»Ja, ist klar«, brummte er. Und es wirkte: Noch am gleichen Abend bekam ich eine E-Mail von ihm. Jetzt konnte ich ihn wenigstens kontaktieren. Er sollte sich nicht vor allem drücken. Ich war ja bereit, ihm zu helfen. Aber wenn es zu brenzlig würde, dann würde ich es auf keinen Fall alleine durchziehen.

Die ganze Nacht überlegte ich, wie ich herausfinden könnte, wo dieser Dimitri war. Aber leider stand die Russenmafia nicht im Telefonbuch. Das Zweite, was mich vom Schlafen abhielt, war die Frage, wie Philipp tatsächlich gestorben war. War es wirklich ein Herzinfarkt oder doch ein Mord gewesen? Es gäbe nur einen Weg, das rauszufinden. Indem ich Philipps Eltern überzeugte, eine Autopsie machen zu lassen. Shit. Von Besuchen bei trauernden Eltern hatte ich eigentlich ziemlich die Nase voll. Aber ich konnte doch nicht einfach aufgeben, nur weil irgendwas unbequem war. Wenn ich die Wahrheit rausfinden wollte, dann musste es wohl sein. Schweren Herzens beschloss ich also, nach der Schule Philipps Familie aufzusuchen. Natürlich würde ich ihnen nicht auf die Nase binden, in welchen Schwierigkeiten Philipp tatsächlich gesteckt hatte. Ich würde es auf die Er-war-noch-so-jung-bitte-helfen-Sie-mir-begreifen-Methode versuchen.

Ich präparierte mich mit einem schwarzen Pullover und einer schwarze Hose und nahm meinen knallroten Schal mit, damit es in der Schule nicht so wirkte, als ob ich Trauer trug. Der Schultag zog sich endlos zäh hin. Nur der Kostümwettbewerb-Wahlkampf zwischen Kim und Jennifer und die Recherche nach Philipps Adresse hielten mich auf Trab. Ich rief bei der wirtschafts- und sozialwissenschaftlichen Fakultät an, was mich aber nicht weiterbrachte, da es acht Philipps im Bachelorstudiengang gab. Doch bei der Studienberatung landete ich einen Treffer, als ich das nette Mädel am Telefon, das laut Internetseite Stefanie Klatt hieß, darauf hinwies, dass der Philipp, den ich suchte, den Spitznamen Dr. House hatte.

»Ach, Philipp Herrndorf meinst du«, sagte sie.

»Ja, genau«, rief ich dankbar. Leider hatte sie die Adresse nicht. Oder wollte sie mir nicht geben. Also rief ich beim Prüfungsamt an, gab mich als Stefanie Klatt von der Studienberatung aus und sagte, Philipp Herrndorf hätte um Infos gebeten, aber seine Adresse nicht hinterlassen und ob das Prüfungsamt sie mir geben könnte, damit ich den Umschlag endlich loswerden könnte. Ich ließ noch einige Bemerkungen über die Stresswirkung eines überfüllten Schreibtisches folgen und die Dame im Prüfungsamt meinte lachend, ja, das kenne sie. Dann gab sie mir die Adresse.

Nach der Schule fuhr Hedi mich dorthin. Langsam gewöhnte ich mich an die schweigende Person, deren Zurückhaltung ich zwar nicht verstand, aber zu schätzen gelernt hatte. Immerhin war ich nicht gezwungen, mich dauernd vor ihr zu rechtfertigen. Und das war in Zeiten von Giftmord und illegalem Medikamentenhandel ziemlich viel wert.

Philipps Familie wohnte in einem großen Backsteinbau im Villenviertel. In der Einfahrt stand Philipps Porsche. Der Porsche, den Söderberg nicht auf Spuren hatte untersuchen wollen. Ich legte die Hände seitlich an die Schläfen, um besser hineinsehen zu können. Der Aschenbecher quoll über. Ein paar CDs lagen auf dem Beifahrersitz. Eine BigMac-Schachtel. Eine alte Zeitschrift. Dann entdeckte ich im Fußraum vor dem Fahrersitz eine Flasche Wasser ohne Deckel. Ein letzter Rest Wasser war noch drin. Sofort hatte ich die Szene vor Augen, wie Philipp trank und die Flasche fallen ließ, als die Wirkung des Giftes einsetzte. Ich überlegte einen Moment und kam zu dem Schluss, dass das eine ziemlich gute Theorie war. Jetzt musste ich nur noch das Beweisstück sichern. Doch in dem Moment ging die Haustür auf und ein unterwürfig nickender Mann, Typ Kundenvertreter, verabschiedete sich von einem untersetzten weißhaarigen Mann im Zweireiher mit goldenen Knöpfen, der mich sofort fixierte. »Was machen Sie da?«, rief er mir dröhnend zu. Der Vertreter kam an mir vorbei, auf der Aktenmappe unter seinem Arm war ein großes goldenes Kreuz abgebildet, unter dem der Name Kolb stand. Dieses Firmenlogo kannte ich. Es war von einem örtlichen Bestattungsunternehmer.

»Entschuldigung«, sagte ich. »Ich bin eine Freundin Ihres Sohnes, ich wollte ...« Philipps Vater drehte sich einfach um und knallte die Tür hinter sich zu.

»... Ihnen mein Beileid aussprechen«, vervollständigte ich den Satz. Ich blieb noch einen Moment unschlüssig stehen und überlegte. Es war mehr als deutlich, dass die Eltern ihre Ruhe haben wollten. Das würde ich respektieren. Wenn ich nur diese Wasserflasche ergattern könnte. Ich atmete tief ein und hoffte, dass mich niemand aus dem Haus beobachtete. Dann stieß ich eine kurze Beschwörungsformel aus und griff entschlossen zur Tür des Porsches. Ich hatte Glück. Sie war nicht verschlossen. Mit zwei Fingerspitzen hob ich die Wasserflasche vom Boden auf. Ein Rest der durchsichtigen Flüssigkeit schwappte unten drin. Den Deckel fand ich auf der Mittelkonsole. Ich schraubte sie zu und eilte mit meiner Beute zum Auto.

»Wir können«, sagte ich zu Hedi und lehnte mich in meinen Sitz, als sie losbrauste.

Mein Handy klingelte. Es war Enzo. »Endlich erreiche ich dich! Warum hast du nicht zurückgerufen?« Er hatte seit gestern ungefähr achtmal angerufen.

»War beschäftigt«, sagte ich, meinte aber eigentlich »war beleidigt«. »Und du? Hast du nicht wieder irgendein Violetta-Problem zu lösen?« Mist. Das hatte ich gar nicht sagen wollen.

Er seufzte. »Sei doch nicht so. Ich hätte sie doch nicht vor die Tür setzen können, in ihrer Verfassung.«

Und ich wollte wirklich die Klappe halten, weil ich ja schon kapiert hatte, dass es in Beziehungsdingen nicht immer hilfreich war, dem anderen genau das an den Kopf zu knallen, was einem gerade durch den Sinn ging. Auf der anderen Seite war es auch absolut nicht hilfreich, wenn ich so tat, als wäre alles in Ordnung. Und mal ganz abgesehen davon hatte ich sowieso keine Wahl. Mein Mund machte eh, was er wollte.

»Und was ist mit *meiner* Verfassung?«, rief ich daher empört. »Ihre *Verfassung* ist mir piepegal. Mal davon abgesehen, dass sie offensichtlich in Hochform gewesen war. Merkst du denn nicht, dass sie dich mit einer ganz billigen Masche um den kleinen Finger wickeln will?!«

»Natascha«, sagte Enzo nachdrücklich. »Ihre Mutter ist gerade ausgezogen und der Vater ...«

»Weißt du, Enzo«, unterbrach ich. »Violettas Probleme interessieren mich einen feuchten Mäusefurz. Ich habe echt Wichtigeres zu tun.« Und ehe ich mich versah, hatte ich auch schon aufgelegt. Und bereute es sofort wieder. Herrje, warum war das alles nur so schwierig? Ich starrte einen Moment aus dem Fenster und wog die Positionen ab. Ich wollte nicht ungerecht sein. Das mochte ich schon nicht bei anderen. Und es war zwar so, dass Enzo mich vor lauter Violetta-hier-Violetta-da nicht mal mehr gefragt hatte, wie es mir ging. Und ob ich die Angelegenheit mit meinem Bruder erledigt hätte. Und so was. Ich fand es ja toll, dass er so ein lieber Mensch war und ein offenes Ohr hatte für ... nein, aber doch nicht für seine Ex!! Auf der anderen Seite wollte ich ihm ja auch vertrauen. Aber es war so verdammt schwer! Wir waren gerade mal zehn Tage zusammen. Und das war nicht gerade ein Honeymoon gewesen. Justus' Verrat, Enzos Entlassung, meine Eltern, Violetta, die Tasche, Philipp, die Russen. Da war es nicht leicht, einen kühlen Kopf zu bewahren. Aber trotzdem: Es war wirklich nicht nett gewesen, einfach aufzulegen. Ich würde also anrufen und mich bei ihm entschuldigen. Und genau in dem Moment klingelte mein Telefon wieder.

»Das nenne ich Gedankenübertragung!«, sagte ich erleichtert. »Ich wollte dich auch gerade anrufen.«

»Hallo?«, fragte eine Frau. »Spreche ich mit Natascha Sander?«

»Äh ... Ja?«

»Gut.« Sie seufzte erleichtert. »Hier ist Martina Terbrüggen, die Mutter von Rebecca. Aus dem Krankenhaus.«

Verdutzt schaute ich auf das Telefon, als ob auf dem Display der Grund für ihren Anruf stehen würde.

»Entschuldigen Sie die Störung«, sagte sie und klang dabei geradezu unterwürfig. »Das Büro von Dr. Kern hat mir freundlicherweise Ihre Nummer gegeben.«

»Aha«, sagte ich nur und fragte mich, worauf das hinauslief.

»Rebecca hat nach Ihnen gefragt und ...« Sie räusperte sich.

»Nach *mir?«*, fragte ich erstaunt.

»Ja. Und ich wollte Sie bitten, sie noch einmal besuchen zu kommen.«

»Das würde ich ja gerne«, log ich. »Aber ich habe im Moment überhaupt keine Zeit.« Ich hatte wirklich keine Kapazitäten mehr frei, um mich von ihrer Tochter schikanieren und erpressen zu lassen. Die Mutter seufzte. Ihre Stimme klang brüchig. »Ja, das verstehe ich. Aber wissen Sie, es ist das erste Mal seit ... seit das passiert ist, dass sie nach jemandem gefragt hat. Sie will sonst niemanden sehen. Auch mich nicht.« Sie fing an zu weinen. »Ich würde es Ihnen auch bezahlen.«

»Darum geht es nicht«, sagte ich. Ich seufzte. »Also gut. Ich komme.«

»Danke«, schluchzte sie und es kam so tief aus ihrem Herzen, dass ich eine Ahnung davon bekam, wie verzweifelt sie war.

»Wir fahren noch mal zum Krankenhaus«, sagte ich zu Hedi. Ich versuchte, Enzo anzurufen, aber er ging nicht dran. Als der Piepston für die Mailbox ertönte, hatte ich plötzlich Angst, dass ich irgendeinen Unsinn labern würde, und legte auf. Ich würde es später noch einmal probieren.

23

Als ich im Zimmer 2.3 des Krankenhauses ankam, war von Wiedersehensfreude bei Rebecca keine Spur. Feindselig starrte sie den Arzt an, der mit zwei anderen Weißkitteln an ihrem Bett stand. Martina Terbrüggen drückte sich an der rechten Zimmerseite herum. Als sie mich sah, leuchtete ihr schmales Gesicht auf und es war mir fast peinlich, wie froh sie über mein Kommen war. Vielleicht hätte sie sich nicht so gefreut, wenn ich ihr erzählt hätte, wie das letzte Treffen zwischen Rebecca und mir verlaufen war.

»Soll ich draußen warten?«, fragte ich angesichts der Visite.

Martina Terbrüggen schüttelte den Kopf und auch der Arzt sagte: »Nicht nötig. Sind gleich weg. Also, Rebecca, die Wunde verheilt wirklich gut. Die Schmerzen haben wir jetzt auch im Griff. Aber du musst dich mehr bewegen und Krankengymnastik machen. Wir haben hier ausgezeichnete Physiotherapeuten. Nur lass sie ihre Arbeit tun. Du willst doch bald hier wieder raus.«

Rebecca drehte den Kopf zur Seite und schaute aus dem Fenster. Der Arzt seufzte. Die Mutter sagte: »Wir machen das, Dr. Klinger. Nicht wahr, Becky?« Ihr Ton war flehend.

Rebecca antwortete nicht.

Dr. Klinger wandte sich an die Mutter. »Kommen Sie noch mal kurz mit nach draußen, bitte?«

Martina Terbrüggen nickte, aber Rebecca sagte mit schneidender Stimme: »Ihr könnt ruhig hier über mich ablästern.«

»Niemand lästert über dich«, sagte Frau Terbrüggen müde.

»Ich denke, wir kommen nicht drum herum, einen Psychologen hinzuzuziehen«, sagte Dr. Klinger zu Rebeccas Mutter. Martina Terbrüggen nickte ergeben.

»Oh toll«, mischte sich Rebecca ein. »Der Psychodoktor kann mir bestimmt ein neues Bein zaubern.«

»Sie muss in die Reha«, bekräftigte Dr. Klinger. »Je früher sie mit dem Prothesengebrauchstraining anfängt, umso besser.«

»Phhh. Das hättet ihr wohl gerne«, sagte Rebecca.

»Tschüss, Rebecca. Bis morgen«, sagte Dr. Klinger und zog mit seinen beiden jungen Kollegen ab.

»Schau mal, Becky, wer da ist!«, sagte Frau Terbrüggen verkrampft fröhlich. »Natascha ist extra wegen dir gekommen.«

»Hi Rebecca«, sagte ich. Aber Rebecca war zu sehr damit beschäftigt, auf alle Welt sauer zu sein, und antwortete nicht.

»Ich geh dann mal«, seufzte ihre Mutter, nahm ihren Mantel und schlich mit gebeugten Schultern hinaus.

»Bis später«, rief ich ihr nach. Kaum war sie draußen, klopfte es und eine verschüchterte Krankenschwester kam mit einem kleinen Paket herein.

»Hier, Rebecca, Post für dich. Und deine Haarspange«, sagte sie und huschte auf leisen Sohlen zu ihrem Bett. »Du hast sie wieder unter der Serviette auf dem Tablett liegen lassen. Wir hätten sie beinahe in den Müll geschmissen. Zum Glück habe ich sie noch gesehen. Sie ist wirklich schön.« Die Schwester legte die Spange mit der Stoffblume auf den Beistelltisch und übergab Rebecca das Päckchen, das sie im Nachtschrank verschwinden ließ. Aber nicht schnell genug, als dass ich nicht den Absender-Stempel erkennen konnte.

»Vielen Dank, Schwester Tülin.« Rebecca lächelte aufgesetzt. »Das ist wirklich sehr nett von dir«, schob sie sarkastisch hinterher. Aber Schwester Tülin bemerkte den bissigen

Unterton nicht oder sie war einfach froh, dass Rebecca ihr nichts Gemeines an den Kopf warf, und sagte: »Gern geschehen. Ich bringe nachher noch den warmen Kakao, okay?«

»Sehr gerne«, sagte Rebecca honigsüß. Sobald die Tür geschlossen war, sackten ihre Mundwinkel nach unten. »Hinterhältiges Miststück.« Sie sah mich an und bellte: »Gib mir die Schokolade.« Sie lag auf ihrem Beistelltisch und sie hätte sich nur vorbeugen müssen.

»Geht das schon wieder los?«, fragte ich.

»Was soll die Anstellerei?«, sagte Rebecca.

»Um das Paket von *O&U Security Electronics* wegzulegen, konntest du dich ja auch vorbeugen.«

Sie sah mich verblüfft an. Dann setzte sie wieder ihre Wutfratze auf und ätzte: »Du bist doch wohl gute Fee geworden, um allen zu beweisen, was für ein großartiger Samariter du bist.«

»Nee, bin ich absolut nicht«, sagte ich.

»Nicht? Dann willst du dich wohl auch an David Wöbke ranmachen«, stellte Rebecca fest.

»Wen? Ach, den Assistenten von der Frau Doktor. Nee, der ist gar nicht mein Typ.«

Zum ersten Mal spürte ich ehrliches Interesse. »Warum bist du denn dann hier?« Sie beugte sich vor und nahm sich selbst ein Stück Schokolade.

»Was war in dem Paket?«, fragte ich zurück.

Sie sah mich scharf an. »Wenn du es unbedingt wissen willst. Ein neuer Kopfhörer. Der hier hat einen Wackelkontakt.« Sie zeigte auf den Kopfhörer, der an ihrem Tablet-Computer angeschlossen war. »Also, warum bist du hier?«

»Ich habe eine Wette gegen meine ex-beste Freundin verloren.«

»Wer ist denn deine exBF und wieso ex?«

»Das geht dich gar nichts an.«

»Na los, komm. Erzähl dem Mädchen mit dem halben Bein eine interessante Geschichte.«

»Das habe ich noch nie jemandem erzählt. Warum sollte ich es dir erzählen?«

Rebecca überlegte einen Moment und sagte dann: »Weil ich dir vielleicht auch was Interessantes erzählen könnte.«

»Mmmhh.« Ich überlegte kurz. »Also gut. Warum musste dein Bein amputiert werden?«

»Mein Bein musste amputiert werden, weil meine Eltern Schwachköpfe sind.«

Mir blieb einen Moment die Luft weg. »Wie meinst du das?«

»Genau so.«

»Aber wie ist es passiert?«

»Es gab einen Unfall, als sie mich gezwungen haben, mit Messer und Gabel zu essen«, witzelte Rebecca.

»Der Witz ist nicht schlecht«, sagte ich. »Aber jetzt sag mal, wie es wirklich passiert ist.«

Rebecca schüttelte den Kopf. »Erst bist du dran. Name?«

»Silvy.«

»Hoppla! Die beste Fee von allen!«, rief Rebecca erstaunt. »Und was hat sie gemacht?«

»Meine nette exBF hat mich verpfiffen, als ich für sie die Matheprüfungsaufgaben geklaut habe.«

»Pfui Kotze, so was macht man aber nicht.«

»Nee, das macht man nicht. Wegen ihr bin ich von der Schule geflogen.«

»Miststück.«

Es war zwar seltsam, dass ich ausgerechnet dieses seltsame Mädchen ins Vertrauen zog, aber es tat auf einmal gut, von Silvys Schweinereien zu erzählen. Deswegen fügte ich noch hinzu: »Und dann hat sie dem Typen, in den ich verknallt war, erzählt, ich hätte Chlamydien ...« Mir fiel ein, dass sie erst zwölf war. »Das sind ...«

»Ich weiß, was Chlamydien sind«, unterbrach sie mich ungeduldig. »So eine hinterhältige Zicke.« Sie schlug sauer auf die Bettdecke. »Und wie hast du dich gerächt?«

»Gar nicht.« Ich zuckte mit den Achseln.

Rebecca starrte mich einen Moment an. Ihre Stirn runzelte sich. »Bist du bescheuert?«

Ich musste lachen. »Keine Ahnung. Bisher hatte ich gedacht, es wäre besser, die Sache auf sich beruhen zu lassen.«

»Jemand pinkelt dir ans Bein und du machst nichts dagegen?«

»Apropos«, lenkte ich ab. »Wie genau hast du denn nun dein Bein verloren?«

Rebecca nestelte einen Moment am Saum ihres Pullis herum. »Es war ein Unfall. Zur falschen Zeit am falschen Ort, hat man mir gesagt. So ein Schwachsinn. Mein Pech war, dass ich die falschen Eltern in dem falschen Leben habe.« Sie biss sich auf die Lippen und ging dann ohne Pause zum nächsten Thema über. »Dieser Enzo ist süß. Aber uralt. Was willst du mit so einem alten Knacker?«

»Er ist überhaupt nicht so alt«, protestierte ich. »Er ist erst zweiundzwanzig.«

»Ich sagte doch, er ist uralt«, stellte sie befriedigt fest. »Hattet ihr schon Sex?«

Gegen meinen Willen wurde ich rot. »Hey, so läuft das nicht«, protestierte ich. »Du musst mir auch meine Fragen beantworten.«

Rebecca kicherte. »Also hattet ihr noch keinen Sex«, sagte sie. »Sonst würdest du unmöglich so knallrot werden.«

»Du bist ganz schön frech«, sagte ich. »Für dein Alter.«

Sie grinste mich an. »Danke schön.«

»Wie machst du das eigentlich mit der Schule?«, fragte ich. Sie zeigte auf ihren Computer. »Online.«

»Praktisch.«

»Viel besser. Da muss ich die ganzen Hackfressen nicht sehen.«

Ich musste lachen. »Da ist was dran. Könnte ich manchmal auch gebrauchen.« Ich erzählte ihr von dem Kostümwettbewerb zum Thema literarische Figuren beim Schulball und dass einige total durchdrehten, weil sie unbedingt gewinnen wollten.

»Beknackt«, sagte sie und wischte auf dem Touchpad herum. Und weil sie plötzlich so traurig wirkte, rief ich: »Hey, ich habe eine Idee. Du kommst mit mir mit! Du gehst als Kapitän Ahab und ich als Steuermann Starbuck. Niemand wird Ahab so überzeugend spielen können wie du. Und dann gewinnen wir zusammen.«

Sie warf mir einen komischen Blick zu und sagte nichts.

»Kennst du *Moby Dick?«,* fragte ich.

»Hab ich schon mal im Fernsehen gesehen«, murmelte sie.

Sie legte sich zurück und schloss die Augen. Vielleicht war es doch keine gute Idee gewesen, ihr vorzuschlagen, als wahnsinniger Schiffskapitän zu gehen, der blind vor Hass den Wal jagt, wegen dem er das Bein verloren hat.

»War das blöd von mir?«, fragte ich zerknirscht.

Aber sie antwortete nicht mehr. Ich glaubte, sie wäre eingeschlafen, und schlich mich aus dem Zimmer. Ihre Mutter kam mir im Flur entgegen.

»Und, wie war es?«, fragte sie besorgt.

»Okay. Sie schläft jetzt, glaube ich. Darf ich Sie was fragen?«

Martina Terbrüggen schaute nervös zur Tür.

»Wie hat Rebecca ihr Bein verloren?«, fragte ich.

»Wieso, was hat sie gesagt?« Sie schaute erschrocken und ihre Augen füllten sich mit Tränen. Und obwohl meine Neugier normalerweise meine Vernunft jederzeit übertrumpfte, legte ich ihr die Hand auf den Arm und sagte: »Ach, nicht so wichtig. Wenn Rebecca möchte, komme ich auch wieder, okay?«

»Vielen Dank«, sagte sie und eine Träne stahl sich ihre Wange herab.

24

Was machst du denn hier?«, fragte Silvy erstaunt, als ich ihr im Foyer über den Weg lief.

»Ich war noch mal bei Rebecca«, sagte ich. Silvy verzog ihr Gesicht und bekam ein fuchsartiges Aussehen. »Wieso das denn?«

Ich zuckte mit den Schultern. »Weil sie mich sehen wollte.«

»Was?«, stieß sie überrascht hervor, dann fing sie sich wieder. »Das hättest du mit mir absprechen müssen, wenn du weiterhin mitmachen willst«, sagte sie. »Ich bin schließlich die Koordinatorin des Feendienstes. Und überhaupt.« Sie zeigte angewidert auf meine Zivilkleidung. »Ohne deinen offiziellen Feenkittel kann ich dir den Einsatz nicht gutschreiben.«

»Keine Sorge, Silvy. Das war ein reiner Privatbesuch.«

Sie schnaubte. »Das glaubst du doch selbst nicht. Niemand besucht dieses Biest freiwillig.«

»Tja, glaub es oder lass es«, sagte ich ruhig. In dem Moment näherten sich Frau Dr. Kern und Nicole, die Mutter von Justus.

»Natascha«, rief Frau Dr. Kern und kam jovial lächelnd auf mich zu. »Ich habe gehört, dass du einen guten Draht zu Rebecca hast. Das ist wirklich außergewöhnlich. Und sehr wichtig für das Mädchen!« Sie schüttelte mir die Hand.

»Gut gemacht.« Nicole lächelte mich an, während Silvy hassvergiftete Pfeile auf mich abschoss und sich dann zu Wort meldete. »Ich habe mir gleich gedacht, dass Natascha gut mit Rebecca zurechtkommt. Nur deswegen habe ich sie als Gute Fee ausgewählt. Eine gute Koordinatorin weiß eben, wer mit wem zusammenpasst«, prahlte Silvy. »Und nachdem ich Natascha noch ein paar Tipps im Umgang mit Rebecca gegeben hatte, hat sie es ja auch hinbekommen.«

»Ja, das war super von dir, Silvy«, schaltete ich mich ein. »Rebecca hat auch nach dir gefragt. Sie möchte mehr Zeit mit dir verbringen. Du sollst gleich zu ihr gehen.« Ich schaute Silvy unschuldig an, aber sie kochte. Selbst schuld, wenn sie solche Lügen erzählte.

»Toll, Silvy«, sagte Frau Dr. Kern und klopfte ihrer Tochter auf die Schulter. »Ihr beiden sorgt dafür, dass es für sie wieder aufwärtsgeht! Das lobe ich mir.« Silvy lächelte etwas verkrampft.

»David«, rief Frau Dr. Kern plötzlich und winkte ihren Assistenten herbei, der gerade aus dem Aufzug stieg. Sein dunkelbraunes dichtes Haar glänzte, sein Gang strotzte vor Energie, sein Lächeln strahlte Selbstbewusstsein aus. Ich bemerkte, dass die drei Frauen neben mir sofort auf ihn reagierten. Silvy befeuchtete die Lippen und richtete sich auf. Presste ihre Brust in ihrem himmelblauen Kittel nach vorne. Nicole schob eine Strähne hinter ihr Ohr. Frau Dr. Kern rief: »David, haben Sie die Redakteurin von RTL angerufen? Die wollen doch eine Story über die Guten Feen machen. Das muss noch vor Weihnachten sein. Das ist einfach die ertragreichste Zeit im Jahr, was Spenden angeht.«

»Ich habe eine Nachricht auf ihrer Mailbox hinterlassen«, sagte er mit wohltönender Stimme, die mit Leichtigkeit den Raum füllte. »Sie wird sicher heute noch zurückrufen, Karin.«

»Bleiben Sie dran. Und vergewissern Sie sich, dass alle zu unserer Pressekonferenz kommen. Vielleicht können wir ja auch Rebecca vorstellen, als Beispiel für unseren Feendienst.«

»Ich glaube nicht, dass sie das machen wird«, sagte ich. »Aber vermutlich kann Silvy sie dazu überreden, nicht wahr?«

Aber die beachtete meinen Einwurf gar nicht, sondern sagte kokett: »David, du solltest das unbedingt regeln mit der RTL-Reportage. Meinst du nicht, ich würde super rüberkommen?«

»Natürlich«, sagte David, warf dann seinen Scheinwerferblick auf mich und sagte: »Und deine neue Kollegin natürlich auch. Natascha, richtig?« Er sah mich intensiv an und mir wurde sofort wärmer.

»Zumindest hieß ich noch so, als ich das letzte Mal in meinen Pass geschaut habe«, hörte ich mich sagen. Als die anderen (natürlich bis auf Silvy) lachten, wunderte ich mich selbst, warum ich diesen dämlichen Witz gemacht hatte. Dieser David sandte eine merkwürdige Energie aus. Wenn er einem in die Augen schaute, war es fast so, als stünde man in einem magnetischen Kraftfeld. Trotzdem blieb er mir suspekt. Vielleicht war er einfach zu schön. Und ganz anders als Enzo. Zum Glück drängte sich Silvy sofort vor mich und nahm David wieder in Beschlag. »Natascha hat nicht genug Erfahrungen, um bei der Reportage mitzuwirken. Und sie ist nicht telegen«, bestimmte sie.

»Stimmt«, sagte ich. »Außerdem bin ich nicht so eine Selbstdarstellerin, die immer im Mittelpunkt stehen muss.«

Nicole unterdrückte ein Prusten. David zog eine Augenbraue hoch. Silvy versuchte, mich so gut wie möglich zu ignorieren, und wandte sich an ihre Mutter, die gerade eine eingehende Nachricht auf ihrem Handy checkte. »Mutter, du wirst David doch sicher für einen Moment entbehren können«, sagte sie eisig, »dann kann ich ihm zeigen, wie ich mir die Fernsehaufnahmen vorstelle.«

»In Ordnung, Silvy«, sagte Dr. Kern abgelenkt. »Aber um achtzehn Uhr brauche ich ihn für die Telefonkonferenz.«

Silvy warf mir einen triumphierenden Blick zu, dann dampfte sie glücklich mit ihm ab. Ich fuhr mit Hedi nach

Hause. Als ich in meinem Zimmer war, rief ich Enzo noch mal an. Zum Glück erwischte ich ihn persönlich. Ich sagte ihm, dass es nicht nett von mir gewesen war, einfach aufzulegen, und dass es mir leidtäte.

»Schon gut«, sagte er. »Und schön, dass du anrufst.«

»Ja«, sagte ich und dann wusste ich plötzlich nicht mehr, was ich sagen sollte. Dauernd poppte das Wort Violetta in meinem Kopf auf, aber damit wollte ich nicht wieder anfangen. Ich wollte, dass wir uns vertrugen. Und dass alles wieder gut war.

»Und, was hast du heute noch so gemacht?«

»Mit meinem Chef telefoniert. Er hat vielleicht wieder einen Job für mich.«

»Oh. Cool. Und bei wem?«

»Ist noch gar nichts klar, deswegen kann ich dir leider nichts sagen.«

»Wieso nicht?«, fragte ich neckend und versuchte, es wie einen Scherz klingen zu lassen. »Hast du Angst, dass ich eifersüchtig werden könnte?« Natürlich klang es gar nicht wie ein Scherz. Nicht nach der Sache mit Violetta. Mist. Ich kritzelte auf meiner Schreibtischunterlage rum. »Sorry, Enzo«, seufzte ich dann. »Das war blöd von mir.«

»Du weißt doch, dass du mir vertrauen kannst, oder?«, fragte Enzo.

»Ja, natürlich. In der Theorie jedenfalls«, fügte ich hinzu. »In der Praxis erweist es sich allerdings als schwierig, dass du dauernd mit deiner Ex rumhängst.« Es kam schmollender raus als beabsichtigt.

»Natascha«, sagte Enzo nachdrücklich. »Sie braucht Hilfe und ich bin mit ihr befreundet.«

»Sie will dich zurück und du merkst es nicht einmal.« Mein Ton wurde ärgerlich.

»Hör auf damit. Ich stell mich schließlich auch nicht an,

wenn du dich mit Justus triffst«, rief er plötzlich ebenfalls sauer. Und dann war auf einmal die Leitung tot! *Er* hatte aufgelegt! War das zu fassen? Und irgendwie hatte ich das Gefühl, dass ich auch diesmal schuld war. Verdammter gigantischer Riesenmist! Vielleicht war ich nicht der Typ für eine Beziehung. Oder vielleicht war Enzo einfach nicht der Typ für eine Beziehung mit mir. Vielleicht sollte ich wieder dahin zurückkehren, Männer von Ferne anzuhimmeln. Das war auf jeden Fall stressfreier. Ich ließ mich aufs Bett fallen, umarmte mein Kissen und drückte es an mich und stellte mir vor, dass es Enzo wäre. Ach, Sander, dein Leben war auch schon mal besser gelaufen.

Am nächsten Morgen hatte ich wirklich Schwierigkeiten, mich zum Aufstehen zu motivieren. Es war Donnerstag, der 13. Dezember. Es war dunkel. Der Wind pfiff an meinem Fenster vorbei. Es regnete. Ein Wetter, bei dem ich noch nicht mal meine Gute-Laune-Schuhe anziehen konnte, meine knallroten Chucks. Die wären in der ersten Pfütze durchnässt. Ich wühlte mich aus meinen zwei Daunendecken und der Fleecedecke, die ich immer noch extra über meine Beine legte, und setzte mich auf. Der Tag lag vor mir wie eine Wüste, die es ohne Wasser zu durchqueren galt. Ich fühlte mich einsam. Und verloren. Und es gab gar nichts, worauf ich mich richtig freute. Da fiel mein Blick auf den Karton, den Justus mir geschenkt hatte. Ich hatte den Adventskalender bisher noch nicht angerührt, weil ich nicht fand, dass ich ihn verdient hatte. Und nach seinem Verrat war ich nicht drangegangen, weil ich fand, dass Justus es nicht verdient hatte, mir Freude zu bereiten. Doch heute, an diesem trüben Morgen, wo sowieso eins nicht mehr zum anderen passte und ich mal wieder knietief in der Patsche saß, war genau der richtige Moment gekommen. Ich nahm den Karton mit in mein Badezimmer, wo es schön warm war, und setzte mich auf den flauschigen blauen Teppich. In Herz Nummer eins fand ich einen zusammengerollten Zettel. Ein Liebesbrief, ahnte ich und rollte ihn entschlossen auf. Aber es war ein Cartoon. Homer Simpson, der von gefräßigen Aliens entführt worden war und ängstlich rief: »Ich habe Frau und Kinder. Esst sie!«

Ich musste total lachen.

In Herz Nummer zwei war ein Fruchtgummi-Engel mit Schaumzucker-Flügeln. Lecker. Süßigkeiten morgens noch vor dem Zähneputzen zu essen, war eine total unterschätzte Stärkung und mindestens so erfrischend wie ein Kurzurlaub. Nachdem mich noch eine kleine Tüte Gummibärchen, eine Schoko-Nuss-Printe, eine Handvoll saure Erdbeer-Spaghetti und ein Detektiv-Experiment »Fingerabdrücke sichtbar machen« für Kinder aufgemuntert hatten, fand ich in Herz Nummer sieben einen USB-Stick. Ich ging zurück in mein Zimmer und steckte den Stick in meinen Computer. Es war eine Videodatei, eine Aufnahme von *Ein Kompliment* von Sportfreunde Stiller unplugged.

Im ersten Refrain klickte ich es weg.

Meine Mutter fragte mich, ob ich krank werden würde. Ich sähe schlecht aus. »Nee«, murmelte ich. »Bin nur ein bisschen müde.« Der Zuckerrausch war schon wieder abgeebbt.

»Iss eine Kiwi. Oder soll ich dir einen Orangensaft pressen?«, fragte sie. »Oder einen heißen Tee machen?«

»Nein danke, Mama. Geht schon.« Ich schleppte mich zur Tür, wo Hedi bereits wartete, um mich zur Schule zu fahren. Selbst sie schien zu bemerken, dass heute mit mir was nicht stimmte, denn sie warf mir mehrmals einen Blick durch den Rückspiegel zu. »Keine Sorge«, sagte ich. »Ist einfach nur das Wetter. Und die Jahreszeit. Und mein bester Freund, mit dem ich leider nichts mehr zu tun habe. Und mein Freund, der sich von seiner Exfreundin umgarnen lässt. Und ...« Und ein Russe namens Dimitri, der einen Bekannten ermordet hatte und jetzt womöglich hinter mir her war. Aber das Letzte verkniff ich mir, laut zu sagen. Trotzdem machte ich anscheinend einen dermaßen jämmerlichen Eindruck, dass sogar Hedi sich veranlasst sah, mich aufzumuntern. »Wird schon wieder«, sagte sie.

»Mal sehen«, sagte ich knapp. Denn wenn ich Dimitri nicht bald fand, dann würde es mir gehen wie Philipp.

Die ersten beiden Stunden waren Musik. Wir hatten eine neue Lehrerin, Katharina Herbst, und alles an ihr war schmal und lang. Ihre braunen Haare, das Gesicht, die Nase. Sie bemühte sich mit Feuereifer, gute Laune und Spaß zu verbreiten, und lächelte so angestrengt, dass ich vom Zuschauen einen Wangenkrampf bekam. Sie ersparte uns an diesem Tag die Theorie über die Sonatenhauptsatzform und versuchte uns stattdessen zu erklären, wie man die Standardtänze anhand ihrer verschiedenen Rhythmen erkennt.

Doch meine Trübsal fand in dieser Stunde ihr Ende. Und das lag nicht am Dauergrinsen unserer Lehrerin, die wie eine Club-Animateurin auf Speed vor uns rumsprang, sondern daran, dass mich Kim daran erinnerte, dass heute Abend die Feier von Irinas Tante stattfand.

»Die Russenfeier!«, rief ich und hatte eine Eingebung.

»Willst du auch kommen?«, fragte Irina.

»Na klar«, sagte Kim. »Komm mit!« Sie nickte mir aufmunternd zu.

»Ist das wirklich okay, Irina?«, fragte ich.

»Klar«, sagte Irina. »Junge, hübsche Frauen sind immer willkommen.«

»Na gut«, sagte ich. »Warum eigentlich nicht?«

Wer weiß, welche Leute Irinas Tante alles eingeladen hatte. Vielleicht hieß einer von ihnen ja Dimitri.

25

Um 18.30 Uhr holten Hedi und ich Kim ab. »Halleluja«, entfuhr es mir, als sie aus der Haustür trat. Sie hatte sich in ein weißes Pelzknäuel mit einer Frisur Marke »Haarsprayexplosion« verwandelt. Auf goldenen Lackstiefeln mit Plateausohlen stolzierte sie die Treppe herunter. In der einen Hand hielt sie eine blaue Clutch, in der anderen zwei Piccolo-Flaschen Champagner.

»Hallo, Natascha«, flötete Kim, als sie hinten bei mir einstieg. Dabei öffnete sie den Pelzmantel und entblößte ein goldenes Paillettenminikleid.

»Du weißt schon, dass es eine Weihnachtsfeier ist, oder? Kein Discobesuch«, fragte ich.

»Natürlich«, kicherte Kim. »Ich will nur nicht, dass irgendein dahergelaufener Weihnachtsmann mir die Show stiehlt.«

»Keine Sorge«, sagte ich überzeugt. »Nicht mal alles Lametta der Welt würde dir die Show stehlen.«

»Umso besser«, lächelte sie zufrieden.

Daran sieht man mal, dass wir keine Ahnung hatten von russischen Partys. Kim überreichte mir eines der Schampus-Fläschchen und einen Strohhalm, während sie den Rest ihres Champagners aufsog und dann auch noch meinen trank. Um locker zu werden, wie sie sagte. Dabei gab es keinen Menschen, den ich kannte, der schon im Normalzustand lockerer war als sie. Aber auch das zeigte, dass ich nicht den geringsten Schimmer hatte von russischen Partys.

»Scheiße«, war dann auch das erste Wort, das Kim entfuhr, als wir auf den Parkplatz der Petroff International GmbH einbogen, wo neben dem verglasten Neubau der Firma von Irinas Tante ein großes Festzelt aufgebaut war.

»Verdammte Scheiße«, bekräftigte Kim. »Guck dir diese Russentussen an!«

Eine Clique Blondinen trippelte auf High Heels auf den Eingang des Festzeltes zu. Modelfiguren, Designerklamotten, Schmuck, schicke Handtaschen, das ganze Programm.

»Du bist nicht die Einzige, die einen reichen Kerl sucht«, sagte ich.

»Stimmt«, lenkte Kim ein. »Hat zufällig noch einer einen Push-up-BH dabei? Ich muss noch was tunen.«

»Nee, zufällig nicht. Du hast doch schon einen Wonderbra an oder nicht?«

»Natürlich! Aber das reicht nicht! Guck dir die Doppel-D-Auslagen an! Wie auf dem Fleischmarkt.«

Während Kim sich weiter über die Russinnen empörte, die wie paarungsbereite Glühwürmchen dem Zelteingang entgegenglimmten, suchte ich unter den Menschen auf dem Parkplatz nach einem Zweimeterkerl, konnte aber unter den rauchenden und telefonierenden Männern keinen dieser Größe ausmachen.

»Ich bin viel zu unauffällig angezogen!«, stellte Kim abschließend fest.

»Du musst sie eben mit deiner inneren Schönheit überzeugen«, sagte ich.

»Das Märchen von der inneren Schönheit kannst du jemandem erzählen, der es nötig hat«, sagte Kim, lupfte ihr Minikleid und ließ ihre Strapse blitzen. »Jetzt brauche ich nur noch eine Schere. Hat einer eine Schere?«

»Willst du das Kleid etwa *kürzen?«*

»Klar. Damit man die Strapse sieht.«

»Das ist doch total übertrieben.«

»Wer einen Millionär angeln will, muss ein besonders verführerischer Köder sein, sagt meine Mama immer. »Hey, du da vorne.« Sie meinte Hedi. »Hast du eine Schere oder so was?«

Aber zum Glück konnte ihr Hedi auch nicht weiterhelfen. Also beschloss Kim, dass es jetzt auch egal wäre, sie hätte ihre unwiderstehliche Art und ihren Nerz und die ganzen anderen Schlampen sollten jetzt mal sehen, wo der Hammer hing.

Entschlossen stieg sie aus und Hedi und ich folgten ihr zum Eingang des Festzelts, der von zwei weißen künstlichen Tannenbäumen flankiert wurde, die mit Hunderten kleiner Lichter übersät waren.

»Hi«, rief in dem Moment eine herausgeputzte junge Frau in rosafarbenem Spitzenkleid und toupierten Haaren.

»Irina?«, staunte ich angesichts ihrer Verwandlung. »Du siehst ja brillant aus«, sagte ich in Anspielung auf ihre funkelnde Halskette und den ganzen anderen Glitzerschmuck, den sie angelegt hatte. »Natürlich«, sagte sie. »Ist ja Party heute.«

»Hättest du mich nicht vorwarnen können?«, maulte Kim, »Und mir sagen, dass hier alle total aufgebrezelt sind?«

»Äh, Kim. Es sieht nicht so aus, als ob du das nicht gewusst hättest. Natascha dagegen«, sie deutete auf mein hübsches, aber ziemlich schlichtes gepunktetes Juicy-Couture-Kleid, »sieht eher aus, als wollte sie auf den Tennisplatz gehen. Und du hast ja noch nicht mal Heels an!«

»Die Boots passen einfach besser zu dem Kleid«, behauptete ich. Ich wollte ja nicht verraten, dass ich heute weniger Wert darauf gelegt hatte, gut *anzukommen,* als im Zweifelsfall gut *abhauen* zu können.

Irina hakte uns beide unter und steuerte mit uns auf den Eingang zu. Laute Popmusik einer russischen Sängerin schallte uns entgegen. »Mann, ist das laut«, sagte ich.

»Das ist Alla Pugatschowa«, informierte uns Irina. »Ist eine Art russische Madonna. Alle *lieben* sie. Also dann, Mädels. Willkommen in Russland.«

Als wir im Zelt waren, blieb mir fast die Luft weg. Nicht nur, weil es so heiß und stickig war. Sondern wegen der überbordenden, unglaublich pompösen Dekoration. Von außen hatte das Zelt ausgesehen wie ein ganz normales Festzelt, wie es bei Volkfesten benutzt wurde. Aber während die Deutschen Biertische hineinstellten und sich mit ein paar Wimpelketten begnügten, war das hier eine Dekorationsorgie in Gold und Rot. Runde Tische überzogen mit roten Tischdecken, goldene Stühle, goldene Kronleuchter, Girlanden aus Tannenzweigen voller roter und goldener Sterne, Schleifen und Kugeln. Alles funkelte, glitzerte und leuchtete und es gab keinen Quadratzentimeter, der nicht geschmückt war. Und die Leute erst! Was hier an Juwelen und Goldschmuck aufgetragen wurde, hätte vermutlich ausgereicht, um eine kleine Südseeinsel zu kaufen. »Das ist ja der Wahnsinn«, entfuhr es mir.

»Ach, es geht«, meinte Irina. »Dieses Jahr hat meine Tante echt gespart. Ihr hättet es letztes Jahr sehen müssen! Da war es richtig schön geschmückt.«

Ich hängte meinen Mantel auf den Garderobenhaken, aber Kim sorgte sich um den Pelzmantel, den ihre Mutter ihr geborgt hatte. »Hier sind so viele Schlampen, die es auf einen reichen Mann abgesehen haben. Die klauen auch Nerzmäntel«, verkündete sie, als ob sie die international gültigen Statuten der Millionärsjägerinnenzunft zitierte.

»Du solltest mal deine Stereotype überarbeiten«, zitierte ich Azizas Mutter und Kim holte erschrocken einen Spiegel aus ihrer Handtasche. »Was meinst du?«, fragte sie und checkte ihr Make-up, um dann zufrieden festzustellen: »Ist doch alles bestens! Noch jedenfalls. Aber wenn ich den Pelz nicht loswerde, schwitze ich mich tot!« Sie steckte den Spiegel wieder ein und fächelte sich mit der Clutch Luft zu.

»Wir können ihn ins Auto legen«, bot ich an.

»Gute Idee«, sagte Kim und drückte mir den Nerz in die Hand. Ihr Paillettenkleid hatte geschlitzte eisblaue Puffärmel.

»Ich geh dann mal gerade.« Ich deutete auf den Ausgang.

»Kann das nicht deine Chauffeurin machen? Sie ist doch deine Angestellte!«, rief Kim gegen die Musik an, aber zum Glück dröhnte Alla Pugatschowa immer noch so laut, dass Hedi, die mir natürlich gefolgt war, es nicht hörte. »Ach nee«, sagte ich. »Gerade deswegen fällt es mir schwer, sie um einen Gefallen zu bitten«, sagte ich und erntete einen verdutzten Blick von Kim.

»Tsess«, machte sie. »Was ist der Sinn von Angestellten, wenn man sie nicht durch die Gegend scheuchen kann?«

Ich zuckte mit den Schultern. Während Kim die Umgebung nach willigen Oligarchen absuchte, brachte ich den Nerz zum Auto, Hedi im Schlepptau. Bei allen Männern, die ich sah, überlegte ich, woran ich erkennen könnte, ob sie in der Mafia wären oder nicht. Aber das war ja gerade das Problem: Soziopathen sah man ihre charakterlichen Abgründe nicht an. Hedi schloss den Wagen auf, ich legte den Pelz auf die Rückbank, dann gingen wir zurück. Kurz vorm Zelteingang sprach mich ein junger Mann an, der rauchend an einem Ferrari lehnte.

»Hallo«, sagte er mit russischem Akzent. »Ich bin Michail, aber du kannst mich Mischa nennen. Möchtest du eine?« Er hielt mir eine Packung Zigaretten hin und entblößte ein glitzerndes Grinsen. Auf seinen Schneidezähnen klebten kleine Diamanten. Wahrscheinlich um von seinem zukünftig eher spärlichen Haupthaar abzulenken, das sich jetzt schon ein wenig zur Flucht nach hinten entschlossen hatte. »Nein danke«, sagte ich. »Ich rauche nicht.« Mich fröstelte, denn ich hatte meinen Mantel ja drinnen aufgehängt.

»Bekommst du Gänsehaut?«, fragte Michail. »Ist ungewöhnliche Wirkung auf Frauen. Die meisten, die mich sehen, bekommen feuchte Höschen.« Er lachte widerwärtig. Ich schüttelte mich erneut, aber diesmal vor Abscheu, und wandte mich ab.

»Aber mein Onkel Nikolaj sagt immer, bin nicht ich, sondern ist mein Geld, das Frauen macht verrückt«, rief Michail mir hinterher. Ich drehte mich noch mal um und antwortete: »Und meine Tante Inge sagt immer, Männer, die mit ihrem Geld angeben müssen, haben entweder einen winzigen Pipihahn oder kriegen eine Glatze.«

Er glotzte doof und fasste sich unwillkürlich an die Stirn. Ich war froh, wieder im warmen Zelt zu sein. Kim hatte an der Champagnerbar Position bezogen und ließ sich von Irina in die Verhältnisse einweihen. »Dahinten, das ist der Geschäftspartner von meinem Onkel, daneben steht sein Bruder. Beide verheiratet. Ah, da vorne sind meine Eltern. Los, kommt mit. Dann essen wir was!«

»Wenn ich was esse, reißt mein Kleid«, behauptete Kim, aber Irina lachte nur und schleppte uns zu ihren Eltern, die mit geröteten Gesichtern an einem runden Tisch neben dem Büfett saßen. Wobei im Grunde jeder neben dem Büfett saß, denn die Tafel voller Essen zog sich von einem Ende des Zeltes bis zum anderen. Ganz vorne stand eine Kristallschale in der Größe einer Kinderbadewanne voller Beluga-Kaviar, neben einer silbernen Platte mit kleinen Pfannkuchen. Und dann gab es noch alles, was das Feinschmeckerherz begehrte, und zwar in rauen Mengen: Langusten, Hummer, Riesengarnelen, einen ganzen Hecht in einer Art knusprigem Speck-Schlafsack, Dutzende gebratene Gänse und Hühner und Platten voller hauchzartem Carpaccio, Gänseleberpastete und eine Keramikschüssel mit Käsefondue, die ein Koch auf Wunsch in kleine Schälchen füllte und mit frischem Trüffel garnierte. In einer Ecke des Zelts war in einer Art offenem Erker ein gigantischer Grill aufgebaut, auf dem über der Glut fünf Spanferkel rotierten, neben einem Rost mit ungefähr einer Million Schaschlikspieße, die von einem großen, bärtigen Mann mit Kochmütze im Halbminutentakt gedreht wurden. An einem extra Tisch war das Nachtischbüfett aufgebaut, dessen Anblick einen bereits in Zuckerschock versetzen konnte: eine unübersichtliche Menge an Buttercreme-Torten mit Zuckerrosen- und Blattgoldverzierungen auf Bergen von Sahnekringeln.

»Hallo Mama, hallo Papa! Das sind meine Freundinnen aus der Schule. Kim und Natascha«, rief Irina.

Irinas Vater Andrjuscha hatte eine knubbelige Nase, Haare in der Farbe von Pfützenwasser und hellblaue Augen. Sein Gesicht war durchzogen von geplatzten Äderchen. Er trug einen glänzenden dunkelblauen Seidenanzug. Irinas Mutter hieß Katjuschka. Sie trug ein weinrotes Kleid aus schwerer Seide und war sehr breit. Breites Gesicht, breite Schultern, breiter Hintern. Sogar ihre Hände waren breit. Das Einzige, was noch breiter war, war ihr Lächeln. Sie begrüßte uns fast überschwänglich und die beiden luden uns sehr herzlich an ihren Tisch ein. Andrjuscha schenkte mir ein Glas Rotwein ein, bevor ich sagen konnte, dass ich lieber von dem Wasser aus der Karaffe haben wollte, die vor Kälte milchig beschlagen war.

Katjuschka sagte: »So und jetzt wird gegessen.« Sie sprang auf und kam wenig später wieder mit einem Teller voller Kaviar und kleiner Pfannkuchen. »Russischer Kaviar! Geht nichts über russischen Kaviar!«, sagte sie. »Musst du probieren! Blini isst man dazu.«

»Entschuldigung«, sagte Kim, »ich muss auf die Toilette.« Mir raunte sie ins Ohr: »Wenn ich meine Zeit mit Essen vergeude, sind die besten Typen schon weg.«

Kaviar hatte ich bisher erst einmal auf der Feier einer Freundin meiner Mutter probiert, aber damals hatte es ihn nur in homöopathischen Dosierungen gegeben. Was eigentlich eine gute Sache war, dachte ich nach dem ersten Löffel. Es war salzig und fischig und trotzdem gut, aber ich hätte lieber nur die Hälfte von dem gegessen, was Katjuschka mir mitgebracht hatte. Aber weil sie so aufmunternd guckte und der Kaviar mit den Blini und der Creme fraîche zusammen echt lecker und ich echt hungrig war, stopfte ich mir den Kaviar komplett rein. Kurz bevor ich aufgegessen hatte, entdeckte ich am Zeltrand hinter einer Menschenmenge einen japanischen Koch, der irgendwas auf einer großen heißen Platte brutzelte. Andrjuscha fing meinen Blick auf. »Macht Kobesteak. Ist auch gut!«

Koberindfleisch! Das teuerste Fleisch der Welt! Kein Wunder, dass der japanische Koch so umlagert war.

»Oh, das wollte ich immer schon mal essen«, sagte ich und kratzte schnell den letzten Rest Kaviar vom Teller.

»Kannst du nachher machen«, bestimmte Katjuschka, »erst musst du probieren Piroschki!« Sie hielt mir Teigtaschen vor die Nase. »Sind mit Fleisch.« Die Taschen waren saftig und knusprig zugleich und ich aß gleich zwei Stück davon. »Und jetzt musst du usbekische Delikatesse Plov essen! Hat mein Freund Maksim aus Taschkent gekocht! Wenn man das nicht gegessen hat, weiß man nichts von Welt!«, sagte Katjuschka und strahlte mich an.

»Okay«, sagte ich. »Dann muss ich wohl mal Plov probieren.«

»Schön, dass Irina hat solche Freundinnen«, sagte Katjuschka und tätschelte freundschaftlich meine Schulter und stellte mir einen Suppenteller mit einer Mannschaftsportion Fleischeintopf hin. »Guten Appetit«, sagte sie.

»Mmhh«, machte ich ehrlich überrascht. Dieser Eintopf

war wie eine warme, wohlige Umarmung. »Das ist ja wirklich *total* lecker. Was ist das?«

»Reis mit Möhren und Hammelfleisch«, sagte Andrjuscha stolz. »Und das Fleisch wird gebraten in Hammelfett. Kommt von Hinterteil von Hammel. Deshalb ist so lecker!«

Ich verschluckte mich und musste husten.

»Trinkst du Wodka?«, fragte Andrjuscha.

»Ich bin siebzehn«, brachte ich empört hervor.

Hatte ich gerade wirklich *Hammelarsch* gegessen?

»Also trinkst du Wodka«, stellte Andrjuscha fest. Er nahm die eiskalte Kristallkaraffe und schenkte mir ein, noch bevor ich protestieren konnte.

Hammelarsch???

»Za Zdorovje!«, rief Andrjuscha.

»Auf die Gesundheit!«, sagte Katjuschka und beide kippten das Glas in einem Schluck. Ich war wirklich kein Freund von alkoholischen Getränken, aber nach der Sache mit dem Hammelarsch hatte ich das Gefühl, ich könnte was zum Runterspülen gebrauchen. Ich nippte an dem Wodka. Er brannte wie flüssiges Feuer meine Kehle hinunter. Katjuschka klopfte mir auf die Schulter.

»Tut gut, was?«, sagte Andrjuscha.

»Ja«, keuchte ich.

»Nimm einen Löffel Plov, das hilft!«, sagte Katjuschka und lachte wieder. Ich tat wie empfohlen und sofort ließ das Brennen nach. Der Plov schmeckte plötzlich sogar noch besser!

Andrjuscha nahm erneut die Karaffe in die Hand. Der zweite Schluck war schon nicht mehr ganz so fies, besonders weil ich sofort Plov hinterherschob. Andrjuscha schenkte mir nach. »Zu Plov muss man trinken. Geht nicht anders!«

»Und jetzt hole ich dir dein Kobesteak«, sagte Katjuschka.

»Nein«, protestierte ich schwach. Ich stamme aus einer Fleischer-Familie, deswegen bin ich mit großen Mengen

Fleisch vertraut, aber das war doch eine Nummer zu heftig für mich. Mein Bauch war zum Platzen voll. Das ganze Fleisch lähmte meine Hirnzellen. Der Wodka waberte durch meine Adern.

Ich fühlte mich total ... gut. Es war hier aber auch gemütlich! Warm und nett und behaglich und familiär. Katjuschka fragte mich nach der Schule, und weil ich so guter Stimmung war, erzählte ich, dass es mir sehr gut gefallen würde und dass alle Mädchen total nett seien. Ich kam richtig in Plauderstimmung. Ich schwärmte davon, wie klasse es von Irina war, uns einfach einzuladen, und dass ich noch nie bei einer russischen Feier war und dass es eine Ehre sei, hier dabei zu sein. Andrjuscha schenkte noch mal aus der Karaffe nach. Da hörte ich Hedi hinter mir, die sich vernehmlich räusperte.

»Das ist aber wirklich der letzte«, sagte ich abwehrend. »Ich bin das überhaupt nicht gewöhnt.«

Andrjuscha und Katjuschka nickten verständnisvoll und stießen mit mir an. Der Wodka verschwand schneller als eine Schneeflocke im Sommer. Und sofort wurde mir nachgeschenkt. Irgendwie war das mit dem Neinsagen hier schwieriger als anderswo.

Zwar versuchte mir Katjuschka zum Glück nicht mehr ein Kobesteak zu organisieren, doch plötzlich zauberte sie von irgendwoher einen Laib Schwarzbrot und einen großen weißen Klumpen Frittierfett her und stellte ihn vor uns auf den Tisch.

»Ah! Borodinsky mit Salo«, verkündete Andrjuscha, nahm ein scharfes Messer und säbelte dünne Scheiben von dem Fett und legte sie auf ein Brot.

»Ihr esst Frittierfett auf Brot?«, fragte ich.

»Ist kein Frittierfett«, lachte Andrjuscha. »Ist Salo!« Er hielt mir die russische Stulle hin.

»Gesalzenes Schweinefett«, übersetzte Katjuschka.

»Hilft beim Trinken!«, sagte Andrjuscha. »Kann man mehr Wodka trinken.«

Das war der Moment, an dem ich die Notbremse ziehen musste. »Entschuldigung«, sagte ich. »Ich muss mal auf die Toilette.«

»Aber wenn du wiederkommst, musst du probieren Borodinsky«, rief Katjuschka mir nach. »Ist russische Tradition!«

»Deine Mama will mich umbringen«, sagte ich mit schwerer Zunge zu Irina, die das ihrer Taftkleidfreundin auf Russisch übersetzte und sich dann vor Lachen bog.

»Das ist gar nicht lustig«, sagte ich und musste aufstoßen. Ich fühlte mich, als hätte ich eine eiserne Boulekugel verschlugt. Kim schwankte uns mit gerötetem Gesicht entgegen.

»Also«, sagte sie zu Irina. »Hier sind ja wirklich einige nette Männer, aber einen Oligarchen habe ich noch nicht gefunden. Außerdem ist die Konkurrenz echt hart«, sagte sie. »Un-fucking-believable! Ich muss dringend einen Termin beim Schönheitschirurgen machen.«

»Blödsinn«, rief ich benebelt. »Geh zu Michail mit dem Ferrari und den Diamanten auf den Zähnen. Der Typ ist so gruselig, den will keiner.« Aber die Begriffe *Ferrari* und *Diamanten* schienen bei Kim das Wort *gruselig* komplett auszublenden.

»Michail? Wo?«, fragte sie aufgeregt. Aber in dem Moment rief Irina: »Ah, da ist sie ja endlich! Tantchen!« Sie winkte einer stämmigen Frau, braun getönte Haare, eckige Brille, dunkelrotes Kostüm, ein Dekolleté wie der Sankt-Andreas-Graben, energisches Auftreten. »Lida, das sind meine beiden Klassenkameradinnen Kim und Natascha.«

Tantchen Lida rauschte uns entgegen und umfasste zur Begrüßung meine Hand mit beiden Händen.

»Kim sucht einen reichen Mann, der am Samstag mit ihr tanzen geht«, verkündete Irina kichernd. »Und Natascha ...«

»Natascha sucht einen Dimitri«, warf ich, ohne nachzudenken, ein. Tantchen Lida kniff nachdenklich ein Auge zu.

»Er ist unheimlich groß«, fügte ich hinzu.

»Aha! Dimitri! Du hast Glück. Er wollte kommen. Und du ...«, sie tippte Kim gegen das nackte Brustbein. »... du hast auch Glück. Russische Männer sind immer sehr reich! Und tanzen können sie alle.« Sie zwinkerte Kim zu und eilte dann einem Pärchen entgegen, das gerade angekommen war.

Hinter uns entstand Unruhe, als einige Kellner die Tische zur Seite schoben und plötzlich die Musik noch weiter aufgedreht wurde, falls das überhaupt möglich war. Jetzt fingen die Leute an zu tanzen. »Wo finde ich denn diesen Michail?«, fragte Kim schwankend.

»Nee, nee, nee«, sagte ich. »Da werde ich dir nicht helfen. Der Mann ist nichts für dich.«

»Du bist ja besoffen«, lallte Kim.

»Nee, *du* bist besoffen. *Ich* habe nur zu viel gegessen.«

»Vom Essen wird man doch nicht besoffen«, widersprach Kim.

»Hast du eine Ahnung«, sagte ich. Irgendwie kam es mir so vor, als machte die Unterhaltung überhaupt keinen Sinn. Aber ich wusste nicht, wieso. Ich wusste auch nicht, wieso ich dann sagte: »Eben war Michail draußen bei seinem Ferrari.«

»Den werde ich mir schnappen«, sagte Kim. Dann wandte sie sich an meine Leibwächterin. Sie schnippte mit den Fingern. »Hedi, meinen Nerz! Aber pronto!«

Hedi schaute mich fragend an. Ich nickte und sagte: »Es wäre total nett, wenn du das machen würdest, Hedi. Ich warte hier.«

»Zwei Minuten«, sagte Hedi an, drehte sich auf dem Absatz um und strebte zum Ausgang. Kim torkelte auf ihren Plateauschuhen deutlich langsamer hinterher. Ich fühlte mich, als ob ich gleich ins Fresskoma fallen würde. Hilfe! Vielleicht war das das Werk der russischen Mafia, dachte ich benommen. Ein perfider Anschlag auf mein Leben mit tonnenweise leckerem Essen. Aber vielleicht hatte doch auch der Wodka ein bisschen Mitschuld daran. Ich überlegte, ob es sinnvoll wäre, auch mal frische Luft zu schnappen. Aber ich war ja mitgekommen, um diesen Dimitri zu finden. Wenn nicht hier, wo dann? Andrjuscha kam mir entgegen. »Ah, Natascha, meine Frau wartet auf dich mit einem besonderen Stück Torte ...«

»Hast du einen Dimitri gesehen?«, unterbrach ich ihn. »So ein Riesenkerl?«

»Der ist hinten beim Grill«, rief Andrjuscha fröhlich, ging auf die Tanzfläche und mischte sich unter die zappelnden Menschen. Ich atmete einmal tief durch. Der Zeitpunkt war ideal. Hedi war gerade nicht da. Und hier waren so viele Leute um uns herum, dass Dimitri es wohl kaum wagen würde, handgreiflich zu werden. Entschlossen ging ich an der wild zuckenden Menge auf der Tanzfläche vorbei zum anderen Ende des Zeltes. Ich wunderte mich, warum sich ausgerechnet hier hinten in der rauchgeschwängerten Luft noch mehr Menschen drängten als überall sonst, doch dann bemerkte ich, dass der Qualm von den vielen Männern stammte, die sich mit Zigarren und Zigaretten in der Nähe des Grills aufhielten, um das dunkelbraun geröstete Schaschlik mit den Zähnen von den Spießen zu ziehen. Die meisten Hemden offen, goldene Kreuze auf der Brust, ließen sie die Wodkaflaschen kreisen. Witze wurden auf Russisch hin und her geschleudert und an dem dreckigen Lachen der Männer konnte ich erahnen, dass es sich dabei nicht um feingeistige Bonmots handelte.

»Ich suche einen Dimitri!«, sagte ich zu einem Mann, der gerade seinem Kumpel auf die Schulter schlug. »So ein Riesenkerl.«

»Ja, den kenne ich«, sagte der Kumpel. »Der ist dahinten.«

»Er ist wirklich seeeeeeehr groß«, sagte der erste Mann.

Die beiden fingen schallend an zu lachen. Ich drückte mich weiter durch die Menge. Es war heiß und stickig. Ein Typ mit glasigem Blick versperrte mir den Weg.

»Wo ist Dimitri?«, fragte ich. Der Typ ging zur Seite und machte dabei eine affige Verbeugung, als sei ich irgendeine Gräfin oder so. Ich hielt Ausschau. Ein Zweimetermann müsste doch wohl die Menge überragen.

Ich war fast am Ende des Zeltes angelangt. »Hey Dimitri, die Schnecke hier sucht dich«, brüllte da plötzlich jemand und ein Mann drehte sich um und starrte mich an. Er war tatsächlich unheimlich groß. Aber nicht in der Höhe. Sondern nur in der Breite. Mit anderen Worten: Er war sagenhaft dick. Eine Mischung aus Reiner Calmund und Obelix. Er hatte einen halb abgegessenen Schaschlikspieß in der speckigen Hand. Auf seinem senffarbenen Jackett prangten diverse Fettflecken. »Ich bin sicher, ich kann dir helfen«, sagte er und grinste anzüglich. Er hatte fast obszön wulstige Lippen. Die Männer begafften mich, es roch nach Rauch und nach Schweiß und mein Magen begann zu rotieren und mir wurde schwindelig. Ich drehte mich um und wollte nur noch weg. Mir brach der Schweiß aus. Ich drängelte mich durch die Masse der Witze reißenden Männer, bis ich irgendwann auf der Tanzfläche landete. Zum Glück diktierte gerade ein etwas langsamerer Rhythmus die Bewegungen, sodass ich den Armen, die nach mir griffen, um mich zum fröhlichen Tanz zu bewegen, leicht ausweichen konnte. Ich eierte vorbei an den geröteten, lachenden Gesichtern, bis ich wieder sicheres Ufer erreicht hatte. Ich blieb stehen und atmete tief durch. Hedi kam mir entgegengelaufen.

»Ist irgendwas passiert?«, fragte sie alarmiert.

Ich schüttelte den Kopf. »Ich möchte nach Hause«, sagte ich. Hedi packte mich unter dem Arm, bugsierte mich zur

Garderobe, wo ich meinen Mantel wiederfand, ich winkte Irina zu, die sich angeregt mit einem jungen Mann unterhielt, dann taumelte ich nach draußen in die kalte Nachtluft. Augenblicklich ging es mir besser. Schnurstracks führte Hedi mich zum Auto und ich war wirklich froh, als ich mich auf den Rücksitz gleiten lassen konnte. Hedi fuhr vom Parkplatz.

»Halt bitte an«, keuchte ich und Hedi bremste auch sofort, ich sprang aus dem Wagen und übergab mich. Danach ging es mir besser. Was Hedi mir nicht zu glauben schien, denn sie fragte den Rest der Fahrt jede Minute, ob sie noch mal halten solle.

»Nee, das Böse ist raus«, sagte ich. »Jetzt geht es mir wieder gut.«

Zu Hause angekommen, schliefen meine Eltern offenbar schon. Hedi machte Anstalten, mich nach oben in mein Zimmer zu begleiten, aber ich sagte ihr, dass ich es schaffen würde.

Ich drehte mich auf der Treppe um. »Gute Nacht, Hedi. Und danke.«

Sie nickte zum Abschied.

In meinem Zimmer ließ ich mich aufs Bett fallen. Dieser Tag war bestenfalls als interessant zu verbuchen. Aber wenn ich ganz ehrlich war, war es wohl eher ein klassischer Scheißtag gewesen. In meinem Kopf fuhren die Erlebnisse Karussell, immer schneller und schneller, bis die Bilder verwischten und sich schließlich nur ein einziger Gedanke klar und deutlich herauskristallisierte. Enzo. Mein lieber süßer Enzo. Was hatte ich nur für einen Mist gebaut! Das musste ich geradebiegen. Und zwar sofort! Ich nahm mein Handy und rief ihn entschlossen an. Überglücklich vernahm ich seine Stimme. »Tremante.«

»Enzo, ich bin's«, sagte ich mit pochendem Herzen. »Und diesmal lege ich nicht einfach auf, versprochen.«

»Gut«, sagte er. »Ich auch nicht.«

»Es tut mir wirklich leid«, fing ich an. »Ich weiß, dass du deiner Exfreundin nur helfen willst, weil du so ein netter Kerl bist. Weswegen ich mich auch in dich verliebt habe, musst du wissen.«

»Hast du was getrunken?«, fragte Enzo.

»Wieso?«, fragte ich zurück und sprach – wie ich fand – besonders deutlich weiter. Ich erzählte ihm, dass ich völlig überreagiert hatte und dass ich ihn vermisste und dass ich nichts auf der Welt lieber wollte, als dass es mit uns klappte, und ja, ich hätte was getrunken. Auf einer Russenfeier.

»Russenfeier?«, nahm er das Stichwort auf und stellte die Frage, auf die ich schon gewartet hatte. »Was wolltest du denn da?« Und dann erzählte ich ihm alles. Von meinem Jammerlappen von Bruder, von der Tasche mit den Medikamenten, von Philipp. Und von Dimitri.

Enzo hörte schweigend zu, bis ich geendet hatte. Und weil er nicht sofort was sagte, fragte ich: »Bist du noch dran?«

»Ja, ich bin noch dran«, sagte er mit tiefer Stimme, in der der Donner grollte. »Aber Natascha, warum hast du mir nichts davon gesagt?«

»Ich wollte nicht kompliziert sein. Ich wollte es alleine erledigen und dir beweisen, dass ich nicht so eine Problemtante bin.«

»Mach so was nie wieder«, sagte er mit einer Ernsthaftigkeit, die mich fast aus den Latschen kippen ließ. »Wenn ich mir vorstelle, was alles hätte passieren können ...« Die Wut erstickte seine Stimme. »Natascha, wenn dir jemand nur ein Haar krümmt, dann ...«

Das, was er vor Entsetzen nicht sagen konnte, erfüllte mich mit riesiger Erleichterung.

»Ich helfe dir immer. Und nein, du bist mir nicht zu kompliziert. Du bist genau so, wie ich dich haben will. Und ich habe übrigens auch nie gesagt, dass *du* mir zu kompliziert bist. Ich habe nur gesagt, dass *es* kompliziert ist. Aber das wird schon, Natascha. Wir beide kriegen das hin.«

»Ja«, sagte ich nur. »Wir beide kriegen das hin.«

»Und versprich mir, dass du keinen Unsinn mehr anstellst. Ich brauche dir doch sicher nicht zu sagen, wie gefährlich die Russenmafia ist. Überlass das mir.«

»Aber was willst du machen?«, fragte ich.

»Das weiß ich noch nicht. Aber ich weiß, wo ich die finden kann«, sagte er ruhig.

»Enzo, danke«, sagte ich aus tiefstem Herzen. Der Wodka und die Erleichterung über unsere Aussprache brachten mich dazu, dass ich sagte: »Enzo, du bist wie ein Teller heißer Plov.« Und dann musste ich kichern.

»Natascha, ich weiß zwar nicht genau, was das heißt, aber ich bin auch froh, dass ich dich habe.«

In dieser Nacht schlief ich zum ersten Mal wieder richtig gut.

26

Meine gute Laune über das Versöhnungsgespräch mit Enzo nahm auch meine Mutter überrascht zur Kenntnis. »Gut siehst du aus, meine Süße!«

»Hab gut geschlafen«, sagte ich fröhlich und nahm Hedi eines von Mamas selbst gebackenen Rosinenbrötchen mit. Als kleine Aufmerksamkeit am frühen Morgen. Doch Hedi sah es skeptisch an und sagte knapp: »Ich esse kein Weißmehl.«

»Oh«, sagte ich enttäuscht. »Das wusste ich nicht.« Ich packte es in meine Tasche. Würde ich es eben in der Pause essen.

Ich war richtig guter Dinge. Wenn Enzo mir bei dem ganzen Murks, den mein Bruder verbockt hatte, helfen würde, dann würde es sicher bald vorbei und alles gut sein. Ach, Enzo! Seufz. Wir hielten vor der Schule. Als ich mich verabschiedete, sagte Hedi gepresst: »Danke trotzdem.«

»Wofür?«

»Das Brötchen.«

»Keine Ursache.«

Ich musste ein Lachen unterdrücken. Meine Güte, Hedi, die alte Schwätzbacke, und ich würden am Ende noch beste Freundinnen werden!

Kim erwartete mich schon auf dem Flur vor dem Klassenraum. »Du hast gestern echt was verpasst«, verkündete sie. Sie roch nach Alkohol. »Mischa und ich waren nachher mit ein paar anderen noch in der Starbar. Das war vielleicht lustig! So viel Champagner habe ich in meinem ganzen Leben noch nicht getrunken.«

»Und die Strapse?«

Kim legte den Zeigefinger auf ihre rot geschminkten Lippen und machte verschwörerisch »Pssst!«. Dann kicherte sie. »Ich fasse mal zusammen: Ja, er ist Millionär. Und ja, er kommt mit mir ...« Sie machte eine kleine Pause, um die Dramatik deutlicher zu machen. »... zum Schulball!«

Das Letzte hatte sie so laut gesagt, dass Jennifer rüberguckte. Kim stolzierte zu ihrem Tisch. »Ja, Jennifer, zieh dich warm an. Ich habe einen echt heißen Partner für Samstag.«

»Na und? Das ist doch nix Besonderes. Ich bringe auch meinen Freund mit.«

»Ach ja. Dass der nix Besonderes ist, kann ich mir vorstellen. Wie heißt er denn, dein Freund?«

»Tobias, bätsch.« Sie streckte Kim die Zunge raus.

»Tobias Bätsch?«, lästerte Kim. »Komischer Nachname.«

»Du bist ja so was von kindisch, Kim!« Jennifer schüttelte affektiert den Kopf.

Herr Nowak, unser Mathelehrer, kam herein. Bevor ich mich auf meinen Platz setzte, winkte ich noch der sichtlich müden Irina zu und formte mit meinen Lippen: »Tolle Party gestern!« Wir setzten uns auf unsere Plätze. Heute machte mir der Unterricht nichts aus, denn ich verbrachte ihn auf der Enzo-Trauminsel und malte mir aus, wie wir den ersten Preis gewinnen und zusammen nach Rom fahren würden. Aber das Wichtigste war doch, dass ich mich morgen zum ersten Mal mit ihm offiziell blicken lassen konnte. Und das bei einer solch festlichen Veranstaltung! Vielleicht könnte ich mir doch ein märchenhaftes Prinzessinnen-Outfit anziehen, mit dem ich an seiner Seite über die Tanzfläche schweben würde. Na ja. Nicht ganz realistisch. Ich würde natürlich niemals was anziehen, was einen Reifrock hat. Aber wozu sind Träume gut, wenn man nicht ein bisschen rumspinnen kann? Da konnte ich mir auch ausmalen, dass ich mit einem wallenden Dornröschenkleid zauberhaft aussehen würde, auch wenn ich in der Realität nur einen Lachanfall kriegen würde, wenn ich mich in so einem Kitsch sähe!

Auch in der Pause waren das Wer-bringt-wen-zum-Schulball-mit und Wer-zieht-was-an das Gesprächsthema Nummer eins. Nevaeh-wie-Heaven-nur-rückwärts war ein Nervenbündel, weil sie es tatsächlich gewagt hatte, ihrem angebeteten Kerem persönlich einen Brief zuzustecken. Gesprochen hatte sie bisher noch nie mit ihm, weil sie meinte, sie würde nie ihren Mund aufkriegen, wenn Kerem mit seinen kaffeebraunen Augen und dem vollendeten Mund vor ihr stand.

»Das wird nichts«, unkte Coco.

»Das weißt du gar nicht«, widersprach Diana. »Ich drücke dir auf jeden Fall die Daumen, Nevaeh!«

»Na ja, ansonsten wird sie nicht die Einzige sein, die alleine kommen wird«, sagte Jennifer herzlos. »Oder, Nora?«

Nora zog eine Grimasse. »Na und? Männer sind eh doof.«

»Deswegen nehme ich auch meine Freundin mit«, verkündete Alina und erntete für diese Neuigkeit überraschte Gesichter.

»Ist das denn erlaubt?«, fragte Kim skeptisch und alle verdrehten die Augen.

»Meine Güte, in welchem Jahrhundert lebst du eigentlich?« Jennifer verzog verächtlich das Gesicht. Die Zickereien zogen sich bis in den Kunstunterricht von Beate Friedrichs, die uns heute frei zeichnen ließ und um mein Gekrakel einen großen Bogen machte. Auch ihr Outfit heute war zurückhaltend. Sie trug ein ihrem Alter einigermaßen angemessenes Rock-Jackett-Ensemble aus dunkelgrünem Cord mit weißer Bordüre (erinnerte mich ein bisschen an die Wachstuchtischdecke von Oma Herta), das sogar fast ihre Knie bedeckte. Sie lächelte selbstzufrieden angesichts der Spannungen in der Klasse. »Na, Mädels«, sagte sie herablassend am Ende der Stunde. »Dann sehen wir uns ja morgen zum Kostümball.«

»Als was gehen Sie?«, fragte Beatrix.

»Überraschung«, sagte unsere Kunstlehrerin und zwinkerte. »Aber all ihr, die ihr da denkt, ihr könntet so locker gewinnen …« Sie schaute Kim und Jennifer an. »Ihr werdet morgen euer blaues Wunder erleben.« Und dann lachte sie das gehaltvolle Lachen einer Raucherin in den besten Jahren.

Ich war froh, diesen Schultag überstanden zu haben. Auf dem Weg nach Hause rief ich schnell Enzo an, der mir mitteilte, dass er gleich in Sachen Russenmafia tätig werden würde. »In dem Boxgym in der Hellmerstraße treffen sich einschlägig bekannte russische Gangmitglieder.«

»Super«, sagte ich. »Da komm ich mit.«

»Natascha«, sagte Enzo warm, aber sehr bestimmt. »Natürlich kommst du nicht mit.«

»Ich werde aber nicht zulassen, dass dir was passiert«, widersprach ich.

»Das ist sehr süß von dir. Aber mir passiert nichts. Ich gehe trainieren und höre mich dabei etwas um.«

»Dann musst du dafür aber morgen mitkommen«, sagte ich und mein Mund wurde ganz trocken vor Aufregung.

»Wohin?«

»Auf den Schulball.«

Und anstatt erfreut »Ja, natürlich« zu rufen, sagte er erschreckenderweise: »Oh, tut mir leid, aber morgen kann ich leider nicht.«

»Was? Aber warum denn nicht?« Sag jetzt nicht, dass es was mit Violetta zu tun hat, betete ich stumm.

»Ich muss arbeiten. Ein möglicher neuer Klient. Ich kann meinem Chef auf keinen Fall absagen.«

»Wie blöd!«, sagte ich. »Aber das verstehe ich natürlich«, schob ich schnell nach. »Schade. Du hättest so einen guten Robin Hood abgegeben.«

»Ich wäre wirklich gerne mit dir … äh, wieso Robin Hood?«

»Ist ein Kostümball. Ich wäre Lady Marian gewesen und du hättest grüne Strumpfhosen getragen.« Ich kicherte.

»Wirklich bedauerlich, dass ich nicht kann«, sagte er süffisant. »Aber Karneval kommt ja noch. Da kann ich als Robin Hood gehen, wenn du unbedingt willst.« Ich konnte sein Grinsen förmlich hören.

»Wag es ja nicht«, drohte ich. »Ich muss Schluss machen, auf der anderen Leitung klopft es an. Und ruf an, wenn du aus dem Boxgym kommst.«

»Mach ich.«

»Und, Enzo?«

»Ja?«

»Viel Glück.«

»Danke.«

»Ich denke an dich.«

»Ich auch an dich. Wolltest du nicht auflegen?«

»Doch. Bis später.«

Auf der anderen Leitung machte mir Rebecca ohne Umschweife Vorwürfe. »Ich dachte schon, du gehst nie ran«, sagte sie eingeschnappt.

»Entschuldige bitte, dass du mich in einem ungünstigen Moment angerufen hast«, sagte ich sarkastisch. Sie schmollte einen Moment.

»Also, was gibt es denn so Dringendes?«

»Du musst so schnell kommen, wie du kannst«, sagte Rebecca, plötzlich aufgeregt. »Ich hab was für dich. Es geht um deine exBF.«

»Was ist denn los?«

»Komm her oder du erfährst es nie.« Zack, aufgelegt.

Dieses Mädchen sollte wirklich mal lernen, wie man nett um etwas bittet. Ich rief meine Mutter an, um ihr zu sagen, dass ich noch mal zum ehrenamtlichen Dienst ins Krankenhaus fuhr.

»Du hängst dich da aber rein. Finde ich richtig toll, dass du wieder so viel mit Silvy machst«, schwärmte sie. Pah, wenn die wüsste!

Ich unterließ es auch dieses Mal, mich offiziell zum Feendienst zu melden. Nie wieder würde ich diesen Kittel freiwillig tragen. »Hey, ich bin's«, sagte ich, als ich nach dem Klopfen die Tür aufgemacht hatte und Rebecca gar nicht reagierte, sondern wie paralysiert auf ihren Computer glotzte, Kopfhörer im Ohr.

»Hör dir das an«, sagte sie. Sie hob nicht mal den Kopf.

»Guten Tag, Natascha«, deklamierte ich laut. »Schön, dass du da bist. Ja, finde ich auch, Rebecca, und wie geht es dir? Danke, gut, und dir, Natascha? Mir persönlich würde es besser gehen, wenn ich diese Unterhaltung, die auf den Konventionen der Höflichkeit basiert, nicht alleine führen müsste.«

Rebecca schaute endlich auf und schob ihre Brille zurück. »Du bist doch eine ganz schön gute Nervensäge«, sagte sie.

»Man tut, was man kann. Also, was gibt's?«

»Deine exBF ...«, fing Rebecca an und sah mich triumphierend an, »hat einen Schwarm.«

»Ach was.«

»Das wusstest du schon?«

»Sie könnte auch ein Plakat umhängen haben mit der Aufschrift ›Ich stehe auf David Wöbke und schleime ihn an, wo ich kann‹.«

Rebecca kicherte und winkte mich heran. Sie drückte mir einen zweiten Kopfhörer in die Hand, bediente in rasender Geschwindigkeit ihren Computer, dann hörte ich plötzlich Silvys Stimme.

»Hach, ist der süß«, sagte sie schwärmerisch. »Ist er nicht wirklich total süß? Seine Haare, die Lippen – und dieser Blick!«

»Ja, den würde ich auch nicht von der Bettkante stoßen«, gab Lola altklug zum Besten.

»Such dir einen eigenen Kerl«, wies Silvy sie zurecht. »David gehört mir.«

»Er ist aber mit Jolanda zusammen«, ließ Marie verlauten.

»Nicht mehr lange!« Silvys Stimme vibrierte vor Begeisterung.

»Was hast du vor?«, fragte Marie.

»Willst du die beiden etwa auseinanderbringen?«, stutzte Lola.

»Sagen wir es einfach mal so: Wer kann meinem Charme schon widerstehen?«, sagte Silvy.

Ich war baff. »Woher hast du die Aufnahme?«, fragte ich verwirrt. Rebecca zog die Augenbrauen hoch und zuckte mit den Schultern.

»Du *hörst* sie *ab?«,* fragte ich. Ich starrte sie verblüfft an.

»Das normale Radioprogramm ist mir einfach zu langweilig«, sagte Rebecca grinsend.

»Aber wie ...?«

»Ach komm, stell dich nicht so dumm«, sagte Rebecca und lehnte sich in ihrem Bett zurück. Meine Gedanken rotierten.

»Du hast das Krankenhaus *verwanzt?«*

»Nicht das ganze Krankenhaus, Dummerchen. Ich setze meine Mikrofone mobil und gezielt ein.« Sie holte eine ihrer Haarspangen aus der Tasche ihres Kapuzenpullis und drehte die Stoffblume in der Hand.

»Das ist eine Wanze?«, fragte ich ungläubig.

»Korrekterweise heißt es Digital Voice Recorder. Batteriebetrieben, Reichweite zehn Meter, Aufzeichnung im WAV-Format, Stimmaktivierung, passwortgeschützt.«

Ich betrachtete die Haarspange näher. Mit diesem Wissen ausgestattet, bekam der dunkel gepunktete Blütenboden ein ganz neues Aussehen. »Lass mich raten. So was gibt es bei *O&U Security Electronics.*«

»Du hast es erfasst!«

Ich konnte es nicht glauben. Dieses zwölfjährige Mädchen war nicht nur eine passable Taschendiebin, sie machte auch einen auf CIA-Agentin inklusive Lauschangriff auf die Krankenhausmitarbeiter.

»Aber das darf man doch bestimmt nicht.«

»Ach, Dreckscheiß. Als ob du dich immer an alle Regeln halten würdest.«

Damit hatte sie natürlich recht. Ich war trotzdem immer noch konsterniert. »Aber wieso tust du das?«

»Was soll ich denn sonst hier den ganzen Tag machen? Mir *Berlin Tag & Nacht* oder irgendeinen anderen Schwachsinn reinziehen? Nee, ich mache mir meine Daily Soap selbst. Pass auf ...«

Sie klickte auf ihrem Tablet-Computer herum und zeigte mir wechselnde Bilder und ratterte dazu die Namen und charakterlichen Schwächen der Protagonisten herunter. »Das hier ist Schwesternhelferin Tülin. Wenn sie einer anmotzt, fängt sie sofort an zu flennen. Das ist Dr. Klinger, den hast du schon gesehen. Ich nenne ihn auch Doktor-wo-ist-mein-Rezeptblock. Der verschusselt immer alles und kackt dann die anderen an, als ob sie was dafürkönnten. Die Schwestern hassen ihn! Das ist Krankenpfleger Igor, Kampfname The great big GÄÄÄHHHN, so langsam redet er. Das ist Schwester Caroline, die ist neu, steht aber schon auf der Abschussliste, da geht es irgendwie um Diebstahl, was Genaues weiß ich leider nicht. Noch nicht. Oh, Schwester Ulrike! Die ist fies, sage ich dir. Vorne rum total nett und hintenrum nur am Lästern, besonders über diese Jolanda, die Freundin von David Wöbke, und über mich. Natürlich, das machen ja alle hier am liebsten. Und das ist ...«

»Rebecca«, unterbrach ich sie. »Woher hast du die ganzen Video-Aufnahmen? Die sind doch hier aus dem Zimmer. Und die Leute gucken immer genau in die Kamera.«

Rebecca guckte mich erwartungsvoll an, als hätte sie mir die Millionenfrage gestellt.

»Nee, das glaube ich jetzt nicht«, sagte ich und beugte mich näher zu ihr. »Ist deine Brille etwa ...?«

»Meinst du vielleicht, ich habe sie nur, um schlau auszusehen?«, fragte sie, fummelte ein bisschen an der Brille herum und holte aus dem Bügel eine Micro-SD-Karte, die sie in ihren Tablet-Computer schob. Sie tippte auf ihrem Touchpad herum und hielt mir den Monitor hin. Und ich sah mich. In Rebeccas Krankenzimmer. Live und in Farbe. »Du hast eine Kamera in deiner Brille?«, stammelte ich.

»Die Kandidatin hat neunundneunzig Punkte!«

»Wissen das deine Eltern?«, fragte ich.

Rebecca schnaubte. »Meine Eltern wissen noch nicht mal, wozu das Internet da ist. Denen erzähle ich einfach, dass ich Computerzubehör brauche, und dann rücken sie die Kohle raus. Ein schlechtes Gewissen ist die beste Geldquelle, die es gibt. Nur für den Fall, dass deine Eltern dir mal den Geldhahn zudrehen, kann ich dir nur empfehlen, dir von ihnen ein Bein abhacken zu lassen.« Sie hatte während des Redens weiter in ihren Dateien gesucht und präsentierte mir jetzt eine Aufnahme von David Wöbke. »Und das hier ist Silvys Angebeteter. Den finden ja alle soooo toll.«

»Ich nicht«, warf ich ein.

»Willkommen im Klub«, sagte Rebecca. »Aber die Bewerberinnen stehen Schlange. Er war vorher mit einer Schwester Sarah zusammen, die ist aber weg, und jetzt ist er mit Jolanda zusammen. Von der habe ich leider keine eigene Aufnahme, nur hier das Bild von der Homepage.« Sie zeigte mir das Foto einer hübschen Dunkelhaarigen mit hohen Wangenknochen und einem Grübchen am Kinn. Sie hatte ein perfektes ovales Gesicht. Jolanda Wieczorek, PTA, stand darunter.

»PTA ist die Abkürzung für pharmazeutisch-technische Assistentin«, informierte mich Rebecca.

»Okay«, sagte ich etwas ratlos. »War interessant. Kann ich dir noch was bringen?«

Sie stutzte. »Was bringen? Nein. Ich dachte, du bist hier, damit wir den Racheplan aushecken!«

»Für Silvy?«, fragte ich. »Nee. Ich habe keinen Racheplan. Die kann mich mal, und wenn sie noch so viele Lügen über mich erzählt.«

»Blödsinn. Sag David Wöbke, dass sie Chlamydien hat«, schlug Rebecca vor.

»Nee«, entschied ich. »Auf so ein Niveau lass ich mich nicht herab.«

»Dann erzähl einfach die Wahrheit über sie. Das haut auch alle aus den Latschen.« In dem Moment spitzte sie die Ohren und bedeutete mir, dass ich still sein und mir wieder den Kopfhörer aufziehen sollte. »Ich habe auch ein Funkmikro«, sagte sie. »Für die Live-Übertragungen. Die Reichweite ist aber nicht so groß. Aber für das Schwesternzimmer reicht's.«

Dort waren zwei Schwestern gerade dabei, über Rebecca herzuziehen, »dieses unausstehliche Miststück«.

»Mach das doch aus«, sagte ich und zog meinen Kopfhörer ab.

»Nein«, sagte Rebecca mit versteinerter Miene. »Die werden für jedes Wort büßen, das kannst du mir glauben.«

Ich trat zum Fenster und schaute in den Garten. Es war schon fast dunkel, aber die Straßenlaternen auf dem Weg durch den Park strahlten weiches gelbes Licht aus. Plötzlich sah ich Justus' Mutter mit einem Mädchen langsam über den Weg vor unserem Fenster spazieren. Sie unterhielten sich. Das Mädchen hatte lange schwarze Haare und erinnerte mich an irgendwen. Die feinen Gesichtszüge kamen mir bekannt vor.

»Wer ist das?«, fragte ich Rebecca.

Sie schaute hoch. »Ach die«, sagte sie. »Das ist eine von den Bekloppten. Aus der Irrenabteilung. Ich glaube, sie heißt Aziza.«

Wie bitte?

Aziza. War. Hier???

Ich folgte Nicole und Aziza mit dem Blick. Aziza hatte die gleichen feinen Gesichtszüge wie ihre Mutter.

»Wie lange ist sie schon da?«, fragte ich.

»Keine Ahnung. Was interessiert es dich? Wenn es dich noch nicht mal interessiert, deine exBF fertigzumachen.« Rebecca klang müde. Aber ich war hellwach.

»Kann ich noch was für dich tun?«, fragte ich aufgeregt, aber Rebecca antwortete nicht. Sie lag klein und schmal auf ihrem Bett.

»Ich komme wieder, okay?«, sagte ich. Und da sie nichts sagte, wiederholte ich mein Spiel vom Anfang. »Tschüss, Natascha. Danke für deinen Besuch. Gern geschehen. Tschüss, Rebecca.«

»Becky«, sagte sie leise. »Du kannst mich Becky nennen.«

»Okay. Also dann, Tschüss, Becky.«

Ich eilte hinaus. Hedi sprang von ihrem Wartestuhl im Foyer auf, aber ich sagte ihr, dass ich noch etwas zu erledigen hätte. Am Empfang fragte ich, wo ich Dr. Nicole Marquardt finden könnte. Die nette Dame rief sie an und sagte mir, dass ich in ihr Sprechzimmer im zweiten Stock gehen sollte.

Wir trafen uns vor der Tür.

»Natascha«, rief Nicole erfreut. »Schon wieder hier? Was macht deine kleine Freundin Rebecca?«

»Na ja«, sagte ich. »Ich weiß es ehrlich gesagt nicht.«

»Ist schwierig, was?«

»Ja. Weißt du, wie sie ihr Bein verloren hat?«

»Soweit ich weiß, war es ein Unfall«, sagte sie und schaute auf die Uhr. Das erinnerte mich daran, dass ich wegen was anderem hier war. »Hast du ein paar Minuten Zeit, Nicole?«

Sie nickte. »Ein paar Minuten. Komm rein.« Sie schloss ihr Sprechzimmer auf. Ich kam direkt zur Sache. »Nicole, ich habe dich eben mit diesem Mädchen gesehen.«

»Im Park?«

Ich nickte und kam direkt zur Sache. »Aziza ist Bastians Freundin. Ich habe nach ihr gesucht. Was macht sie hier?«

Nicole seufzte, schloss die Tür ihres Büros und sagte: »Du musst mir versprechen, es niemandem zu erzählen, okay?«

»Ich weiß vermutlich mehr, als du denkst«, sagte ich. »Sie lässt sich wegen ihrer Medikamentensucht behandeln, nicht wahr?«

Nicole nickte.

»Basti war erst mit ihr in Spanien, aber der Entzug auf eigene Faust hat nicht geklappt.«

»Ja, Bastian hat mich angerufen. Ich habe ihm geraten, sie so schnell wie möglich in ärztliche Behandlung zu bringen. Und da hat er gefragt, ob ich ihm dabei helfen könnte. Er hat mir gesagt, dass sie in großen Schwierigkeiten steckt und niemand wissen dürfe, dass sie hier sei. Und weil die Leiterin der Psychosomatischen Abteilung meine Freundin ist, hat sie Aziza inoffiziell aufgenommen.«

»Wie geht es ihr denn jetzt?«

»Besser«, sagte Nicole. »Aber mehr darf ich dir leider nicht sagen.«

»Weißt du, wo Basti steckt?«

»Ist er nicht zu Hause?«, fragte sie überrascht.

»Nein. Hat er sie hier besucht?«

»Ich habe ihn nicht gesehen. Und ...« Sie seufzte und machte eine Pause.

»Was?«

»Das kann ich dir ja erzählen, das fällt nicht unter die Schweigepflicht. Sie sind nicht mehr zusammen. Aziza hat mit Bastian Schluss gemacht.«

»Warum?«

»Das kann ich dir nicht sagen, weil ich es nicht weiß. Aber es ist nicht ungewöhnlich, wenn man nach einer therapeutischen Behandlung neue Wege sucht.«

»Weiß ihre Familie, wo sie ist?«, fragte ich.

»Aziza wollte mit ihrer Familie Kontakt aufnehmen, sobald sie wieder in stabiler Verfassung ist«, sagte Nicole. »Und denk dran, Natascha. Ich habe ihr mein Wort gegeben, dass niemand erfährt, wo sie ist.«

»Keine Sorge«, beteuerte ich. »Von mir erfährt keiner was.« Denn ich wusste vielleicht als Einzige, wie gefährlich es für Aziza werden könnte, wenn herauskam, wo sie sich versteckte.

27

Dieser Samstagmorgen begann gemütlich. Noch im Bett telefonierte ich mit meinem Freund. (Hach! Wie gut das klang.) Sein Besuch im Boxgym wäre sehr interessant gewesen, sagte Enzo. Als er nach Dimitri gefragt hätte, hätte man ihm gesagt, er solle am Sonntag wiederkommen. »Mehr haben sie nicht gesagt? Kannten sie ihn? Wussten sie, von wem du redest? Sind die alle im illegalen Medikamentenhandel tätig?«

Enzo lachte. »Hör mal, Süße, ich konnte da nicht mit der Tür ins Haus fallen ...«

»Wie hast du mich genannt?«

»Äh. Süße?«

Ich grinste vor mich hin.

»Gefällt dir das nicht?«

»Doch, doch. Also, was hast du noch herausgefunden?«

»Nichts weiter. Ich geh da einfach morgen noch mal vorbei.«

»Mmmhhh«, machte ich.

»Es wird alles gut«, sagte Enzo. »Ich kümmere mich darum, wenn ich wieder da bin.«

»Wo fährst du denn eigentlich hin?«

»Hab ich das nicht gesagt? Der Job ist in Hamburg.«

»Oh«, sagte ich erschrocken. »So weit weg!«

»Bin morgen früh schon wieder da. Morgen Nachmittag sehen wir uns, okay?«

»Lädst du mich zu Kaffee und Kuchen ein?«, neckte ich ihn.

»Hey, wie wäre es, wenn wir zur Kirmes am Park gingen?«, schlug er vor. »Wir könnten eine Runde eislaufen und gebrannte Mandeln essen.«

»Oh ja«, sagte ich, »das klingt toll!« Selbst als ich aufgelegt hatte, konnte ich nicht aufhören zu grinsen. Ich schälte mich aus dem Bett. Delegieren war wirklich eine sehr sinnvolle Sache. Predigte mein Vater auch immer. Enzo würde sich um Dimitri kümmern und ich würde mir einen faulen Tag machen. Baden, fernsehen, lesen, im Internet surfen und vielleicht in die Stadt fahren, um ein wenig zu bummeln. Der Schulball würde ohne mich stattfinden. Ohne Enzo hatte ich absolut keinen Grund, dorthin zu gehen. Ein Zickenzoff um die Cliquenvorherrschaft zwischen Jennifer und Kim wäre zwar sicher ganz amüsant, aber ein gutes Buch war es auch. Und jetzt würde ich erst einmal ausgiebig frühstücken. Ich schlüpfte in meinen kuscheligen Bademantel und zog meine Lammfellpantoffeln an, die eher eine Art Hausstiefel waren, weil sie mir bis zur Wade reichten, und überlegte gerade, ob ich einen Roibusch-Vanille-Tee oder einen Milchkaffee zum Frühstück trinken sollte, da klingelte mein Handy. Enzo!, hoffte ich und sprang gut gelaunt zum Nachttisch, wo ich es abgelegt hatte. Unbekannter Teilnehmer, zeigte mir das Display an.

»Natascha Sander«, meldete ich mich.

Und dann sprach eine kehlige Stimme meinen Namen und es klang wie eine zu langsam abgespielte Aufnahme einer Geisterstimme und ich bekam augenblicklich Gänsehaut. »Naaataaaaschaaa«, sagte der Mann. Jeder Vokal zog sich so lang wie die Transsibirische Eisenbahn.

»Dimitri?«, hauchte ich. »Bist du das? Wie hast du meine Nummer rausgekriegt?«

Die Antwort war ein unheimliches Schnaufen. Dann sagte er: »Du haaaast waas, was mirrrr gehörrrt.«

»Stimmt. Und ich würde es dir liebend gerne zurückgeben. Ganz ehrlich. Ich wollte es am Dienstag Philipp geben, aber der war ja dann … äh … tot.«

Er sagte nichts.

»Es ist noch alles da«, plapperte ich vor lauter Schreck weiter. »Ich kann es dir gleich bringen.«

Hatte ich das gerade wirklich gesagt?

»Guuuut. Parkplatz Einkaufszentrum. Eingang Oooost. Halbe Stunde«, antwortete er geschäftsmäßig und legte auf.

Ich starrte auf das Telefon, als ob es mich gleich beißen würde. Wie hatte er meine Nummer rausgekriegt? Hatte Enzo ihn auf meine Spur gebracht? Oder war es Philipp gewesen? Oder Bastian? Und wieso meldete er sich ausgerechnet jetzt? Und warum hatte ich gesagt, dass ich ihm gleich die Tasche geben könnte? Und wieso wollte er sich am Einkaufszentrum treffen? Die Antwort auf alle Fragen, die mir durch den Kopf schossen, war immer die gleiche: Scheiße, Scheiße, Scheiße.

Fieberhaft überlegte ich, wie meine Chancen standen, am Einkaufszentrum kaltgemacht zu werden, ohne dass irgendeiner was mitbekam. Eines war klar: Da würde ich auf keinen Fall alleine hingehen! Hedi war zwar dabei, aber ihr traute ich nun gar nicht zu, mich vor einem Zweimeterkerl zu beschützen. Ich versuchte, Enzo zu erreichen, aber er hatte sein Telefon ausgeschaltet und ich musste mit der Mailbox vorliebnehmen. Ich sagte ihm, dass er sich dringend melden solle. Währenddessen hatte ich schon mein E-Mail-Programm geöffnet und schrieb Bastian, dass er sofort anrufen sollte. Aber ich hatte nicht viel Hoffnung, dass er am Samstagmorgen um zehn Uhr seinen Posteingang checkte. In Windeseile zog ich mich an und versuchte zwischen Socken und Jeans und Rollkragenpullover noch dreimal, Enzo anzurufen. Vergeblich. Da klingelte mein Telefon. Das Festnetz. Misstrauisch schaute ich aufs Display. Wieder eine unterdrückte Nummer. Ich schluckte und hob vorsichtig den Hörer ab.

»Hallo?«, sagte ich zaghaft.

»Was gibt's denn so Dringendes so früh am Morgen?«

»Bastian! Er hat angerufen«, rief ich aufgeregt.

»Wer?«, fragte Bastian und gähnte.

»Dimitri! Dimitri hat bei mir angerufen. Auf meinem Handy. Er kennt mich. Er weiß, wer ich bin. Er hat meine Nummer rausgefunden. Und er will seine Tasche wiederhaben. Jetzt gleich. Wir treffen uns um halb elf am Einkaufszentrum. Da gebe ich ihm die Tasche.«

Jetzt wurde auch Bastian langsam wach. »Dimitri? Hast du ihm etwa gesagt, wo ich bin?«

Ich musste mich echt zusammenreißen, um nicht zu schreien. »Nein, Bastian, ich habe ihm *nicht* gesagt, wo du bist, weil ich gar nicht weiß, *wo* du bist, weil du dich ja auch vor mir feige versteckst.«

»Gut«, sagte Bastian erleichtert.

Ich atmete tief ein. »Aber eines ist klar: Ich gehe nicht alleine zu der Übergabe. Das ist mir zu heiß.«

Es raschelte im Hörer. »Dann nimm deinen Bodyguard mit«, nuschelte Bastian unverständlich.

»Was?«

Er nahm den Hörer offensichtlich wieder richtig in die Hand, denn jetzt konnte ich ihn besser verstehen: »Du sollst deinen Bodyguard mitnehmen.«

»Nein«, sagte ich mit fester Stimme. »Ich nehme *dich* mit.«

»Was?«

»Du hast mich richtig verstanden. Du kommst mit. Und du bringst die Polizei mit.«

»Die Polizei?«, wiederholte er begriffsstutzig. »Aber ...«

»Ja, für den Fall, dass er mich umbringen will. Ihr haltet euch im Hintergrund, und falls er mich attackiert, dann könnt ihr zugreifen.«

»Ach so«, sagte er.

»Wir müssen uns beeilen, Bastian. Treffpunkt ist in zwanzig Minuten am Osteingang des Einkaufszentrums.«

»Einkaufszentrum Sternstraße?«

»Ja, es gibt kein anderes, soweit ich weiß«, knurrte ich. »Ruf die Polizei an und komm mit ihr dahin. Ich kann das nicht machen. Vielleicht verfolgt er mich oder sonst was. Und wenn er die Polizei sieht, bevor ich ihm die Tasche gegeben habe, dann dreht er vielleicht durch.«

»Der Plan hört sich irgendwie nicht so toll an«, wandte Bastian ein. Die Trägheit in seiner Stimme machte mich rasend!

»Nein?« Jetzt fing ich doch an zu schreien. »Dann mach einen besseren Plan, du blöder Penner!« Beinahe hätte ich vor Wut aufgelegt, aber in letzter Sekunde fiel mir ein, dass ich Bastian nicht selbst anrufen konnte.

»Also gut«, sagte Bastian. »Ich komme.«

»Und du rufst die Polizei.«

»Und ich rufe die Polizei. Obwohl das auf lange Sicht vielleicht eher nicht so schlau …«

»Bastian«, presste ich durch meine aufeinandergebissenen Zähne. »Auf lange Sicht bin ich vielleicht tot, wenn du das nicht machst.«

»Schon gut, schon gut. Ich mach's ja.«

»Schwöre es«, sagte ich. Er seufzte und leierte: »Ich schwöre es, Natascha, okay?« Bevor ich auflegte, meinte ich, noch das Schnappen eines Feuerzeugs gehört zu haben.

Dann rief Enzo doch noch an. Er war schon auf der Autobahn Richtung Norden. Ich erzählte ihm, dass Dimitri angerufen hätte und ich ihm jetzt gleich die Tasche geben würde.

»Nein«, stöhnte Enzo. »Das geht nicht. Du musst das verschieben!«

»Das kann ich nicht!«

»Okay«, sagte er. »Aber warte auf mich. Ich komme.«

»Du willst den Job sausen lassen?«, fragte ich.

»Bevor du dich allein mit der Russenmafia einlässt, lasse ich jeden Job sausen.«

»Du bist aber nicht mehr rechtzeitig hier«, sagte ich. »Ich treffe mich schon gleich mit ihm! Und wer weiß, wie sauer er erst wird, wenn ich nicht wie verabredet komme!«

»Aber du darfst da nicht alleine hingehen«, sagte er drängend.

»Tu ich ja auch nicht. Ich habe die Polizei eingeschaltet. Bastian bringt sie mit, für den Fall ...«

Ich hörte Enzo vor Wut schnaufen. »Natascha«, sagte er noch einmal und seine Stimme war mit enormer Energie aufgeladen, die mich normalerweise in andere Sphären katapultiert hätte. Aber jetzt gerade war ich zu sehr damit beschäftigt, nicht durchzudrehen. »Warte auf mich. Ich sage meinem Boss, dass ...«

»Nein, lass mal«, unterbrach ich. »Es wird schon hinhauen«, sagte ich mit aller Überzeugungskraft, die ich aufbringen konnte, und dann legte ich auf, bevor mich der Mut verließ. Es war zehn Uhr dreizehn. Ich holte die Tasche unter meinem Bett hervor und rannte die Treppe hinunter. Hedi trat wie gerufen aus dem Aufenthaltsraum. Unter anderen Umständen hätte ich sie gefragt, ob sie eigentlich die ganze Zeit hinter der Tür lauerte, um beim kleinsten Geräusch parat zu stehen. Meine Mutter rief aus der Küche: »Natascha! Ich habe Scones gebacken!«

Ich legte eine Vollbremsung ein. Ich ging zu ihr, umarmte sie fest und gab ihr ihr einen dicken Kuss auf die Wange. »Du bist die beste Mama der ganzen Welt. Eine bessere gibt es nicht«, sagte ich feierlich.

»Was ist denn mit dir los?«, fragte sie lachend.

»Ich wollte das nur mal sagen, weil es stimmt. Und grüß Paps von mir. Ich muss mal eben weg.«

»Vor dem Frühstück?«

»Ja, in einer Stunde bin ich wieder da.«

»Ist gut. Ich halte für dich ein paar Scones im Backofen warm.«

Ich winkte ihr noch einmal, dann folgte ich Hedi nach draußen. Es war ungewöhnlich warm an diesem Morgen. Der Himmel hing tief über den kahlen Baumwipfeln, die fast die schweren Regenwolken zu streifen schienen. Definitiv kein schöner Tag zum Sterben.

28

Heute musst du auf die Tube drücken«, sagte ich zu Hedi. »Ich muss um halb elf am Einkaufszentrum sein.«

Es war, als hätte sie schon die ganze Zeit auf diese Ansage gewartet, denn sie brauste durch den Verkehr, dass selbst Sebastian Vettel anerkennend gelächelt hätte. Um zehn Uhr achtundzwanzig bogen wir auf den Parkplatz des Einkaufszentrums ein. Zu meiner Erleichterung stellte ich fest, dass es ziemlich voll war. Menschen schoben gigantische Einkaufswagen in Richtung der gläsernen Schiebetüren, andere bugsierten ihre hoch aufgetürmten Lebensmittel zu ihren Autos. Freundinnen zeigten sich gegenseitig die in den Klamottenläden ergatterten Schnäppchen, Kinder pressten sich die Nase am Schaufenster mit den beweglichen Stofftieren und der großen elektrischen Eisenbahn platt. »Wir müssen da rüber«, sagte ich. Hedi rollte zum anderen Ende des Parkplatzes. Der Osteingang war der, der der Ausfahrt am nächsten lag.

»Ich treffe jemanden und gebe ihm die Tasche. Dann fahren wir wieder«, sagte ich. Hedi ließ meine Aussage wie immer unkommentiert und fuhr rückwärts in eine Parklücke, Motorhaube Richtung Ausfahrt und bereit zur Flucht. Ich stieg aus. Sah mich um. Ich konnte weder Bastian noch einen Polizeiwagen sehen. Aber sie mussten gleich da sein. Ich stellte mich vor die Eingangstür. Immer wenn jemand rein- oder rausging und sich die Schiebetüren öffneten, kam ein Schwall warmer Luft heraus. Gestresste Mütter, die ihre kleinen Kinder hinter sich herschleiften, Omas mit silberblauen Haaren und blinkenden Rollatoren und junge Männer mit Plastiktüten des Elektromarktes. Von einem Zweimeterrussen keine Spur. Aber auch von Bastian nicht. Ich sah auf meine Uhr. Fünf nach halb elf. Ich wurde nervös. Schaute auf mein Handy. Keine Anrufe. Eigentlich gut, dass Dimitri sich verspätete, dann wäre Bastian vielleicht endlich da, wenn er käme. Wo blieb er denn? Ein Motorradfahrer auf einer schwarzen Maschine näherte sich, einen Parkplatz suchend. Obwohl er so langsam fuhr, tuckerte der Motor unheimlich laut und durchdringend wie ein völlig übersteuerter Bass, der einem die Eingeweide aufwühlte. Sehr unangenehm. Und dann blieb der Motorradfahrer auf seiner Knatterkiste mit einem gigantischen silbernen Auspuff auch noch vor dem Eingang stehen. Etwa fünf Meter von mir. Sein Visier war runtergeklappt. Es war schwarz. Wie sein ganzes Lederoutfit. Er sah aus wie der schwarze Ritter. Er guckte zu mir herüber. Mir fiel auf, wie komisch er auf dem Motorrad hing. Dämlich, dachte ich. Und dann schaute ich noch mal hin. Es sah so komisch aus, weil der Fahrer so groß war. Bestimmt zwei Meter. Dimitri, schoss es mir durch den Kopf. Ich zeigte auf ihn, dann auf die Tasche. Er nickte langsam. Ich ging auf wackligen Beinen zu ihm.

»Sind wir dann quitt?«, fragte ich ängstlich. Aber Dimitri streckte stumm seinen Arm aus und packte mit den schwarzen Handschuhen die Tasche am Griff, riss sie mir fast aus der Hand, legte sie vor sich auf den Tank, griff wieder seinen Lenker und drehte den Gashebel auf.

»Sind wir jetzt quitt?«, schrie ich noch einmal. Aber er schoss einfach davon, eine Wolke dunklen Rauchs quoll aus dem Auspuff. Er preschte auf die zweispurige Straße und war in wenigen Sekunden außer Sichtweite. Sein Nummernschild war so dreckig gewesen, dass man es nicht hatte lesen können. Benommen starrte ich ihm hinterher.

Dann konnte ich endlich wieder klar denken. Es war geglückt! Die Übergabe war geglückt! Und mir war kein einziges Haar gekrümmt worden! Auch wenn ich mich nicht bei Dimitri hatte versichern können, dass die Angelegenheit jetzt erledigt war, war ich doch erleichtert. Bastian, dachte ich. Er wird sich genauso freuen wie ich. Ich schaute mich um. Aber ich konnte ihn nirgendwo entdecken. Wo war er? Ich lief über den Parkplatz, checkte den Haupteingang und den Westeingang. Aber nirgendwo auch nur eine Spur von Bastian oder der Polizei. Das konnte doch wohl nicht wahr sein! Ich hätte jetzt auch tot auf dem Asphalt liegen können, während er sicher in seinem Versteck hockte und kiffte oder was auch immer er da tat. Nicht zu fassen! Mein Bruder war wirklich so ein Penner! Dieses Arschloch hatte mich tatsächlich im Stich gelassen!

Ich rief Enzo an, dessen Erleichterung ich durch das Telefon spüren konnte. Er hatte trotz meiner Ermahnung, es nicht zu tun, gewendet und war auf dem Weg zurück.

»Geht's dir wirklich gut?«, fragte er.

»Ja, hat alles geklappt. Du kannst beruhigt nach Hamburg fahren.«

»Ehrlich?«

»Absolut. Ich möchte nicht, dass du noch mal wegen mir einen Job verlierst.«

»Also gut«, sagte er erleichtert. Ich versprach ihm, mich den Rest des Wochenendes ruhig zu verhalten, und wir verabredeten uns für morgen, bevor wir uns verabschiedeten. Auf dem Weg nach Hause schickte ich Bastian eine E-Mail.

Übergabe geglückt. Wo bist du?

Am Nachmittag rief er dann tatsächlich an. Seine Stimme klang verschlafen. »Sorry, Nats, hab es vorhin nicht geschafft«, sagte er lapidar. »Mein Auto ist nicht angesprungen und dann war es schon halb elf und da habe ich gedacht, ich komme eh zu spät.«

»Ich habe mich auf dich verlassen, Bastian«, knurrte ich.

»Hättest du eben früher anrufen müssen«, sagte er. »Dann hätte ich wenigstens Zeit gehabt, mich vorzubereiten. Und dann hätten wir uns auch einen besseren Plan ausdenken können, ohne die Polizei.«

»Ich *dich* anrufen? Wie denn, bitte schön?! Aber natürlich, Bastian. Das nächste Mal, wenn ich deine Schulden bei der Russenmafia bezahle, dann schicke ich dir eine schriftliche Einladung zwei Wochen im Voraus. Wäre dir das angenehm?«

»Brauchst gar nicht so schnippisch zu werden.«

Ich schnaubte vor Empörung. »Und wenn er mich umgebracht hätte?«

»Übertreib mal nicht, die haben doch gekriegt, was sie wollten.«

»Du bist so ein Arsch, Bastian.«

»Mann, jetzt stell dich nicht so an! Ist doch alles gut gegangen!«

Ich schloss die Augen und atmete tief ein und aus. »Ja, Bastian, das ist es. Und jetzt musst du wieder nach Hause kommen.«

Er schwieg. Deswegen sagte ich mit Nachdruck: »Entweder du kommst von alleine oder ich sage Paps, dass du dich in irgendeiner WG von deinen Kumpels versteckst. Wie lange, meinst du, braucht der Privatdetektiv, den Mama schon vor zwei Wochen engagieren wollte, um dich zu finden?«

»Verfluchter Mist«, maulte er. »Einen Privatdetektiv will sie mir auf den Hals hetzen?«

»Sie macht sich Sorgen«, sagte ich. »Und ich übrigens auch. Also, komm nach Hause.«

Er blieb wieder stumm.

»Bastian, ich habe auch rausgefunden, wo Aziza ist.«

»Ach ja?« Seine Stimme klang bitter. »Schön für dich.«

»Ich weiß, dass sie Schluss gemacht hat.«

»Nach allem, was ich für sie getan habe«, knurrte er, »lässt sie mich einfach sitzen.«

»Das tut mir leid für dich«, sagte ich. »Aber wenn du morgen nicht nach Hause kommst, dann erzähle ich unseren Eltern alles. Und ich meine *alles*, hast du mich verstanden?«

»Schon gut. Ich komme«, brummte er und legte auf.

Gut. Punkt 1: Mein Bruder war ein Penner und das nächste Mal müsste er die Suppe selbst auslöffeln, die er sich eingebrockt hatte. Punkt 2: Ich hatte wirklich keine schlechte Arbeit geleistet. Die Tasche war zurück bei ihrem Besitzer, die Angelegenheit erledigt. Ich hatte das dringende Gefühl, dass ich eine Belohnung verdient hätte, und machte das vierzehnte Päckchen von Justus' Adventskalender auf. Es war wieder ein zusammengerollter Zettel. Aha, was zu lachen, dachte ich und rollte ihn auseinander. Aber es war ein Gedicht. Ich dachte zuerst, das sei ein Scherz, weil Justus wusste, dass ich mit Lyrik auf dem Kriegsfuß stand. Aber dann las ich:

Die Liebste gab mir einen Zweig/Mit gelbem Laub daran.

Das Jahr, es geht zu Ende/Die Liebe fängt erst an.

Bertolt Brecht

Ich atmete tief durch und betrachtete eine ganze Weile die Regentropfen, die an meiner Fensterscheibe ein Wettrennen veranstalteten. Dann griff ich zum Telefon und rief Justus an.

»Hey«, sagte ich, als er sich meldete.

»Hey Nats. Na, wie sieht es aus?«

»Ach, ich dachte, ich rufe dich mal an.«

»Das ist gut.«

»Danke noch mal für den Adventskalender. Er ist wirklich toll.«

»Gern geschehen«, sagte er.

»Und, was macht Elvis, euer Waschbär?«

»Seitdem wir unseren Müll in die Garage stellen, ist er nicht mehr aufgetaucht«, sagte Justus. »Schade eigentlich. Ich fand ihn süß. Und ziemlich fotogen.«

»Ja, das Foto, das du von ihm gemacht hast, war nicht schlecht.« Ich verdrängte jeden Gedanken an das Foto, das er von Enzo und mir gemacht hatte. Justus war eben in mich verliebt. Da machte man schon mal Dummheiten. Aber eben auch sehr schöne Sachen, wie den Adventskalender.

»Soll ich vorbeikommen und wir gucken uns *Ice Age 4* an?«, fragte ich.

»Nee, Nats. Geht leider nicht. Ich habe einen wichtigen Termin. Und du doch wohl auch.«

»Was denn für einen Termin?«, fragte ich neugierig.

»Na, euer Schulball!«

»Du gehst auf unseren Schulball? Wieso denn das?«

»Weil ich mein neues Auto ausführen möchte«, scherzte er. Dann räusperte er sich und sagte: »Ich gehe mit Christina. Sie ist in meinem Bogenschützenverein. Sie hat letztes Jahr an deiner Schule Abi gemacht.«

»Oh«, war alles, was ich rausbrachte. Dabei hatte ich nun wirklich gar kein Recht, eingeschnappt zu sein.

»Du gehst doch auch hin, oder?«

»Natürlich«, sagte ich. Er sollte bloß nicht denken, dass ich kniff, wenn er mit seiner neuen Freundin kommen würde.

»Mit Enzo?«

»Nein«, sagte ich. »Er hat leider keine Zeit.«

»Klebt er dir etwa nicht mehr dauernd an den Hacken?«, versuchte er zu scherzen, aber es klang etwas hölzern.

»Was soll die blöde Frage?«, entfuhr es mir. »Das weißt du doch wohl selbst am besten. Also, bis später.« Ich legte auf. Mist. Dabei hatte ich mir doch fest vorgenommen, mir nichts anmerken zu lassen. Nun denn. War er ja wohl selbst schuld.

Aber jetzt musste ich also doch auf den blöden Kostümball

gehen. Nur leider hatte ich überhaupt kein Kostüm. Aber ohne zu gehen wie irgendeine Spaßbremse, fand ich genauso idiotisch. Also ging ich runter in den Keller und wühlte mich durch unseren großen Schrank, wo alte Kleider meiner Oma hingen und Kostüme, die sich im Laufe der Jahre angesammelt hatten. Als ich einen ledernen Catsuit aus den wilden Zeiten meiner Mutter fand, dachte ich, wie bedauerlich, dass Emma Peel eine Fernsehfigur war. Das wäre ein Kostüm gewesen, was mir gefallen hätte. Na ja, dann musste es eben was anderes sein. Und ich wurde fündig. Ich wurde sogar *sehr* fündig. In der Schublade mit den Perücken entdeckte ich nämlich noch ein Accessoire, das meinen Auftritt perfekt machen würde. Vielleicht hätte ich ja doch eine Chance auf den Hauptgewinn. Das wäre auf jeden Fall eine echte Überraschung für Enzo, wenn ich ihn nach Rom einladen würde.

29

Und, was meinst du?«, fragte ich Hedi, die mich mit ihrer typischen undurchdringlichen Miene verfolgte, als ich die Treppe herunterkam.

»Ja«, sagte sie. »Hübsch.«

»Weißt du, wer ich bin?«

»Sicher.« Damit drehte sie sich um und ging zur Garage. Ich winkte meiner Mutter, die mir Daumen hoch zeigte, dann stapfte ich in meinem Aufzug hinter Hedi her und ließ mich zum Schulball fahren. Wir verabredeten, dass sie im Vorraum der Aula warten könnte.

»Hier bringt keiner seinen Bodyguard mit«, sagte ich. »Sonst würde das Fest wegen Überfüllung geschlossen.«

Ihr war es nicht wirklich recht, aber sie konnte nichts dagegen machen. Also bezog sie Stellung neben der Garderobe und ich betrat unsere Aula.

»Oh my gosh!«, entfuhr es Deborah. »Natascha?«

»Als was hast du dich denn verkleidet?«, fragte Fabienne. Die beiden blieben vor mir stehen. Während Fabienne in Zivil gekommen war und wie immer wie eine besser genährte Version von Audrey Tatou aussah, war Deborah eindeutig Holly Golightly im kleinen Schwarzen mit Hochsteckfrisur und Tiara, dreireihiger Perlenkette und Zigarettenspitze mit Plastikzigarette.

»Ratet mal«, sagte ich. Sie betrachteten eingehend das alte schwarze Kleid von Oma mit dem weißen Spitzenkragen samt einer altmodischen lila Brosche in Form eines Pfaus. Das Kleid war viel zu weit, deswegen hatte ich ein Kissen darunter gestopft. Auf dem Kopf trug ich eine weiße Löckchenperücke und Omas violetten Glockenhut mit Stoffblume. Deborah blieb bei dem Knaller meines Kostüms hängen, der meine Verkleidung erst perfekt machte. Es war das formidable fischbauchbleiche Gummi-Doppelkinn zum Umbinden, das mein Vater mal für eine Karnevalsveranstaltung gekauft hatte, zu der er als Winston Churchill gegangen war.

»Na? Irgendeine Idee?«, fragte ich.

»Ich habe keine Ahnung«, gestand Deborah.

»Mist«, sagte ich. »Ich hätte mir doch die Gummi-Tränensäcke ankleben sollen.«

»Ich komme noch drauf«, sagte Fabienne langsam.

»Und du hast dich gar nicht verkleidet?«, fragte ich sie.

»Doch, natürlich!«, gab sie empört zurück. »Ich bin die Camille aus *Zusammen ist man weniger allein.«*

»Ach so. Also, dann. Viel Glück beim Wettbewerb!«

»Wer bist du denn jetzt?«, rief Deborah mir hinterher, aber ich verriet nichts. Also echt. Wer da nicht draufkam, der hatte wirklich gar keine Ahnung. Aber auch Diana alias Elizabeth Bennet aus *Stolz und Vorurteil* hatte Schwierigkeiten, meine geliehene Identität zu erraten, und ich begann mich zu fragen, ob es an meinem Kostüm lag oder an der mangelnden Bildung meiner Klassenkameradinnen, was Schwarz-Weiß-Filme angeht.

»Irina ist auch Elizabeth Bennet«, stellte Diana säuerlich fest. »Aber sag mal ehrlich, ich seh doch besser aus, oder nicht?«

»Du siehst ganz entzückend aus«, bestätigte ich, denn das tat Diana tatsächlich. »Davon abgesehen geht Irina als Anna Karenina.«

»Meinst du echt?«, rief sie aufgeregt. »Habe ich es doch gleich gewusst! Aber Jasmin wollte es mir ja nicht glauben.«

Ich sagte ihr nicht, dass ich noch mindestens zwei weitere

Elizabeth Bennets entdeckt hatte, und ließ sie weiterziehen. Mit einem Kirschpunsch in der Hand (alkoholfrei wie alle Getränke auf dieser Veranstaltung) setzte ich mich auf einen der roten Original-Theaterstühle, die in einer Reihe am Rand der Aula aufgebaut worden waren. Vielleicht sollte ich meine Meinung über Kostümfeste ändern. Es war durchaus amüsant. Fantasyfiguren aus *Herr der Ringe* vermischten sich mit Scarlett O'Haras, Sherlock Holmes und einer Menge Vampire weiblichen und männlichen Geschlechts. Suze kam als Katniss Everdeen aus *Tribute von Panem* mitsamt Bogen und Pfeilen mit Gummispitze, dann gab es eine Gwendolyn aus *Rubinrot* und natürlich diverse Harry Potters. Und dann ging die Tür zur Aula auf und eine Erscheinung aus der Unterwasserwelt betrat den Raum. Es war Neptun mit einer Meerjungfrau, wobei sich ihr freizügiges Outfit und das Thema Keuschheit ganz eindeutig ausschlossen. Die Meerjungfrau war in einen langen knallengen grünen Latexrock gequetscht, der an den Füßen zwei Flossen bildete. Obenrum war sie nackt bis auf eine Art Algen-BH und eine wallende grünliche Mähne, die bis zur Hüfte fiel und ihren Oberkörper umspielte. Ihr Mund und ihre Augenlider schillerten grünblau und ihre künstlichen Wimpern waren so lang, dass sie fast wie Seeanemonen wirkten. Alle Augen waren auf die Nixe gerichtet. An der Art, wie sie ihre künstlichen Haare warf, erkannte ich, dass es Kim war. Sie stutzte. Und kam zu mir getrippelt. »Natascha, wie siehst du denn aus?«, fragte Kim entgeistert. »So kriegst du aber keinen ab.«

»Das ist gemein!«, maulte ich gespielt schmollend und wackelte mit meinem Gummikinn. »Dabei bin ich doch soooo schön. Hi Michail.« An dem diamantenen Grinsen zwischen seinem Rauschebart hatte ich ihn erkannt.

»Hallo«, sagte er. »So man sich sieht wieder.«

»Also echt«, meckerte Kim. »Was hast du dir dabei nur

gedacht? Der Sinn eines Kostümballs ist doch, dass man sich sexy anzieht!« Sie klimperte mit ihren zentimeterlangen Wimpern.

»Das hat die sich anscheinend auch gedacht«, sagte ich und deutete auf Beate Friedrich, unsere Kunstlehrerin, deren äußerst knappes schwarzes Korsagen-Minikleid den dringenden Wunsch erweckte, das Licht noch weiter herunterzudimmen. Statt Blond trug sie heute eine schwarze Kurzhaarperücke mit keck hervorstehenden Löckchen, halterlose Nylonstrümpfe und rote Pumps. Dicke rote Plastik-Creolen baumelten an ihren Ohren, dazu passten ihre roten Armbänder. Sie hatte sich tatsächlich nicht entblödet, ihre anderthalb Zentner Fleisch in ein Pin-up-Kostüm zu stecken.

»Was will die denn darstellen?«, fragte Kim verächtlich.

»Betty Boop«, sagte ich.

»Betty Boop sollte mal zu Weight Watchers gehen. Tsess!« Kim verdrehte die Augen. »Ich würde niemals eine Korsage anziehen, wenn ich so fett wäre.«

»Zum Glück du hast die Rundung an der richtige Stelle«, sagte Neptun und griff ihr grinsend an den Hintern. »Aber ich muss auch sagen«, wandte er sich an mich. »Für Männerfang dein Kostüm ist nicht gut.«

»Zum Glück«, sagte ich.

»Sei nicht langweilig«, tadelte Kim. »Und jetzt brauche ich was zu trinken, Mischa.«

»Zu Befehl, meine Prinzessin«, sagte er und ging Richtung Bar.

»Ist er nicht süß?«, seufzte Kim. »Und dieser Ferrari! Was für eine Schleuder! Da kommt man wirklich schnell auf Touren.« Sie kicherte anzüglich.

»Willst du es nicht etwas langsamer angehen lassen?«, fragte ich.

»Ach was. Romantisch können wir immer noch werden,

wenn wir den ersten Preis gewonnen haben und nach Rom fahren!«

»Die Konkurrenz ist natürlich hart«, sagte ich. »Guck mal da drüben. Ist das Astrid Lutz, die als Grüffelo verkleidet ist?«

»Meinst du diesen hässlichen Bär?«, fragte Kim. »Pfui. Also wirklich, in der Kategorie Unsexy könnt ihr beide wirklich konkurrieren! Oh. Mein. Gott«, stöhnte sie plötzlich. »Mir wird schlecht.«

Es war Jennifer, die sie erblickt hatte. Wie ein Racheengel sah sie aus in ihrer silbern-schwarz glänzenden Lederrüstung mit weit schwingendem Rock, hochhackigen Overknees und einem Gummidolch im Gürtel. Neben ihr ein junger Mann mit vollem gewellten blonden Haar, ebenfalls in Kampfmontur aus Metall und schwarzem Leder. Wenn das nicht ein Drachenreiter und seine Elfe waren, Eragon und Arya. Jennifer setzte ein arrogantes Lächeln auf und kam auf uns zu, ihr Begleiter folgte ihr.

»Hallo Jennifer«, rief Kim ihr entgegen. »Wo hast du denn deine Verkleidung her? Aus dem Domina-Shop?« Sie lachte gehässig. Aber Jennifer blieb ungerührt. »Auf jeden Fall nicht aus dem Nuttenshop wie du«, gab sie zurück und guckte demonstrativ an Kim hoch und runter.

»Das ist doch wohl die Höhe«, schnaubte Kim und ließ eine Schimpftirade los. Die beiden fingen an, sich zu kabbeln. Eragon verzog das Gesicht. »Keine Sorge«, sagte ich. »Das ist normal.«

»Ach ja?«, sagte Eragon amüsiert. »Nur für die beiden oder zicken hier alle so rum?«

»Mal so, mal so«, sagte ich ausweichend. Irgendwie kam mir Eragon total bekannt vor. Also, nicht die Filmfigur, sondern der Mann in dem Kostüm.

»Als Mann bekommt man ja so selten Einblick in eine Mädchenschule«, sagte er. »Dabei fragt man sich immer, was da so abgeht. Macht ihr auch Kissenschlachten in Unterwäsche?«

»Das ist eher was aus der Abteilung Filmklischees.«

»Ich bin übrigens Tobias«, stellte sich Eragon vor.

»Natascha.«

»Natascha Sander?«, fragte er.

Ich nickte verwundert. »Kennen wir uns?«

»Jennifer hat mir von dir erzählt«, sagte er schnell.

»Ach ja?«

Jennifer bemerkte, dass ich mit ihrem Freund sprach, und hakte sich schnell bei ihm unter. Klassische Reviermarkierung. Woher kam er mir bloß so bekannt vor?

»Meinen Freund kennst du ja jetzt schon«, sagte Jennifer hölzern und tat so, als ob ich zu weit gegangen war.

»Ja. Und wo habt ihr beide euch kennengelernt?«, fragte ich.

»Er ist mir zugelaufen auf der Straße vor der Schule«, kicherte Jennifer. »Er hat seinen Hund ausgeführt. Total süß! Ein Dalmatiner! Erst drei Monate alt!«

Tobias grinste. »Beste Möglichkeit, um Mädels aufzureißen«, sagte er und zwinkerte erst Jennifer zu, dann mir. Jennifer entging das natürlich nicht. »Und Natascha?«, fragte sie etwas zu schrill. »Du hast dir ja wirklich ein schönes Kostüm ausgesucht. Schön scheußlich.«

»Ist super, was?«

»Na ja, zu dir passt es«, ätzte sie und zog dann Tobias davon, um ihn wie eine Trophäe herumzuzeigen. Als er mir zurief: »Bis später«, ruckte sie an seinem Arm. Eifersucht Stadium II, würde ich mal sagen. Und dann kam Justus. Mit Christina. Als Hänsel und Gretel. Hand in Hand. Er hatte schwarze kurze Hosen an, ein kariertes Hemd und rote Kniestrümpfe. Sie trug ein Kleid mit demselben Karomuster und lange blonde Zöpfe. Um den Hals hatten sie zuckergussverzierte Lebkuchenstücke in Form einer Hexe hängen. Die beiden waren so süß, dass ich fast Zahnschmerzen bekam. Justus drängelte sich an zwei Holly Golightlys vorbei, die gerade ihre Kostüme miteinander verglichen, und kam grinsend auf mich zu.

»Hey Miss Marple«, rief er. »Du siehst ja wirklich fantastisch aus!« Er schaute begeistert an mir hoch und runter.

»Endlich einer, der mich erkennt«, brummte ich.

»Was gibt's denn da nicht zu erkennen! Du siehst superklasse aus! Und dieses Ding!« Er zeigte auf das Doppelkinn. »Das ist wirklich sensationell. Du bist Margaret Rutherford wie aus dem Gesicht geschnitten.« Er lachte schallend und plötzlich dachte ich, vielleicht wäre es doch besser gewesen, irgendwas anzuziehen, was wenigstens einigermaßen gut aussah. Als dicke alte englische Lady fühlte ich mich neben der brandneuen und hübschen Freundin von Justus ziemlich unwohl. Aber sie lächelte mich freundlich an. »Ich bin Christina«, stellte sie sich vor, weil Justus immer noch lachte.

»Ja, sorry«, sagte Justus. »Das ist Christina, das ist Natascha.«

»Hi Christina«, sagte ich und gab Christina höflich die Hand. »Oder soll ich Gretel zu dir sagen?«

»Oh, heute höre ich auf beides«, sagte sie. Eine dritte Holly Golightly kam an uns vorbei.

»Ich komme mir ja schon vor wie bei einem Audrey-Hepburn-Gedächtnistreffen«, sagte Christina. »Also echt. Da lobe ich mir dein Kostüm. Das ist einzigartig und originell.«

»Ich habe aber auch noch keine zweite Gretel gesehen.«

»Ach ja, aber das ist doch voll öde. Ich wäre lieber als Hexe gekommen!« Sie lachte. »Aber die Nase gefiel Justus nicht.«

»Die war ja auch schrecklich. So lang und krumm, dass du damit noch nicht mal vernünftig essen konntest.«

»Gib es zu, die hat dich nur beim Küssen gestört«, neckte sie.

Sie lachte. Sie war nett. Sie war hübsch. Ich musste weg.

»Ich hole mir mal was zu trinken«, sagte ich. Justus warf einen Blick auf mein halb volles Glas. Ich schaute Justus an. Er schaute mich an. Bevor wir wieder mitten in eine nonverbale Unterhaltung verstrickt wären, sagte ich: »Bis später dann.« Als ich ein paar Schritte weg war, atmete ich tief durch. Ich verstand, warum er das gemacht hatte. Mit den Fotos. Auch wenn wir vorher nur platonisch befreundet gewesen waren, waren wir doch irgendwie ein Paar gewesen. Und es war auch für mich sehr verletzend, ihn mit jemand anderem so vertraulich zu sehen. Wie schlimm musste es dann erst für ihn gewesen sein! Kein Wunder, dass er ausgeflippt war. Wäre ich an seiner Stelle vermutlich auch.

»Hey, Vorsicht«, rief ein griesgrämiger Hobbit, den ich als Nora identifizierte.

»Sorry«, sagte ich. »Hab dich nicht gesehen.«

Ich stolperte weiter durch den Raum und traf neben dem Tisch mit dem Büfett meinen Mathelehrer Heiner Nowak, der als Quasimodo verkleidet war. Er war in Begleitung von Esmeralda und ich musste zweimal hinschauen, um zu erkennen, dass in dem feuerroten Kleid und der schwarzen Perücke unsere unscheinbare Englischlehrerin Frau Hanemann steckte.

»Ach, Herr Nowak! Ist das eine gaußsche Krümmung oder eine mittlere Krümmung?«, scherzte ich angesichts seines enormen Buckels.

»Heute wird nicht gerechnet, liebe Natascha«, sagte Heiner Nowak. »Heute wird sich amüsiert.«

»Ich wüsste nicht, wieso das eine das andere ausschließen sollte.«

Er lachte. »Immerhin eine meiner Schülerinnen, die bei Mathe nicht gleich davonläuft.«

»Sie sehen aber toll aus«, sagte ich zu Frau Hanemann, die bei meinem Kompliment fast die gleiche Farbe wie ihr Kleid annahm. »Rot sollten Sie öfter tragen.«

Herr Nowak legte liebevoll den Arm um sie. Was für ein schönes Paar! Ich würde für sie stimmen, beschloss ich und ging zur Wahlurne. Sie bestand aus einer großen Holzkiste, die in der Nähe der Treppe zu den Toiletten aufgebaut war und von unserem Hausmeister Herrn Schmitz bewacht wurde. Er hatte ein Jeanshemd an und trug eine schwarze Wollmütze. Unter seinem Ärmel zeichnete sich am Oberarm eine Schachtel Zigaretten ab. Ich überlegte einen Moment und beschloss, einen Versuch zu machen. »Ah, McMurphy«, sagte ich. »Und wie ist das Leben in der Anstalt heute?«

»Ha«, brummte er zufrieden. »Endlich mal einer von den jungen Leuten, die Ahnung haben.« Justus hatte mich vor einiger Zeit überredet, mit ihm *Einer flog über das Kuckucksnest* zu gucken.

»Fragen Sie mich mal!«, sagte ich. »Meine Miss Marple erkennt auch keine von meinen Mitschülerinnen.«

»Bah«, machte er. »Was lernen die hier eigentlich, frage ich mich.« Er gab mir einen Notizzettel und einen Stift und ich legte den Zettel auf die Kiste, um meine Wahl aufzuschreiben. Da sah ich aus dem Augenwinkel eine grünlich glänzende Figur auf mich zuwackeln. Es war Kim.

»Huhu Herr Schmitz! Hi Natascha. Da wollen wir doch mal abstimmen«, säuselte sie und holte einen Briefumschlag aus ihrer silbern glitzernden Handtasche. Herr Schmitz wusste gar nicht, wo er zuerst hingucken sollte, auf den Algen-BH, den nackten Bauch oder die runden Hüften unter dem Latexrock.

»Sie hätten sich aber auch ruhig verkleiden können, Herr Schmitz«, tadelte Kim und schob ihren Briefumschlag in den

Schlitz, hielt ihn aber noch fest. Komisch, dachte ich. Warum wirft sie ihn denn nicht rein?

»Ach, guck mal dahinten!«, rief Kim auf einmal und zeigte in die Menge. »Das ist ja ein tolles Kostüm! Da muss ich meine Wahl doch noch mal überdenken.« Sie wackelte ein, zwei Mal mit dem Briefumschlag, zog ihn dann wieder raus, winkte Herrn Schmitz und trippelte davon. Herr Schmitz glotzte ihr paralysiert hinterher. Mmmhh. Wieso hatte sie mit dem Umschlag gewackelt, als ob sie ihn ... hatte ausschütten wollen? Komisch. Vielleicht lag es an meinem Detektiv-Kostüm, vielleicht aber auch an meiner angeborenen Spürnase, dass ich sofort witterte, dass ein Verbrechen in der Luft lag.

30

Da ich sonst nichts weiter zu tun hatte, schlenderte ich scheinbar ziellos durch den Raum. Hänsel und Gretel hingen auf Theaterstühlen und unterhielten sich angeregt, wobei sie es nicht unterlassen konnten, erschreckend vertraut auszusehen. Wie gut, dass ich mir diesen Anblick ersparen konnte, indem ich heimlich Kim beobachtete, die sich mit ihrem Mischa an einen Stehtisch zurückgezogen hatte, wo sie tuschelten und sie in ihrer Handtasche rumfummelte. Verstohlen holte sie irgendwas raus, Michail drängte sich näher neben sie, um ihr Deckung zu geben. Ha! Ihr Einsatz, Miss Marple!

Ich tippte Michail auf die Schulter. »Hey, dein Ferrari wird gerade abgeschleppt«, sagte ich. Er drehte sich erschrocken um und wirbelte seine langen weißen Haare herum, die mir ins Gesicht wehten. »Was?«, fragte er panisch.

»War nur ein Scherz«, beruhigte ich ihn und klaubte eines seiner künstlichen weißen Haare aus meinem Mund. »Was macht ihr da?«

»Pssst«, machte Kim. »Nicht verraten.« Sie hatte zwei kleine Wodkaflaschen in der Hand, mit denen sie den Punsch etwas aufpeppte. »Möchtest du auch was?« Sie klopfte gegen ihre Handtasche, in der es verdächtig klirrte.

»Oh no! Das Stärkste, was ich zu mir nehme, ist ein schöner Earl Grey«, näselte ich vornehm.

»Selbst schuld«, kicherte Kim und nippte an ihrem Punsch. Ich ging mir ein Wasser holen und ließ dann scheinbar unbeteiligt den Blick schweifen, während ich aber aus dem Augenwinkel die ganze Zeit Kim beobachtete. Sie hatte ihren Drink schon weg und war wieder mit ihrer Tasche zugange.

Sie nickte Michail zu, dann trippelte sie erneut zur Wahlurne, den Brief fest umklammert. Sie baute sich vor Herrn Schmitz auf und wackelte hin und her, sodass der arme Mann ganz verwirrt war. Dabei wiederholte sie das Spiel mit dem Briefumschlag. Festhalten, schütteln, rausholen, so tun, als ob man es sich noch mal überlegt hatte. Es war eindeutig! Sie hatte sich einen trojanischen Briefumschlag gebastelt, in dem jede Menge gefakter Stimmzettel steckten, die sie so in die Urne beförderte.

»Und?«, fragte ich sie, als sie wiederkam. »Wie viele Stimmzettel hast du diesmal reingeschmissen?«

Sie wurde nicht mal rot. »Noch keinen«, sagte sie hölzern. »Ich habe meine Meinung noch mal geändert.«

»Nee, ist klar«, sagte ich. »Lass mich doch mal den Briefumschlag sehen!«

»Spinnst du? Das ist eine geheime Wahl.« Und damit wollte sie abrauschen, aber sie stolperte über ihre Flossen und kam ins Straucheln, und wenn ich sie nicht aufgefangen hätte, hätte sie glatt einen Bauchplatscher gemacht, weil sie ihre Handtasche festklammerte, als hinge ihr Leben davon ab. Sie konnte sich selbst gar nicht in die Senkrechte befördern.

»Na los«, forderte sie. »Hilf mir hoch!«

Ich versuchte einen Hypnosetrick und starrte sie einfach nur an.

»Meine Güte, siehst du scheiße aus mit deinem Doppelkinn«, sagte sie dann. »Also gut. Ich habe ein bisschen manipuliert.«

Ich richtete sie auf und stellte sie wieder auf ihre Flossen.

»Aber du wirst mich doch nicht verraten, oder? Ich bin sicher, dass Jennifer, diese blöde Zicke, auch pfuscht.«

»Was soll ich machen?«, fragte Jennifer, die plötzlich hinter uns auftauchte. Kim überlegte nur eine Sekunde, dann gab sie schnippisch zurück: »Du solltest auf deinen Begleiter aufpassen. Der Betty-Boop-Koloss hat ihn sich gerade gekrallt! Wer weiß, vielleicht macht sie ihm ein besseres Angebot als du.«

»Oh«, schnaubte Jennifer wütend. Sie war hin- und hergerissen, ob sie erst Kim abfertigen oder zu Tobias eilen sollte, der sich von der schwankenden Beate Friedrichs zutexten ließ. Die Korsage unserer Kunstlehrerin war bedenklich heruntergerutscht und es sah so aus, als ob ihre Brüste gleich ins Freie hüpfen würden. Auf Eragon schien der Anblick der wogenden Weiblichkeit allerdings wenig abstoßend zu wirken. Im Gegenteil, es sah so aus, als ob er gleich seinen Kopf auf ihrem Dekolleté ablegen wollte. Höchste Alarmstufe, würde ich mal sagen. Das erkannte auch Jennifer und schoss auf die beiden zu. Ich konnte nicht anders, als hinterherzuschlendern. Die Szene zog mich magisch an. Ich war nicht die Einzige. Kim folgte mir ebenfalls und auch Beatrix und Solveig, die im Partnerlook als eine Art weibliche Zorros verkleidet waren.

Jennifer giftete: »Tobias! Lass uns gehen.« Tobias wollte aufstehen, aber da krallte sich Beate Friedrichs mit ihren blutrot lackierten Fingernägeln an der Rüstung von Eragon fest.

»Nichts da«, lallte sie. »Dieses Sahneschnittchen gehört jetzt mir. Nicht wahr, Conan, du Barbar?« Kim schien nicht die Einzige zu sein, die sich einen geheimen Alkoholvorrat mitgenommen hatte.

»Was fällt Ihnen …«, fing Jennifer an, aber die Friedrichs zischte nur: »Ach, sei still. Wenn ihr mir *meinen* Mann wegnehmen könnt, dann kann ich euch auch *eure* wegnehmen!«

Jennifer, Tobias, Kim, Solveig und Beatrix stutzten. Nur ich wusste, was das zu bedeuten hatte. Und ich war der Meinung, dass das auch so bleiben sollte.

»Lassen Sie ihn los!«, sagte Jennifer patzig.

»Nichts da«, sagte Beate Friedrichs. »Ihr kleinen Schlampen habt dafür gesorgt, dass ...« Ich stolperte und dabei schwappte mein Kirschpunsch auf Betty Boop.

»Hey«, kreischte sie. Dann erblickte sie mich. »Pass doch auf. Natascha.« Sie zischte meinen Namen und kleine Spucketröpfchen wehten mir entgegen. »Misch dich nicht schon wieder in alles ein. Du mit deiner neugierigen Nase ...« Sie glotzte verwirrt auf mein Doppelkinn. »Du hast alles kaputt gemacht!«

»Ich würde mal sagen, Sie sollten jetzt dringend nach Hause gehen. Sie sind betrunken«, sagte ich scharf.

»Ach nein«, sagte Eragon. »Wo es doch gerade gemütlich wird.«

Jennifer knuffte ihn in die Seite. »Und was meinst du damit, Betty, dass sie alles kaputt gemacht hat?« Er zeigte auf mich.

»Ach die«, lallte Beate Friedrichs. »Die schnüffelt immer überall rum ...« Ich warf ihr einen von Miss Marples Keine-Widerrede-Blicke zu und Beate Friedrichs verzog ihren Mund.

»Komm, Conan, wir suchen uns jetzt ein ruhiges Plätzchen ohne diese aufdringliche Brut hier.« Sie wollte ihn an sich ziehen. Aber Jennifer zerrte an seiner anderer Seite und schrie: »Tobias, wenn du nicht augenblicklich mitkommst, dann ist Schluss mit uns!«

Er zuckte entschuldigend mit den Schultern. »Okay.«

»Das ist doch nicht dein Ernst. Wegen der alten Schabr...«, fing Jennifer an, aber der Rest blieb ihr im Hals stecken, vielleicht weil ihr doch gerade noch eingefallen war, dass sie von unserer Lehrerin sprach. Die strahlte über beide Hamsterbacken. Kim kicherte und sagte: »Arme Jennifer, sieh es positiv. Als Single brauchst du nicht so traurig sein, wenn du den ersten Preis nicht gewinnst.«

Tobias alias Eragon alias Conan der Barbar hakte sich bei Betty Boop unter, die über ihren plötzlichen Triumph in Lachen ausbrach, da machte es plötzlich Ratsch! und ihre Korsage platzte an der Seite auf. »Ups«, kicherte sie. »Sanitäter, Sanitäter, bitte leisten Sie Erste Hilfe. Ich brauche dringend eine Mund-zu-Mund-Beatmung!«

Ich sah Herrn Nowak und winkte ihn heran. Er bemerkte mit einem Blick, in welch desolatem Zustand sich seine Kollegin befand, und brachte sie weg. Eragon wiegte erschüttert seinen Kopf hin und her. »Hier ist ja was los!«, sagte er. »Unter euch Mädels geht's ja richtig ab, was?«

»Das wirkt nur so«, sagte ich ausweichend und er lachte. »Aber was meinte sie denn damit?«, fragte er neugierig. »Inwiefern hast du alles kaputt gemacht?«

Und dann wusste ich plötzlich, wo ich Tobias schon mal gesehen hatte: vor der Schule. In der Schar der Journalisten, die tagelang die Schule belagert hatten! Er war ein Reporter, der sich hier eingeschlichen hatte! Und der auf dem besten Weg war, alle Zickereien an die Öffentlichkeit zu zerren und vielleicht auch die gesamten Hintergründe des Mordfalls! Natürlich bin ich dafür, dass die Wahrheit ans Tageslicht muss. Aber eine Schmutzkampagne über die Schule in der Zeitung, das war nun wirklich das Letzte, was ich wollte. Extrem suboptimal. Was jetzt? Los, Sander. Lass dir was einfallen. »Komm, wir tanzen«, sagte ich zu Tobias und zog ihn mit mir.

»Jawohl, Mylady«, sagte Tobias, als wir auf der Tanzfläche waren und mein Kissenbauch in seine Rüstung drückte. »Ihr habt mich alle so neugierig gemacht. Was ist denn hier passiert? Hat das was mit dem Mordfall zu tun?«

»Ich habe keine Ahnung«, sagte ich und wirbelte Tobias herum, während ich fieberhaft überlegte, wie ich ihn in Schach halten sollte. Wenn ich ihm sagte, dass ich ihn durchschaut hatte, würde er mich nur auslachen. Wie könnte ich einen Artikel verhindern? Ich musste Zeit gewinnen, um mir einen Plan zu machen. Da fiel mein Blick auf die Behindertentoilette am Ende des Saals. Es wäre wohl kein Problem, wenn ich die mal kurz blockieren würde. Ich bugsierte Tobias in die Richtung.

»Aber du musst doch eine Ahnung haben«, insistierte Tobias. »Und diese Andeutungen, von wegen die Schülerinnen hätten ihr den Mann ausgespannt ... da muss was dran sein.«

Ich blieb stehen. Ließ Tobias los. »Willst du es wirklich wissen?« fragte ich so vertraulich, dass mein Doppelkinn vibrierte.

»Na klar«, sagte Tobias.

»Aber nicht hier«, sagte ich. Ich schnappte mir seine Hand und steuerte die Toiletten an.

»Du Biest!«, kreischte Jennifer und stürzte auf mich zu. »Was machst du da mit ihm?«

»Geh schon mal vor, ich regle das hier«, sagte ich zu Tobias und schob ihn in die Toilette und machte die Tür zu. Jennifer starrte mich mordlüstern an. »Schnell«, flüsterte ich. »Gib mir einen Stuhl!«

»Was?«

»Da, einen von denen. Ich muss die Klinke blockieren, damit er nicht mehr rauskann!« Sie reagierte immer noch nicht, also riskierte ich es und holte schnell einen Stuhl und schob die Lehne so unter die Klinke, dass man sie nicht mehr runterdrücken konnte.

»Wieso sperrst du ihn ein?«, fragte Jennifer verblüfft.

»Los, hol Frau von Cappeln«, rief ich.

»Du hast mir gar nichts zu befehlen!«

»Er ist ein Reporter«, flüsterte ich ihr zu. »Er schreibt einen Bericht. Über die Schule. Über Laura. Über euer verrücktes Rumgezicke hier! Und du hast ihn angeschleppt.«

»Oh«, machte Jennifer.

»Ja, genau. Oh!«

Ihr Gesicht verzog sich und ihr Kinn fing an zu zittern.

»Das ist kein Grund zum Heulen!«, fuhr ich sie an.

»Ist es doch«, schluchzte sie und rannte weinend raus. Na bravo. Also ging ich selbst auf die Suche nach unserer Schulleiterin. Ich brauchte aber gar nicht lange suchen, denn da sah ich sie schon. Auf der Bühne. Mit Mikrofon.

»Guten Abend, liebe Schülerinnen, liebe Ehemaligen, liebe Lehrer und liebe Gäste«, fing sie an. Ich winkte ihr hektisch. Sie schaute belustigt zu mir und sagte: »Keine Sorge, Miss Marple, es wird nicht lange dauern.«

Herrje! Da entdeckte sie gerade jetzt ihre Entertainerqualitäten auf der Bühne, wo ich sie hier unten dringend brauchte. Also drängte ich mich durch die Menge zurück zu den Toiletten. Schon aus der Entfernung sah ich, dass jemand den Stuhl weggestellt hatte. Shit!

Ich stöhnte auf und sah mich um. Frau von Cappeln kam zur Preisverleihung. Auf dem dritten Platz waren Quasimodo und Esmeralda alias Heiner Nowak und Gerda Hanemann. Von Tobias keine Spur. Er musste sich irgendwo in der Menge versteckt haben oder er war schon weg. Doch dann wurde er ausgerufen. Denn Platz zwei belegten tatsächlich Arya und Eragon, Jennifer und Tobias!

»Kommen Sie hoch, Jennifer«, rief Frau von Cappeln. Aber sie tauchte nicht auf.

»Sie ist vielleicht gerade beschäftigt, irgendeine Schlacht in einem fernen Land zu schlagen«, scherzte Frau von Cappeln. »Aber ich hoffe, die frohe Kunde über ihren Gewinn wird sie erreichen.« Und dann verkündete Frau von Cappeln den Gewinner des ersten Platzes. »Und die Reise nach Rom hat gewonnen: Kim Roelofs!« Kim tat ganz überrascht und jubelte und winkte wie eine Königin ins Publikum.

»Das kann nicht wahr sein«, schrie Jennifer auf, die plötzlich am Rand der Bühne aufgetaucht war. »Ich sehe viel besser aus als sie! Kim hat gepfuscht!«

»Na, na, na«, machte Frau von Cappeln. »Wer wird denn da ein schlechter Verlierer sein?«

»Du willst alles an dich reißen, seit Milena weg ist. Und jetzt hast du ... die Wahl manipuliert!«

Kim lachte. »Beweis es mir doch.«

Ich seufzte. Ich wusste zwar, dass das stimmte. Ich könnte es sicher auch beweisen. Aber ich hatte jetzt gerade Wichtigeres zu tun. Denn in dem Moment sah ich Tobias. Er stand lächelnd am Rand und machte sich Notizen.

»Hey«, rief ich und stürzte auf ihn zu. »Ich weiß, dass du Reporter bist!«

Er sah mich. »Ach ja? Und weißt du auch, was ich alles weiß?«, sagte er lachend, winkte mit seinem Notizbuch und war schon auf dem Weg nach draußen. Ich rannte hinter ihm her. Das Kissen fing an zu rutschen, hing mir schon fast auf den Oberschenkeln, deswegen war ich nicht ganz so schnell wie er. Mit Riesensätzen sprang Tobias zur Tür, ich ihm auf den Fersen. »Was ist denn dahinten los?«, hörte ich Frau von Cappeln über den Lautsprecher sagen.

Er flitzte durch die Tür. Hedi schnürte sich gerade die Schuhe, als ich in den Vorraum kam. »Der Typ«, sagte ich und rannte an ihr vorbei durch den Ausgang nach draußen. Tobias flitzte zwischen den parkenden Autos entlang, ich hörte das Oink der Türsicherung, die er mit der Fernbedienung gelöst hatte, dann sprang er in den Wagen, startete den Motor und fuhr an. Tobias schoss regelrecht aus der Parklücke heraus. Und dann passierte etwas sehr Merkwürdiges. Ich sah die Lichter direkt auf mich zurasen. Fühlte mich wie ein Kaninchen auf der Schnellstraße. Konnte mich nicht bewegen. Er würde anhalten. Dachte ich. Aber er hielt nicht an. Er hupte. Und donnerte weiter auf mich zu. Und in dem Moment wusste ich, es war zu spät. Ich konnte nicht mehr ausweichen. Ich schloss die Augen.

31

Ich spürte den Stoß, aber er kam von der Seite. Im Fallen sah ich Hedi im Scheinwerferlicht des Autos. Sie hatte mich weggestoßen. Und wurde jetzt selbst von der Stoßstange erfasst. Die Bremsen quietschten. Aber es war zu spät. Es knallte und Hedi wurde spektakulär über die Motorhaube geschleudert, sie wirbelte herum wie ein Ball und drehte sich weiter und schlug dann hart hinter dem Auto auf dem Asphalt auf, blieb liegen und rührte sich nicht.

»Das wollte ich nicht, das wollte ich nicht«, jammerte der Reporter, als er aus dem Wagen sprang. »Oh Gott, das wollte ich nicht.«

Ich stand langsam auf. Das Kissen war noch zur Seite gerutscht und hatte meinen Fall abgepolstert, genau wie die Perücke und der Glockenhut, die meinen Kopf wie ein weicher Helm geschützt hatten. Ich hatte mir nur das rechte Knie beim Aufprall auf den Boden aufgeschlagen. Die Strumpfhose war zerrissen und Blut rann herunter. Ansonsten war alles in Ordnung. Bei mir zumindest.

»Hedi?«, fragte ich vorsichtig und humpelte zu ihr. »Oh Gott! Hedi!« Gerade als ich mich zu ihr runterbeugen wollte, stützte sie sich auf den Händen auf, hockte sich hin, dann stand sie auf. Klopfte den Dreck von ihrem Anzug.

»Hedi?«, fragte ich wieder. »Ist alles in Ordnung?«

»Alles in Ordnung«, wiederholte sie. Sie hatte eine kleine Schürfwunde an der Wange.

»Ich rufe einen Krankenwagen«, sagte ich.

»Nicht nötig. Mir fehlt nichts.«

»Aber das Auto …«

»Ich sagte doch, mir fehlt nichts«, wiederholte sie sachlich.

»Das wollte ich nicht, ehrlich«, rief der Reporter wieder. Er hielt sich etwas abseits und rauchte hektisch eine Zigarette.

»Das will ich auch hoffen«, sagte ich streng.

»Und jetzt?«, fragte er kleinlaut. Hedi ließ ihre Schultern kreisen, um sich zu vergewissern, dass sie noch funktionierten.

Ich sah sie an. »Dir geht es wirklich gut?«, fragte ich erneut.

Sie nickte. »Aber es würde mich schon interessieren, worum es bei der ganzen Sache ging.«

Endlich mal ein Anzeichen von Neugier! Ich hoffte, das war kein Anzeichen für eine schwere Kopfverletzung. Aber Hedi machte – bis auf diesen völlig untypischen Wissensdurst – einen normalen Eindruck. Mit ungerührtem Gesichtsausdruck hörte sie sich meinen Bericht an. Ich erklärte ihr, was die Verfolgungsjagd zu bedeuten hatte, dann flüsterten wir noch etwa eine Minute, bevor ich zu dem schlotternden Reporter ging, der sich eine weitere Zigarette angezündet hatte.

»Wie heißt du?«, fragte ich ihn.

»Tobias Poschner von den Stadtnachrichten«, sagte er. »Hör mal, das wollte ich nicht, ich dachte …« Er zeigte hilflos auf die Stelle, wo der Unfall passiert war.

»Pass auf, Tobias Poschner. Wir zeigen dich an, wegen Hausfriedensbruch und gefährlichen Eingriffs in den Straßenverkehr und wegen Körperverletzung.«

»Ach du Scheiße«, sagte er und fing an zu schwitzen.

»Es sei denn, du vergisst alles, was du hier und heute gehört hast, und schreibst nichts über diese Schule«, sagte ich eindringlich. »Und du gibst mir dein Notizbuch.«

Er nickte. »Ja«, sagte er, ohne zu zögern, und hielt mir mit zitternden Fingern die schwarze Kladde hin. »Das klingt fair.«

»Was ist denn hier los?«, rief Frau von Cappeln, die auf uns zugeeilt kam. Jennifer folgte ihr und noch ein paar andere standen auch um uns herum, wie ich plötzlich merkte. Das Notizbuch verstaute ich sicher in der Tasche meines schwarzen Miss-Marple-Omakleids.

»Dieser junge Mann hier«, sagte ich. »Ist ein Reporter von den Stadtnachrichten. Er wollte einen Bericht über die Zustände an unserer Schule schreiben.«

»Waaas?«, schrie unsere Direktorin. »Das habe ich aber nicht autorisiert. Und das wird rechtliche …«

»Keine Sorge«, winkte Tobias Poschner müde ab. »Ich schreibe nichts über Ihre Schule.«

»Was? Wieso?«

Der Reporter schaute verlegen auf seine Füße.

»Sagen wir mal so«, sagte ich. »Ich habe ihn überzeugt, dass er es besser bleiben lässt. Und daran wird er sich auch halten, nicht wahr?«

»Auf jeden Fall«, sagte Tobias Poschner. Frau von Cappeln schaute verwundert von einem zu anderen. Dann sagte sie, immer noch verwirrt: »Na, dann muss ich mich wohl bei Ihnen bedanken, Natascha.«

»Danken Sie meiner großartigen Leibwächterin!«, sagte ich und zeigte auf Hedi, die sich ein paar Schritte zurückgezogen hatte.

»Danke«, sagte Frau von Cappeln etwas ratlos in ihre Richtung.

»Ich fahr dann mal«, sagte Tobias Poschner.

»Du blödes Schwein«, rief Jennifer plötzlich. »Du hast mich belogen!«

Poschner zuckte mit den Schultern. »Sorry«, sagte er lahm, stieg in sein Auto und fuhr im Schritttempo vom Schulhof.

»Sie machen sich, Natascha, Sie machen sich«, sagte Frau

von Cappeln. »Es wird noch so weit kommen, dass Sie unentbehrlich werden für die Schule.«

»Darauf würde ich mich nicht verlassen«, sagte ich lächelnd.

Sie tätschelte meinen Arm und ging wieder rein. Während ich Hedi zu unserem Auto folgte, konnte ich mir die Frage nicht länger verkneifen: »Wie hast du das bloß gemacht? Da eben ... mit dem Auto.«

Und Hedi antwortete in ihrer typisch ungerührten Art: »Das lernt man auf der Stunt-Schule.«

Ich blieb verblüfft stehen. »Du bist *Stuntfrau?«*, fragte ich fassungslos. »So richtig mit fallen und springen und durchs Feuer laufen?«

Sie nickte. »War ich. Jetzt bin ich zu alt.«

»Das sah aber eben überhaupt nicht so aus«, sagte ich. Plötzlich zitterten mir wieder die Knie. »Du hast mir das Leben gerettet«, sagte ich. »Danke.«

»Dafür bin ich ja da«, sagte sie und hielt mir die Tür auf.

»Und du warst echt *Stuntfrau?«*, fragte ich noch mal und starrte Hedi an, diese dröge Person mit ihrer unscheinbaren Erscheinung. Sie zuckte mit den Schultern.

»Was hast du denn für Filme gemacht?«, fragte ich.

»Alarm für Cobra 11, Tatort, ein paar Kinofilme«, zählte sie auf. »Spezialisiert auf Autostunts.«

»Und deswegen kannst du fast ohne Kratzer von einem Auto angefahren werden«, erkannte ich. Und rasen wie eine Bekloppte und trotzdem total sicher fahren, fügte ich in Gedanken hinzu. »Und warum hast du aufgehört?«

»Hatte einen Unfall.« Sie zögerte. Dann fügte sie leise hinzu: »Jemand hat einen Fehler bei der Vorbereitung gemacht.«

»Autounfall?«, fragte ich knapp.

»Brennendes Auto«, sagte sie und bekam völlig überraschend einen Laberflash. »Jemand hat die Brandpaste, mit der ich präpariert wurde, verwechselt und dann ... dann wurde es ein bisschen sehr heiß.« Sie bewegte unwillkürlich die Schulter, wie ich es schon öfter gesehen hatte.

»Und der Geruch von Lösungsmitteln erinnert dich daran?«, fragte ich, denn mir fiel wieder ein, dass sie nicht in die Surfer-Garage hatte gehen wollen.

»Ja«, sagte sie. Und fügte leise hinzu: »Dabei will ich da wirklich nicht mehr dran denken.«

»Das verstehe ich«, murmelte ich, plötzlich müde. »Den Tag heute würde ich auch gerne vergessen.« Erst Dimitri, dann Justus und Christina und zu guter Letzt der Reporter, der mich fast mit dem Auto erwischt hätte. Ich erhaschte ihren Blick im Rückspiegel, der mich irritierte. »Was ist?«, fragte ich.

»Ja, das kannst du tun«, sagte sie. »Sobald ich meinen Bericht abgeliefert habe.«

»Bericht? An meinen Vater?« Ich stöhnte auf. Das hatte mir gerade noch gefehlt.

32

Doch beim Frühstück am nächsten Morgen war mein Vater ganz gelassen. Er belegte sich sein Brötchen wie immer mit Rosmarinschinken, trank seinen Kaffee wie immer dampfend heiß und kommentierte wie immer die Meldungen in der Sonntagszeitung wechselweise mit einem Schnauben oder einem Schmunzeln. Dass er sich so völlig normal benahm, machte mich nervös. Das hieß nämlich noch lange nicht, dass er nicht gleich mit einer beknackten Ansage um die Ecke kommen würde wie: Du hast Hausarrest, weil du dich leichtsinnigerweise fast hast über den Haufen fahren lassen. Oder: Es muss endlich Schluss sein mit dem Detektivspielen, ab jetzt übst du jeden Tag Lochstickerei und Querflöte ...

»Was ist los, Püppchen?«, fragte mein Vater plötzlich, ohne den Blick von der Sportseite zu nehmen. »Hast du irgendwas auf dem Herzen?«

»Ich?«, fragte ich und verschluckte mich fast an meinem Milchkaffee. Ich seufzte. Mir blieb nichts anderes übrig. »Aber habt ihr schon von dem Vorfall gestern gehört?«

»Beim Schulball?«, fragte meine Mutter. »Ja, Hedi hat heute Morgen ihren Bericht abgeliefert.«

Mein Vater legte die Zeitung zur Seite. Jetzt kam es also. Aber wie heißt es immer so schön: Angriff ist die beste Verteidigung. Ich nickte eifrig. »Ja, da ging es ganz schön zur Sache, weil sich da dieser Reporter eingeschlichen hatte.« Meine Eltern blieben stumm und ich plapperte weiter mit dem dumpfen Gefühl, dass es besser wäre, wenn sie auch meine Version der Geschichte hören würden, wenn Hedi sie schon mit allen blutigen Details versorgt hatte: »Und der wollte dann einen Artikel schreiben und alle Hintergründe aufdecken, und das konnte ich ja nicht zulassen, und dann ist er weggerannt und ich hinterher und ...«

»Bastian!«, rief meine Mutter und sprang überrascht auf. Tatsächlich: Da stand mein Bruder in der Tür.

»... Hedi hinter mir her und ...«, sagte ich noch, aber keiner achtete mehr auf mich. Meine Mutter eilte auf ihn zu. »Da bist du ja endlich wieder!« Sie umarmte ihn, was er mehr oder weniger über sich ergehen ließ. Mein Vater stand ebenfalls auf. Sein Gesicht war weniger erleichtert als vielmehr streng. »Hallo Bastian«, sagte er und drückte ihn kurz und fest und klopfte ihm dabei auf den Rücken.

»Hi«, sagte er. »Hallo Natascha.«

»Wo warst du denn so lange?«, fragte meine Mutter. »Möchtest du Tee? Oder Kaffee? Setz dich doch und iss was.« Sie rannte hinaus, um frisches Geschirr zu holen. Bastian ließ sich erschöpft auf einen Stuhl fallen.

»Du siehst nicht gerade aus, als kämst du aus dem Urlaub«, sagte mein Vater und betrachtete sein blasses Gesicht mit den dunklen Ringen unter den Augen. »Wo warst du denn?«

»Erst war ich in Spanien, dann bei einem Kumpel in der Stadt«, sagte er und warf mir einen flackernden Blick zu. »Hab gebüffelt.«

»So, so«, sagte mein Vater. »Aber Bastian, du kannst nicht einfach verschwinden. Du hast deiner Mutter und mir einen gehörigen Schreck eingejagt.«

Meine Mutter stellte einen sauberen Teller und eine Tasse vor ihm ab und schenkte ihm Kaffee ein.

»Ist noch Rührei da?«, fragte er.

»Ich mach dir welches«, antwortete meine Mutter sofort.

»Das wird Konsequenzen haben«, sagte mein Vater nachdrücklich. »Du musst jetzt anfangen, Verantwortung zu übernehmen.«

Bastian wich dem Blick meines Vaters aus und schmierte sich ein Brötchen. Er sah verändert aus, schmal, hohlwangig. Er wirkte gar nicht wie das kraftstrotzende Energiebündel, das er sonst immer war. Die Geschehnisse hatten ihn offensichtlich ziemlich mitgenommen. Meine Mutter kam mit einer Schüssel voll dampfendem Rührei herein.

»So, da ist es. Lass es dir schmecken.« Sie streichelte seine Schulter und strahlte richtig. Wir beobachteten, wie Bastian sich das Rührei reinschaufelte und den Kaffee hinunterstürzte. Dann sagte er: »Ich geh hoch.«

»Aber willst du nicht erst mal erzählen?«, fragte meine Mutter.

»Es gibt nichts zu erzählen«, brummte er und schon war er verschwunden. Meine Mutter schaute ihm total verdattert hinterher, mein Vater schüttelte konsterniert den Kopf.

»Er muss sich sicher nur etwas erholen«, sagte ich.

»Erholen? Von was denn? Vom Urlaub?«, grummelte mein Vater.

»Hauptsache, er ist wieder da«, sagte meine Mutter. »Endlich.«

Mein Vater streichelte ihre Hand. »Das stimmt, Antje.« Dann wandte er sich an mich. »Natascha. Ich habe dir was versprochen: Wenn Basti wieder auftaucht, werden wir deinen Bodyguard entlassen.«

»Oh«, sagte ich. »Ach so. Stimmt.« Anscheinend hatte Hedi in ihrem Bericht doch ein paar Details geschönt. Sonst hätte er das nie gesagt. Sehr erstaunlich. Dann fiel mir was ein. »Heute schon?«, fragte ich erstaunt.

»Wenn du willst, auch heute.«

»Ich überlege es mir«, sagte ich und ignorierte den überraschten Blick meines Vaters. Aber ich hatte nicht vor, ihm jetzt zu beichten, dass ich in Hedis Schuld stand. Das würde ich jetzt erst mal mit ihr klären – von Frau zu Frau. Ich ging zum Aufenthaltsraum. Kaum kam ich in die Eingangshalle, schoss Hedi aus der Tür heraus. »Brauchen Sie mich?«

»Ich muss mit dir reden.« Ich ging mit ihr in den Aufenthaltsraum zurück. »Was hast du meinen Eltern von gestern erzählt?«

»Nur die Wahrheit«, sagte sie. »Dass Sie die Schule vor einem Klatschreporter gerettet haben.«

»Und? Was hat mein Vater dazu gesagt?«

»Er hat gesagt, dass es besser wäre, wenn wir Sie dafür nicht zu sehr loben, damit Sie nicht auf die Idee kommen, sich weiter immer in alles reinzumischen.«

»Oh. Und zu der Sache mit dem Auto?«

Sie schaute mich ausdruckslos an und blieb stumm. Ich nickte ihr zu. Mehr brauchte darüber nicht mehr gesagt werden. Einfach mal die Klappe halten konnte tatsächlich auch Vorteile haben. Musste ich mir dringend merken! »Pass auf, Hedi«, sagte ich etwas zerknirscht. »Mein Bruder ist wieder da. Und der Deal mit meinem Vater war, dass ich nur so lange einen Bodyguard bekomme, wie er weg ist.« Ich machte eine kurze Pause. »Aber ich möchte nur, dass du gehst, wenn dir das auch recht ist.«

»Ja. Ist mir recht.«

»Einfach so?«

Sie nickte.

»Ich werde dafür sorgen, dass du von meinem Vater das beste Zeugnis bekommst, was man sich vorstellen kann. Und natürlich bezahlt er dich weiter bis ...«

»Ende Januar«, schlug sie vor.

»Also dann«, sagte ich und betrachtete einen Moment meine schweigsame Leibwächterin, ihre braune Kurzhaarfrisur und die ernsten blauen Augen. Sie streckte mir ihre Hand hin. Aber ich ignorierte das und umarmte sie. Sie machte sich wieder steif, allerdings tätschelte sie mir diesmal kurz die Schulter. Aber es war so kurz und schwach, dass es auch ein Windzug gewesen sein könnte.

Dann ging ich zu Bastis Zimmer. Ich klopfte an, aber er antwortete nicht. Also öffnete ich einfach die Tür. Er lag mit Kopfhörer auf dem Bett und dröhnte sich mit Musik zu. Als er mich sah, zog er den Hörer ab.

»Hätte nicht gedacht, dass du tatsächlich auftauchst«, sagte ich und es hatte eigentlich freundlicher klingen sollen. Aber schätzungsweise war ich einfach noch ein bisschen stinkig auf ihn.

»Musste ich ja wohl«, sagte er düster.

Ich ließ mich auf seinen Schreibtischstuhl fallen. »Mann, Basti. Du musst mir ja nicht auf Knien danken, weil ich die Sache mit der Russenmafia geklärt habe, aber ein bisschen netter könntest du zu Mama und Paps schon sein.«

Er starrte stumm vor sich hin. Ich legte den Kopf auf die Lehne und drehte mich ein paar Mal um mich selbst. »Ich habe übrigens letztens deinen Kumpel Michi getroffen«, sagte ich, als ich wieder angehalten hatte. »Der wollte wissen, ob du noch was *davon* hast. Was hat er gemeint? Hat das irgendwas mit der Tasche mit den Medikamenten zu tun?«

»Boah, du bist echt so nervig geworden«, fuhr Bastian mich an. »Ich habe ihm *eine* Pille gegeben, okay? Er war voll im Arsch wegen seinen Prüfungen und hat sich echt fast in die Hose gemacht. Und da habe ich ihm eine gegen Prüfungsangst gegeben.«

»Was?«, rief ich. »Du hast mit dem Zeug gedealt?«

»Es war nur die eine. Oder zwei. Mehr nicht.«

Ich konnte es nicht fassen. »Bist du dir da ganz sicher? Denn wenn Dimitri nicht seine ganze Lieferung bekommen hat, dann ist er vielleicht ein kleines bisschen sauer und dann haben wir ihn wieder an der Backe!«

»Nein«, brummte Bastian. »Es war nur diese eine Ausnahme.«

»Du bist echt unmöglich, weißt du das? Was ist nur mit dir los?«, schrie ich. Aber Bastian zog sich seinen Kopfhörer wieder auf und signalisierte mir damit, dass die Unterhaltung zu Ende war.

Idiot. Ich ging in mein Zimmer und rief Enzo an. Er war gerade auf dem Weg nach Hause. Ich sagte ihm, dass Bastian sich doch an dem Medikamentenvorrat bedient hatte. »Er schwört, dass es nur eine oder zwei Pillen waren«, sagte ich.

»Okay«, sagte Enzo. »Ich fahre gleich ins Boxgym und versuche rauszufinden, was los ist. Wenn wir Glück haben, dann ist es vorbei.«

»Pass auf dich auf, okay?«

»Na klar.«

Dann verabredeten wir uns für später – mein erster Ausflug ohne Begleitung eines Aufpassers. Und ich war tatsächlich aufgeregt! Ich überlegte gerade, wie ich mir solange die Zeit vertreiben sollte, da klingelte mein Handy. Die Nummer kannte ich schon. Es war Becky.

»Hi Becky, was gibt's?«

»Du musst kommen«, sagte sie ohne Umschweife.

»Was ist es denn diesmal?«, fragte ich. »Hat Silvy dich etwa belästigt?«

»Nein, die traut sich doch hier nicht rein. Zum Glück. Aber es geht um sie. Und du wirst nicht glauben, was sie gemacht hat.«

»Was denn?«

»Komm her, dann erfährst du es.« Zack, wieder aufgelegt. Aber sie hatte mich neugierig gemacht – und ich hatte Zeit. Die sollte wirklich mal einen Benimmkurs ablegen. Ich nahm mal wieder meinen Elektroroller. Erst fühlte es sich merkwürdig an, so ganz alleine aus dem Haus zu gehen. Aber dann atmete ich tief ein! Nur ich! Was für ein ungewohntes Gefühl von Freiheit!

Doch gerade als ich zum Tor hinausfahren wollte, hielt ein roter Renault vor unserer Einfahrt und blockierte den Weg. Der Typ auf dem Beifahrersitz hatte eine Lederjacke an und sah überhaupt nicht freundlich aus. Meine Panik wurde in Sekundenbruchteilen reaktiviert. Die Russenmafia! Ich wollte schnell wenden, da stieg Söderberg auf der Fahrerseite aus dem Auto. »Emma Peel?«, fragte er. Ich blieb stehen. Klappte mein Visier auf.

»Tach, Herr Kommissar, was gibt's?« Meine Stimme klang dumpf in dem Helm. Söderberg knallte seine Autotür zu, zog seine Hose hoch und schlenderte um das Auto herum zu mir. Ich hatte den Motor abgestellt und überlegte fieberhaft, warum er hier war. Er machte ein ziemlich sauertöpfisches Gesicht. Genau wie sein Begleiter, ein langer dünner Schlaks mit krausem Haar und einer enormen Nase. Ich ahnte schon, dass es sich eher nicht um einen Höflichkeitsbesuch handelte. Ich zog meinen Helm ab und bemühte mich um eine unverdächtige Miene. »Haben Sie doch herausgefunden, dass dieser junge Mann ermordet wurde, oder was?«, fragte ich, weil sonst ja keiner was sagte. »Und kommen Sie jetzt endlich auf die Idee, das Beweisstück einzufordern? Das wird aber auch Zeit, würde ich mal ...«

»Welches Beweisstück?«, unterbrach er.

»Äh, die Flasche.«

»Was für eine Flasche?«

»Die Wasserflasche aus Philipps Auto mit dem Rest Gift drin.«

Söderberg trat noch einen Schritt an mich heran und stand jetzt für meinen Geschmack viel zu nah bei mir. Da ich aber auf meinem Motorroller hockte, konnte ich ihm nicht ausweichen.

»Sie haben also Beweisstücke entwendet?«, fragte er und sein nikotingeschwängerter Atem wehte mir in die Nase.

»Nur, weil sich ja sonst niemand drum gekümmert hat!«, rief ich. »Ich war ja mal wieder die Einzige, die überhaupt mitgedacht hat und ...«

»So und jetzt sagen Sie mir mal endlich, was Sie mit dem ganzen Fall zu tun haben.«

»Das wissen Sie doch«, antwortete ich verdutzt. »Ich habe Philipps Leiche gefunden.«

Er beugte sich noch etwas näher und gewährte mir einen viel zu guten Blick auf seine graue Haut, bei der jede Pore teergesättigt zu sein schien. Huaaah. Gruselig.

»Und warum waren Sie dann am Dienstag, den 4. Dezember, im Restaurant Karthago und haben dort nach der Freundin des Toten gefragt und dann zwei Tage später die Familie Boussaidi aufgesucht und sich dort als Philipps Schwester ausgegeben?«

»Oh«, sagte ich. »Das wissen Sie?«

»Ja, das weiß ich. Und das von der Burka weiß ich auch. Das ist ja schon fast kriminell!«

»Jetzt machen Sie aber mal einen Punkt! Ich weiß überhaupt nicht, wieso Sie das was angehen sollte«, sagte ich. »Sie sind doch von der Mordkommission. Was interessiert Sie dann, wo ich wann ins Restaurant gehe und was ich für Klamotten anziehe?«

Söderberg stöhnte und massierte sich die Nasenwurzel. »Also, Emma Peel. Mein Kollege Fischer hier bearbeitet die Vermisstenanzeige, die die Familie Boussaidi aufgegeben hat, nachdem sie von dem Tod des Freundes ihrer Tochter erfahren haben. Und ich habe zufällig mitbekommen, dass Sie schon wieder ihre Finger im Spiel haben. Und weil ich weiß, was für einen Ärger Sie machen können, habe ich meinem Kollegen angeboten, ihn zu begleiten. An meinem freien Tag.«

»Sie sind auf einmal ziemlich neugierig«, stellte ich fest.

»Tja, das ist dann wohl eine Berufskrankheit. Also hätten Sie die Liebenswürdigkeit, uns jetzt endlich alles zu erzählen?«

»Das ist ja schön, dass die Polizei der Sache so auf den Grund geht. Beim letzten Mal hatte ich nämlich nicht das Gefühl, dass Sie wirklich alles ganz genau wissen wollen und ...«

»Kommen Sie zur Sache«, sagte Söderberg rau.

»Ja gut. Also, dann sage ich Ihnen wohl am besten mal die Wahrheit.«

»Das wäre herzallerliebst.«

»Sie brauchen nicht sarkastisch zu werden, Herr Söderberg, ich kenne meine Pflichten als ...«

»Die Wahrheit. Von Anfang an. *JETZT!*«

Und dann erzählte ich endlich die ganze Geschichte. »Mein Bruder hat Philipp die Freundin ausgespannt. Und weil Philipp so ein ganz fieser Typ war, Entschuldigung, dass ich das jetzt mal sagen muss, das macht man ja eigentlich nicht, wenn einer tot ist, hatten mein Bruder und Aziza Angst vor ihm und sind abgehauen. Bastian hat uns aber nicht verraten, wo er hin ist. Und weil meine Mama sich solche Sorgen gemacht hat, habe ich meinen Bruder gesucht. Ich habe rausgefunden, dass er mit Aziza zusammen ist, und bin zu ihr nach Hause gefahren. Und weil ihre Eltern nicht wussten, dass sie mittlerweile einen neuen Freund hatte, haben sie gedacht, ich sei Philipps Schwester. Und das mit der Burka war nur eine Vorsichtsmaßnahme gewesen, falls es eher fundamentalistische Muslime gewesen wären, die mit einem deutschen Freund nicht einverstanden gewesen wären.«

Söderberg kniff die Augen zusammen. »Das ist alles?«

Ich nickte. Ich fand, dass das mit dem Medikamentenhandel in dem Fall keine Rolle spielte.

»Und wo steckt Ihr Bruder?«, fragte Söderberg leiernd.

»Die beiden waren in Spanien«, sagte ich.

»Waren?«

Ich nickte.

»Also sind sie jetzt nicht mehr in Spanien?«

Ich schüttelte den Kopf.

»Und wo ist Aziza jetzt?«, meldete sich der dünne Kollege zu Wort. Ich überlegte. Durfte ich es jetzt sagen oder nicht? Ich meine, ich hatte Nicole mein Wort gegeben. Und wenn ich mein Wort gegeben habe, dass ich nichts verrate, dann verrate ich auch nichts. Aber mir kam eine Idee. »Wie wäre es, wenn Sie meinen Bruder zu der ganzen Sache befragen?«

»Das wäre natürlich extrem entzückend«, sagte Söderberg und verzog sein Gesicht zu einem angestrengten Grinsen.

»Ich rufe ihn an und sage ihm, dass er runterkommen soll«, sagte ich und kramte nach meinem Handy. »Damit meine Mutter sich keine Sorgen macht.« Söderberg nickte gnädig und ging mit dem Kollegen Fischer ein paar Schritte abseits, um zu rauchen.

»Hey Basti«, sagte ich so harmlos wie möglich, als er abgenommen hatte. »Komm mal runter zum Tor. Hier sind zwei Herren von der Polizei, die Aziza suchen. Sie würden gerne wissen, wo sie ist.«

»Scheiße«, sagte er hektisch. »Was wollen die denn sonst noch von mir?«

»Geht ganz schnell«, sagte ich zu Basti, legte dann die Hand auf das Mikrofon und sagte zu den Polizisten. »Er lernt gerade für eine Prüfung.« Dann wieder zu Basti: »Die Familie von Aziza hat eine Vermisstenanzeige aufgegeben. Und wenn du heute nicht aufgetaucht wärst, dann hätten wir das wohl auch gemacht, hahahaha.« Ich lachte laut, um den Polizisten zu zeigen, wie harmlos alles war. Denn natürlich hatte ich immer noch nicht vor, die Sache mit der

Tasche und der Russenmafia zu erwähnen, jetzt, wo alles überstanden war. Da wäre ich ja schön blöd gewesen, der Russenmafia einen neuen Grund zu liefern, sauer auf mich und Basti zu sein.

»Hast du ihnen von der Tasche erzählt?«, fragte Basti panisch.

»Nein. Wie gesagt, sie wollen nur wissen, wo Aziza steckt.« Ich merkte, wie er zögerte. »Also komm jetzt, sonst kommen wir rein.« Die Drohung wirkte. Einige Minuten später kam er. Ich hatte schon Sorge, dass er sich vor lauter Stress wieder mit irgendwas zugedröhnt hatte. Zu meiner großen Erleichterung war er aber ganz normal, als er die gepflasterte Einfahrt herunterspazierte. Ich stellte ihm die beiden Herren vor.

»Sie sind also in Wirklichkeit der Freund von Aziza«, stellte Kommissar Fischer fest.

»Gewesen«, sagte Basti. »Sie hat mit mir Schluss gemacht.« Die beiden Polizisten warfen sich wieder einen bedeutungsvollen Blick zu. Klare Sache. Wenn ich Polizist wäre, würde ich das Gleiche denken. Nämlich dass enttäuschte Liebe ein glasklares Motiv für einen Mord ist.

»Und wo ist sie jetzt?«, fragte Söderberg und die Spannung färbte seine Stimme noch dunkler. Dabei betrachtete er Bastian eingehend, als ob er abschätzen könnte, ob er einen Mörder vor sich hatte oder nicht.

Bastian seufzte. »Sie ist im Krankenhaus Am Berg. Da hat sie einen Entzug gemacht. Sie ist medikamentenabhängig.«

»Danke, das werden wir nachprüfen«, sagte Fischer. »Wenn wir weitere Fragen haben, werden wir uns an Sie wenden.« Söderberg musterte meinen Bruder noch einen Moment, dann drehte er plötzlich ab. Natürlich hielt er es nicht für nötig, sich zu bedanken. Die beiden Polizisten stiegen in ihr Auto und brausten davon.

»Es ist überstanden«, sagte ich zu Bastian.

»Hoffentlich«, sagte er. »Was ich wegen dieser Frau durchgemacht habe ... so eine verdammte Scheiße.«

Ich legte ihm aufmunternd eine Hand auf seinen Arm. »Immerhin hast du ihr geholfen, von den Medikamenten wegzukommen. Wenigstens etwas, worauf du stolz sein kannst.«

Er warf mir einen scharfen Blick zu und es schien so, als ob er widersprechen wollte. Ließ es dann aber bleiben. Er schlurfte zurück ins Haus. Ich setzte meinen Helm auf und tuckerte langsam Richtung Krankenhaus.

33

Das Auto des Kommissars stand auf dem Parkplatz, doch zum Glück traf ich ihn nicht auf dem Weg in Beckys Zimmer.

»Da sind Sie ja«, begrüßte mich Martina Terbrüggen. »Becky wartet schon sehnsuchtsvoll auf Sie. Nicht wahr, Becky?«

Becky starrte eingeschnappt vor sich hin und würdigte die Bemerkung ihrer Mutter mit keiner Reaktion. Die zog die Stirn kraus und ließ uns allein.

»Also«, sagte ich. »Was ist los?«

Sie schmollte noch einen Moment.

»Hey«, sagte ich. »Schneller ging es nicht, okay? Ich hatte Besuch von der Polizei.«

Endlich bewegte sich Becky und starrte mich verdutzt an. »Von der echten Polizei? Warum denn das?«

Ich machte eine wegwerfende Bewegung. »Erzähl ich dir später. Jetzt sag mir erst mal, was hier los ist.«

»Hier ist eine Menge los«, sagte Becky und machte noch eine dramatische Pause, bevor sie verkündete: »Deine exBF beschuldigt David Wöbke der Vergewaltigung.«

»Was?«

»Vielleicht nicht Vergewaltigung, aber sexuelle Nötigung!«

Ich musste mich setzen.

»Ist eigentlich total geheim und niemand darf davon erfahren. Die Krankenhauschefin, Frau Doktor Wichtig, möchte es unter Verschluss halten bis nach der Pressekonferenz, weil die Leute sonst vielleicht ihre Spenden zurückziehen. Aber irgendwie ist es durchgesickert und nun natürlich *das* Gesprächsthema unter den Schwestern«, berichtete Becky genüsslich.

»Und was sagt David Wöbke dazu?«

»Der leugnet es selbstverständlich. Aber gegen die Tochter der Klinikchefin wird er sicher schlechte Karten haben. Und da nicht wenige Schwestern auch sauer auf ihn sind ...«

»Sie lügt«, sagte ich. »Das ist dir doch wohl klar.«

»Natürlich lügt sie«, lächelte Becky wissend, als ob sie Silvy auch schon zig Jahre kennen würde.

»Bei jeder anderen würde ich erst mal die Untersuchung abwarten«, rief ich aufgebracht, »aber bei Silvy ... die lügt, wenn sie den Mund aufmacht. Und ihr Motiv ist ja wohl auch klar: Sie wollte was von ihm, aber er ist in festen Händen und wollte nichts von ihr. Und das konnte sie mit ihrem aufgeblasenen Ego nicht auf sich sitzen lassen.«

»Na, bist du nicht froh, dass ich dich angerufen habe?«, fragte Becky zufrieden.

»Auf jeden Fall.« Ich überlegte. »Wir müssen beweisen, dass sie lügt, bevor das öffentlich wird.« Ich ging ein bisschen auf und ab. Becky beobachtete mich. Mein Blick fiel auf Beckys Tablet-Computer und mir kam eine grandiose Idee. »Ich hab's. Wir verstecken deinen Voice Digital Recorder im Feenzimmer. Wenn wir Glück haben, sagt sie Lola und Marie irgendwann die Wahrheit!«

»Mist«, fluchte Becky, »ich hätte mir doch den Voice Recorder Professional mit Stimmaktivierung und Timerfunktion holen sollen. Der ist für Langzeitaufnahmen geeignet, hat vier GB und schaltet sich ab, wenn keiner da ist. Der hier ...« Sie hielt ihre Spange mit dem kleinen Aufnahmegerät hoch. »... ist leider etwas mickrig.«

»Aber du hast doch das Funkmikro!«, rief ich. »Das nehmen wir! Ich kann ja rauskriegen, wann die sich da treffen.«

»Das Feenzimmer ist im vierten Stock«, wandte Becky ein. »Dafür reicht der Funkkontakt nicht aus.«

Ich zuckte mit den Schultern. »Dann müssen wir eben mit dem Empfänger näher ran.«

»Scherzkrümel. Ich kann nicht, schon vergessen?« Sie zeigte auf ihr amputiertes Bein.

»Wozu hast du die?« Ich holte die Gehhilfen aus der Ecke und lehnte sie an ihr Bett.

»Nee«, widersprach Becky. »Das kann ich nicht. Das mach ich nicht. Auf gar keinen Fall.« Sie verschränkte die Arme vor der Brust.

»Dann gib mir deinen Computer, ich mache es alleine.«

»Niemals.«

»Na gut, dann warte hier.«

»Ha. Ha. Als ob *ich* abhauen könnte.«

Ich ging hinaus zum Schwesternzimmer und fragte nach einem Rollstuhl. »Für Rebecca?«, fragte Schwester Ulrike erstaunt. »Das ist ja mal ganz was Neues.« Aber sie organisierte mir einen und ich fuhr ihn in Beckys Zimmer.

»Da setz ich mich nicht rein«, protestierte sie. »Das sieht doch total scheiße aus. Wie ein beschissener Krüppel.«

Ich zuckte mit den Schultern. »Dann können wir die Sache nicht machen. Dann kommt Silvy eben mit der Lüge davon. Was soll's. Mir auch egal.« Ich tat so, als ob ich den Rollstuhl wieder wegbringen wollte.

»Mistkröte«, zischte mir Rebecca zu und stierte eine Weile sauer vor sich hin. Ich wartete, schob den Rollstuhl ein bisschen hin und her. Setzte mich sogar rein und probierte ihn aus. Ganz schön wendig, das Ding.

»Also gut«, sagte sie dann zähneknirschend. Fünf Minuten später hatte ich die Wanze in meiner Tasche, Becky saß im Rollstuhl, Computer auf dem Schoß und ließ sich von mir über den Gang fahren. Das Krankenhauspersonal, das uns entgegenkam, gab staunende Kommentare ab.

»Die sollen bloß die Schnauze halten«, murrte Becky leise. Wir fuhren mit dem Aufzug hoch. Ein kleiner Junge starrte auf den fehlenden Unterschenkel.

»Was ist damit passiert?«, fragte er.

»Ich habe zu viele Fragen gestellt«, gab Becky giftig zurück. Der kleine Junge versteckte sich ängstlich hinter dem Bein seiner Mutter, bis er im zweiten Stock ausstieg.

Wir steuerten den Aufenthaltsraum im vierten Stock an. Er war bunt geschmückt mit selbst gemalten Bildern und Postern. An einem Tisch saßen Eltern und spielten Mensch ärgere dich nicht mit ihrer Tochter, die an einem Tropf hing. Wir nahmen einen Tisch am Rand. Becky packte den Computer und ihr Handy aus.

»Bin gleich wieder da«, sagte ich. Sie nickte. Ich ging zum Schwesternzimmer. »Ich bin Natascha Sander. Die Fee in Grün«, sagte ich. »Ich wollte im Feenzimmer meinen Kittel holen.« Eine sauertöpfisch dreinblickende Schwesternschülerin schloss mir auf. Der Raum war nicht besonders groß. Ein rechteckiger Tisch in der Mitte, vier Stühle, sechs Spindschränke, ein Regal mit Vorlesebüchern und DVDs, Comics und Malsachen. Ich brauchte einen guten Platz für den Sender. Er war schwarz und etwas kleiner als ein USB-Stick. Ich überlegte, wo ich ihn hinlegen sollte, sodass man ihn weder sah noch aus Versehen wegräumte. Dann entschied ich mich dafür, ihn einfach auf das oberste Regalbrett zu legen. Ich stellte mich auf einen Stuhl. Das Regal war von einer dicken Staubschicht bedeckt. Optimal. Das bedeutete, dass die Putzfrauen hier oben eher selten hinkamen. Plötzlich ertönte ein Klingeln und ich fuhr erschrocken zusammen. Mit klopfendem Herzen bemerkte ich, dass es sich um eine Wanduhr handelte, deren Ziffernblatt mit Feen übersät war. Anscheinend zeigte sie jede volle Stunde mit einem hellen Glöckchen an. »Alte Schabe«, murmelte ich und stieg vom Stuhl herunter. »Kannst du mich hören?«, fragte ich in den leeren Raum hinein. »Hallihallo?!«

Ich hatte noch nicht fertig gesprochen, da ging die Tür auf. »Hört deinem Gewäsch niemand mehr zu oder warum redest du mit dir selbst?«, fragte Silvy.

In dem Moment klingelte mein Handy – das verabredete Zeichen, dass die Verbindung gut war.

»Ich ziehe jederzeit eine Unterhaltung mit mir selbst einer mit dir vor«, gab ich zurück und drückte den Anruf weg.

»Was machst du hier?«, fragte Silvy misstrauisch.

»Na, was wohl? Ich hole meinen Kittel.« Ich machte den Spind ganz rechts auf, in den ich meinen grünkohlfarbenen Kittel abgelegt hatte.

»Das ist ja sehr schön«, sagte Silvy zufrieden mit Blick auf die Scheußlichkeit von Kittel, »dass du dich an meine Vorgaben hältst.«

»Das würde ich doch nie tun«, gab ich liebenswürdig zurück. »Ich wollte ihn in die Altkleidersammlung geben.«

»Was?«, schnaubte Silvy. »Das darfst du nicht, das ist Krankenhauseigentum, das …«

»Halt die Luft an«, sagte ich kichernd. »War nur ein Scherz. Du siehst so hübsch aus, wenn du dich aufregst.«

»Ich reg mich gar nicht auf«, behauptete Silvy. »Jedenfalls nicht darüber.«

Oh, ich kannte diesen selbstmitleidigen Blick. »Was ist los?«, fragte ich und versuchte, den Spott in meiner Stimme zu verbergen. »Gibt's Ärger?«

»Du hast es wohl noch nicht gehört, was?«, sagte sie und schaffte es tatsächlich, ihrer Stimme ein Zittern zu verleihen.

»Was denn? Hast du aus Versehen ein Wahrheitsserum getrunken und kannst nicht mehr lügen?«

Ihre Augen verengten sich. »Dir sage ich überhaupt nichts«, beschied sie überheblich. Eines stand fest: Ihre Opferrolle spielte sie wie immer königlich.

»Na, siehst du«, sagte ich lachend. »Es funktioniert! Das Wahrheitsserum funktioniert!«

Silvy klappte den Mund auf und zu, ihr fiel aber nichts ein. In dem Moment kamen auch Marie und Lola rein und ich eilte zum Aufenthaltsraum. Becky kriegte sich kaum ein vor Lachen. »Ich hätte euch noch den ganzen Tag zuhören können«, sagte sie.

»Und was reden sie?«, fragte ich atemlos.

Becky reichte mir den zweiten Kopfhörer und zusammen lauschten wir dem Gespräch im Feenzimmer, in dem Silvy sich in allen Einzelheiten über meine Verdorbenheit ausließ und wie schlimm es wäre, dass sie mich mal für eine Freundin gehalten hatte. Kalter Kaffee. Fand wohl auch Marie, die das Thema bald auf David Wöbke lenkte. Aber Silvy sagte leider nichts Belastendes. »Ich werde business as usual machen, damit meine Mutter zufrieden ist und keiner denkt, ich würde mich jetzt vor David verstecken.«

»Ja«, pflichteten ihr Marie und Lola bei. »Das ist genau richtig, Silvy.«

»Ich könnte es meiner Mutter nicht antun. So viele Spenden wie in diesem Jahr gab es noch nie! Das werde ich nicht gefährden. Obwohl es mir natürlich schwerfällt.« Sie war gerührt von sich selbst, das hörte man ihr an. Becky machte eine Geste, als ob sie Geige spielen würde, und ich verkniff mir ein Lachen.

»Sie werden sich nachher noch mal dort treffen«, sagte ich, nachdem die drei zu ihren Besuchsdiensten abgedampft waren. »Vielleicht verraten sie sich dann.«

Wir zogen die Kopfhörer ab.

»Willst du eine Zeitschrift?«, fragte ich.

»Was gibt es denn?«

»Bravo, Young Miss und eine *inTouch.«*

Becky entschied sich für die *Bravo,* stöhnte aber bei jeder

Seite über die Blödheit der abgebildeten Leute und schmiss die Zeitung auf den Nachbartisch. »Erzähl mir lieber, was die Polizei von dir wollte.«

»Das mache ich aber nur, liebe Becky, wenn du endlich das Geheimnis um dein amputiertes Bein lüftest.«

»Ist deine Geschichte gut?«, fragte sie.

Ich zuckte mit den Schultern. »Wirst du dann ja sehen.«

Becky biss sich auf die Zähne. Die Familie hatte ihr Mensch-ärgere-dich-nicht-Spiel beendet und brachte die Tochter zurück auf ihr Zimmer. Wir waren allein. Becky starrte in die Ferne.

»Meine Eltern meinten, ich sollte mehr rauskommen«, fing sie an und verzog dabei angewidert den Mund. »Mehr in die Natur gehen. Und damit ich mal sehen würde, wie toll die Natur sein könne, würden wir einen total tollen Urlaub machen. In Costa Rica.«

Sie nestelte an ihrem Pulli rum. Ich hielt zu meinem Erstaunen die Klappe und wartete, bis sie von alleine weiterredete. »Aber weil meine Eltern solche Schwachköpfe sind, haben sie sich null erkundigt, was dort in der Natur wirklich abgeht. Wir gehen also spazieren, im Garten hinter unserer Lodge, und meine Mutter ruft dauernd, oh wie schön und guck mal da die Blume und guck mal da, der Kolibri! Und ...« Sie musste sich wirklich überwinden, das sah ich ihr an. »Und weil sie so blöd daherplappert, bemerkt keiner die Schlange, die sich unter ein Gebüsch verkrochen hatte. Und dann schießt sie plötzlich hervor, beißt mich und haut wieder ab. Ich glotz auf mein Bein und meine Eltern schauen der Schlange hinterher. Sie haben sie genau gesehen. Haben sie behauptet. Nur leider haben sie dem Arzt dann gesagt, es sei eine Klapperschlange gewesen. Nur weil sie dieses Wort schon mal gehört haben, vermutlich.« Sie machte wieder eine Pause.

»Es war aber keine Klapperschlange«, sagte ich sanft.

»Nein, es war eine verdammte Terciopelo-Lanzenotter, ein scheißgiftiges Scheißvieh. Und diese blöden Scheißviecher sind so giftig, dass ihr Gift das Gewebe zersetzt. Und weil ich nicht direkt das richtige Gegengift bekomme habe, wurde mein Bein ganz schwarz und schrumpelig, wie ein Würstchen, das zu lange auf dem Grill war. Und dann mussten sie es mir abnehmen. Ende der Geschichte.«

»Scheiße«, entfuhr es mir.

»Das kannst du laut sagen. Aber das Gute daran ist, dass ich mich so an ihnen rächen kann. Jeden Tag. Sie müssen mir einfach jeden Wunsch von den Augen ablesen und werden es mir richtig, richtig büßen.«

»Das haben sie doch schon«, sagte ich leise.

»Was bist du denn für eine blöde Ziege!«, brauste sie auf. »Sie sind schuld! Sie haben mir mein Leben kaputt gemacht! Und dafür werde ich mich rächen.«

»Becky, du kannst dich vielleicht an ihnen rächen«, sagte ich leise. »Aber du kannst dich nicht am Schicksal rächen.«

Sie presste die Lippen aufeinander, bis sie ganz weiß waren. »Du hast leicht reden«, sagte sie dann mit bebender Stimme. »Ihr habt alle leicht reden. Ich ... ich wollte Cheerleaderin werden«, stieß sie hervor. »Verdammte Scheiße!« Sie sah aus, als würde sie gleich anfangen zu weinen. Ich legte ihr die Hand auf den Arm und überlegte, ob ich Taschentücher dabeihatte. In dem Moment erwachte das Display von Beckys Computer zum Leben und auf der Pegelanzeige waren leichte Ausschläge zu sehen. Becky hatte sich schlagartig wieder im Griff und zog ihren Kopfhörer auf. Ich tat es ihr nach. Wir schauten uns fragend an. Es war ein Knistern zu hören, ein Schaben, leises Knallen. Als ob jemand das Zimmer durchsuchte.

34

Zu dem Kramen gesellte sich plötzlich eine Stimme, weiblich. »Ach, hier bist du!«

»Wer ist das?«, fragte ich Becky.

Sie zuckte mit den Schultern.

»Was machst du denn da?«, fragte die Frau.

»Ich suche was.« Die volltönende Stimme von David Wöbke.

»Was denn? Hat dein Flittchen hier ihren Slip verloren?«

»Red keinen Unsinn, Jolanda«, sagte David Wöbke. »Du weißt, dass sie lügt.«

»Ja, weiß ich das?« Ihre Stimme klang schrill. David Wöbke kramte weiter im Zimmer rum. »Darfst du denn überhaupt hier sein?«, fragte Jolanda.

»Solange nichts offiziell ist, darf ich das. Ich bin ja zum Glück unentbehrlich für die Chefin. Im Moment jedenfalls noch«, setzte er brummend hinzu.

»Ich kann es einfach nicht glauben, dass du mit diesem Flittchen rummachst«, fauchte Jolanda. Sie machte eine Pause und fügte dramatisch hinzu: »Nach allem, was ich für dich getan habe!«

»Ich habe nichts gemacht, glaub mir!« David Wöbke schob irgendwas herum, vielleicht Bücher, und klang abgelenkt. »Die wollte was von mir, aber ich wollte nichts von ihr. Und sie zieht die klassische Rachenummer ab. Kennt doch jeder. Ich sag nur Kachelmann.«

»Und weil er unschuldig war, bist du es auch? Was ist das denn für eine Logik?«, sagte sie hämisch. »Was machst du eigentlich hier? Willst du dich mit ihr treffen?«

»Nein. Ich suche nach einem Beweis, dass sie lügt.«

»Du willst wahrscheinlich Beweise verschwinden lassen.«

»Nein, Jolanda. So ist es nicht ...«

»Ach, selbst wenn sie lügt, dann passt ihr doch hervorragend zusammen. Das ist doch nicht das erste Mal. Ich weiß, was du mit Schwester Sarah gemacht hast ...«

»Was weißt du?«, brauste er auf und seine Stimme klang auf einmal gar nicht mehr nett und einnehmend. Selbst über Funk konnte man hören, dass auch Jolanda eingeschüchtert war. »Sie hast du auch betrogen«, sagte sie kleinlaut.

»Ja, aber doch mit dir!« Wöbke hatte wieder seinen einschmeichelnden Ton drauf. »Weil ich mich in dich verliebt habe! Du und ich, Jolanda, das ist was Besonderes. Das weißt du doch.«

»Und was war das dann für ein Ohrring, den ich in deinem Auto gefunden habe?«, maulte Jolanda.

»Ich hab doch gesagt, dass es ein Geschenk für dich sein sollte, und den andern habe ich sonst wo verloren, deswegen habe ich dir ja andere gekauft.«

Doch Jolanda war immer noch nicht überzeugt. »Und weswegen gehen wir dann nie zu dir? Warum treffen wir uns immer bei mir. Oder im Hotel?«

»Ich habe gerade keine Putzfrau und will dir das nicht antun.«

»Ach, das glaubst du doch wohl alles selbst nicht!«, rief Jolanda. »Du lügst mich an! Ich habe die SMS von Annegret gesehen.«

»Du hast in meinem Handy rumgeschnüffelt?«

»Ja, du sagst immer, du liebst mich, und dann tust du so was! Und hab ich nicht alles für dich getan?«, jammerte Jolanda weiter. »Hab ich nicht wirklich *alles* für dich getan? Ich habe sogar meinen Job riskiert für dich.«

»Ich weiß«, sagte er sanfter. »Umso wichtiger ist, dass wir jetzt zusammenhalten.«

Stille. Ich fragte mich schon, ob das Mikro den Geist aufgegeben hatte. »Ich glaub nicht, dass ich das kann«, sagte Jolanda plötzlich mit festerer Stimme.

»Was soll das denn heißen?«, fragte Wöbke.

»Das heißt, dass ich einfach nicht mehr mit dir zusammen sein will. Du kannst dir eine andere Blöde suchen.«

»Jola«, sagte Wöbke sehr schmeichelnd. »Wenn wir erst genug Geld zusammen haben, dann hauen wir ab. Dann fahren wir in die Sonne und leben unter Palmen. Nur du und ich.«

»Erstens kann man dir doch gar nichts glauben. Und zweitens brauche ich dich nicht, um an Geld zu kommen!«, giftete Jolanda.

»Was soll das denn heißen?«

»Das soll heißen, dass meine Erfindung *mir* genug Geld bringen wird.«

»Jolanda ...«, fing Wöbke an.

»Geh von der Tür weg«, verlangte Jolanda. »Ich will jetzt raus.«

»Jolanda, wir sind doch ein Team«, sagte David flehend.

»Nein, das sind wir nicht mehr. Und wenn du mich nicht in Ruhe lässt, dann wirst du sehen, was du davon hast.«

Wöbke schnaubte. »Wenn du irgendjemandem etwas verrätst, dann ...« Seine Stimme war so leise, dass wir sie kaum verstehen konnten.

»Nein«, sagte Jolanda fassungslos. »Nein. Das würdest du nicht wagen.«

»Doch«, antwortete David wieder hörbar.

»Was?«, fragte ich Becky. »Was hat er eben gesagt?« Sie zuckte mit den Schultern. Das Nächste, was wir hörten, war das Türenknallen.

»Dämliche Ziege«, sagte David Wöbke und kramte noch eine Weile weiter, fand aber offensichtlich nichts, was ihm weiterhalf. »Scheiße«, sagte er und dann verließ auch er das Zimmer. Das Glöckchen der Wanduhr klingelte viermal.

»Was war das denn?«, fragte ich Becky, als wieder Ruhe eingekehrt war.

»Das war ziemlich großes Kino«, sagte sie. »David Wöbke, der Schwesternstecher, hat mal wieder ein Herz gebrochen.«

»Aber was meinte Jolanda mit ihrer Erfindung?«, fragte ich.

»Keine Ahnung. Ist mir bisher noch nicht zu Ohren gekommen, dass sie so ein Superbrain ist. Vielleicht irgendeine medizinische Verbesserung?«

»Und was hat er da so leise zu ihr gesagt?«, fragte ich. »Können wir das noch mal hören?«

»Kein Problem.« Becky fuhr den Cursor an die Stelle, aber auch beim zweiten Mal Hören konnten wir das Gemurmel nicht verstehen.

»Hat er Schwester Sarah noch mal erwähnt?«, fragte ich.

»Ich habe Sahara verstanden«, sagte Becky. »Vielleicht will er sie in die Wüste schicken.«

Ich zuckte mit den Schultern. Eine halbe Stunde später tauchten Silvy, Marie und Lola noch mal kurz im Feenzimmer auf, aber auch da hatten sie nichts zu berichten. Immerhin konnten wir erfahren, dass sie sich schon am nächsten Tag wieder dort trafen. Becky und ich verließen unseren Beobachtungsposten und machten uns auf den Weg nach unten.

»Hoffentlich kriegen wir den Beweis noch«, sagte ich. Becky antwortete nicht.

»Bist du noch sauer auf mich wegen eben?«, fragte ich.

Sie zuckte mit den Schultern. Ich beugte mich über sie, um ihr ins Gesicht zu sehen. »Jetzt sag nicht so einen Scheiß wie *Es wird alles wieder gut«*, blaffte sie mich an.

Ich lachte. »Ich wollte fragen, ob wir uns morgen wiedersehen.«

»Vielleicht«, sagte sie ausweichend.

Ich fuhr Becky zurück in ihr Zimmer. Ihre Mutter saß auf einem Stuhl und las eine Zeitschrift. Als wir reinkamen, sprang sie auf. Sie strahlte richtig. »Becky!«, rief sie. »Das ist ja toll, dass du einen Spaziergang ...«

»Spazierfahrt«, unterbrach Becky mürrisch. »Ich habe eine Spazier*fahrt* gemacht. Denn gehen kann ich ja nicht mehr, wie du dich vielleicht erinnern kannst.«

Sofort wich die Freude aus Martina Terbrüggens Gesicht. »Ja, natürlich, Schatz«, sagte sie. »Ich weiß.« Und sie sah wieder so aus, als ob sie in Tränen ausbrechen würde. Sie wollte Becky helfen, aufs Bett zu kommen, aber Becky wehrte sie ab und schaffte es auch alleine. Auf dem Weg vor dem Fenster sah ich plötzlich Aziza mit ihren Eltern entlanggehen. Sie unterhielten sich. Die Mutter hatte ihre Tochter untergehakt. Schön, dass das gut ausgegangen war. Bastian war zwar ein unzuverlässiger Arsch, aber um Aziza hatte er sich gut gekümmert. Es tat mir natürlich leid, dass er Liebeskummer hatte. Aber zumindest sah Aziza einigermaßen fröhlich aus.

»Ich gehe dann mal«, sagte ich und nahm meinen Mantel, den ich einfach über den hässlichen Kittel zog.

»Danke, Natascha«, sagte Beckys Mutter. Die Tür ging auf und die abendliche Visite begann. Dr. Klinger mit einer dunkelhaarigen Ärztin und drei jungen Assistenzärzten. Einer von ihnen trug einen durchsichtigen Beutel mit Medikamenten. Eine Packung davon erkannte ich. So eine war auch in Philipps Tasche gewesen.

»Tschüss, bis morgen, Becky.«

Ich war schon an der Tür, als sie antwortete: »Bis morgen, Natascha.«

»Rebecca, das ist Dr. Braga, sie ist Psychologin ...«, hörte ich Dr. Klinger noch sagen, dann schloss ich die Tür und ging zurück zu meinem Roller. Es war schon dunkel. Enzo, dachte ich. Endlich! Ich rief schnell zu Hause an, um Bescheid zu geben, dass ich später kam, dann fuhr ich mit meinem Roller zu Enzo. Ich war total aufgeregt. Klingelte, drückte die Tür auf, rannte die Stufen hoch, da war er. Ich sprang ihm so stürmisch in die Arme, dass er fast an den Türrahmen geknallt wäre. Und dann küssten wir uns. Noch mal. Und noch mal. Und irgendwann löste er sich von mir und sagte lachend: »Hallo Natascha. Willst du nicht erst mal reinkommen?«

Und ob ich wollte! Besonders, da heute seine Wohnung eine komplett Violetta-freie Zone war, wie ich zu meiner großen Erleichterung feststellte. Er zog mich an der Hand durch den schmalen Flur und gab mir eine kurze Führung. »Das da ist die Küche, die kennst du ja schon. Da ist das Bad ...«

»Sehr geschmackvoll«, sagte ich kichernd und deutete auf das Zombieplakat von *The Walking Dead*, das auf der Tür klebte. »Ein Freund der schönen Künste.«

»Und dahinten das Schlafzimmer«, verkündete er und stieß die Tür auf. »Ist nicht groß«, sagte er entschuldigend.

»Aber für ein Bett reicht es«, plauderte ich, weil es gemütlich aussah, wie es da unter dem großen Dachfenster stand, durch das man die Sterne sehen konnte. Doch als ich Enzos Grinsen bemerkte, wurde ich plötzlich rot. »Und für einen Schrank«, sagte ich schnell. »Du hast auch einen schönen Schrank.«

»Einen sehr schönen Schrank«, wiederholte er. »Aber du solltest ihn erst mal am Wochenende sehen, wenn er sich schick macht zum Ausgehen.« Er prustete los und ich knuffte ihn in die Seite und er zog mich an sich und wir küssten uns noch mal. Dann sah er mir in die Augen, streichelte meine Wange und fragte: »Möchtest du ...«

»Ich weiß nicht«, sagte ich mechanisch und ich dachte schon, meine Knie knicken gleich weg und dann würde ich sowieso auf dem Bett liegen, ob er mich jetzt erst fragte oder nicht. Aber dann sagte Enzo: »Espresso oder Milchkaffee?«

»Oh, äh … Milchkaffee gerne.«

Während Enzo Kaffee in einer kleinen Kanne aus Edelstahl auf dem Herd aufsetzte und Milch erwärmte, erzählte ich ihm alles, die Geschichte über Silvy und ihr gemeines Gerücht über David Wöbke, die Erlebnisse vom Schulball und von Hedis unglaublichem Einsatz, wobei ich die Gefahr für mich etwas herunterspielte, damit er sich keine Sorgen um mich machte. Einen grimmigen Gesichtsausdruck erntete ich trotzdem, und als er tadelnd den Mund aufmachte, fuhr ich schnell dazwischen und beeilte mich zu versichern: »Ja, ich weiß. So was mache ich nicht mehr. Und ist ja zum Glück nichts passiert. Du bist doch nicht sauer auf mich, oder?«

»Nein. Nur besorgt.«

»Ist vorbei«, sagte ich. »Und kommt nie wieder vor. Und wie war dein Job in Hamburg? Bist du pünktlich gewesen? Und warst du heute auch noch mal in dem Boxgym und ist alles geklärt mit der Russenmafia?«

Enzo warf mir einen seltsamen Blick zu und ich biss mir auf die Lippen. Memo an mich: Angewöhnen, immer nur eine Frage auf einmal zu stellen.

»Der Job in Hamburg war okay, ich war pünktlich und ja, ich war noch mal im Gym.« Er machte eine Pause. »Aber das Seltsame ist, die Russenmafia kennt überhaupt keinen Zwei-Meter-Dimitri, der für sie arbeitet.«

»Was?«

»Es gibt wohl einen Dimitri, aber der ist eindeutig kleiner. Und mit solchen Medikamenten handeln die hier auch nicht.«

Ich starrte ihn fassungslos an.

»Hey«, sagte Enzo. »Das sind gute Neuigkeiten! Wir sollten uns freuen. *Du* solltest dich freuen! Dass die Russenmafia nicht involviert ist, ist die beste Nachricht des Tages!«

»Ja«, sagte ich. »Aber wenn Dimitri nicht von der Russenmafia ist, wer ist er dann? Ein einzelner Russe, der sich auf illegale Medikamente spezialisiert hat?«

Enzo schenkte Espresso in ein Glas mit aufgeschäumter Milch und reichte es mir. »Ist doch völlig egal«, sagte er mit seiner tiefen Stimme, die mir immer eine Gänsehaut verpassen konnte. »Ich freue mich einfach so, dass wir beide endlich ganz entspannt ...« Er fing meinen Blick auf, der alles andere als entspannt war. Trotzdem versuchte er es noch mal: »Hey Natascha«, gurrte er und mir wurde warm im Magen. »Lass uns die ganze Sache zu den Akten legen und konzentrieren wir uns auf andere, viel wichtigere Dinge, wie zum Beispiel uns und diesen schönen Abend ... ach, verflucht«, beendete er seine salbungsvolle Ansprache an die Nation. Er atmete tief ein. »Lass mich raten«, sagte er. »Wir legen die Sache nicht zu den Akten?«

Ich schüttelte den Kopf.

»Auf gar keinen Fall«, sagte ich entschlossen. »Das ist doch wohl eine Riesenunverschämtheit von dem Kerl. Uns total in Panik zu versetzen und uns glauben zu lassen, er sei von der russischen Mafia!« Ich war richtig aufgebracht. »Mein Bruder hat Schiss ohne Ende, ich hatte Schiss ohne Ende und dann ist es vielleicht einfach nur ein kleiner Dealer, der sich den Ruf der Russenmafia zunutze macht, um jede Gegenwehr auszuschalten und zu verhindern, dass man die Polizei ruft!« Ich knallte mit der Faust auf den Tisch, dass die Tassen klirrten. »Nicht mit mir, Freundchen. Nicht mit mir.«

Enzo rührte sich Zucker in seinen Espresso. »Also willst du rausfinden, wer wirklich dahintersteckt?«

»Darauf kannst du einen lassen.«

»Und du würdest dich auch von mir nicht abhalten ... ach, schon gut. Natürlich nicht.« Er trank seinen Espresso mit einem Schluck aus, stand auf und holte einen Zettel. »Also, was wissen wir von ihm?«

Ich zählte alles auf, was mir einfiel: Größe, Aussehen, Merkmale, Akzent.

»Wie sah das Motorrad aus?«

Ich beschrieb es ihm. Das Nummernschild hatte ich ja leider nicht lesen können. Aber bei dem Auspuff machte Enzo ein nachdenkliches Gesicht.

»Er war doppelläufig, ziemlich lang und die beiden Rohre wurden nach hinten größer«, sagte ich eifrig.

Enzo schrieb das extra dazu. Glaubte ich jedenfalls. Sein Gekritzel war nicht gerade eine Sonntagsschrift.

»Kann uns das weiterhelfen?«, fragte ich.

»Mal sehen«, sagte er. »Klingt wie eine Sonderanfertigung.«

»Und der Motor war auch total laut«, rief ich. »Hat total getuckert, dass es mir im Magen vibriert hat! Und dann ist er davongeschossen wie eine Rakete!«

»Mmmhh«, machte Enzo und schrieb ein völlig seltsames Wort auf seinen Notizzettel.

»Äh«, machte ich. »Was ist Velutusud?«

»Was? Nein, das heißt Verkehrsüb als Abkürzung für Verkehrsüberwachung.«

»Das soll ein k sein? Und das hier ein h? Also echt, jeder Grafologe würde sich an dir die Zähne ausbeißen.«

»Du hast mich enttarnt: Meine Schrift ist meine Geheimwaffe.« Er grinste von einem Ohr zum anderen. »Also, was wissen wir noch?«

»Er hatte eine schwarze Lederkombi, schwarze Stiefel und einen schwarzen Helm an. Und mehr weiß ich nicht. Ach so!« Mir fiel doch noch was ein. »Er hatte meine Telefonnummer. Meine Handynummer.«

»Wie hat er die denn rausgekriegt?«

»Keine Ahnung. Von Philipp kann er sie nicht haben, mit

dem habe immer nur E-Mails geschickt. Mit meinem Bruder hatte Dimitri nie Kontakt …«

»Und du stehst auch nirgendwo im Telefonbuch.«

»Natürlich nicht.«

Enzo schrieb »Tel.nr« auf (riet ich jetzt mal, lesen konnte ich das nicht), malte ein Fragezeichen dahinter und kringelte das Ganze ein. »Gut«, sagte er.

»Und jetzt?« Ich rieb mir erwartungsvoll die Hände.

»Und jetzt koche ich uns Penne all'Arrabiata.«

»Oh«, machte ich enttäuscht.

»Magst du keine Peperoncini? Das sind kleine rote scharfe Chilis?«

»Doch«, sagte ich. »Aber ich dachte, wir würden gleich loslegen!«

»Ich sage: Alles zu seiner Zeit«, sagte er mysteriös.

»Geduld ist nicht gerade meine Kernkompetenz«, murrte ich.

»Ich weiß!« Enzo grinste. »Aber du wirst sehen, mit italienischem Essen wird Abwarten zum Kinderspiel!«

Ich musterte ihn kritisch.

»Okay«, gab er nach. »Gleich morgen früh mache ich ein paar Anrufe. Vielleicht kann mir noch mal mein Kumpel bei der Polizei helfen.«

»Okay«, sagte ich. »Das klingt vernünftig.«

Er lachte. »Dass ich dieses Wort mal aus deinem Mund hören würde, damit hätte ich ja nie gerechnet.« Er fasste mich um die Taille und zog mich zu sich heran.

»Was soll das denn heißen?«, brauste ich auf. »Ich bin doch wohl total vernünftig.« Er küsste mich und mir wurde wieder schwummerig. »Jedenfalls solange du mich nicht küsst«, sagte ich matt. »Dann setzt mein Hirn irgendwie aus.« Und dann knutschten wir, bis das Nudelwasser überkochte. Und dann sah ich zu, wie Enzo Nudeln mit scharfer Tomatensoße kochte. Und musste feststellen, dass Enzo ausnahmsweise mal recht behalten hatte: Untätig zu sein, machte viel mehr Spaß, wenn man sich dabei mit köstlichem Essen vollstopfen konnte. Besonders wenn man zu der Pasta reichlich Küsse serviert bekam.

35

In der Schule waren alle so unmotiviert wie noch nie. Nur Frau Hanemann, unsere Englischlehrerin, nicht. Es war, als hätte das rote Kleid vom Samstag auf sie abgefärbt. Ihre Wangen wirkten rosig und sie redete lauter und lachte viel. Sehr schön. Ansonsten passierte nicht viel. Jennifer hatte sich krankgemeldet. »Diese Krankheit kenne ich«, sagte Kim. »Sie heißt Ich-schäme-mich-in-Grund-und-Boden-Krankheit. Diese dumme Pute! Schleppt einen Journalisten an! Ha. Hat gar nicht gemerkt, dass sie ausgenutzt wird.«

»Das kann doch jedem passieren«, sagte ich. »Dass man sich in einem Menschen täuscht.«

»Wenn man ein Idiot ist, dann ja.« Kims Selbstbewusstsein war nach dem Sieg am Samstag zu unerträglicher Größe aufgeplustert. Sie prahlte die ganze Zeit herum, wie toll es werden würde in Rom und dass sie und ihr Mischa es da richtig krachen lassen würden. Und mir vertraute sie an, dass sie sogar hoffte, dass er ihr einen Antrag machen würde.

»Hallo?«, fragte ich. »Ihr kennt euch doch erst fünf Minuten!«

»Das nennt man Liebe auf den ersten Blick«, sagte sie kichernd.

»Ich nenne das bescheuert«, sagte ich und schaute mal wieder auf mein Handy, um zu sehen, ob Enzo schon was rausgekriegt hatte.

»Du bist ja nur neidisch«, sagte Kim. »Dass ich mir einen Millionär geangelt habe. Mit Haus in Marbella. Und einer Jacht in Saint Tropez.«

»Die Sache hat einen Haken, Kim«, sagte ich. »Und ich an deiner Stelle würde ihn lieber mal schnell ausfindig machen.«

»Neidisch«, zischte sie.

»Wohl kaum.« In dem Moment brummte endlich mein Telefon, ich ging einfach ran und es war mir total egal, dass unsere Französischlehrerin, Frau Krawelinski, mich anglotzte und sagte: »*Mon dieu!* Das ist hier aber nicht erlaubt.«

»Ist ein Notfall«, sagte ich und ging mit dem Telefon raus.

»Ich hab was«, berichtete Enzo aufgeregt. »Wann können wir uns treffen?«

»Sofort, wenn du willst«, sagte ich.

»Ich hole dich vor der Schule ab.«

Ich ging zurück in den Klassenraum, nahm meine Sachen und sagte: »*Excusez-moi.* Ich muss in einer dringenden Familienangelegenheit weg.«

»Das geht doch nicht!«, rief Frau Krawelinski aufgebracht. »Wenn das jeder machen würde!«

»Macht ja nicht jeder!«, sagte ich, schloss die Tür hinter mir und stieg die Treppe herunter. Es dauerte nur wenige Minuten, dann kam Enzo mit seinem Peugeot 206 angefahren.

»Also«, sagte er. »Am Samstag ist ein Typ auf einer schwarzen Harley Davidson mit auffälligem Auspuff geblitzt worden. Mit fünfundsiebzig Sachen auf der Berliner Straße.«

»Dimitri«, warf ich ein.

»Ja, pass auf«, sagte Enzo. »Laut Zulassung heißt der Mann Bernhard Simmerath, geboren 1978 in Aachen.«

»Mmmh«, machte ich nachdenklich. »Aber er hatte einen russischen Akzent. Das kann doch nicht sein.«

Enzo zuckte mit den Schultern. »Wir müssen jetzt überprüfen, ob dieser Bernhard Simmerath sich tatsächlich als Dimitri ausgegeben hat oder ob er nur zufällig ein ähnliches Motorrad hat. Er ist Kfz-Mechaniker bei der Werkstatt Insen an der Hauptstraße. Könntest du ihn identifizieren?«

Ich schüttelte den Kopf. »Ich hab ihn nur in seiner Motorradkluft gesehen. Ich weiß, dass er groß ist, und von Lars weiß ich, dass er ein Tattoo hat. Ansonsten habe ich keine Ahnung, wie er aussieht. Aber ... Lars könnte ihn identifizieren!«, fiel mir ein. Ich rief meinen Bruder an.

»Hallo«, meldete er sich verschlafen.

»Hey Bruderherz«, sagte ich. »Es ist ein Uhr mittags. Zeit zum Aufstehen.«

Er gähnte. »Wozu? Ist doch eh alles scheiße.«

»Nee, ist es gar nicht. Ich habe gute Nachrichten. Wie es aussieht, war die Russenmafia gar nicht hinter dir her.«

»Was?«

»Ja, unglaublich, oder?«

»Aber wie kommst du darauf?«

»Ist eine lange Geschichte. Auf jeden Fall kann es sein, dass wir den Mann gefunden haben, der wirklich hinter der Sache steckt. Und jetzt musst du uns helfen.«

»Helfen?«, fragte er widerwillig. »Wobei?«

»Ihn zu identifizieren.«

»Das kann ich doch nicht. Ich habe doch gar nichts mitgekriegt.«

»Nee, du nicht. Aber Lars.«

»Lars?«

»Er ist der Einzige, der Dimitri richtig gesehen hat. Also, ruf ihn an und sag ihm, dass wir ihn gleich abholen.«

»Wir?«

»Ja, wenn du mitkommst, lässt sich Lars sicher leichter überreden«, sagte ich nachdrücklich. Außerdem hatte ich es satt, dass er immer so tat, als ginge ihn alles gar nichts an.

»Ich hab aber keine Ahnung, ob er überhaupt Zeit hat«, wandte er ein.

»Dann überredest du ihn eben«, bestimmte ich verärgert. »Du sagst ihm, dass es wichtig ist, okay?«

»Na gut. Wenn es unbedingt sein muss.«

Ich stöhnte innerlich. »Enzo und ich holen dich gleich ab.«

»Dein Bodyguard?«

»Er war mein Bodyguard. Jetzt ist er ...« Ich warf Enzo am Steuer einen Seitenblick zu. »... mein Freund.«

Enzo grinste.

»Hat Mama das etwa nicht erwähnt?«

»Doch«, gähnte Bastian. »Irgend so was hat sie gesagt.«

Zehn Minuten später holten wir meinen Bruder ab. Ich stellte die beiden Jungs einander vor. Und irgendwie taute mein Bruder auf. Keine Ahnung, ob er einfach nur erleichtert war, dass ein kampfkunsterprobter Leibwächter uns beschützen konnte, oder ob er Enzo imponieren wollte, weil er vielleicht ahnte, dass er bisher nicht gerade einen heldenhaften Eindruck gemacht hatte. Jedenfalls ähnelte er plötzlich wieder mehr dem sportlichen, lockeren Kerl, der er früher gewesen war.

»Hab Lars noch nicht erreicht. Habe ihm auf die Mailbox gequatscht, dass er mich zurückrufen soll«, sagte er lässig.

»Wo wohnt er denn?«, fragte Enzo.

»Montags jobbt er im Copyshop in der Körnerstraße.«

Enzo fuhr dorthin. Auf dem Weg rief Lars dann auch schon zurück. »Ey Latte«, rief Bastian gedehnt und machte einen auf obercool. »Hab einen Auftrag für dich.«

Aber als Lars hörte, dass es um Dimitri ging, wollte er nicht mitmachen. Ich bedeutete meinem Bruder, dass er mir das Telefon geben sollte, und erklärte Lars, dass hinter dem vermeintlichen Russen von der Mafia nur ein stinknormaler Kleinkrimineller steckte.

»*Klein*kriminell?«, sagte er. »Der Typ ist auf gar keinen Fall klein. Im Gegenteil, der ist gigantisch, ob Russe oder nicht.«

»Aber wenn du ihn identifizierst«, sagte ich, »dann können wir ihn hinter Gitter bringen.«

»Aber er darf nicht erfahren, dass ich dahinterstecke«, sagte Lars. »Er darf mich auf keinen Fall sehen!«

»Er wird dich nicht sehen«, sagte ich.

»Hast du etwa Angst vor ihm?«, rief mein Bruder spöttisch aus dem Hintergrund.

»Du musst nur bestätigen, dass er es ist, okay? Du bleibst die ganze Zeit im Auto«, beruhigte ich Lars.

»Na gut«, sagte Lars. »Aber wenn irgendwas schiefgeht, dann bin ich raus, alles klar?«

»Es geht nichts schief«, sagte ich.

Lars seufzte. »Also gut. Ich hab gleich Mittagspause. Holt mich vor dem Copyshop ab.«

Lars hatte eine Sonnenbrille auf und statt seiner obligatorischen Army-Cap trug er eine unheimlich große Beanie aus grauer Wolle, tief in die Stirn gezogen, sodass von seinem Lockenkopf nichts zu sehen war. Selbst seine eigene Mutter hätte vermutlich Schwierigkeiten, ihn zu erkennen.

»Ich habe nur eine Stunde«, sagte er. »Sonst krieg ich Stress mit meiner Chefin.« Er ließ sich auf den Rücksitz plumpsen und begrüßte meinen Bruder mit einer komplizierten Handschlag-Choreografie.

»Wo warst du denn abgetaucht?«, fragte Lars.

»Musste mal raus«, sagte Bastian. »Bin mit 'ner Braut nach Spanien gedüst, musste einfach mal chillen.«

»Und was hatte dieser komische Kerl eigentlich bei dir gesucht?«

»Ach, das war alles eine Verwechslung«, behauptete mein Bruder und lenkte das Gespräch dann auf ihre Fahrten ans Meer, um ein paar Heldengeschichten aus den Schaumkronen loszuwerden, die weniger für Lars, der sie ja schon alle kannte, als für uns bestimmt waren.

»Und dann, weißt du noch?« Er lachte vorsorglich, um jedem zu zeigen, dass es sich um eine lustige Story handelte. »Wie du geglaubt hast, die Haiflosse gesehen zu haben?«

»Ich *hab* sie gesehen«, brummte Lars.

»Whatever«, englischte Bastian. »Keiner hat sie sonst gesehen. Und du hast echt ein paar massive Brecher verpasst. Aber wir ...«

»Da vorne ist es«, unterbrach ich ihn. Hinter der Tankstelle lag auf der linken Straßenseite die Werkstatt Insen. Der Name leuchtete in roten Lettern über einer großen Mechanikerhalle mit vier Rolltoren. Enzo fuhr langsam an der Werkstatt vorbei. Davor war ein Parkplatz, auf dem die unterschiedlichsten Fahrzeugtypen standen, ein Abschleppwagen, ein kaum frequentierter Fahrradständer und ein schwarzes Motorrad.

»Das ist es!«, rief ich aufgeregt. »Da steht die Harley.«

Enzo parkte den Wagen auf der gegenüberliegenden Straßenseite zwischen einem Kiosk und einem Blumenladen. Von hier würde Lars einen guten Blick auf das Motorrad haben.

Mein Handy brummte. Eine SMS von Becky.

Wo bleibst du denn? Spionage Teil 2 startet gleich.

Musst ohne mich anfangen, schrieb ich zurück. **Kann gerade nicht. Sorry!**

»Ich steige besser aus«, sagte Bastian und schnallte sich ab. »Es ist doch zu auffällig, wenn hier so viele Leute drin sitzen.«

»Ja, ist klar«, sagte Lars. »Lass mich ruhig hängen.«

»Es ist doch nur zu deinem Schutz, Mann!«

»Du hast auch Schiss, gib es zu! Dabei kennt er dich gar nicht.«

»Also gut«, ging Enzo dazwischen. »Bastian und Lars, ihr geht in den Kiosk. Von dort müsste es auch gehen. Gebt uns ein Zeichen, ob ihr gute Sicht auf das Motorrad habt.

Natascha, du bleibst im Wagen. Solange du nicht auffällig rumhampelst, wird er dich nicht sehen. Okay?«

Ich nickte.

»Okay«, sagte Bastian erleichtert. Er stieg hinter Lars auf der rechten Seite aus und die beiden huschten in den Kiosk. Kurz darauf gab Lars uns zwischen einer leuchtenden Sternschnuppe und einem Rentieraufkleber durch das Schaufenster ein Daumen-hoch-Zeichen.

»Ich werde den Typen ans Motorrad locken«, sagte Enzo. »Ich hoffe, das klappt. Wünsch mir Glück.«

»Das tu ich.« Ich gab ihm einen schnellen Kuss, dann stieg Enzo aus und überquerte die Straße. Er verschwand hinter einer roten Stahltür. Kurz darauf fuhr das mittlere Rolltor auf und heraus kam Enzo. Er gestikulierte und zeigte auf das Motorrad, drehte sich um und wartete. Ich meinte, hinter ihm das rote Hosenbein eines Mechanikers zu erkennen. Aber es rührte sich nicht.

»Was macht der Kerl denn?«, murmelte ich vor mich hin. Endlich kam Bewegung in das Hosenbein und auch Enzo setzte seinen Weg nach draußen fort, und gerade bevor der Mechaniker das Freie betrat, schob sich ein Lastwagen vor meine Nase und hielt genau neben unserem Auto. Blumengroßhandel van Deem musste genau jetzt, genau zu dieser Sekunde seine verdammte Lieferung bringen und die Sicht versperren.

»Scheiße!«, sagte ich und stieg aus. Lars zuckte im Kiosk hilflos mit den Schultern. Ich ging zu ihm rein. »Los«, sagte ich. »Wir müssen näher ran.«

»Nee«, sagte er. »Das mache ich nicht. Nachher sieht er mich. Ich hatte Albträume von dem Kerl.«

Bastian prustete los.

»Was soll denn daran witzig sein?«, fragte Lars. »Mach es selbst, wenn du unbedingt willst.«

Ich verdrehte die Augen. »Jungs, könnt ihr mal aufhören, euch anzuzicken? Ich fühl mich ja schon wie auf meiner Schule. Wenn der Typ wirklich Dimitri ist, dann hat er mit der Russenmafia so viel zu tun wie ein katholischer Damenverein mit Mädchenhandel.«

»Die Russenmafia ist mir scheißegal«, behauptete Lars, »aber der Typ nicht. Der hat Arme wie Fässer. Der kann einen in der Luft zerreißen, wenn er will.«

»Er wird dir nichts tun, glaub mir. Los jetzt. Bevor er wieder weg ist.«

»Na gut«, brummte Lars.

»Wie? Wir gehen da jetzt echt raus?«, fragte Bastian.

Ich stöhnte genervt und verließ den Kiosk. Bastian und Lars folgten mir. Und genau in dem Moment, wo wir völlig ohne Deckung auf dem Bürgersteig standen, startete der Lkw von Blumengroßhandel van Deem und fuhr davon.

»Scheiße!«, schrie Bastian panisch und warf sich hinter unser Auto in Deckung. Er zog Lars mit sich. Und ich? Ich wollte jetzt einfach wissen, ob es dieser Dimitri war oder nicht. Und deshalb blieb ich stehen. Und schaute zur Werkstatt hinüber. Auf dem Parkplatz stand nur noch das Motorrad. Sonst niemand mehr.

Enzo!, dachte ich. Wo ist Enzo?

36

Auf steifen Beinen überquerte ich die Straße. Mein Herz hämmerte. Enzo, was hat er mit dir gemacht? Und gerade als ich meinen Fuß auf den Parkplatz der Werkstatt Insen setzen wollte, ging die Stahltür wieder auf und Enzo kam heraus. Quicklebendig und quietschvergnügt. Bis zu dem Moment, als er mich sah. Sein Gesicht verzog sich und er gab mir ein knappes Zeichen, dass ich verschwinden sollte. Ich bog also schnell nach rechts ab und kehrte im großen Bogen zu unserem Auto zurück. Lars und Bastian saßen mittlerweile schon wieder drin.

»Natascha«, motzte Enzo. »Was sollte das? Warum hast du deinen Posten verlassen?«

»Da war der Lkw, wegen dem wir gar nichts sehen konnten, und als er wegfuhr, warst du auch weg. Und da habe ich mir plötzlich Sorgen gemacht ...«

»Es ist alles bestens«, sagte Enzo.

»Aber der ganze Plan hat nicht funktioniert«, stammelte ich.

»Doch, hat er«, grinste Enzo und stieg ein. Wir fuhren erst um die Ecke, bevor Enzo uns zeigte, weswegen er so gut gelaunt war.

»Ich habe ihm gesagt, dass ich noch nie ein cooleres Motorrad gesehen habe als seins. Und ob ich ein Foto davon machen könnte. Und da war er ganz stolz.« Enzo drückte auf seinem Smartphone herum und hielt es dann so, dass wir alle aufs Display sehen können. »Ich habe aber kein Foto gemacht, sondern einen Clip.« Er startete das Video. Das Motorrad, verwackelt, und im Hintergrund die Unterhaltung von Enzo mit Bernhard Simmerath, der ihm mit rheinischem Akzent die Eigenschaften seiner Harley Davidson erläuterte.

»Fast dreihundert Kilo hat das alte Mädchen, bis 9000 Umdrehungen kann die bringen«, prahlte der Mechaniker gutmütig. »Der V-Rod-Antrieb ist der Hammer.«

»Hab immer schon mal dran gedacht, mir so eine zuzulegen«, sagte Enzo und schwenkte wie zufällig die Kamera auf den Mechaniker. Das Bild war etwas verwackelt und die Perspektive von unten nicht gerade vorteilhaft. Wir sahen einen gigantischen Kerl, Schultern wie ein Schrank, Hände so groß wie die Felgen eines Porsche Cayenne. Seine Haare waren schwarz und plusterten sich in feinen Locken um seinen Kopf herum. Ein Brillant blinkte in seinem rechten Ohrläppchen. Er wirkte auf grobe Art possierlich. Wie ein Tanzbär, der zwar seine Zirkusnummer stets zuverlässig vorführte, bei dem man aber nie sicher sein konnte, wann er seine gewaltigen Kräfte gegen einen richtete.

»Das ist er!«, schrie Lars. »Das ist Dimitri!«

»Bist du dir absolut sicher?«, fragte Enzo.

»Hundertprozentig!«

»Aber er spricht anders«, sagte ich.

»Das stimmt. Aber so einen Typen vergisst man doch nicht!«

»Seine Stimme kann man verstellen«, sagte Bastian.

»Aber so ein Aussehen kann man nicht faken!«, rief Lars aufgeregt. »Das ist er auf jeden Fall. Scheiße, Mann, ist der nicht gruselig?«

Bastian machte *Phhh!*, als ob er es locker mit ihm aufnehmen könnte, aber mir ging es ähnlich wie Lars. Dem wollte ich lieber nicht im Dunkeln begegnen. Wir brachten Lars zur Arbeit zurück und fuhren dann wieder nach Hause.

»Bis später, Mann«, sagte Bastian zu Enzo, als er ausstieg. »Kommst du, Nats?«

»Später«, sagte ich. »Wir sehen uns nachher.«

Sobald Bastian weg war, rief ich: »Und was machen wir jetzt?«

Enzo antwortete nicht sofort. Deswegen fügte ich hinzu: »Eins steht fest: Der Typ darf nicht einfach so davonkommen.«

Enzo schwieg immer noch. Dann sagte er langsam: »Ich finde immer noch komisch, dass er deine Nummer hatte.«

»Ja, ist es auch«, sagte ich nachdenklich und mir wurde ein bisschen mulmig.

»Und wir wissen trotzdem nicht, ob er alleine arbeitet oder in einer Bande ist«, gab Enzo zu bedenken. »Von irgendwem muss er die Medikamente bekommen haben.«

Wir grübelten einen Moment vor uns hin.

»Ohne die Polizei werden wir nicht weiterkommen«, sagte Enzo.

»Ja, das habe ich auch gerade gedacht.« Ich seufzte. »Lass es uns der Polizei übergeben.«

»Dann wirst du aber nicht drum herumkommen, die Tasche zu erwähnen.«

»Ja«, seufzte ich noch mal schwer.

»Basti wird schon nichts passieren«, sagte Enzo. »Ich kann mir nicht vorstellen, dass er wirklich Ärger deswegen kriegt.«

»Meinst du?«, fragte ich hoffnungsvoll. »Ich habe den Eindruck, noch einen Rückschlag würde er nicht verkraften.« Ich schaute einen Moment aus dem Fenster.

»Aber jetzt müssen wir Profis ranlassen«, sagte Enzo.

»Ja, ich weiß«, sagte ich. *»Ich weiß.«* Ich musste nur an die Geschehnisse vor gerade mal zwei Wochen im Bootshaus denken. Und wenn ich eins gelernt hatte, dann dass es manchmal Zeit war, die Dinge aus der Hand zu geben. Bevor es zu spät war.

Auf dem Weg zum Kommissariat rief Becky an. »Ich hab's«, jubelte sie ins Telefon. »Ich hab den Beweis!«

»Nein, echt?«, rief ich erstaunt.

»Jawoll! Silvy hat vor Marie ihre Lüge ausposaunt! Und ich hab das jetzt dick und fett auf Tape!«

»Das ist ja der Hammer!«

»Ja, sie ist völlig durchgedreht. Hat sich mit ihrer Mutter gezofft und will jetzt morgen die Geschichte veröffentlichen!«

»Aber da ist doch die Pressekonferenz.«

»Ja, genau«, sagte Becky. »Da will Silvy es sagen.«

»Spinnt die? Ich dachte, sie wollte Rücksicht auf ihre Mutter und das Krankenhaus nehmen!« Silvy hatte ja echt Nerven! Aber warum wunderte mich das überhaupt? Das war schließlich die liebe, falsche Silvy. »Und du hast wirklich auf Band, dass sie die Lüge zugibt?«

»Jep.«

»Keine Missverständnisse möglich?«

»Absolut nicht.«

»Perfekt! Aber Moment mal ... wie hast du das gemacht?«

»Bin alleine hoch.«

»Im Rollstuhl?«

»Ja«, brummte sie. »War aber natürlich total kacke und ich will das nicht noch mal ...«

»Aber es hat sich gelohnt!«, rief ich. »Ich bin echt stolz auf dich!«

»Hör auf mit dem Geschleime«, fuhr Becky mich an. »Sag mir lieber, wann du kommst.«

»Dauert noch ein bisschen. Hab was Wichtiges zu erledigen.«

»Ja und ich habe auch was Wichtiges zu erledigen«, sagte sie schnippisch und legte einfach auf. Aber das war ja nichts Neues.

Am Empfang des Kommissariats saß diesmal ein netter junger Mann, der Enzo und mich gleich zu Söderberg heraufschickte.

»Emma ...«, stöhnte er, als ich reinkam, verkniff sich aber den Spitznamen, mit dem er mich immer anredete, als er Enzo erblickte. »Also, Frau *Sander,* was verschafft mir denn heute die Ehre?« Seinen Sarkasmus konnte er nicht verbergen. »Wieder eine Leiche gesichtet?«

»Nee«, sagte ich. »Es geht um was anderes.«

»Hallo«, mischte sich Enzo ein. »Ich bin Enzo Tremante.«

»Tag«, sagte Söderberg und musterte Enzo mit seinen verkniffenen Augen, als ob er überlegte, woher er ihn kennen würde.

»Ich war auch mal bei der Truppe«, erläuterte Enzo. »Und dann gab es diesen Vorfall. Bei der Demo.«

»Ach ja«, sagte Söderberg. »Mir dämmert es langsam. Also, worum geht's?«

»Herr Söderberg, ich habe Ihnen nicht die ganze Wahrheit erzählt über Philipp und Aziza und ... meinen Bruder.«

»Ach was«, machte er und verschränkte befriedigt die Arme vor der Brust.

»Jetzt tun Sie nicht so, als ob Sie sich das schon gedacht hätten«, wies ich ihn zurecht. »Sie können froh sein, dass ich mir immer solche Mühe gebe, die Arbeit der Polizei zu ...«

Enzo räusperte sich vernehmlich und ich beschloss, meine Standpauke ausnahmsweise etwas abzukürzen. »Also. Philipp hat mit Medikamenten gehandelt. An der Uni.«

Söderberg zog die Augenbrauen hoch. »Medikamente?«, sagte er. »Dafür bin ich nicht zuständig. Arzneimittelkriminalität behandelt das BKA.«

»Ach so«, sagte ich.

»An der Geschichte ist was dran?«, fragte er Enzo. Enzo nickte. Und das reichte, damit Söderberg zum Telefon griff und einen Kollegen zu uns rief. Typisch! Wenn ich mit total stichhaltigen Beweisen komme, werde ich nicht ernst genommen, aber wenn mein Freund einmal gewichtig den Kopf bewegt, dann setzt er gleich das ganze System in Bewegung! Unverschämtheit. »Der Kollege vom BKA kommt gleich«, sagte Söderberg.

»Gut«, sagte ich. »Aber um noch mal eines vorwegzuschicken ...«

»Kann das nicht warten, bis der Kollege da ist?«, unterbrach Söderberg.

»Auf gar keinen Fall«, sagte ich. »Das will ich lieber mit Ihnen unter vier ...« Ich warf Enzo einen Blick zu. »... unter sechs Augen besprechen.«

Söderberg seufzte. »Sie ist ziemlich überzeugend, oder?«

»Ziemlich«, sagte Enzo.

Söderberg griff zu einer Tasse mit der Aufschrift »Volle Tasse, guter Bulle, leere Tasse, böser Bulle« und trank.

»Gut«, sagte ich lauter. »Es gibt einen, nein zwei Aspekte in der Geschichte, wegen denen ich bisher ... nun ja, einiges für mich behalten hatte. Das eine ist mein Bruder und das andere ist die Russenmafia.«

Söderberg verschluckte sich und hustete. »Russenmafia? Das wird ja immer besser. Soll ich jetzt auch noch einen Beamten holen, der für Organisierte Kriminalität zuständig ist?«

Ich schüttelte den Kopf. »Nein. Denn die Russenmafia ist doch nicht involviert.«

Söderberg stöhnte auf und warf Enzo einen zweifelnden Blick zu. Aber immerhin verkniff er sich jede Bemerkung.

»Kann ich doch nichts dafür!«, rief ich empört. »Es stimmt alles. Es wurde vorgetäuscht, dass die Russenmafia dahintersteckt. Tut sie aber gar nicht. Alte Schabe, jetzt gucken Sie nicht so, als ob Sie gleich zusammenbrechen. Die Geschichte ist kompliziert, und wenn Sie mich dauernd mit Ihren Grimassen unterbrechen, dann sitzen wir morgen noch hier.«

»Schon gut«, brummte Söderberg.

»Also, bevor ich Ihnen alles haarklein erläutere, erst einmal zu dem zweiten Aspekt. Mein Bruder.«

»Aha.«

»Er hat keinen umgebracht und niemanden überfallen oder so«, beeilte ich mich zu sagen. »Er hat nur was gestohlen und ich habe es dann zurückgebracht. Mehr nicht. Wird er dafür bestraft? Ich glaube nämlich, dass es aus psychologischer Sicht nicht gerade hilfreich wäre, wenn ...« Söderbergs Mundwinkel zuckten und sein Gesicht nahm einen seltsamen Ausdruck an, irgendwas zwischen beseelt, amüsiert und völlig fassungslos, und ich beschloss, meine Karriere als Dr. Freud hiermit zu beenden.

»Was hat er denn gestohlen?«, fragte Söderberg.

»Das sage ich Ihnen, wenn Sie mir garantieren, dass ihm nichts passiert.«

»Ich werde sehen, was ich tun kann«, seufzte Söderberg. Es klopfte und der Kollege vom BKA kam herein. Knubbelig war er, dick und rund, er zog sich einen Stuhl heran und ließ sich schnaufend fallen. »Tach, Söderberg«, grüßte er. »Gibt's Kaffee?«

»Begowitsch, das sind Natascha Sander und Enzo Tremante. Sie haben vermutlich was für dich.«

»Also keinen Kaffee?«, fragte er und legte unter Zuhilfenahme seiner Hände den rechten Fuß auf das linke Knie.

»Wenn wir jetzt mal bitte aufhören könnten, über Kaffee zu sprechen?«, sagte ich. »Wir haben auch nicht den ganzen Tag Zeit.«

Söderberg grimassierte vor sich hin und Begowitsch warf mir einen überraschten Blick zu. Nickte dann aber. »Also los.«

Ich erzählte ihm die Geschichte von Philipp, seiner Tasche voller Medikamente, ich berichtete von dem Diebstahl der Tasche durch meinen Bruder, von der Bedrohung durch die Russenmafia, weswegen wir beschlossen hätten, lieber einfach die Tasche zurückzugeben als den Zorn so gefährlicher Verbrecher auf uns zu ziehen. Und dass wir dann aber entdeckt hätten, dass hinter Dimitri ein gewisser Bernhard Simmerath steckte. Dem ich die Tasche wiedergegeben hätte.

Begowitsch hatte sich alles notiert.

»Steckt mein Bruder jetzt in Schwierigkeiten?«

»Ich denke«, sagte Begowitsch, »da werden wir sicher eine Lösung finden, wenn Ihr Bruder sich kooperativ zeigt und bei der vollständigen Aufklärung mitwirkt.«

Ich nickte. »Gut«, sagte ich erleichtert.

»Ich werde einen Durchsuchungsbefehl für Simmeraths Wohnung beantragen«, sagte Begowitsch. »Mal sehen, was wir da finden.« Er notierte sich noch unsere Telefonnummern und wuchtete sich aus seinem Stuhl hoch und verschwand. Söderberg war die ganze Zeit stumm geblieben und hatte auf seiner Schreibtischunterlage rumgekritzelt. »Und wegen dieser Russenmafiasache hatten Sie gedacht, Philipp sei ermordet worden?«, fragte er mich mit eigentümlich ruhiger Stimme.

Ich nickte.

»Es wäre wirklich nett gewesen, *das mal früher zu erwähnen!«* Mit jedem Wort wurde er lauter, bis er fast schrie. Ich sage nur: Choleriker.

»Ach, hören Sie doch auf«, brauste ich auf. »Wenn ich es Ihnen gesagt hätte, dann wären Sie jetzt sauer, weil es gar keine Mafia in der Sache gibt! Wie man es macht, Sie finden immer einen Grund zum Meckern!«

Söderberg schaute mich immer noch stinkwütend an, dann sah er zu Enzo und dann musste er plötzlich lachen.

»Emma Peel, Sie sind echt ...« Er ließ den Satz unbeendet. »Haben Sie denn noch die Flasche aus dem Auto des Toten?«, fragte er. »Ich werde sie ins Labor schicken.«

»Echt jetzt?«

Er nickte.

»Das finde ich ja supercool, Herr Kommissar! Ich habe es ja gleich gesagt, dass er vergiftet ...«

»Nun, wir werden sehen, *ob* wir was finden«, unterbrach Söderberg laut und stand auf zum Zeichen, dass die Unterredung vorbei war. Enzo versprach, die Flasche im Kommissariat abzugeben, dann gingen wir nach draußen. Enzo fasste meine Hand. »Du würdest eine gute Polizistin abgeben«, sagte er.

»Machst du Witze?«, sagte ich. »Wenn ich jeden Tag mit so Typen wie Söderberg zusammenarbeiten müsste, würde ich durchdrehen.«

»Glaub mir«, Enzo lachte, »das wäre eher umgekehrt.«

37

Am Dienstag, den achtzehnten Dezember, ging die Sonne um acht Uhr zwanzig auf. Orange leuchtete sie durch das Gewirr der Äste und Zweige der kahlen Birken vor dem Fenster unseres Klassenzimmers. Manuela Busse, unsere Geschichtslehrerin, war trotz der frühen Morgenstunde mit vollem Elan dabei, uns den Zerfall der Sowjetunion nahezubringen. Ich fragte mich, was sie frühstückte. Ein Fass Kaffee muss auf jeden Fall dabei gewesen sein. Egal. Ich war mit mir und der Welt zufrieden. Und wer kann das heutzutage schon von sich behaupten? Ich hatte der Polizei die Wahrheit gesagt, was mich wirklich erleichterte. Klar wäre es mir am liebsten gewesen, wenn Bastian überhaupt nicht mit reingezogen worden wäre, aber es war ja nun mal leider so, dass er ein bisschen selbst schuld war. Na ja, wohl mehr als nur ein bisschen. Aber das lag alles hinter mir.

Das BKA würde seine Arbeit machen. Und ich würde mich heute der bescheidenen, aber sehr befriedigenden Tat widmen, Silvy zur Strecke zu bringen, bevor sie die Lügen über David Wöbke aller Welt erzählte. Diese dämliche Kuh! Heute würde sie endlich, endlich einmal merken, dass sie mit ihrer Lügerei nicht durchkam. Mein Plan sah so aus: Nach der Schule würde ich zu Becky fahren und mir die Aufnahme von Silvys Geständnis anhören. Um sechzehn Uhr war Frau Dr. Kerns Pressekonferenz angesetzt, die Silvy mit ihrer Bombe von Nachricht platzen lassen wollte. Aber das würde ich verhindern. Ich würde sie vorher zu einem Treffen bestellen. Mit David Wöbke. Ich würde ihr die Gelegenheit geben, die Sache im kleinen Kreis beizulegen. Wenn sie die

Aufnahme hören würde, würde sie schon einknicken. Und wenn nicht – dann würde eben alle Welt die Wahrheit erfahren. Würden wir zwar vielleicht Ärger kriegen, weil es nun mal leider illegal war, Leute abzuhören, aber das wäre nicht so schlimm im Vergleich zu dem, was David Wöbke zu erwarten hätte, wenn Silvy ihn derart belasten würde. So war mein Plan. Er war simpel und einfach. Es konnte nichts schiefgehen. Ich lächelte vor mich hin und bekam gar nicht mit, dass der Unterricht schon vorbei war.

»Was ist denn mit dir los?«, fragte Kim und zwinkerte mir verschwörerisch zu. »Du grinst so, als wärst du heute Nacht ordentlich geknallt worden.«

»Was? Nein«, sagte ich schnell. Und wurde knall...rot.

»Schade für dich«, sagte sie. Ein paar der Mädchen um mich herum kicherten und ich war froh, dass gerade mein Handy klingelte. Es war Enzo. »Hey«, sagte ich und hielt mir das rechte Ohr zu, da der Geräuschpegel schlagartig anschwoll.

»Bernhard Simmerath ist verschwunden!«, stieß er atemlos hervor.

»Was?«

»Er ist nicht bei Arbeit erschienen und zu Hause ist er auch nicht. Die Tasche ist weg. Aber das BKA hat in seiner Garage einen Haufen Bargeld gefunden.«

»Ist er abgehauen?«

»Glaub ich nicht. Das Motorrad ist noch da. Warte mal, es klingelt auf der anderen Leitung.« Es knackte und die Leitung war still. Unsere Französischlehrerin, Frau Krawelinski, kam herein, wie immer picobello angezogen, schwarzes Wickelkleid, rotes Halstuch, knallroter Mund. Sie machte mir ein Zeichen, dass ich das Handy weglegen sollte.

»Augenblick«, sagte ich zu ihr. »Es ist wichtig!«

Knack, Enzo war wieder dran. »Du glaubst nicht, was passiert ist«, sagte er perplex. »Das war gerade Sergej, der mich angerufen hat.« Und nach einer kleinen Pause: »Die echte Russenmafia hat Bernhard Simmerath – samt seiner Medikamententasche.«

Ab dem Moment nahm ich meine fuchtelnde Französischlehrerin wie in Zeitlupe wahr, das Geplapper meiner Klassenkameradinnen drang wie durch eine Watteschicht zu mir. Mein Hirn war wie leer gefegt. Bis auf diesen einen Gedanken.

»Ich komme«, sagte ich kurzerhand.

»Aber Natascha ...«

Ich legte schnell auf. Der sollte nicht mal anfangen zu versuchen, mir das auszureden! Ich würde doch meine Zeit nicht mit verkrampften Pseudo-Diskussionen über *une société multiculturelle* verplempern, wenn es gerade spannend wurde! Ich nahm meine Tasche und meinen Mantel. Frau Krawelinski beobachtete das fassungslos. »Was haben Sie vor?«

»Sorry«, sagte ich. »Ich muss leider schon wieder weg.«

»Sie haben doch was gegen mich!«, jammerte die Krawelinksi.

»Nein, ich finde Sie wirklich *formidable*. Trotzdem kann ich nicht bleiben.«

»Wenn Sie keine Entschuldigung haben, werde ich das melden müssen!«

»Tun Sie das! Bis später.«

Meine Klassenkameradinnen kicherten. Beatrix stimmte das Kinderlied *Alle Leut, alle Leut gehen jetzt nach Haus* an. Es war ein ziemliches Durcheinander, das ich hinterließ. Aber das konnte ich leider nicht ändern.

Mit meinem Roller brauste ich zu Enzos Wohnung. Der hing am Telefon mit Begowitsch vom BKA. »Entweder so oder gar nicht«, sagte Enzo bestimmt. »Also gut. Dann bis gleich.«

»Und?«, keuchte ich. »Wie sieht es aus?«

»Also.« Enzo atmete einmal tief durch und brachte mich auf den Stand der Dinge. »Sergej, das ist der Typ aus dem Boxgym, hat angerufen. Wie sich herausgestellt hat, hat ihnen gar nicht gefallen, dass da einer rumläuft und den Russen Verbrechen anhängt. Und sie haben Simmerath – frag mich nicht, wie – ausfindig gemacht, um ihn davon zu überzeugen, dass es keine feine Art ist, den Ruf des echten Dimitris zu ruinieren.«

»Der Arme«, sagte ich. »Was haben sie mit ihm gemacht?«

»Sergej meinte, Bernhard hätte schnell eingesehen, dass es keine gute Idee von ihm gewesen war, sich als einer von ihnen auszugeben. Und dass ich ihn und seine Tasche abholen könnte. Und deswegen fahr ich da jetzt hin.«

»Ich komm mit«, sagte ich entschlossen.

»Natürlich kommst du *nicht* mit.«

»Und wenn das eine Falle ist? Vielleicht denken sie, ihr steckt unter einer Decke. Vielleicht ...«

»Natascha«, unterbrach Enzo. »Es wird nichts passieren.«

»Ach ja?«, rief ich schrill. »Das weißt du doch gar nicht!«

»Aber ich habe Rückendeckung durch das BKA.«

»Aber das sieht Sergej bestimmt erst recht nicht gern.«

»Wenn alles so läuft wie geplant, wird er nichts davon erfahren. Ich gehe alleine rein. Das BKA greift nur ein, falls was schiefgeht. Aber es geht nichts schief. Dieser Sergej ist ein anständiger Kerl. Für einen Verbrecher jedenfalls.«

»Ich weiß nicht«, maulte ich und ich sah ihn an, meinen Enzo, und eine Welle der Angst schlug über mir zusammen. Ich fiel ihm um den Hals und klammerte mich an ihn.

»Wenn du mir folgst, dann mache ich Schluss, ist das klar?«

»Schon klar«, brummte ich.

»Und das wäre schade.«

»Ja, das fände ich auch.«

»Meine Oma wäre auch enttäuscht.«

»Deine Oma?«

»Ja, die hat morgen Geburtstag. Und du bist auch eingeladen.«

»Was?« Ich löste mich von ihm. »Du stellst mich deiner Familie vor?«, rief ich aufgeregt.

»Aber nur, wenn du keine Dummheiten machst.«

»Mach ich nicht!«, versprach ich feierlich. »Hab eh keine Zeit. Ich muss ins Krankenhaus. Wegen Silvy. Damit sie nicht zur Serien-Rufmörderin wird. Aber meld dich bei mir, sobald alles gelaufen ist, okay?«

»Mach ich«, versprach er und besiegelte sein Versprechen noch mit einem Kuss. Trotzdem war ich nicht wirklich beruhigt. Mir gefiel das Ganze nicht. Die Russenmafia hatte ihre Krallen ausgefahren und ich wollte Enzo nicht in ihrer Nähe haben.

38

Endlich!«, rief Becky, als ich reinkam. »Wurde auch Zeit. Um vier fängt die PK an.«

»Ich weiß«, sagte ich. »Aber glaub mir, im Vergleich zu meinen sonstigen Problemen ist das hier eher die Abteilung Kinderkram.«

»Phhh!«, machte Becky angesäuert. »Du kannst gerne wieder gehen, wenn ich dir nicht gut genug bin.«

»So war das doch nicht gemeint«, seufzte ich. »Du bist einsame Spitze, Becky. Und jetzt lass mal hören.«

»Also gut.« Sie spielte auf ihrem Computer die Aufnahme ab, bei der mir die Kinnlade runterklappte. Die sich auch so schnell nicht wieder hochklappen ließ. »Das ist ja der Hammer!«, rief ich, als wir die Aufnahme zu Ende gehört hatten.

»Sag ich doch!«, sagte sie vergnügt. »Übrigens habe ich mir eine Software runtergeladen, mit der ich Audiodateien so bearbeiten kann, dass man auch fast Unhörbares wieder hörbar machen kann. Ich probiere das gerade an dem Take mit Wöbke und Jolanda aus.«

»Cool«, sagte ich nachdenklich. Etwas gefiel mir an der Aufnahme mit Silvy nicht. Aber ich kam gerade nicht drauf, was es war.

»Übrigens hat Schwester Ulrike heute Morgen schon über Wöbke und Jolanda gelästert und gesagt, dass sie nicht zur Arbeit gekommen ist«, erzählte Becky. »Jolanda hat sich krankgemeldet. Schwester U sagte, es wäre typisch, dass die Frau sich schämt und ihr Macker rumläuft, als wäre nichts gewesen.«

»Umso besser«, murmelte ich. »Dann ist Wöbke in der Nähe.« Ich rief Silvy an. Sie war auch schon im Krankenhaus.

»Ach, super«, sagte ich. »Dann lass uns in zwanzig Minuten im Feenzimmer treffen. Ich muss dir was zeigen.«

»Ich habe keine Zeit«, blaffte Silvy mich an. »Und für dich schon gar nicht.« Sie wollte schon auflegen, aber ich sagte: »Silvy, du kommst besser. Es ist wichtig.« Und für alle Fälle fügte ich hinzu: »Glaub mir, freiwillig würde ich mich nie mit dir treffen.«

Ich legte auf. Dann rief ich die Krankenhauszentrale an und ließ mich mit Wöbke verbinden. »Ist es wirklich dringend?«, fragte die Dame in der Telefonzentrale. »Er ist heute sehr im Stress. Wir haben nachher eine große Pressekonferenz.«

»Genau deswegen rufe ich ja an. Es ist sehr dringend.«

Endlich wurde ich verbunden. »Wöbke«, meldete er sich gehetzt.

»Hi, hier ist Natascha Sander.«

»Hi Natascha«, sagte er und seine Stimme klang sofort wie flüssiger Honig.

»Du weißt noch, wer ich bin?«

»Natürlich. Die gute Fee mit dem großzügigen Vater. Was kann ich für dich tun?«

»Es ist eher so, dass ich was für dich tun kann.«

»Aha?«

»Es geht um Silvy und ihre Anschuldigungen. Ich habe den Beweis, dass sie gelogen hat.«

Da wurde er natürlich gleich hellhörig und versprach zu kommen. Ich rollte Becky in ihrem Rollstuhl in den vierten Stock. Sie bezog Stellung im Aufenthaltsraum, während ich mir das Feenzimmer aufschließen ließ. Dann schloss ich meinen iPod an eine kleine Box an und scrollte an die Stelle des Clips, wo es interessant wurde. Das Funkmikro würde ich erst später vom Regal nehmen, denn Becky wollte mithören, wenn sie schon nicht live dabei sein konnte. Ich setzte mich an den Tisch und wartete. Silvy kam kurz darauf angerauscht. »Warum hast du deinen Kittel nicht an?«, herrschte sie mich als Erstes an.

»Der Kittel ist potthässlich«, sagte ich ruhig. »Und bei eurem Feendienst will ich sowieso nicht mitmachen.«

»Ach ja, typisch Natascha Sander, denkt wieder mal nur an sich.«

»Silvy, jetzt halt mal die Luft an. Ich bin hier, um dir zu helfen.«

»Helfen?« Sie lachte gackernd. »Wie willst *du* mir denn helfen?«

»Ich will dir helfen, nicht vor aller Welt wie die größte Lügnerin dazustehen, die du in Wirklichkeit bist.«

Gerade als sie den Mund öffnen wollte, ging die Tür auf. »Hallo David«, sagte ich.

Silvy drehte sich auf dem Absatz um und starrte David Wöbke entsetzt an. »Hallo Silvy, hallo Natascha«, sagte er. Seine dicken Haare waren ungewöhnlich zerzaust, ansonsten sah er mit seinem marineblauen Anzug und roter Krawatte tadellos schick aus.

»Was will der denn hier? Ich weigere mich, mit dem in einem Raum zu bleiben. Wer weiß, was er mir noch antut!«, rief Silvy theatralisch und machte Anstalten abzuhauen. Doch David Wöbke lehnte sich mit der Schulter an die Tür und Silvy blieb stehen. Hasserfüllt drehte sie sich zu mir um und fragte: »Was soll das? Was wollt ihr von mir?«

Zur Antwort startete ich den Clip. Silvy und David starrten beide auf die kleine Box, aus der jetzt die Stimmen von Silvy und Marie ertönten.

Silvy: »Meine Mutter ist so eine ekelhafte Diktatorin! Ich hasse sie. Jetzt engagiere ich mich hier so sehr, opfere meine ganze Freizeit und bringe haufenweise Ideen ein und was ist? Sie ist trotzdem nicht auf meiner Seite! Weigert sich einfach, dieses Schwein vor die Tür zu setzen!«

Marie: »Sie braucht David halt wegen der Pressekonferenz.«

Silvy: »Nein, das ist es nicht! Sie glaubt mir einfach nicht, dass David sich an mir vergangen hat.«

Marie: »Aber es ist ja auch nicht wahr!«

Silvy: »Na und? Was fällt ihr ein, mir nicht zu glauben! Das ist doch wohl das Letzte.«

Marie: »Aber sie wollte sich doch direkt im neuen Jahr darum kümmern.«

Silvy: »Geschissen! Sie meinte, ich hätte mich von einer Ärztin untersuchen lassen müssen, um Beweise zu sichern. Ohne Beweise würde sie eine Untersuchung nicht mal in Erwägung ziehen.«

Marie (leise): »Lass es doch bleiben.«

Silvy (lauter): »Aber wie stehe ich denn dann da! Als Lügnerin!«

Einen Moment Ruhe. Bis auf das leise Glöckchenbimmeln der Feenuhr im Hintergrund, das Marie übertönte: »Aber wenn sie dich untersuchen und dann rauskommt, dass du gelogen hast, dann hast du dich noch viel mehr blamiert!«

In dem Moment kam wieder Leben in Silvy neben mir, die dem Clip bisher regungslos gelauscht hatte. »Die Aufnahme ist manipuliert!«, kreischte Silvy neben mir plötzlich los. »Dieser Typ da hat sich an mir vergriffen. So wahr ich hier stehe!« Sie zeigte auf David. Der stöhnte und sagte: »Mensch, Silvy. Hör auf. Wir wissen beide, dass das nicht stimmt. Und das da ist der Beweis!«

»Ha, so ein Beweismittel wird niemals vor Gericht anerkannt, das ist dir doch wohl klar«, sagte sie, als ob sie Oberstaatsanwältin wäre. »Und dein Ruf ist so oder so ruiniert, wenn ich erst der Presse davon erzähle.«

»Du willst die Presse informieren?«, sagte David entsetzt. »Aber ich dachte, wir klären das unter uns!«

»Ha!«, machte Silvy. »Meine Mutter, dieses egoistische ...«

»Silvy!«, ging ich dazwischen. »Wir werden die Aufnahme *veröffentlichen,* wenn du irgendwem außerhalb des Krankenhauses davon erzählst!«

»Ha, aber bis dahin hat eh jeder davon gehört!«, schrie Silvy.

»Das sind sehr ernste Anschuldigungen«, erinnerte Wöbke sie. »Damit kannst du mein ganzes Leben ruinieren!«

»Du hast ja auch meins ruiniert«, sagte Silvy kalt. »Dann wären wir also quitt.«

»Meine Güte, Silvy. Nur weil ich nicht die gleichen Gefühle für dich habe, greifst du mich so an?«, rief Wöbke.

»Nein, weil du mich betrogen hast«, sagte Silvy.

»Wie bitte?«

»Tu doch nicht so unschuldig. Erst spielst du mir die große Liebe vor und dann lässt du mich einfach fallen!«

»Ich war einfach nur freundlich zu dir, Silvy. Das ist alles«, rief Wöbke verzweifelt.

»Oh nein«, sagte Silvy. »Du hast mir Zeichen gegeben! Und zwar mehr als deutlich! Weil du auch in mich verliebt warst. Gib es zu! Und dann habe ich unsere Beziehung auf Facebook gepostet und auf einmal sagst du, zwischen uns wäre gar nichts. Wie stehe ich denn jetzt da?«

»Das darf doch nicht wahr sein!« Wöbke stöhnte auf. »Die ist total verrückt.«

Willkommen in meiner Welt.

»Ha! Ha«, kreischte Silvy aufgebracht. »Bist du ganz allein selbst schuld. Hättest *du mich* nicht reingelegt, wäre das alles nicht passiert.«

»Hätte ich doch nie mit ihr gesprochen!«, murmelte Wöbke entnervt.

Ja, das war der berühmte Silvy-Effekt. Irgendwann bereute es jeder, mit ihr in Kontakt gekommen zu sein.

»Silvy«, mahnte ich. »Jetzt hör endlich auf. Du kommst mit der Geschichte nicht durch. Entschuldige dich einfach und ...«

Mein Telefon klingelte. Enzo, dachte ich sofort. Bitte, lass es Enzo sein, der in Sicherheit ist.

»Sorry«, sagte ich. »Das ist wichtig!«

Ich ging ran und verzog mich mit meinem Telefon in die Zimmerecke. Es war Enzo. »Hi. Bin gerade zurückgekommen, es hat alles geklappt«, sagte er.

»Super!« Ich seufzte erleichtert. Gott sei Dank. »Hör mal, kann ich dich gleich zurückrufen?«

»Warte, Natascha. Du bist doch gerade im Krankenhaus, oder?«

»Ja.«

»Ganz kurze Info.« Enzo redete unheimlich schnell und schoss die Informationen, ohne Atem zu holen, raus. »Bernhard Simmerath ist nur ein kleines Licht. Der ist da in was reingeraten. Er wollte nur einem alten Schulfreund einen Gefallen tun und hat niemals damit gerechnet, dass so was dabei rauskommt. Simmerath selbst ist harmlos. Aber der eigentliche Auftraggeber ist gefährlich. Er hat jemanden umgebracht. Seine Exfreundin, eine Krankenschwester namens Sarah. Der Typ selbst arbeitet auch im Krankenhaus. Er heißt Wöbke, David Wöbke. Kennst du den?«

Unwillkürlich wanderte mein Blick zu dem Mann, der an die Tür gelehnt stand. Als er meinen Blick bemerkte, guckte ich schnell weg.

»Ja«, sagte ich, »und weiter?«

»Ja, der hat die Medikamente besorgt und hatte auch die Idee, dass Simmerath sich als Russe ausgibt, damit Philipp mehr Angst vor ihm hat. Aber Philipp hat rausgefunden, dass die Russenmafia nur ein Fake war und Wöbke dahintersteckt. Und dann war er tot. Simmerath vermutet, dass das auch Wöbkes Werk ist. Er hat versichert, dass er niemals mitgemacht hätte, wenn er das gewusst hätte.«

In meinem Hirn schwirrte es. Konzentrier dich, Sander, denk nach, Sander, denk nach! Ich musste unwillkürlich wieder zu David Wöbke schauen, der versuchte, Silvy zur Vernunft zu bringen. *Schon wieder* war ich mit einem Mörder in einem Raum. Dabei hatte ich mir fest vorgenommen, dass so was nie wieder passieren würde!

»Natascha, bist du noch dran?«

»Ja«, sagte ich mechanisch zu Enzo. »Wir treffen uns dann nachher im Bootshaus, okay?«

»Im Bootshaus?« Er stutzte »Bist du in Schwierigkeiten?«

»Könnte sein«, sagte ich. »Tschüss!«

Ich tat so, als ob ich auflegte, ließ die Leitung aber offen. So konnte Enzo alles mithören. Dann würde er mir zur Hilfe eilen. Wieder einmal.

Jetzt tief einatmen, Sander, tu so, als wäre alles ganz normal. Wöbke hat keine Ahnung von dem, was du weißt. Du bringst das hier jetzt schnell über die Bühne und dann gehst du nach Hause und die Polizei kann sich um ihn kümmern.

Doch noch während mein Hirn langsam seine Arbeit wieder aufnahm, geriet die Situation mit einem Mal außer Kontrolle. Silvy warf sich nach vorne und grapschte den iPod vom Tisch. Sie hämmerte ihn ohne Umschweife auf die Tischkante, sodass das Gehäuse aufplatzte. »So, Problem erledigt. Ich lass mich von dir nicht abhören!«

»Hey!«, sagte ich verblüfft, da riss sie mir auch mein Handy aus der Hand, schmiss es scheppernd auf den Boden und zersplitterte es mit dem harten Blockabsatz ihres Lederschuhs. »So«, sagte sie zufrieden. »Nur für den Fall, dass du da ein Back-up drauf hattest.«

Mist. So viel zu meinem genialen Mithör-Plan.

»Sag jetzt nicht, dass die Aufnahme weg ist!«, rief Wöbke bestürzt.

»Nein«, beruhigte ich ihn. »Ich hab noch eine Kopie. Nur nicht hier. Ich müsste sie erst holen und das …« Oh Gott, ich musste bloß weg von hier! Sofort!

Ich machte einen zaghaften Schritt in Richtung Tür. In diesem Moment verkündete die Feenuhr mit ihrem Glöckchen, dass es drei Uhr war. »Ich hab echt keine Zeit mehr«, sagte Wöbke mit Blick auf die Uhr. Er zog die Stirn kraus.

»Ja, na dann …«, sagte ich laut und versuchte, ruhig und bestimmt zu klingen. »Silvy, entschuldige dich einfach bei David, dann ist die Sache aus der Welt.«

Silvy starrte zwischen uns hin und her, bis sie bei mir hängen blieb. »Wo hast du die Wanze versteckt?«, fragte sie. »Und seit wann hörst du das Feenzimmer eigentlich ab?«

»Den Raum hier?«, fragte David alarmiert. »Dieser Raum hier wird *abgehört?«* Er riss die Augen auf und fuhr sich durch seine ohnehin zerzausten Haare.

Shit. Jetzt fiel auch bei ihm der Groschen. Er wusste und ich wusste, dass er hier etwas besprochen hatte, das keiner wissen durfte. Etwas über Schwester Sarah. Hier im Feenzimmer, das *ich* verwanzt habe! Irgendwas muss er da verraten haben. Zum Beispiel, dass er sie umgebracht hatte.

»Nein«, sagte ich schnell. »Das war gar nicht hier. Ich denke, die Pressekonferenz ist jetzt wichtiger. Wir sollten die Angelegenheit ein anderes Mal regeln.«

Ich signalisierte Silvy mit den Augen, dass sie jetzt bitte mal die Klappe halten sollte, und versuchte, ihr telepathisch den Ernst der Lage klarzumachen. Sie fixierte mich fragend und ich dachte schon, sie hätte es kapiert. Aber leider hatte ich es ja mit Silvy zu tun, der größten Hohlbratze aller Zeiten.

»Doch, natürlich war das *hier*«, beharrte sie und ignorierte weiterhin meine Grimassen, mit denen ich versuchte, sie zum Schweigen zu bringen. »Erstens habe ich mich hier mit Marie darüber unterhalten und zweitens ist die Feenuhr auf dem Clip drauf. Das Glöckchen hat im Hintergrund gebimmelt!« Da hatte Silvy also zum ersten Mal in ihrem Leben eins und eins richtig zusammengezählt, herzlichen Glückwunsch zu diesem außerordentlich passenden Timing.

»Stimmt!«, rief David. »Das habe ich auch gehört. Also, seit wann ist hier eine Wanze, Natascha? Was hast du noch alles auf Band?«, fragte er und fasste sich nervös in die Haare, sein Blick irrte im Raum herum. Er wirkte auf einmal mehr als angespannt.

»Nichts«, sagte ich und meine Stimme hatte so einen komisch hohen Helium-Ton. Scheint eine nervöse Angewohnheit von mir zu sein, wenn mir ein Mörder gegenübersteht. »Weil hier gar keine Wanze ist. Ich habe nur Silvy abgehört. Mit einem Digital Voice Recorder.«

»Wie das denn?«, fragte Silvy.

»Ach, das hast du gar nicht gemerkt«, sagte ich. »Das ist ja das Tolle an der neuen Technik, hahaha. Der Recorder ist in meinem Handy und na ja, das hast du ja gerade erfolgreich zerdeppert. Aber Schwamm drüber, okay? Lasst uns für heute Schluss machen und ich versuche, Silvy unter vier Augen ...«

»Du lügst«, unterbrach Silvy. »Du warst immer eine so was von miese Lügnerin. Aber dich überall einmischen, das ist deine Stärke, nicht wahr?«

David Wöbke knibbelte sich fahrig am Kinn rum. Seine Haare hingen wirr in die Stirn. Er klappte den Mund auf, als ob er was sagen wollte, schloss ihn aber wieder. Dann explodierte er. »Scheiße, verdammte! Erst dein verdammter Bruder und jetzt du!«

»Was soll das jetzt heißen?«, fragte Silvy.

»Ich weiß überhaupt nichts«, versicherte ich schnell.

»Was weißt du *worüber* nicht? Was geht hier vor?« Silvy kam jetzt richtig in Fahrt.

»Wie gesagt, gar nichts«, wiederholte ich. »Überhaupt gar nichts weiß ich von nichts!« Meine Stimme gondelte wieder in großen Höhen herum, da, wo der Sauerstoff knapp war. Ich wollte hier raus! Weg von dem Kerl. Sein Blick huschte hektisch hin und her, die Augen weit aufgerissen. Ein paar Schweißtropfen bildeten sich auf seiner Stirn.

»Also, mir wird das jetzt langsam zu blöd«, verkündete Silvy.

»Halt endlich mal die Klappe«, fuhr David sie an. »Ich muss nachdenken.«

»Tu das«, sagte Silvy. »Aber *ich* gehe jetzt. Keine Ahnung, was ihr hier am Laufen habt, aber ich will damit nichts zu tun haben. Und von dir, Natascha, werde ich mich nicht so billig erpressen lassen. Ich kenne meine Rechte!«

Sie ging auf die Tür zu, die David Wöbke immer noch blockierte. »Ach, verdammte Scheiße«, schrie er wieder. »Scheißweiber! Immer diese verdammten Weiber! Machen nichts als Ärger.«

»Den Ärger hast du dir wohl selbst eingebro...gäorrrgghhhh«, gurgelte Silvy. Wöbke hatte ihr von hinten den Arm um den Hals gelegt und fummelte aus seiner Jacketttasche eine Spritze raus. Mit dem Mund zog er die Schutzkappe ab und hielt die Nadel an Silvys Hals. »Hey, lass mich los«, krächzte Silvy. »Was soll das? David!«

Aber er ließ nicht los. Im Gegenteil.

»Okay«, keuchte Silvy. »Ich überlege noch mal, wie es wirklich war mit uns zwei, und dafür lässt du mich jetzt geh-...guuaarg.« David drückte noch etwas fester zu und erstickte Silvys Sermon.

»Hier drin ist ein Gift, das dich in weniger als zwei Stunden tötet und das keiner nachweisen kann«, sagte Wöbke heiser. »Es wird aussehen, als hättest du einen Herzinfarkt gehabt.«

»Du bluffst«, keuchte Silvy.

»Er blufft nicht«, sagte ich. »Glaub mir.«

»Aber ich habe damit doch gar nichts zu tun. *Sie* hat die Wanze hier reingetan! *Sie* war es!« Sie versuchte, sich loszustrampeln. Vergeblich. Ich war wie gelähmt. Mein Hirn war in Schockstarre.

»Los, hol ihr Handy raus«, befahl er mir. Mechanisch gehorchte ich ihm und zog es aus ihrer Kitteltasche.

»Okay, David, ich habe es mir überlegt. Ich vergesse das Ganze.«

Doch Wöbke ignorierte Silvys Friedensangebot. »Hol den Akku raus«, sagte er zu mir. Ich gehorchte wieder.

»David, noch ist nichts passiert«, versuchte ich, ihm Vernunft einzureden. »Lass uns einfach gehen.«

»Ja«, mischte sich Silvy ein. »Zumindest mich. Ich bin nur die Tochter der Klinikchefin. Die da aber ist die Tochter vom reichsten Mann der Stadt!« Sie zeigte mit spitzem Finger auf mich. »Vielleicht kannst du ein hübsches Lösegeld rausholen.«

Danke, Silvy! Ich starrte sie fassungslos an.

»Schnauze jetzt«, sagte Wöbke fahrig. »Und mitkommen. Beide! Und wenn du nur eine falsche Bewegung machst, Natascha, dann töte ich deine Freundin.«

Jetzt war es Silvy, die mich verunsichert anschaute. Sie war ja so was von überhaupt nicht meine Freundin. Und ich hatte echt gute Lust, ihr zu zeigen, wie es sich anfühlte, wenn man verraten wurde. Aber wenn ihr wirklich was passierte, würde ich mir den Rest meines Lebens Vorwürfe machen.

»Ist gut«, sagte ich.

»Und keine Dummheiten. Wir gehen über den Flur, als wäre nichts, ist das klar?« Sein Gesicht hatte eine eigentümlich rote Farbe angenommen. Der Schweiß tropfte jetzt richtig von seiner Stirn. Irgendwie schien der Mann mit Stresssituationen nicht umgehen zu können, von Scheinwerferblick oder sonorer Stimmlage war keine Spur. Und solche Typen sind immer am gefährlichsten, das sieht man in jedem Krimi! David legte den rechten Arm um Silvys Taille und schob seine Hand mit der Spritze unter ihren Kittel. Er bedeutete mir, die Tür aufzumachen. Wir gingen raus.

»Hier lang«, sagte Wöbke und drängte uns über den Flur Richtung Treppenhaus. Ausgerechnet jetzt war natürlich niemand zu sehen, der uns zu Hilfe eilen konnte. Typisch. High Noon im Krankenhaus, sozusagen. Doch wir hatten gerade die Tür zum Treppenhaus geöffnet, da hörte ich ein Geräusch hinter mir. Es war Becky, die ihren Rollstuhl um die Ecke bugsierte. Ich drehte mich zu ihr um, sie sah mir entsetzt hinterher und machte dann eine Geste, als ob sie mit der Hand telefonieren würde. Ja, Becky, dachte ich, bitte ruf die Polizei. Wöbke stieß Silvy die Treppe runter. Dann schlug die Stahltür hinter uns zu.

»Aua, nicht so schnell«, jammerte Silvy.

»Halt 's Maul«, fuhr er sie an und schleifte sie die Treppe hinunter bis ins Parkhaus, wo er mich auf den Rücksitz eines schwarzen S-Klasse-Mercedes stieß und dann Silvy befahl, über den Fahrersitz zum Beifahrerplatz zu rutschen. Er setzte sich selbst hinters Steuer und verriegelte das Auto. Immer noch hielt er die Spritze mit der durchsichtigen Flüssigkeit in der Hand. Aber seine Hand zitterte. Er klemmte sich die Spritze zwischen die Beine, um den Wagen zu starten, und schoss aus der Parklücke raus, raus aus dem Parkdeck und wäre beinahe mit einem einfahrenden Auto zusammengestoßen. Er fluchte, hupte und lenkte den Wagen mit fahrigen Bewegungen aus der Ausfahrt. Er wirkte völlig kopflos. Ich konnte nur hoffen, dass Becky die Polizei informierte und uns bald jemand aus den Fängen dieses Irren befreite.

39

Das hast du jetzt davon, Natascha«, sagte Silvy und ihre Stimme klang fast befriedigt. »Dass du dich aber auch immer in den Vordergrund spielen musst!«

Wöbke interessierte das Ätz-Geschwurbel aber gerade nicht. Zitternd kramte er in seiner Jackettinnentasche herum und holte eine Packung Medikamente raus. Ich kannte sie. Es war Ritalin. Wofür war das noch mal? Ach ja, Basti hatte gesagt, die Studenten nähmen das, um sich besser konzentrieren zu können. War das jetzt gut oder schlecht für uns? Käme ganz darauf an, worauf er sich konzentrieren würde. Darauf, dass es eine verdammt aussichtslose Sache war, uns zu entführen. Oder darauf, alle Mitwisser möglichst schnell zu beseitigen. Darauf würde ich es nicht ankommen lassen. Er warf sich eine ein und schluckte sie trocken herunter. Ich musste dringend eine Möglichkeit finden, ihn zu überwältigen. Oder abzuhauen. Aber wie? Was würde Enzo machen, wenn er an meiner Stelle wäre?

»Was hat sie *dir* eigentlich angetan, David?«, meldete sich Silvy zu Wort.

»Silvy«, mahnte ich von hinten. »Halt mal die Luft an.« Doch natürlich hörte sie nicht auf mich.

»Ich kann dir helfen, dich zu rächen, wenn du möchtest«, plapperte Silvy weiter.

»Es ist unglaublich, Silvy«, stöhnte ich. »Du hast weder einen Funken Anstand, noch einen Funken Verstand im Leib.«

»Das sagt die Richtige«, keifte Silvy. »Wer von uns beiden hat uns denn in diese Situation ge…«

»Schnauze jetzt!«, schrie Wöbke hektisch. »Ich knall euch beide ab, wenn ihr nicht die Schnauze haltet!«

»Du hast doch gar keine Knarre, David«, sagte Silvy oberlehrerhaft. »Und außerdem willst du das doch gar nicht.«

»Sag mir nicht, was ich nicht will«, schrie Wöbke, fuhr vor Wut einen Schlenker und wäre beinahe in ein parkendes Auto reingefahren. Scheiße. Ich musste hier raus! Weg von den beiden Irren.

Ich schaute mich nach einer Waffe um, aber es gab nichts, was ich ihm über den Kopf hauen konnte. Mein Blick fiel auf meine Stiefel. Die Schnürsenkel ... hmm. Damit könnte ich ihn von hinten strangulieren. Aber meine Schuhe hatten zehn Ösen auf jeder Seite. Die alle aufzuschnüren, wäre ziemlich auffällig. Außerdem war das mit dem Würgen von hinten auch nicht ungefährlich. Da hätte er auf jeden Fall noch Zeit, mit der Spritze herumzufuhrwerken. Oder er würde den Wagen irgendwo gegenfahren. Und leider konnte ich nicht davon ausgehen, dass mir Silvy zu Hilfe kommen würde. Im Gegenteil. Sie würde sogar ziemlich sicher alles vermasseln. Immerhin wirkte Wöbke jetzt etwas ruhiger. Er umklammerte das Lenkrad, starrte auf die Straße und ließ seine Kiefer mahlen. Hinter der Universität bog er rechts ab, brauste noch eine ganze Weile über die Kölner Straße geradeaus, um nach etwa einem Kilometer nach links in das Gassengewirr des heruntergekommenen Teils des studentischen Viertels zu fahren. An einem Mehrfamilienhaus mit Graffiti auf der schäbigen Fassade parkte er den Wagen. Wöbke packte Silvy am Arm und zog sie hinter sich aus dem Auto, die Spritze im Anschlag.

»Los, Natascha, raus«, befahl er. Ich folgte den beiden zu einem gelben Haus, dessen Tür offen stand, vermutlich, weil hier sowieso niemand freiwillig reinging. Der Hausflur war dunkel und es stank muffig. Hinter der Erdgeschosstür wummerte grässliche Musik in einem dumpfen, schnellen Rhythmus. Klang nicht gerade, als sei dort die Stütze der Gesellschaft bei der Arbeit. Hilfe von dort konnten wir wohl nicht erhoffen. Wir stiegen die Treppe hoch.

»Wie weit ist es denn noch?«, maulte Silvy nach dem zweiten Stock. Wöbke antwortete nicht, sondern trieb uns weiter bis in den fünften Stock zur Dachgeschosswohnung, schloss die Tür auf und schob uns hinein. Die Wohnung bestand aus einem Zimmer, die Decke war erstaunlich hoch, an den Seiten Schrägen. Eine Küchenzeile mit altmodischem Elektroherd, Arbeitsplatte voll dreckigem Geschirr, ein Schreibtisch, ein vollgestopftes Bücherregal, Schrank, Bett, nicht gemacht, ein alter Röhrenfernseher, abgewetzter Sessel. An den vergilbten Wänden komische Poster, alte Kalender und ein Klassenfahrtfoto von einem jugendlichen Wöbke neben ein paar anderen Jungs. Eine Studentenbude halt. Sie passte so gar nicht zu seiner schnöseligen Erscheinung.

»Ist das *deine* Wohnung?«, fragte Silvy angewidert. »Igitt.«

»Es hat eben nicht jeder einen reichen Daddy oder eine reiche Mami«, sagte Wöbke angewidert. »Manche müssen sich jeden Cent hart erarbeiten!«

»Und jetzt?«, fragte ich. »Was hast du jetzt vor?«

»Lass das mal meine Sorge sein«, murmelte er mehr zu sich selbst.

»Die Polizei ist schon hinter dir her«, sagte ich. »Die weiß alles, von deinem Freund Bernhard. Du hast keine Chance.«

Wöbke blieb stehen und schaute mich einen Moment fassungslos an.

»Darf man mal erfahren, wovon ihr hier redet?«, fragte Silvy.

»Lass uns gehen«, sagte ich. »Du machst es nur schlimmer.«

Wöbke schwenkte seinen Kopf und schaute zum Schrank, auf dem eine Sporttasche lag. Wie ferngesteuert holte er sie herunter und eilte dann durch das Zimmer, zog ein paar Schubladen auf und schmiss Besteck hinein, unter der Spüle holte er einen Hammer und eine Zange hervor, die er ebenfalls in der Tasche verstaute. Ich entdeckte hinter dem speckigen Sessel an der Wand einen Hoffnungsschimmer: die Telefonbuchse. Die Schnur endete unter einem Chaos aus alten Zeitungen auf dem Sessel. Hoffentlich dachte er nicht daran, es rauszureißen. Ich stellte mich sicherheitshalber davor. Es sah nicht aus, als ob er für seine Flucht packte. Er schien eher alle Werkzeuge zu entfernen, die man als Waffe benutzen konnte.

»Ich würde mich an deiner Stelle an Nataschas Vater halten«, empfahl Silvy. »Der ist großzügig. Der wird dir bestimmt ein schönes Lösegeld geben. Meine Mutter ist nur großzügig mit Kritik, aber das weißt du ja.«

Wöbke war fertig mit seiner Kramaktion. »Ich bin gleich wieder da«, sagte er. »Wenn ihr Dummheiten macht, bringe ich euch beide um. Ist das klar?«

Er eilte zur Tür raus und schloss sie ab. Als die Schritte im Treppenhaus verklungen waren, legte Silvy los: »Also, jetzt sagst du mir gefälligst, was hier los ist! Was hast du mit ihm gemacht, dass er plötzlich so sauer geworden ist?«

»Es geht dich zwar gar nichts an, liebe Silvy, aber er ist in den Handel mit illegalen Medikamenten verstrickt«, sagte ich und kramte unter den Zeitungen das Telefon hervor. Es war ein altmodisches Schnurtelefon.

»Was? Aber wieso das denn? Er kommt doch im Krankenhaus leicht an Medikamente.«

»Eben«, sagte ich. »Und die hat er dann an Studenten verkaufen lassen.«

»Studenten? Was wollen die denn mit Medikamenten?«

»Ist wohl so eine Art Hirndoping.« Ich hob den Hörer ab. Nichts. Kein Tuten in der Leitung. Ich drückte auf die Gabel. Nichts. Tot.

»Mist!« Ich schmiss den Hörer auf die Gabel.

»Lass mich mal«, sagte Silvy großspurig. »Hallo?«, rief sie in den Hörer. Sie drückte auf der Gabel herum und rief noch ein paar Mal in das stumme Telefon. Wie dämlich konnte man eigentlich sein? Ich rüttelte an der Tür. Nichts zu machen. Dann inspizierte ich die Schränke und Regale, vielleicht fand ich ja was, mit dem wir die Tür aufbrechen konnten. »Los, hilf mal mit!«, sagte ich.

»Dir helfen? Warum sollte ich mich von dir da reinziehen lassen?!«

»Mann, Silvy. David Wöbke hat jemanden umgebracht, der rausgekriegt hat, dass er mit Medikamenten dealt. Rate mal, was er mit uns vorhat. Also, lass uns abhauen, solange es noch geht.« Ich riss die Schubladen auf, suchte nach einem Schraubenzieher oder einem Messer. Aber außer ein paar billigen Plastikbestecken fand ich nichts. Okay, dachte ich, er war auf jeden Fall gründlich gewesen. Im Schrank hingen einige seiner schicken Anzüge, die in der schmuddeligen Umgebung völlig fehl am Platze wirkten. In einem Schränkchen neben der Wohnungstür fand ich unter einem Haufen alter Zeitschriften einen hölzernen Pokal in Form eines Bowlingpins. »1. Platz Studentenbowlen 1997« konnte ich auf dem Messingschildchen lesen. Im Bücherregal lagen einige zerlesene Ausgaben von medizinischen Fachbüchern und ein paar Studienunterlagen.

»Ich dachte, du hast einen Bodyguard zum Freund. Der müsste dir doch jetzt zu Hilfe eilen, oder nicht? Aber der hat dich wohl auch sitzen lassen. Warum? Wegen deiner Chlamydien?« Silvy kicherte leise.

Ich musste all meine Selbstbeherrschung aufbringen, um Silvy nicht augenblicklich an die Gurgel zu gehen. »Woher weißt du eigentlich so viel über Chlamydien?«, fragte ich. »Ach ja, da wirst du dich wohl selbst angesteckt haben. Bei wem wohl? David Wöbke war es wohl nicht.«

Silvy verzog angewidert das Gesicht. »Und was ist mit deinem besten Freund Justus?«, bohrte sie weiter. »Ach, den hast du ja auch vergrätzt. Ach, Natascha, Natascha ...« Sie seufzte und schüttelte pseudo-bedauernd den Kopf. »Schade, dabei war er doch sooo in dich verliebt. Was ist denn bloß passiert?«

Mein Magen klumpte zusammen. Diese fiese Schlange wusste ganz genau, wie sie mich treffen konnte. Immer noch. Dieses Biest.

Plötzlich durchzuckte es mich wie ein Blitz und ich drehte mich zu Silvy um. »Woher weißt du eigentlich, dass ich einen Bodyguard als Freund habe?«, fragte ich sie.

»Meine Güte«, sagte sie. »Das war doch wohl offensichtlich. Auf unserer Feier hast du ihn geradezu mit den Augen verschlungen. Du kannst vielleicht deine Eltern täuschen, aber nicht mich. Aber, ach! Deine Eltern haben dann ja doch davon erfahren, wie tragisch für das junge Glück«, rief sie und machte »klick« mit einem imaginären Fotoapparat. Und da wusste ich es. *»Du* warst das!«, rief ich wie vom Donner gerührt. *»Du* hast meinen Eltern das Bild geschickt!«

Sie gluckste vor Freude. »Das war doch wirklich eine schöne Aufnahme. Du und Enzo, die beiden Liebenden, die sich nicht lieben dürfen. So eine Kamera mit Infrarotfunktion ist wirklich Gold wert. Besonders wenn man sie für wirklich künstlerische Aufnahmen gebraucht und nicht für so einen Schwachsinn wie Justus.« Sie kicherte.

»Und da wunderst du dich, dass niemand mit dir was zu tun haben will, Silvy«, sagte ich. »Und dass jeder, der mit dir in Kontakt kommt, es nachher bereut. Ich an deiner Stelle würde mir ernsthaft Gedanken machen, wo das hinführen soll. Wenn nicht in die totale Einsamkeit.«

Sie glotzte mich nur blöd an, während ich mich wieder den

Unterlagen zuwandte, die ich gefunden hatte. David Wöbke war 2001 von der RWTH Aachen exmatrikuliert worden. Ohne Abschluss. Dreimal hatte er sich zum zweiten Staatsexamen angemeldet, dreimal war er nicht erschienen. Entweder er hatte einfach nicht gelernt oder er hatte Prüfungsangst. Ich legte den Beleg seines Scheiterns zur Seite.

»Was meinte er denn eigentlich mit der Sache mit deinem Bruder?«, fragte Silvy.

»Das, liebe Silvy, geht dich nichts an«, sagte ich abgelenkt. Ich konzentrierte mich mittlerweile auf das Dachfenster, das in drei Meter Höhe angebracht war. Es war ein altmodisches Kippfenster – und vielleicht der einzige Weg hier heraus.

»Natürlich geht mich das was an! Ich muss doch wissen, warum ich hier gefangen gehalten werde.«

Ich antwortete nicht, sondern suchte den Fensteröffner. Ich fand ihn neben dem Besen hinter der Badezimmertür, ein Stock mit Haken dran.

»Viel wichtiger ist«, sagte ich. »Das wir hier rauskommen, bevor er wiederkommt. Ich will auf keinen Fall die Geisel von so einem Wahnsinnigen sein. Ach, übrigens«, sagte ich, während ich mit dem Haken nach dem Ring, an dem man das Fenster aufmachen konnte, angelte. »Vielen Dank, dass du ihn auf die Idee gebracht hast, meinen Vater zu erpressen. Das war wirklich eine wahre Glanzleistung von dir. Hast du auch nur irgendeine Vorstellung davon, was er mit uns beiden machen wird?«

Endlich hatte ich den Ring getroffen und den Haken eingefädelt. Mit einer Drehung öffnete ich das Fenster. Ich schaute Silvy an, die ausnahmsweise mal nichts zu sagen hatte. »Ich sage dir, was er mit uns machen wird. Er wird uns als Geiseln nehmen, um zu fliehen. Oder er bringt uns um. Oder er macht beides. Und jetzt pack mal mit an.« Ich ging zum Bücherregal.

»Du hast mir gar nichts zu sagen«, gab Silvy patzig zurück. »Was hast du denn bitte schön vor?«

»Abhauen«, sagte ich.

»Durch diese Dachluke da?«

»Hast du eine bessere Idee?« Ich schmiss so viele Bücher raus, dass ich das Regal über den alten Teppichboden zerren konnte, und schob es unter das Fenster. »Halt mal«, sagte ich.

»Wozu? Ich gehe da sowieso nicht rauf.«

»Silvy. Du musst mitkommen!«

»Da hoch? Willst du mich umbringen? Ja klar, das käme dir sicher gelegen. So fies, wie du bist.«

»Raffst du denn gar nicht, wie gefährlich Wöbke ist? Wir müssen hier weg.«

»Du vielleicht«, sagte Silvy. »Aber ich nicht. Ich weiß schon, wie ich David um den Finger wickle.«

»Du bist echt bescheuert, Silvy«, sagte ich, stieg auf einen Stuhl und kletterte auf das schwankende Regal. Es war eines dieser billigen Kellerregale aus unbehandeltem Holz. Ohne die vielen Bücher und die Stütze der Wand wurde es nur von einer dünnen Metallverstrebung an der Rückseite stabilisiert. Ich stieg auf das unterste Regalbrett, dann kletterte ich über das zweite langsam höher. Das Regal schwankte wie der Kopf eines Wackeldackels. Als ich oben angekommen war, hockte ich mich hin. Richtete mich langsam auf und versuchte, die Beine ruhig zu halten, um das Zittern des windschiefen Möbels nicht zu verstärken. Dann packte ich links und rechts den Fensterrahmen, stieß mich ab und stemmte mich hoch, bis ich mich mit dem Oberkörper auf das Dach legen konnte.

Schlechte Idee, Sander, gaaanz schlechte Idee. Kalter Wind wehte mir um die Nase. Der Himmel war bewölkt, und wenn das Dach nur ein bisschen höher gewesen wäre, hätte ich die Wolken berühren können. So kam es mir vor. Verkehrslärm drang zu mir hoch. Ungefähr sechs Meter unter mir befand sich die Dachrinne. Dahinter ging es jäh nach unten in die Straßenschlucht. Ich musste mich auf die andere Seite konzentrieren und drehte mich um. Bis zum Dachfirst waren es ungefähr fünf Meter. Und ich entdeckte etwas, was meine Hoffnung schürte. »Das Haus schließt direkt an das Nebengebäude an, das ein Flachdach hat. Da sehe ich auch eine Tür«, informierte ich Silvy. »Wenn wir es bis dahin schaffen, sind wir gerettet.«

»Ich gehe da nicht hoch«, wiederholte sie. Ich ließ mich noch einmal nach unten gleiten, um Silvy ins Gesicht zu sehen. »Du musst mitkommen«, sagte ich. »David Wöbke ist ein Mörder und ein Psychopath.«

»Ach, so wild ist das nicht«, behauptete Silvy. »Mit dem werde ich schon fertig.«

»Komm mit«, sagte ich noch einmal mit Nachdruck.

»Mit dir auf gar keinen Fall«, sagte Silvy. »Hau ruhig ab. Ist sowieso besser. Alleine werde ich David schon zur Vernunft bringen.« Sie räusperte sich und verkündete: »Ich werde ihm ein Angebot machen, das er nicht ablehnen kann.«

Ich schüttelte den Kopf. »Sobald ich an ein Telefon komme, hole ich Hilfe«, sagte ich und schob mich weiter aus dem Fenster raus. Mit jedem Zentimeter kam ich dem Abgrund hinter der Dachrinne näher. Und mit jeder Sekunde sah er tiefer aus. Mir wurde mulmig. Oder besser gesagt: Ich hatte total Schiss. Für diese Höhen war der Mensch nicht gemacht, so viel war mal klar. Und ganz besonders ich nicht. Links war eine Antenne. Die bekam ich zu packen, ich klammerte mich daran fest und zog mich ganz aufs Dach. Ein paar Tauben glotzten mich an wie ein Alien.

»Guck nicht nach unten«, sprach ich mir selbst Mut zu, als ich einen Schritt nach oben machte. Ich duckte mich weit nach unten, um meinen Schwerpunkt so tief wie möglich zu halten. Kroch einen weiteren Schritt nach oben. Suchte mit den Händen nach Halt auf den kalten Dachziegeln. Noch einen Meter, dann war da ein Schornstein, an dem ich mich festhalten konnte. Zwei Schritte, dann würde ich ihn erreichen. Von da war es nicht mehr weit. Dann müsste ich nur noch über den Dachfirst balancieren. Das wäre viel einfacher als auf meiner Slackline. Der First war ja zumindest fest. Und breiter. Und in ungefähr dreißig Meter Höhe. Shit. Ich musste noch mal durchatmen und die Augen schließen, um die Wellen von Panik in meinem Bauch in den Griff zu kriegen. Ich würde es schaffen. Es war nicht mehr weit. Gerade setzte ich zum nächsten Schritt an, da hörte ich plötzlich die wütende Stimme von David Wöbke. »Wo ist die andere? Wo ist Natascha?«

»Die ist zum Fenster raus«, sagte Silvy. »Ich wollte sie davon abhalten, aber sie hat mich ... geschlagen. Sie ist wirklich gefährlich, David. Aber ich werde dir helfen. Auf mich kannst du dich ...«

»Scheiße. Scheißnutte!«, schrie er außer sich.

»Die wird eh runterfallen«, sagte Silvy. »Vergiss sie.«

Ich hörte etwas klirren. »David, beruhig dich. Alles wird gut«, setzte Silvy noch mal an. »Ich bin die Tochter der Klinikchefin. Ich werde dir helf... kletter besser nicht da rauf, das ist wackelig!«, rief sie. »Warte, ich halte das Regal fest.«

Mist! Ich kauerte mich hinter den Schornstein und hoffte, dass er mich nicht sehen würde. Endlose Sekunden verstrichen. Ich hörte Wöbke schnaufen und dann einen grollenden Schrei. »Die ist weg! Scheiße!«

Dann polterte etwas. Die Stimmen wurden wieder leiser. Wöbke war offensichtlich ins Zimmer zurückgekehrt.

»Lass uns mal überlegen«, hörte ich Silvy säuseln, »was wir jetzt am besten machen. Ich würde vorschlagen, dass ...«

»Halt endlich die Schnauze!«, schrie Wöbke außer sich. »Du machst einen total irre mit deinem ganzen Scheißgelaber!«

»Ich versuche doch nur, dir zu …« KLATSCH!

»Au!«, heulte Silvy auf. »Was soll das? Was hast du vor, David?« Dann hörte ich nur noch komische Geräusche von Silvy, gedämpft, als ob er ihr einen Knebel verpasst hätte.

Scheiße.

Diese superdämliche intrigante biestige Ätzkröte Silvy.

Ich ließ mich über die Ziegel gleiten bis zum Fenster und lugte vorsichtig über den Rahmen. Wöbke hatte mir den Rücken zugekehrt. Silvy saß auf dem Sessel. Er hatte ihr etwas in den Mund gestopft und knotete nun eine Krawatte um Silvys Kopf. »Jetzt hältst du endlich mal deine Schnauze, du unerträgliche Schwätzbacke, da kann doch kein vernünftiger Mensch nachdenken …« David Wöbke fluchte weiter vor sich hin. Die Spritze, die er vorhin die ganze Zeit bei sich gehabt hatte, lag auf einem kleinen Schränkchen neben der Tür, in dem auch der Bowlingpokal drin war. Ich musste schnell sein. Verdammt schnell. Wöbke holte eine zweite Krawatte aus dem Schrank, mit der er offensichtlich Silvy fesseln wollte. Ich stemmte beide Hände links und rechts auf den Rahmen und ließ mich langsam durch das Fenster hinab (Klimmzüge waren nichts dagegen!), bis ich das oberste Regalbrett berührte. Ich stieß mich von der Decke ab, das Regal begann zu kippen. In Richtung Wöbke. Ich ließ mich von ihm tragen wie von einem Surfbrett, doch sobald es sich zu stark neigte, sprang ich seitlich ab und kam auf dem Boden auf.

»Was …?«, rief Wöbke erstaunt, der sich umdrehte. Silvy glotzte ebenfalls dumm aus der Wäsche. Ich fackelte nicht lang, sondern riss das Schränkchen auf und holte mit einer einzigen Bewegung den Pokal heraus und schleuderte ihn wie eine olympische Hammerwerferin David Wöbke entgegen. Bevor er reagieren konnte, knallte ihm der Kegel seitlich an die Schläfe, er verdrehte die Augen und sackte schlaff zusammen.

»Los!«, schrie ich Silvy zu. »Abhauen!« Sie riss sich den Knebel aus dem Mund und stand sofort auf. David Wöbke zuckte. Bewegte sich. Mit zitternden Fingern durchsuchte ich seine Jacketttasche nach dem Wohnungsschlüssel und dem Handy. Mist, wo waren sie? Er stöhnte auf. Kam langsam wieder zu sich. Beeil dich, Sander! Silvy war schon an der Tür. Wöbke hatte sie nicht abgeschlossen. Ich hörte Silvys hastige Schritte im Treppenhaus. Endlich bekam ich den Schlüssel zu fassen, schnappte ihn und rannte zum Ausgang. Doch da fiel mir noch was ein, ich drehte mich um, grapschte nach der Spritze auf dem Schränkchen. Wöbke stand jetzt wieder aufrecht, er kam auf mich zu, noch ein wenig benommen, aber sehr, sehr wütend. Mit bebenden Knien hechtete ich zur Tür, knallte sie hinter mir zu und versuchte, den Schlüssel ins Schloss zu stecken, meine Hand zitterte und ich schaffte es gerade in dem Moment abzuschließen, als er die Klinke runterdrückte. »Mach auf, du Schlampe!«, brüllte er und hämmerte wie ein Berserker gegen die Tür. Ich drehte mich um und raste hinunter. Silvy war schon lange weg.

40

Ich sah Silvy noch die Straße runterrennen und um die Ecke biegen. Eine alte Dame mit einem Hackenporsche voller Einkäufe schlurfte mir entgegen, aber als ich sie auf ein Handy ansprach, sah sie mich nur verwirrt an und klammerte ihre Handtasche an sich. Ich lief weiter, an Wöbkes Mercedes vorbei, und bog um die Ecke. In der nächsten Straße war doch irgendwo ein Bäcker gewesen. Tatsächlich, in einer Seitengasse fand ich einen kleinen Laden, in dem einige glänzende Rosinenschnecken und ein paar Croissants die Auslage zierten. *Tüte Brötchen 2,99 €* schrie ein knallgelber Aufkleber. In dem Regal einige Laibe Brot neben der Tchibo-Kaffeemühle. Ein Radio dudelte vor sich hin.

»Hallo?«, rief ich in den leeren Raum.

»Komme sofort«, schallte es zurück. Kurz darauf trat eine rundliche Frau im rühreifarbenen Kittel aus einer kleinen Kabine. Sie trug ein Tablett voller Laugenbrezeln, die sie in die Auslage schob.

»Kann ich mal Ihr Telefon benutzen? Ich muss die Polizei anrufen. Es ist ein Notfall!«

»Ach Gottchen, jemand verletzt?«, fragte sie.

»Nein, zum Glück nicht.«

Sie winkte mich hinter den Tresen und zeigte auf das Telefon neben der Kasse.

»Darf ich mir auch eine Tüte nehmen für die hier?« Ich hielt die Spritze hoch.

Sie reichte mir eine Papiertüte und ich warf die Spritze hinein. Dann wählte ich die 110. Der Polizist, der meinen Anruf entgegennahm, hörte sich ruhig meine Ausführungen an, notierte Namen und Adresse und sagte, er würde jemanden schicken.

»Darf ich noch einen Anruf machen, bitte?«, fragte ich die Bäckersfrau, als ich aufgelegt hatte. »Ich bezahle es Ihnen auch.«

»Ach was«, sagte sie. »Mach mal.«

»Danke.« Ich rief Enzo an. Er war sofort nach unserem Telefonat ins Krankenhaus gefahren. Becky, die ihn von den Fotos erkannt hatte, hatte ihm alles erzählt und ihm den bearbeiteten Clip von dem Gespräch zwischen Jolanda und David vorgespielt. »Wenn du irgendjemandem etwas verrätst, dann wird es dir nicht anders ergehen als Sarah. Und die ist jetzt leider tot«, hatte Wöbke Jolanda zugeflüstert.

»Der Typ ist total verrückt«, hatte Becky gesagt. »Und jetzt hat er Natascha entführt. Tu doch was!«

Enzo war sofort losgefahren – zum offiziellen Wohnort von David Wöbke. Aber da gab es nur einen Briefkasten mit seinem Namen, keine Wohnung, in der ein David Wöbke wohnte. Klar, dass er seine Bruchbude verheimlichte. Enzo hatte sich natürlich riesige Sorgen gemacht und war dementsprechend erleichtert, dass es mir gut ging. Er versprach, sofort zu mir zu kommen. Als ich auflegte, reichte mir die nette Verkäuferin eine dampfende Tasse Kaffee. »Ich dachte, das kannst du vielleicht gebrauchen.«

»Danke«, sagte ich und versuchte, an dem schwarzen Gebräu zu nippen, was aber nicht so einfach war, weil meine Hand so zitterte. Die Verkäuferin holte eine Rosinenschnecke. »Zucker beruhigt«, sagte sie. Sie hatte recht. Nachdem ich die Hälfte gegessen hatte, hörte das Zittern auf. Und als Enzo endlich eintraf, war ich schon fast wieder ein normaler Mensch.

»Natascha!«, rief er erleichtert und drückte mich fest an sich. »Zum Glück ist dir nichts passiert!« Ich vergrub meine

Nase an seinem Hemd und atmete seinen Duft nach Rosmarin und Minze ein, bis sich jemand räusperte. Es war Begowitsch vom BKA.

»Können wir jetzt weitermachen?«, fragte er trocken. »Die Kollegen sind schon vor Ort.«

»Das ist ja heute hier wie im Tatort«, meldete sich die Verkäuferin zu Wort.

»Los, gehen wir«, kommandierte Begowitsch. Ich bedankte mich bei der netten Verkäuferin, die sich beharrlich weigerte, Geld von mir zu nehmen. Auf dem Weg zum Haus, in dem Wöbke wohnte, schilderte ich die Entführung. Schon von Weitem sahen wir das Blaulicht der Polizeiwagen blinken. Nur eine Sache störte mich, aber ich kam nicht drauf, weil ich so in die Schilderung der Erlebnisse vertieft war. Wir waren noch etwa fünfzig Meter entfernt, da klingelte Begowitschs Handy.

»Was?«, bellte er ins Telefon. Er hörte einen Moment schweigend zu, dann legte er auf. »Er ist weg«, sagte er mürrisch. »Die Tür der Dachgeschosswohnung ist aufgebrochen worden, vermutlich mit einem Hakenstock. Die Beamten haben gerade mit einer Hausdurchsuchung angefangen«, berichtete Begowitsch weiter. »Hoffentlich finden wir ihn noch.«

Ein Beamter kam uns entgegen und brachte Begowitsch persönlich auf den Stand der Dinge. Da fiel mir plötzlich ein, was mich gestört hatte. Auf dem Rückweg hatte ich Wöbkes Mercedes nicht mehr gesehen. »Sein Auto ist weg!«, rief ich da. »Es hatte eben noch da vorne gestanden!«

»Was war das für ein Wagen?«, fragte Begowitsch.

Ich gab ihm eine ungefähre Beschreibung. So gut, wie man sich eben einen Wagen gemerkt hat, in dem man mit Todesängsten gesessen hat. Aber vermutlich war das besser als gar nichts. Sofort gab Begowitsch die Fahndung raus.

»Vielleicht können wir ihn abfangen, wenn wir wissen, wo er hingefahren sein könnte.« Begowitsch schaute uns fragend an.

»Jolanda!!«, riefen Enzo und ich wie aus einem Mund. »Seine Freundin!«

Enzo berichtete kurz von dem Gespräch zwischen Wöbke und Jolanda, das Becky zufällig aufgenommen hatte. »Sie ist in Gefahr«, sagte ich. »Nachher tut er ihr noch was an!«

Noch während Begowitsch die Krankenhausverwaltung in der Leitung hatte, um Jolandas Adresse herauszubekommen, rannte er zum Wagen.

David Wöbke wurde vor Jolandas Haus festgenommen. Von ihr selbst gab es zunächst keine Spur, doch dann spürte Begowitsch sie bei ihrer Mutter auf. Wir sahen beide wenig später auf dem Polizeipräsidium. Wöbke in Handschellen, das Haar wirr, der Blick flackernd. Jolanda sah in echt aus wie eine Eisprinzessin mit heller Haut und blassen Lippen und unheimlich gerader Haltung. Von einem Polizisten, der sie höflich wie einen Ehrengast behandelte, wurde sie an uns vorbeigeführt.

»Bin mal gespannt, was sie über Wöbke zu erzählen hat«, flüsterte ich Enzo zu, der neben mir auf dem Gang saß.

»Emma Peel«, hörte ich plötzlich eine knurrende Stimme. Es war Söderberg, grimmig wie eh und je. »Sie werden mir langsam unheimlich«, sagte er. »Wie geraten Sie nur immer in diese Geschichten rein?«

»Wenn ich das wüsste«, sagte ich liebenswürdig, »dann würde ich es auf jeden Fall verhindern.«

Söderberg sah mich mit seinen kleinen Äugelchen skeptisch an. »Das glauben Sie doch wohl selbst nicht.«

»Stimmt«, sagte ich. »Ich will jetzt nicht sagen, dass es mir Spaß macht, die Arbeit der Polizei zu erledigen, aber ich hatte einfach wieder den richtigen Riecher, auch wenn Sie mir das am Anfang nicht glauben wollten.«

Söderberg zog eine dünne Augenbraue hoch und schnaubte verächtlich. »Aber ...«, fing er an, da gab es plötzlich einen kleinen Tumult am anderen Ende des Flurs. Eine Horde Reporter drängte sich herein, mit Kameras und allem. Sie wollten mehr über die Verhaftung des Assistenten der Klinikdirektorin erfahren. Offensichtlich ließen sie sich von den Beamten nicht einfach abspeisen, denn es gab einige heftige Wortwechsel.

»Peel, haben Sie etwa die Presse informiert?«, grollte Söderberg.

»Nee, also echt, ich bin doch kein Plappermaul«, sagte ich. »Besonders in Sachen Medien bin ich total verschwiegen. Abgesehen davon, dass ich sowieso ganz genau weiß, wann ich mal den Mund halten muss und wann es an der Zeit ist, meine Meinung zu sag...«

»Jaja«, unterbrach mich Söderberg. »Aber in einer Sache haben Sie sich geirrt. In der Wasserflasche aus Philipps Auto war reines H_2O. Sonst nichts.«

»Ja«, sagte ich eifrig. »Das weiß ich inzwischen auch.«

Söderberg stöhnte. Aber bevor er sich wieder aufregen konnte, hielt ich ihm die Tüte mit der Spritze hin. »Aber hier ist was, das dürfte Sie interessieren.«

»Was ist das?«, fragte Söderberg verwirrt.

»Eine Mordwaffe. Mit dem Gift hat Wöbke uns bedroht. Er hat gesagt, dass es innerhalb von zwei Stunden tötet und nicht nachweisbar ist.«

»Das wäre ja mal was ganz Neues«, sagte er überrascht. »Ein Gift, das nicht nachzuweisen ist.«

Und da fiel bei mir der Groschen!

»Oh mein Gott!«, rief ich. »Jolanda! Wöbkes Freundin! Sie ist pharmazeutisch-technische Assistentin. Und sie hat von einer Erfindung geredet, die ihr viel Geld einbringen wird! Vielleicht hat sie es entwickelt.«

Söderberg schüttelte den Kopf, in einer Mischung aus Erstaunen und Ungläubigkeit.

»Nicht dass ich Ihnen sagen möchte, was Sie tun sollen«, fuhr ich fort. »Aber nehmen Sie sie besser fest!«

In dem Moment fing Söderberg keuchend an zu lachen.

»Hey«, rief ich. »Was ist denn daran so lustig?«

Söderberg antwortete nicht, weil er so lachen musste.

»Ich spreche hier nur Empfehlungen aus«, sagte ich.

»Empfehlungen! Sie spricht Empfehlungen aus!«, wiederholte Söderberg und lachte weiter.

»Erklär du mir, was daran so witzig ist«, bat ich Enzo, aber der konnte jetzt auch nicht mehr an sich halten und geierte los.

»Also echt«, brummte ich, doch dann musste ich auch grinsen. Ich hatte nicht nur einen Fall gelöst, sondern auch den griesgrämigen Söderberg zum Lachen gebracht. Das sollte mir erst mal jemand nachmachen.

41

Du isst zu wenig«, sagte Enzos Oma Roberta und schon hatte ich einen weiteren Teller mit Lasagne vor mir. »Sie ist viel zu dünn, Enzo. Was machst du mit dem Mädchen, gib ihr doch was zu essen!«

»Ich habe schon seine Penne all'Arrabiata gekostet«, sagte ich und vermied eine Diskussion darüber, wie man *viel zu dünn* hierzulande definierte. »Die waren auch sehr lecker.«

»Ahh. Sehr gut, Enzo«, lobte Roberta. »Ist ein altes Familienrezept von meiner Oma Valentina, Gott hab sie selig.«

»Stimmt nicht«, widersprach Enzos Mutter Paola, die extra aus Berlin angereist war. »Du hast es von Onkel Giovanni! Oma Valentina hat scharfes Essen gar nicht vertragen.«

»Das stimmt«, mischte sich noch eine Frau ein, deren Verwandtschaftsverhältnis ich noch nicht ganz verstanden hatte. Vielleicht war es aber auch die Nachbarin?

»Ah!«, machte Roberta. »Hauptsache, es schmeckt! Francesco, noch einen Espresso? Giulia, nimm dir Wein! Möchtest du noch was, Kind?« Damit meinte sie mich.

»Ich hab noch«, sagte ich. Enzo drückte unter dem Tisch meine Hand und lächelte mir zu.

»Und lasst noch Platz für den da!«, kommandierte Roberta und zeigte auf den Kuchen, der mit einer großen rot-grün-weißen Fünfundsechzig in Zuckerschrift dekoriert war. Francesco, ein älterer Mann mit Halbglatze und dickem Bauch, rief: »Wieso, ich dachte, der wäre für mich allein!«

»Gib ihm nichts davon«, warf seine Frau Rita ein. »Er ist auf Diät.«

»Bin ich das?«

»Ja, das bist du.«

»Warum weiß ich nichts davon?«

»Weil du die wichtigen Sachen immer vergisst, deswegen!«

Sie deutete an, dass sie ihm auf den Hinterkopf schlagen wollte, und er zuckte theatralisch zusammen. »Nicht vor der Familie!«

Alle lachten. Gerade schnitt Roberta den Kuchen an, da klingelte es an der Tür. Eines der Kinder von Enzos Schwester Sofia lief in den Flur und öffnete. Und kam wieder mit einer Frau, die mir mit Leichtigkeit den Appetit verdarb.

»Ciao, Bella«, rief Roberta. Violetta warf ihre Haare und redete auf Italienisch auf sie ein, lachte gurrend und überreichte ihr ein Geschenk. Die Leute um den Tisch fingen an zu rücken, um ihr Platz zu machen. Plötzlich fühlte ich mich ganz und gar nicht mehr so wohl. Sie gehörte hierher, das strahlte sie aus. Aber ich?

»Sofia, gib Violetta einen Teller«, rief Roberta. Ich musste schlucken. Da stand Enzo auf. Ging zu Violetta. Sie funkelte ihn mit ihren dunklen Augen an und lächelte mit ihren perfekt geschminkten roten Lippen. Enzo sagte kein Wort, sondern führte sie hinaus in den Flur. Was zum Teufel machten die beiden da? Es kam mir wie eine Ewigkeit vor. Die anderen um mich herum plauderten, aber ich merkte, dass jeder neugierig war, was die beiden zu besprechen hatten. Nach ein paar Minuten kam Enzo wieder. Allein. »Violetta konnte leider nicht bleiben«, sagte er. »Sie hatte leider keine Zeit.« Dabei schaute er mich an.

»Ah«, machte Oma Roberta und zuckte mit den Schultern. »Also, wer will Kuchen?«

Enzo kam zu mir und küsste mich. Vor seiner ganzen Familie. Es war ein tolles Gefühl. Überhaupt war es total gemütlich, einfach nett und großartig, mit Enzo zwischen seiner Familie zu sitzen, zu ihm zu gehören.

Als Enzo mich nach Hause brachte, war ich supersatt und überglücklich. »Und zu Weihnachten kommst du mal zu uns zum Essen«, sprudelte es aus mir heraus, als wir vor unserem Haus angekommen waren. Er beugte sich zu mir rüber und küsste mich, das deutete ich mal als »Einladung angenommen«.

Es war fantastisch. Enzo und ich waren zusammen. Endlich offiziell! Wir lösten uns voneinander und ich schaute ihn verliebt an. Er zog eine Grimasse. Als ob er irgendwie ... schuldbewusst wäre.

»Was ist los?«, fragte ich.

»Es tut mir leid«, seufzte er, »aber an Weihnachten werden wir uns nicht sehen können.«

»Was?? Aber ...«

»Ich hab heute die Zusage bekommen für den neuen Job. In Hamburg. Und ich muss schon morgen anfangen.«

»Was?!?«, wiederholte ich dämlich. »Aber es ist doch bald Weihnachten und ... wieso ... da muss doch kein Mensch arbeiten!«

»In meinem Job leider schon.« Er streichelte meine Wange. »Ich weiß, dass es echt richtig blöd ist, aber es geht nicht anders.«

»Was ist das für ein Job?«, fragte ich atemlos, bemüht, den immer größer werdenden Kloß in meinem Hals runterzuwürgen.

»Auftraggeber ist eine Filmproduktionsgesellschaft. Die drehen gerade einen Film in Hamburg und wollen das Set absichern.«

»Die drehen über die Feiertage?«, fragte ich erstaunt.

»Ich kenne nicht den genauen Drehplan. Aber ja, sie brauchen mich über die Feiertage. Und das kann ich nicht absagen, sonst bin ich draußen.«

»Ach, Enzo«, sagte ich traurig. »Aber ich hatte mich so auf unser erstes Weihnachten gefreut! Und auf alles …« Ich war am Boden zerstört. Da hatten wir gerade alles geregelt, mit meinen Eltern, mit Violetta und jetzt ließ er mich allein? »Wie lange dauert der Job denn?«, fragte ich.

»Mindestens bis Ende Januar, aber vielleicht auch länger. Das weiß ich nicht genau.«

»Das darf doch nicht wahr sein«, schmollte ich.

»Wir kriegen das hin. Versprochen, Natascha.« Und wie er mit seiner dunklen Stimme meinen Namen sagte, hätte ich fast angefangen zu heulen. Aber dann kam mir eine Idee: »Hey«, sagte ich. »Ich kann dich ja auch mal besuchen kommen!«

»Ja«, sagte er. »Das wäre schön.«

Und mit dem Gedanken, dass ich jederzeit in einen Zug nach Hamburg steigen konnte, beruhigte ich mich wieder. Und dann küssten wir uns so lange, dass ich seine Lippen noch auf meinen spürte, als ich später in meinem Bett lag und schon längst eingeschlafen war.

42

Der nächste Tag war der erste Tag der Weihnachtsferien. Ich hatte frei! Ich musste weder zur Schule noch auf Mörderjagd. Ich hatte keinen Bodyguard mehr, der mich überwachte. Ich konnte tun und lassen, was ich wollte! Meine Mutter war nicht da, aber der Frühstückstisch für mich gedeckt. Und neben meinem Teller lag die Zeitung. Mit der fetten Schlagzeile *Schülerin stellt Mörder.*

»Ups«, sagte ich und ein Schreck durchfuhr mich. »Woher …« Aber dann entdeckte ich Silvys Foto. Ihr Gesicht eine Mischung aus Verzweiflung und Stolz. Oscarreife Leistung, würde ich mal sagen. »Aha«, murmelte ich. »Da hat wohl die liebe Silvy die Presse benachrichtigt.«

Während ich mir eine Riesenschüssel Müsli reinzog, las ich, was Silvy (Armes Opfer! Tapfere Heldin!) zu sagen hatte und was die Reporter alles rausgekriegt hatten. Das war eine ganze Menge.

Wöbke wurde beschrieben als gescheiterter Mediziner, der wegen Prüfungsangst sein Studium nicht geschafft hatte und der aber immer sehr zielstrebig gewesen sei. Reich hatte der Womanizer immer werden wollen, erzählten ehemalige Kommilitonen. Zu den oberen Zehntausend hatte er gehören wollen. Und die Frauen hatte er immer ausgenutzt. Eine Frau, die sich jetzt meldete, sagte, sie hätte ihm das Studium finanziert. In der polizeilichen Vernehmung gab sich Wöbke plötzlich gesprächig und machte einen auf Gutmensch. Es war fast so, als ob er Werbung für seine Verbrechen machen wollte. Mit dem Verkauf der Medikamente hätte er nur den Studenten helfen wollen, die in der gleichen Situation waren wie er damals. Mit den richtigen Medikamenten zur rechten Zeit hätte er nämlich sein Studium locker geschafft. Mit dieser Argumentation hatte er auch seinen Kumpel Bernhard Simmerath überzeugt, ihm in der Sache zu helfen. Damit – und natürlich mit Geld. Selbst den Trick mit der Russenmafia plauderte Wöbke aus, als wäre es besonders schlau gewesen! Der wollte sich wohl offensichtlich ein Denkmal als Verbrecher setzen. Als Philipp dahintergekommen war, dass Simmerath gar kein echter Russe war und dass David Wöbke dahintersteckte, hatte Wöbke ihn vergiftet. Aber nur auf Geheiß von Jolanda, die ihren tödlichen Cocktail testen wollte. (*Supergift für den perfekten Mord?*, fragte die Zeitung.) Behauptete er. Sie sagte was anderes und belastete ihn. Und dann war da noch der Mord an Krankenschwester Sarah Veith. Jolanda gab zu Protokoll, Wöbke habe sie umgebracht, aber der leugnete das. Sie hätte ihm geholfen, Medikamente zu entwenden und Rezepte zu fälschen, und sei dann abgehauen, nachdem er den Gewinn mit ihr geteilt habe, sagte er. Da es keine Leiche gab, blieb dieser Fall vorerst ungeklärt und füllte seitenweise die Zeitungen. Die ganze Sache war ein Riesenskandal. Und Silvy war mittendrin und genoss die Aufmerksamkeit. Sie erzählte die Geschichte »Wie ich dem Mörder entfloh« jedem Reporter, der sie hören wollte. »Ich habe mich und meine Mitarbeiterin vom Feendienst da rausgeholt und dafür gesorgt, dass er geschnappt wurde«, prahlte sie. »Ich bin eben immer für andere da.« Immerhin ließ sie die Behauptung mit dem sexuellen Übergriff unter den Tisch fallen. Trotzdem war fast alles, was sie sagte, erstunken und erlogen. Mir war das total schnuppe – solange über mich nichts in der Zeitung stand. Aber als ich Becky mittags besuchte, fragte sie: »Was sollen wir dagegen unternehmen?«

Sie saß auf der Bettkante und ließ das eine Bein runterbaumeln und hielt die Zeitung mit Silvys Angeberfoto hoch. Statt der üblichen Schlabbersachen trug sie eine Jeans und einen schönen roten Pullover. Ihre Haare waren frisch gewaschen. Die Kamera-Brille trug sie nicht mehr.

»Nichts«, sagte ich. »Lass sie mal machen. Solange sie keine *gemeinen* Lügen über mich erzählt …«

»Du bist zwar bescheuert«, sagte Becky und legte die Zeitung weg. »Aber ansonsten ganz okay.«

»Du auch. Danke, dass du versucht hast, mich zu retten.«

»Mit zwei Beinen hätte ich es vielleicht geschafft.«

Ihre Mutter kam rein. »Fertig?«, fragte sie.

Becky nickte.

»Fertig wofür?« Erst jetzt fiel mir auf, dass ihr Zimmer so aufgeräumt war.

»Für die Rehaklinik.«

»Du gehst in die Reha?«, fragte ich verblüfft.

»Irgendwo muss ich das Prothesenlaufen ja üben, oder?«, sagte sie patzig. Ich blickte erstaunt zu Martina Terbrüggen, die Tränen in den Augen hatte. Aber diesmal vor Freude.

»Das ist ja fantastisch, Becky!«, rief ich.

»Freu dich nicht zu früh«, unkte sie. »Vielleicht klappt es ja auch gar nicht.«

»Blödsinn. Ich weiß, dass du das schaffst. Du schaffst alles, wenn du willst.« Ich umarmte sie und drückte sie feste.

»Hör bloß auf rumzuschleimen«, sagte Becky. »Und komm mich mal besuchen. Es lohnt sich für dich.« Sie lachte. Schnell checkte ich, ob mein Smartphone noch in meiner Tasche war. Ja, es war noch da. Ich sah nur, dass ich eine E-Mail geschickt bekommen hatte. Mit vielen Anhängen.

»Meine Bilder«, sagte ich. »Da sind sie ja wieder!«

»Gern geschehen«, sagte sie. »Kommst du, Mama?« Becky schnappte sich die Krücken und humpelte ziemlich schnell zur Tür.

»Moment noch, Schatz.« Martina Terbrüggen schaute mich gerührt an, suchte nach Worten.

»Gern geschehen«, sagte ich schnell, denn in so sentimentalen Angelegenheiten bin ich gar nicht gut. »Ich freue mich sehr. Für euch beide.«

Sie umarmte mich und drückte mir einen Kuss auf die Wange, dann drehte sie sich um und lief ihrer Tochter hinterher. Ich setzte mich auf Beckys Bett und atmete tief durch. Ich nahm mein Handy aus der Tasche und spielte einen Moment damit rum. Und dann tat ich es. Ich rief Justus an. Einfach nur so. Um zu plaudern.

»Hey, ich bin's.«

»Hey Nats. Wie geht's?«

»Gut. Und dir? Hab von meiner Mutter gehört, dass du ein bisschen Ärger hattest.«

»So kann man es auch sagen.«

Und dann erzählte ich ihm alles. Von Bastian und der Tasche, von Becky und vom Krankenhaus.

»Hey, das nächste Mal sagst du mir aber Bescheid, wenn ich dir helfen kann, in Ordnung?«, sagte er und es klang ehrlich.

»Mach ich.« Mir fiel was ein. »Ach, eine Frage noch. Wann ist Mister Schrott eigentlich kaputtgegangen?«

»Hatte ich dir das nicht erzählt? Auf der Feier von Kerns damals. Als ich mit meiner Mutter nach Hause fahren wollte, sprang er nicht mehr an.«

»Echt?«

»Ja, war voll doof, weil meine Mutter dringend zur Arbeit musste. Aber ein Kollege von ihr hat uns dann mitgenommen.«

Deswegen hatte der Wagen also noch dagestanden! War ich froh, dass ich ihm gegenüber die Fotos von Enzo und mir nicht erwähnt hatte.

»Justus«, sagte ich aufrichtig, »du bist der anständigste Kerl, den ich kenne.«

»Danke«, sagte er.

»Und Justus?«

»Ja?«

»Ich finde deine Freundin echt nett.«

»Ja, das ist sie.« Er machte eine Pause. Und fügte leise hinzu: »Aber sie ist nicht du.«

Dann legte er auf.

Eine halbe Stunde später schlenderte ich durch die Fußgängerzone und machte im Kopf eine Liste, für wen ich Geschenke kaufen musste. Für Enzo brauchte ich erst mal keines. Da könnte ich mir was überlegen, wenn wir uns wiedersahen. Aber für meine Eltern natürlich, Bastian, meine Tante, meine Großeltern. Das würde wie immer das Schwierigste werden. Opa Curt war ein alter Brummbär, um es mal nett auszudrücken. Gegen ihn war sogar Söderberg ein Wonneproppen. Am ersten Weihnachtstag waren wir immer bei ihm und Oma Herta eingeladen und es gab traditionell Weihnachtsgans und Kartoffelknödel und einen hübschen Streit zwischen ihm und meinem Vater. Diese Veranstaltung galt es jedes Jahr zu überstehen. Ich kaufte ein Paar Ohrringe mit Aquamarinen für meine Mutter und eine Kette mit einem Delfinanhänger für meine Tante. Meinem Vater kaufte ich eine sehr schicke Mütze und Bastian würde einen FC-Bayern-Wecker bekommen, der das Lied seines Lieblingsvereins anstimmte. Zum Glück sind unsere Zimmer nicht Tür an Tür. Oma Herta las gerne Historienschinken, da würde ich ihr irgendwas aus der Wanderhuren-Abteilung holen. Ich kam an einem Stand mit Kalendern vorbei. Das Bild der jungen, ziemlich nackten Marilyn Monroe schaute mir entgegen. 1950er-Jahre-Pinups. Das wäre doch vielleicht ein hübsches Geschenk für

Opa Curt. Bestand natürlich die Gefahr, dass dann Oma Herta sauer wäre und ich zwei Stücke klebrige Buttercremetorte essen müsste, um sie zu beruhigen. Mmmhh. Schwierig. Fast genauso schwierig war das Geschenk für Justus. Es sollte was bedeuten, durfte aber nicht *zu* bedeutungsvoll sein. Vielleicht könnte ich ihm Karten für das Sportfreunde-Stiller-Konzert schenken. Oder ein Sheldon-T-Shirt. Oder ein abgrundtief hässliches Sparschwein, weil er ständig jammert, dass er kein Kleingeld hat. Oder einen Fußball-Kicker, den wollte er schon immer haben. Oder einen Stift, den er mal nicht verschlampen wür... hey! Das Mädchen vor mir hatte gerade einen Lamy-Kugelschreiber aus dem Regal genommen und in ihre Hello-Kitty-Handtasche gesteckt. Sie hatte ihn tatsächlich geklaut! Ich hatte es mit eigenen Augen gesehen. Jetzt ging sie weiter, als wäre nichts passiert.

Ich überlegte. Es ging mich nichts an, wer hier was klaute. Überhaupt nicht die Bohne! Ich hatte nicht vor, mich schon wieder in irgendwelche kriminellen Machenschaften einzumischen! Nee, nee! Ich war vielleicht impulsiv und neugierig, aber nicht bescheuert. Und ich hatte ja nun gerade mal wieder am eigenen Leib erfahren, was passieren kann, wenn man seine Nase zu tief ... was machte sie denn da mit dieser Handtasche? Das Mädchen – zierlich, bleich, spitze Nase, sehr viel Kajal, verdächtig harmloses Lächeln, vielleicht ein, zwei Jahre älter als ich – war bei einem Verkaufstisch angelangt und schaute sich Portemonnaies an. Ihre dämliche Tasche mit der Wasserkopf-Mieze stellte sie scheinbar unbedacht auf einen Haufen strassbesetzter Brillenetuis. Dann griff sie in die Tasche hinein und wühlte darin herum, nahm aber nichts raus. Sie fasste noch einmal desinteressiert ein Portemonnaie an, ließ es aber sofort wieder fallen und ging weiter. Aha! Durchschaut! Dieses Luder hatte eine Klau-Tasche mit doppeltem Boden. Hatte ich mal bei YouTube gesehen. Tricks der Ladendiebe. Sehr interessant. Sie war wohl nicht gerade eine Gelegenheitsdiebin. Das musste doch einem von den Securityleuten aufgefallen sein! Aber niemand tauchte auf und nahm die diebische Elster fest. Was machten denn die Heinis an der Überwachungskamera? *Jingle Bells* flöten? Lebkuchen futtern? Strohsterne basteln? Ich schaute nach oben, wo hinter einer schwarzen Halbkugel an der Decke eine Kamera sein musste. Die Elster machte gerade mit der Hello-Kitty-Tasche an einem Stand mit Lippenstiften halt. Also echt, was waren die Detektive für Schnarchnasen? Wenn *mir* ihre Diebestour auffiel, dann musste es doch wohl einem, *dessen Job es war,* erst recht auffallen. Ich machte eine kleine Handbewegung unter der Kamera und deutete auf das Mädchen, das seelenruhig auf der Suche nach Beute den Gang entlangspazierte. Nichts geschah. Kein Sicherheitsmann erschien und nahm sie fest. Das Mädchen schlenderte weiter. Die Tasche sah schon richtig schwer aus! Ich fuchtelte stärker in Richtung Kamera. Neben mir schnalzte jemand genervt mit der Zunge und sagte mürrisch: »Darf ich?« Es war eine Verkäuferin, die eine Armladung voll Tücher auf dem Verkaufstisch vor mir abladen wollte.

»Störe ich Sie bei der Arbeit, indem ich hier einkaufe?«, fragte ich spitz. Zur Antwort verdrehte sie genervt die Augen, eine Geste, die mich zugegebenermaßen etwas reizte.

»Na, hier in dem Laden läuft ja wohl einiges schief«, hörte ich mich sagen. »Das Personal ist unfreundlich und die Ladendetektive schnarchen ab.«

»Wie bitte?«, fragte die Verkäuferin verwirrt. Sie legte die Tücher ab und schaute mich an. Aha. Immerhin hatte ich ihre Aufmerksamkeit.

»Das Ganze geht mich zwar nichts an, aber da vorne das Mädchen stiehlt wie ein Rabe«, informierte ich sie. Das brachte die Verkäuferin endlich auf Trab. »Die mit der Lederjacke?«

Ich nickte.

»Das ist 'ne echte Seuche im Moment. Danke«, sagte die Verkäuferin eifrig zu mir und rief der Diebin hinterher: »Warten Sie.«

Das Mädchen drehte sich tatsächlich um. »Meinen Sie mich?« Sie blieb ganz ruhig hinter einem Stand mit Schokoladenweihnachtsmännern stehen und fixierte die Verkäuferin. »Ja«, sagte die Verkäuferin, aber es klang plötzlich unsicher. »Sie ... äh ... wurden beim Klauen beobachtet. Von ... äh ... ihr. Sie war's.« Die Verkäuferin zeigte auf mich. Na bravo! Welchen Teil von dem Satz »Das Ganze geht mich zwar nichts an« hatte sie nicht verstanden?

Die Diebin schwenkte ihren kajalumrandeten Blick auf mich, ihre Augen waren hellgrau und kalt wie gefrorener Schneematsch. Unheimlich. Irgendwie verspürte ich den Impuls wegzulaufen. Die Diebin kam um den Tisch mit den Weihnachtssüßigkeiten herum auf uns zu.

»Es ist in ihrer Tasche«, informierte ich die Verkäuferin, die mittlerweile rot angelaufen war. Das Mädchen hatte eine wirklich unangenehme Ausstrahlung.

»Ich muss das jetzt nicht machen, das wissen Sie«, sagte sie zu der Verkäuferin, ohne mich aus den Augen zu lassen. »Aber weil ich es nun mal absolut nicht leiden kann, wenn man mich verleugnet, rücke ich das jetzt gerade.« Sie öffnete die Tasche. Zeigte uns das Innere. Sie war leer. Verdammter Mist!

»Es tut mir wirklich leid«, stammelte die Verkäuferin, »das war alles ihre Schuld«, hier zeigte sie wieder auf mich, murmelte eine Entschuldigung und verdünnisierte sich.

»So«, sagte das Mädchen und starrte mich mit ihren kalten Augen weiter an. »Wie nett von dir.«

»Sorry«, brachte ich lahm hervor. »Das war dann wohl ein Versehen. Aber ist zum Glück ja nichts passiert.«

»Nein«, sagte das Mädchen. »Es ist nichts passiert.« Aber irgendwie hatte ich das Gefühl, dass sie stumm ein drohendes *noch nicht* hinterherschob. Doch zu meiner Erleichterung drehte sie sich um und schlenderte raus. Mir kam eine Idee und ich ging zu dem Stand mit den Schokoladenweihnachtsmännern, an dem das Mädchen eben stehen geblieben war. Und da lag sie, glitzernd und Gewissheit bringend: die ganze Kollektion Diebesgut. Das strassbesetzte Brillenetui, zwei Lippenstifte, eine Wimperntusche, ein Parfüm und eine Uhr. Diese gerissene Schlampe. Hatte die Sachen einfach auf Knopfdruck dort rausbefördert, als sie angesprochen wurde. Na gut. Das half mir jetzt auch nicht mehr. Was soll's! Auf den Schreck würde ich mich jetzt erst mal mit einem Kaffee belohnen und danach im Elysium vorbeischauen, meinem Lieblings-Outlet für Designer-Klamotten.

Doch als ich aus dem Laden auf die Fußgängerzone trat, wusste ich sofort, dass sich mein schöner Plan gerade in Luft aufgelöst hatte. Denn auf der anderen Straßenseite saß die diebische Elster auf der Lehne einer Bank, die Füße auf der Sitzfläche. Neben ihr hockte eine kräftige Tussi mit fisseligen Haaren, Bomberjacke und säulenartigen Beinen in einer sehr engen Jeans, mit einem Nacken, so breit, dass man darauf Pizza ausrollen könnte. Als die Diebin mich sah, stieß sie ihre Freundin in die Seite. Die kolossale Bomberjacke fixierte mich mit kleinen Schweinsaugen und stand – schwups – in einer geschmeidigen Bewegung auf und kam auf mich zu. Sie bewegte sich trotz ihres beträchtlichen Gewichts dynamisch und athletisch. Wie eine Judoka. Oder Sumo-Ringerin. Nur dass sie nicht so wirkte, als hätte sie die Absicht, das international gültige Regelwerk für sportliche Zweikämpfe zu beachten.

Heilige Scheiße, dachte ich. Entschuldigen oder kämpfen, entschuldigen oder ... ich entschied mich blitzschnell für:

rennen. Ich drehte mich auf dem Absatz um und sprintete los. Ich hörte einen Schrei hinter mir und wusste, dass meine Gegnerinnen mich nicht so einfach davonkommen lassen würden. Mein Antritt ist schnell. In der achten Klasse hielt ich kurz den Schulrekord über hundert Meter. Auch vierhundert Meter halte ich durch, ohne nennenswerten Geschwindigkeitseinbruch. Aber dann wird's eng. Bin einfach nicht so eine Ausdauerläuferin. Und schon gar nicht im Hindernislauf mit beweglichen Barrikaden wie in einer verstopften Fußgängerzone.

Ich wich einem japanischen Pärchen aus, das stumpf auf das Display eines Smartphones starrte, umrundete eine Clique gackernder Mädchen und sprengte eine Rentnergruppe, die Das-gibt-es-doch-gar-nicht-Rufe ignorierend. Auf den ersten achtzig Metern vergrößerte ich den Vorsprung zwischen mir und den beiden rachsüchtigen Schwestern. Nur leider hatte ich keinen Plan, wie ich ihnen entwischen konnte. Ich war ja so ein Idiot! Hab ich dir nicht gesagt, du sollst dich raushalten, Sander?, schimpfte ich mit mir selbst.

Und dann sah ich eine Mauer aus Leuten vor mir. Irgendein Artist hatte eine Menge um sich versammelt, die seine Einradkunststückchen verfolgten. Verdammt. Ich rannte daran vorbei, doch mir kamen Leute von vorne entgegen, es war kaum ein Durchkommen. Ich musste im Gewühl verschwinden. Ich bog scharf nach links ab, drückte mich zwischen einer Gruppe Jungs durch und tauchte plötzlich ab, indem ich so tat, als ob mein Schnürsenkel aufgegangen war. In der Hocke versuchte ich schnaufend, durch die Menge an Beinen meine Verfolgerinnen zu erkennen. Und tatsächlich! Da waren die kräftigen Schenkel der Bomberjacke, gefolgt von den dünnen Stelzen der diebischen Elster. Sie drängelten sich rücksichtslos durch die Zuschauer. Bitte kommt nicht in meine Richtung, flehte ich stumm. Lauft weiter! Haut ab!

Aber die beiden blieben stehen. Verdammt. Konnte ich nicht mal einen Nachmittag shoppen gehen wie ein ganz normales Mädchen? Ich hatte keine Lust auf Ärger! Nicht schon wieder! Aber während ich durch die Menge spähte und darauf hoffte, dass die beiden abdrehen würden, ahnte ich bereits, dass es mal wieder zu spät war. Dass ich es mal wieder geschafft hatte, in einen riesengroßen Schlamassel zu geraten. Und damit sollte ich recht behalten. Leider.

Dank

Ich danke meinen Agentinnen Christiane Düring und Petra Hermanns von scriptsforsale, die mir immer mit Rat und Tat zur Seite stehen. Es ist sehr beruhigend zu wissen, dass es Euch gibt! Dann danke ich meiner Lektorin Antonia Thiel für die gute Zusammenarbeit und vor allem für ihre wunderbar hilfreiche Kritik, Kristine Mankel für ihr detailgenaues Überarbeiten und dem gesamten Team von Arena für die professionelle Betreuung und Unterstützung. Außerdem geht mein Dank an den Kommissar meines Vertrauens, Jörg Bohl, der mir die Vorgehensweise beim Auffinden einer leblosen Person und andere interessante Dinge aus der Polizeiarbeit erklärt hat. Wenn ich die Arbeit der Polizei an irgendeiner Stelle nicht realistisch dargestellt haben sollte, liegt es nur daran, dass ich mir zugunsten der Story schriftstellerische Freiheiten genommen habe. Und dann danke ich meiner lieben Freundin Oksana Ten, die nicht nur den besten Plov kocht, sondern sich auch mit allen anderen usbekischen Spezialitäten sowie mit russischen Festen auskennt. Und mein Dank geht natürlich auch an meinen Mann, der wieder mal die knifflige Aufgabe des ersten Lesens übernommen hat und dessen Anregungen und Verbesserungsvorschläge unentbehrlich sind.